Os Demônios de Deus

O Acaso é uma Armadilha do Destino

Alexander Mackenzie

Os Demônios de Deus

O Acaso é uma Armadilha do Destino

© 2015, Madras Editora Ltda.

Editor:
Wagner Veneziani Costa

Produção e Capa:
Equipe Técnica Madras

Revisão:
Jerônimo Feitosa

Dados Internacionais de Catalogação na Publicação (CIP)
(Câmara Brasileira do Livro, SP, Brasil)

Mackenzie, Alexander
Os Demônios de Deus : o acaso é uma armadilha do destino / Alexander Mackenzie. -- São Paulo :
Madras, 2015.
ISBN 978-85-370-0945-1

1. Literatura fantástica brasileira I. Título.

15-01431   CDD-869.9

Índices para catálogo sistemático:
1. Literatura fantástica : Literatura brasileira 869.9

É proibida a reprodução total ou parcial desta obra, de qualquer forma ou por qualquer meio eletrônico, mecânico, inclusive por meio de processos xerográficos, incluindo ainda o uso da internet, sem a permissão expressa da Madras Editora, na pessoa de seu editor (Lei nº 9.610, de 19/2/1998).

Todos os direitos desta edição reservados pela

MADRAS EDITORA LTDA.
Rua Paulo Gonçalves, 88 – Santana
CEP: 02403-020 – São Paulo/SP
Caixa Postal: 12183 – CEP: 02013-970
Tel.: (11) 2281-5555 – Fax: (11) 2959-3090
www.madras.com.br

*A J.L.S., meu avô,
que partiu, mas em breve voltará.*

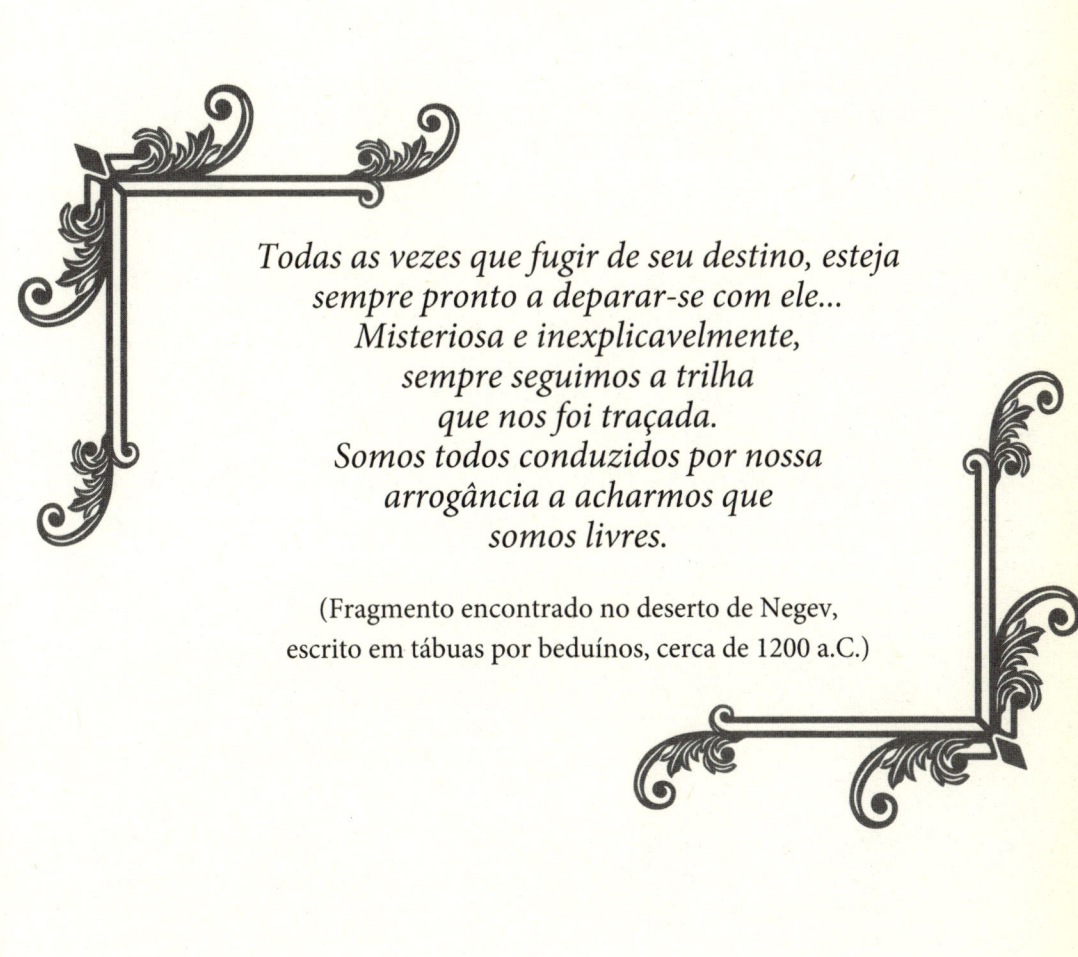

*Todas as vezes que fugir de seu destino, esteja
sempre pronto a deparar-se com ele...
Misteriosa e inexplicavelmente,
sempre seguimos a trilha
que nos foi traçada.
Somos todos conduzidos por nossa
arrogância a acharmos que
somos livres.*

(Fragmento encontrado no deserto de Negev,
escrito em tábuas por beduínos, cerca de 1200 a.C.)

Índice

Capítulo 1 13
Capítulo 2 21
Capítulo 3 24
Capítulo 4 27
Capítulo 5 35
Capítulo 6 36
Capítulo 7 39
Capítulo 8 50
Capítulo 9 67
Capítulo 10 73
Capítulo 11 78
Capítulo 12 83
Capítulo 13 84
Capítulo 14 92
Capítulo 15 97
Capítulo 16 105
Capítulo 17 113
Capítulo 18 125
Capítulo 19 130

Capítulo 20 131
Capítulo 21 137
Capítulo 22 138
Capítulo 23 146
Capítulo 24 147
Capítulo 25 149
Capítulo 26 150
Capítulo 27 156
Capítulo 28 165
Capítulo 29 168
Capítulo 30 176
Capítulo 31 185
Capítulo 32 188
Capítulo 33 196
Capítulo 34 199
Capítulo 35 202
Capítulo 36 211
Capítulo 37 214
Capítulo 38 216
Capítulo 39 220
Capítulo 40 224
Capítulo 41 227
Capítulo 42 229
Capítulo 43 234
Capítulo 44 238
Capítulo 45 239
Capítulo 46 243
Capítulo 47 246
Capítulo 48 254

Capítulo 49 257
Capítulo 50 262
Capítulo 51 267
Capítulo 52 268
Capítulo 53 274
Capítulo 54 277
Capítulo 55 279
Capítulo 56 285
Capítulo 57 286
Capítulo 58 292
Capítulo 59 293
Capítulo 60 297
Capítulo 61 305
Capítulo 62 312
Capítulo 63 315
Capítulo 64 316
Capítulo 65 318
Capítulo 66 319
Capítulo 67 327
Capítulo 68 336
Capítulo 69 337
Capítulo 70 341
Capítulo 71 344
Capítulo 72 351
Capítulo 73 357
Capítulo 74 361
Capítulo 75 362

Capítulo 1

A voz meiga da bela e jovem Jane dizendo "eu te amo" assombrou, por toda noite, os pensamentos de Rodrigo.

Acordar na manhã seguinte e observar Petra, ainda dormindo, era contemplar uma realidade que não estava mais seguro se ambos buscavam prosseguir. Amava-a ainda, porém, Jane suscitava sensações obscenas e pecaminosas. Aqueles pensamentos precisavam desaparecer. Como poderia sentir-se atraído por aquela jovem, amando ainda Petra? Sendo um homem casado, aquilo era inconcebível: amar a mãe e desejar a filha.

A noite do Dr. Rodrigo Mazal havia sido conturbada. Repleta de pensamentos que o abominavam. A distinta região de Beacon Hill recebia frontalmente a brisa do Pacífico. O charme clássico de Victoria sempre deixou os habitantes de Vancouver enciumados. O comércio abria suas lojas e já se sentia o cheiro dos dólares americanos e canadenses passando de mão em mão.

Logo ao subir no segundo andar do sobrado de esquina, entre Patricia Bay Highway e Pandora Avenue, o homem de meia-idade, com início de calvície mais acentuada no lado direito, provavelmente um paciente, aguardava o psicólogo na sala de espera de seu consultório. A maneira que observava atentamente a escultura de Jeff Koon, presente de uma das ricas pacientes que tratara, chamou a atenção do terapeuta.

O olhar desértico inicial, sentado com as pernas cruzadas e a mão esquerda no bolso do blazer, parecia artificialmente trivial.

– Bom dia, por favor, entre em meu consultório. Minha secretária hoje não virá. A mãe teve fortes dores no peito por toda a madrugada e ficou com ela no hospital. Terei que dar conta dos pacientes, telefone e agenda. Será um longo dia.

– Entendo como são tais imprevistos.

– Sente-se. Fique à vontade. Desculpe-me, pois nem olhei o sistema de agendamento e sequer li sua ficha. Creio que é a primeira vez. Como o senhor se chama?

– Deus.

– Como? – replicou, achando não ter ouvido corretamente.

– Deus.

– Chama-se "Deus"?

O cérebro do Dr. Mazal já havia, em segundos, criado todo um panorama possível da vida do indivíduo em sua frente: uma infância ao lado do pai agressivo ou talvez inexistente; filho único e que, diante da repressão de um pai autoritário, deve ter criado algumas fantasias para liberar suas pulsões; sem sombra de dúvida, um fracassado no casamento e na maioria dos laços afetivos, ocasionados por traições. Tudo isso fez com que o tal homem criasse a paranoia ficcional para si. Foi o que o psicólogo deduziu. Raramente errava em seus julgamentos.

Aquele era, todavia, um caso raro.

– Não, meu caro, não fui casado. Apesar de ser único, não sou filho único. E o que me fez acreditar ser Deus não foi um trauma por tragédias passionais, ao menos, não da forma que acabou de estruturar – disse o homem, com um olhar fixo e um leve sorriso no canto da boca.

O psicólogo levantou as sobrancelhas, sentiu um gelo pela espinha que descia e fez a sola dos pés suar. Notou um gosto estranho na boca, de quando se está diante de um medo imponderável.

– Como?... Como o senhor?... Como o senhor sabia o que eu estava... Eu disse? Não. Ou disse?

– Doutor, o senhor não falou coisa alguma, ao menos não usando sua voz e aparelho fonador.

– Então como sabe o que eu pensei?

– Sou Deus. Reconfigurar o que um ser humano cria em forma de linguagem pelos impulsos cerebrais não é uma tarefa tão complexa, apesar de que não foi um esquema dos mais simples desenvolver este mecanismo em vocês.

– Como? – disse o psicólogo, ainda com cara de espanto, mas cético.

O telefone chamou. Só depois do quarto toque atendeu. A mãe de um paciente pediu para remarcar a consulta de seu filho daquela tarde para a próxima semana. Anotou o recado para repassar à secretária.

A dúvida ainda dominava o psicólogo.

O paciente olhava fixamente a parede. Um rasgo de luz penetrava dentro da sala, criando uma parede invisível só vista pelas partículas de poeira. O raio de sol tocava o chão de madeira e criava um efeito diante dos olhos de reflexo. Ao mesmo tempo, o cheiro da colônia subiu até suas narinas, provocado pelo aumento da temperatura corpórea, que o trouxe de volta à lucidez.

– Acho que podemos continuar agora. Como disse, terei que fazer o serviço de dois hoje – riu forçadamente, expondo uma simpatia convencional. – O senhor dizia, então, que era *Deus*. Há quanto tempo descobriu ou desde quando assumiu esta identidade?

– Quanto tempo? Esta pergunta é muito corriqueira, não acha? Noto que vai se utilizar dos mesmos mecanismos e técnicas de retórica confessional da psicologia.

– Estamos num consultório psicológico. Esperava algo diferente?

– Como fui eu quem o procurou, doutor, sigamos nesta "convenção". Sua pergunta foi sobre o *tempo*, certo?!

– Sim. Alguém lhe disse ou desde criança sente-se Deus? – indagou o psicólogo com certo sarcasmo.

– Se há algo falacioso na realidade é o tempo. Realmente acredita no tempo, doutor? – disse, soltando um sorriso metálico.

– Se é Deus, sabe que criou uma coisa chamada *vida* a nós mortais – Rodrigo retrucou acidamente, quase debochando.

– Exatamente – concordou sorrindo.

– Nascemos, vivemos e morremos. Há certa circularidade nisto, dependendo da crença; ou mesmo uma linearidade. Quero dizer que, se nascemos e morremos, e tivermos uma nova vida, é um ciclo ou uma linha reta de existência e morte. Para isso, há o tempo. Claro que os anos, os nomes dos dias, os calendários foram convenções para organizarmos tudo.

– Sem dúvida, uma composição humana que apenas gerou mais dores e sofrimentos às suas mentes – disse com risos breves. – Antes, viviam uma caoticidade divina. Não estavam submetidos a uma condição arrogante de tentar organizar e prever tudo.

O psicanalista surpreendeu-se com a réplica, porém não o interrompeu.

– É como sua agenda, doutor. Você coloca tudo em ordem, cada horário de cada paciente. Só que ficou escravizado pela crença de que em um determinado horário chegará o paciente, ou irá para casa ao fim do expediente. Tudo isso gera uma expectativa, seja ela de proporções maiores ou menores. Uma mulher, por exemplo, de 30 anos de idade, solteira, com uma carreira estável, anseia casar-se ou encontrar alguém para compartilhar suas emoções ou mesmo extravasar seus desejos. Ela espera encontrar alguém, vai a bares, danceterias, conhece colegas do emprego e está sempre em busca de um parceiro potencial, porque acredita que pode encontrar. Contudo, se ela vivesse sem a sensação do tempo, estaria livre. Saberia que as coisas não aconteceram em sua vida ou poderão acontecer... Elas apenas são.

– O senhor quer dizer que...

– Pode me chamar por *você*. A formalidade é uma convenção. Mas sinta-se à vontade para me chamar como quiser.

– Obrigado. Então, você está dizendo que a linha do tempo é estática. Isso me parece muito filosófico e até mesmo um pouco budista. Como se o tempo fosse somente o agora.

– Se é budista não sei ao certo, sei que Buda ou as supostas encarnações de seu espírito falaram coisas como esta. O que afirmo é que o tempo é uma ficção!

– O que quer dizer com ficção? Como acredita ser o tempo?

Alguns passos foram ouvidos subindo as escadas. O som de alguém se sentando no sofá de veludo verde-escuro da antessala chegou aos ouvidos do psicólogo. Os olhos do Dr. Mazal voltaram-se em direção à porta, ajeitou-se na cadeira de couro e olhou o homem diante de si, como se aguardasse sua resposta.

– Se pensar em termos budistas, como mencionado por você agora, tudo é meramente pensamento. O instante é pensamento e sensações das coisas. Jamais o homem conhecerá as "coisas", em sua plenitude.

– Isso é filosofia, não? Se não estou errado, Fenomenologia – disse o psicólogo.

– Garanto a você que, se fosse para eu ter vindo aqui e ocupar-me em lhe mostrar qualquer conhecimento meu sobre Filosofia, você seria a audiência menos provável!

Uma certa irritabilidade tomou conta do Dr. Mazal, que notou estar diante de alguém culto e muito sagaz na arte da persuasão. Não poderia usar das mesmas técnicas clichês que usara com a maioria dos pacientes em seus problemas banais. Sabia que não estava diante de qualquer caso clássico de megalomania, mesmo isso já sendo óbvio.

Uma parte dentro de si sentia-se revigorado. A monotonia dos mesmos casos, de cada paciente que entrava e deitava-se no divã, já eram constantes. Muitas vezes, em três minutos de conversa com o paciente, já sabia exatamente quais eram as angústias e causas de tamanha depressão ou desconforto. Até porque percebeu, ainda no mestrado em Psicanálise Junguiana, que as pessoas eram previsíveis e tragicamente condenadas às mesmas vidas e conflitos.

– Concordo plenamente, doutor. Eles estão presos a uma tragédia existencial e todos vivem os mesmos *plots*, como personagens de um livro. Sem darem conta de que estão sendo manipulados e tomaram existência pela manipulação. Há uma obra bem interessante, de um escritor italiano, chamado *Seis Personagens em Busca de um Autor*. Hilário! Alegoriza muito a história e carências da humanidade.

– Leu meus pensamentos?! – deu um salto da cadeira e disse em voz mais elevada, sem a calma que falara até então – Quem é você? Me conhece de onde? Estudou comigo? – indagou o terapeuta com uma voz trêmula e irritada.

– Não – respondeu dirigindo o olhar para a porta ao ouvir tossir o paciente que aguardava na outra sala.

Sentindo o olho tremer involuntariamente, com sinais claros de um descompasso na pressão sanguínea, o terapeuta imaginou estar diante de algum mentalista, charlatão ou até mesmo alguma brincadeira dos amigos da faculdade, apesar de que a maioria ainda residia na Flórida.

Rodrigo havia se mudado para o Canadá logo após se formar, por conta de uma bolsa de pesquisa, pela Universidade de British Columbia. Ficou três anos morando em Vancouver, com uma família que acomodava estudantes estrangeiros, na Clarendon Street. Descia do Skytrain diariamente, na 29th Avenue e tomava o ônibus que o deixava praticamente em frente à residência. Nas tardes de domingo, patinava na escola fundamental John Norquay. O relacionamento com Petra Weisman aconteceu pouco tempo depois. A garota alemã de cabelos castanhos-claros e olhos verdes encantou-o. Conheceram-se quando precisava ir a Frankfurt. Petra era dona de uma pequena e respeitada agência de viagens. Enquanto agendava uma sequência de voos que faria pela Europa, por conta de seminários, acabaram flertando um com o outro. Após seu retorno, envolveram-se e casaram-se um ano depois. Nunca conheceu o pai biológico de Jane. Petra dissera que ele havia morrido em um acidente de carro meses depois de seu nascimento. Aos 17 anos, Jane era muito afeiçoada ao pai que sempre teve e a criou: Rodrigo. A garota, com personalidade muito semelhante à da mãe, tinha atritos constantes com ela, a qual via na filha um desprendimento e impulsividade além da naturalidade.

Hoje, aos 41 anos, Rodrigo nunca sentiu a crise da meia-idade. Raramente questionava-se das escolhas tomadas na vida e de algumas falhas de performance sexual com a esposa. Desconfiava de que a filha não era mais virgem e de que estava diante de um louco.

Naquele instante tudo estava estranho.

Uma nuvem parecia permear a parte periférica de sua visão, não sentia os membros inferiores. Uma sensação de fadiga e debilidade tomava conta dele. Tudo se apagou.

– Olhe para meu dedo e siga-o – disse o enfermeiro. – O senhor está me ouvindo? Qual seu nome?

– Rodrigo. O que aconteceu? – indagou com a voz fraca e titubeante.

– O senhor desmaiou, creio que foi apenas um mal súbito, talvez por conta da taxa de glicose baixa. Havia tomado café da manhã?

– Não sei. Acho que sim. Não, apenas uma xícara de café com leite – respondeu ainda confuso.

– Recebemos uma ligação, dizendo que havia desmaiado e que, provavelmente, seria hipoglicemia e má oxigenação. Até achamos que podia ser um enfermeiro ou estudante de medicina. Creio que era algum paciente seu, que estranhamente não estava mais lá. Havia apenas um outro que se surpreendeu com nossa chegada.

– Deus... Deus? – ainda com voz trêmula, lembrou do paciente com quem conversara.

– Calma, está tudo bem, apenas está fraco. Vai tomar soro glicosado e comer algo. Em uma hora estará cem por cento – acalmou o enfermeiro, que tinha traços asiáticos, além de um canino maior do que o outro.

O barulho da sirene havia diminuído em razão de o paciente não apresentar qualquer risco aparente de morte. Rodrigo tentava, inutilmente, relembrar o que havia exatamente ocorrido. Lembrava apenas que estava em seu consultório e, de repente, viu-se dentro de uma ambulância, sendo levado para Mount St. Mary Hospital. Após procedimento padrão, 45 minutos depois, havia sido liberado e aguardava a chegada de Petra. Não estava em condições de voltar sozinho. Sentado no saguão frontal, sentiu um toque em seu ombro e uma voz conhecida:

– Está bem, doutor? Amparei-o segundos antes do colapso, por pouco não atingiu a quina da estante de livros.

– Você aqui!? Me acompanhou? O que faz aqui?

– Sim, o acompanhei – afirmou, porém, obviamente, não ocorrera como o psicólogo imaginava.

– Mas os enfermeiros disseram que não havia ninguém em minha sala.

– Façamos o seguinte: próxima semana, mesmo horário? Estou certo de que não há ninguém naquele horário em sua agenda. E podemos esclarecer tudo. Preciso muito conversar, doutor. Há muito tempo não o faço. Ficamos acertados?

– Ok – confirmou Rodrigo meio hesitante, mas intrigado.

– Excelente!

Ouviu a voz de sua esposa que perguntava pelo marido à recepcionista do hospital. Quando tornou a olhar em direção ao homem, ele cruzava a porta automática e dirigia-se para o lado direito do estacionamento. Petra aproximou-se com um olhar meigo e uma voz embargada:

– O que houve, querido? Como está?

– Melhor, bem melhor. Obrigado por vir. Vamos embora.

Capítulo 2

A escolha de mudar-se da Alemanha e ir para o Canadá foi tomada de forma impulsiva. A mãe adoecera e Petra sabia que não aguentaria vê-la definhar até a morte. O que demoraria muito pouco para acontecer, pensava ela. No entanto, a mãe seguia viva, após 15 anos de muito sofrimento, na pacata cidade alemã de Limburg.

Depois de três anos em Frankfurt, trabalhando em uma agência turística do tio, partiu para o Canadá. Havia sido convidada a fazer uma parceria de negócios com um cliente que conheceu assim que começou a trabalhar. Mike tinha na serenidade do olhar o encanto do equilíbrio. Ele enxergou também nela uma beleza nada angelical, porém muito atraente. Petra sentiu na oportunidade a chance de uma mudança radical em sua vida.

Ela não estava errada.

Em pouco tempo o portfólio de clientes engrossou da agência Arcane Travel & Tours. Petra administrava praticamente sem ajuda do amigo, que viu em sua competência com os negócios uma oportunidade para estudar Direito. Assim sendo, Mike fez uma proposta, oferecendo maior participação nos lucros a ela se tocasse a agência sozinha. Impulsivamente aceitou. Faria tudo que fosse requisitado, ainda mais estando grávida dele.

O desaparecimento, nada natural, de Mike fora um duro golpe na vida de Petra, que se viu desolada, com a pequena Jane nos braços.

Levou um tempo para recompor-se e achar-se em condições para uma nova vida afetiva. O constante passageiro Rodrigo Mazal, ainda jovem e sedutoramente inteligente, sempre que aparecia na agência, causava um alvoroço entre as funcionárias. Todas queriam explicações sobre suas frustrações amorosas. Rodrigo tinha uma habilidade fenomenal com pessoas. Ele parecia ler suas almas.

A fragilidade de Petra e o furor intelectual do rapaz criaram uma combinação que parecia perfeita.

Apenas parecia.

O envolvimento transformou-se em paixão. Ou melhor, Rodrigo completamente apaixonou-se. Petra, por outro lado, sentia nele a segurança que ela e a filha precisavam. Não estava certa de seu amor por ele. A vida íntima comedida não saciava os desejos mais profundos de Petra. Seu ímpeto ansiava por algo além. Ainda mais lembrando que Mike nunca fora um homem comum.

A convivência com Rodrigo não consistia em algo tenebroso. Era um homem responsável e inteligente. Escutava, constantemente, comentários sobre o marido onde quer que estivesse. Suspiros contidos pelo Dr. Mazal podiam ser ouvidos dos salões de cabeleireiras até os chás das ricas mulheres de Victoria. Escreveu *Cemitérios de Verdades*, seu primeiro livro, no qual o psicólogo revelava o quanto os seres humanos boicotam-se, tornando-se o inimigo disfarçado e mais procurado deles mesmos. Em seguida, publicou o best-seller *Mulheres Independentes, Mulheres Solitárias*, antes mesmo de obter seu doutorado, desvendando a triste situação das lindas, independentes, porém, solitárias mulheres do século XXI.

Petra via em tudo aquilo uma futilidade sem medida. Sabia que existia muito mais na existência humana. Todavia, jamais ousou conversar com o marido além de assuntos extremamente convencionais e cotidianos.

Não se sentia segura em revelar a ele certos segredos.

Numa tarde, semanas antes do Dia de Ação de Graças, enquanto aguardava para ser atendida na manicure, Petra sentiu-se desiludida. Lia, em uma coluna da revista feminina *Devine*, mencionar, de forma honrosa, seu marido. A jornalista dizia ter ele "uma capacidade rara de reconhecer o perfil das pessoas, mesmo que com poucas palavras. Além da habilidade de falar as verdades mais profundas de forma sutil. O Dr. Rodrigo Mazal tem o dom de penetrar no âmago de quem a pessoa é. Além de retirar as máscaras que criamos do cotidiano e nossas deformidades secretas mais repugnantes. Conhecer o ser humano, sua alma e seus pensamentos, mais que o próprio indivíduo, são armas que o psicólogo usa para dizimar conflitos mais secretos em suas pacientes".

"Tão ingênuos!", pensou Petra.

Os últimos anos de casamento pareciam-lhe sufocar. A filha crescia e tornava-se uma bela mulher. A convivência ao lado de um homem idealizado pelas mulheres aliando aos fortes laços que o marido e a filha tinham eram, por demais, desgastantes. Jane não era uma garota como as outras e Petra não sabia por quanto tempo tudo aquilo permaneceria como segredo. Estava convicta de que certos mistérios deveriam permanecer escondidos para sempre.

Capítulo 3

O som do mar, arrojado ao quebrar na praia, sempre acalmou Rodrigo. Recordava-se das belas praias do nordeste brasileiro e, até mesmo, de Fort Lauderdale, onde costumava ir, quando universitário, com os amigos. Olhar a imensidão, ali, do Pacífico, da linha que unia céu e mar no horizonte, sempre foi revelador da pequenez e mediocridade da existência. Sempre se considerou superior intelectualmente. Foi o aluno mais brilhante da turma na Universidade de Miami, passava mais de oito horas debruçado sobre os livros e as pesquisas, além dos estágios. Percebia que para entender quem somos em sua essência, precisava conhecer a história da humanidade, suas transformações e como filósofos, sociólogos, antropólogos, historiadores, linguistas e psicólogos desenhavam o indivíduo. De Aristóteles à Escola de Frankfurt. De Agostinho a Michel Foucault, tudo era devorado por ele.

Sua genialidade, em breve, seria colocada à prova.

Na noite anterior, Jane chegara muito tarde. As atraentes curvas do corpo de Jane causavam-lhe os corriqueiros ciúmes de um pai com uma filha adolescente. Tinha os olhos e o quadril da mãe. Sabia o poder da sedução feminina. Uma voz doce e um sorriso que era impossível negar qualquer pedido a ela. A história e os mitos estavam repletos de incidentes, impérios devastados e grandes homens derrotados pelo desejo de uma mulher.

Capítulo 3

O iPhone tocou. Surpreendentemente era a filha, comunicando que o jantar estava pronto.

Rodrigo voltou pela orla, sentindo a água tocar seus pés e a areia que afundava alguns centímetros a cada passo que dava. Olhou para trás. Viu uma dezena de pegadas que ficara, outras já haviam desaparecido. Ao chegar, esguichou com a mangueira do jardim água para retirar a areia dos pés. Ao olhar para dentro de casa, a filha já sentava à mesa.

— Oi, pai. Demorou hoje sua caminhada. Acho tão maluco isso seu! De precisar caminhar para decidir alguma coisa. Você era assim mais novo?

— Sempre, abobrinha — carinhosamente a chamava, desde criança, de abobrinha. Tudo por causa de uma apresentação, no jardim de infância, em que se fantasiou de abóbora. — Eu costumava ficar andando pelas ruas, falando sozinho, e anotando em um bloco de papel as teorias e ideias que tinha para meus trabalhos na faculdade.

— Cada louco com sua mania, espero que não seja hereditário! — retrucou ela com humor e tom sarcástico, contudo, familiar.

O brilho do cabelo molhado de Petra lembrou-lhe os raios de sol.

O desmaio do marido, no começo da semana, ainda a intrigava. Isso nunca havia ocorrido. Por outro lado, ficava irritada com ele porque esperava uma atitude mais enérgica diante da filha pelo horário que voltara na noite passada.

— E não vai explicar por que a "mocinha" chegou aquele horário ontem? Ou melhor, hoje, né? — perguntou a mãe com aspereza na voz.

— Relaxa, mãe! Começou... ai, ai. Estava na casa da Patrícia, já disse.

O pai sequer se deu ao trabalho de falar coisa alguma para a filha. Era fato que escondia alguma coisa.

— Este é o problema, o David! Sabe que não gosto nem um pouco daquele maconheiro. E acho muito estranho o relacionamento dele com a irmã.

— Eles são irmãos só por parte de mãe. E de boa, mãe, tem nada para contar ou se preocupar. Ficamos conversando até tarde, perdi a noção do tempo.

Ao ouvir que Jane havia perdido a noção do *tempo*, Rodrigo lembrou que na segunda-feira veria, novamente, seu misterioso paciente

"Deus". E percebeu que sequer terminaram de conversar a tal perspectiva sobre o tempo com o *"Todo-Poderoso"*. Iria retomar deste ponto o assunto. Recordava agora nitidamente toda a primeira conversa que tiveram, antes do mal súbito. Ignorava a discussão da esposa com a filha. Somente meneava a cabeça como se estivesse prestando atenção na conversa das duas e concordando... com alguma delas.

Petra temia desesperadamente com quem a filha poderia relacionar-se. Uma catástrofe de proporções inimagináveis poderia ocorrer se fosse descoberta a origem da garota. Não se preocupava com as pessoas com quem se relacionava, mas com as que Jane poderia ter. Esta foi sua falha crucial.

Capítulo 4

A ducha demorou a esquentar. Havia sido uma noite mais fria que de costume e Rodrigo sentiu-se motivado com a ideia de voltar a conversar com Deus. Um ar de riso se delineava no rosto quando se lembrava do indivíduo.

Desta vez, comeu duas fatias de torrada com geleia de amora, o que amava. Como de costume, uma xícara de café com leite e dois copos de suco de laranja. Alimentado o suficiente. Bastara o susto da semana anterior. Deixou sua filha na porta do colégio, pois havia perdido o ônibus, e chegou dez minutos depois que de costume no consultório. Estranhou que a secretária ainda não havia chegado, mas logo notou que estava no banheiro. Ouviu bater na porta momentos depois. Era Deus.

– Bom dia, Dr. Mazal.

– Bom dia. Como o senhor está?

– Bem... bem – respondeu, após apertar a mão do terapeuta e acomodar-se no divã.

Havia algo de distinto naquela manhã. Sentia no ambiente, no som dos carros que transitavam e nos poucos ruídos que invadiam o consultório. As cores dos móveis, a imagem vista pela janela, tudo parecia distinto.

A forma que cada um se olhou era como se conhecessem. Por alguma razão, contudo, Rodrigo não conseguia saber por que a sensação de euforia e temor tomavam conta de si. Uma ansiedade viscosa parecia interferir.

— Antes de qualquer coisa, gostaria de lhe agradecer, pois suponho que tenha sido o senhor quem telefonou para a emergência do hospital — disse Rodrigo para quebrar o silêncio que tomou conta da sala.

— Disponha.

— Estranhamente tive aquele mal-estar. Nunca havia me acontecido. Tenho a pressão muito controlada. Deve ter sido uma queda glicêmica.

— Todos têm reações inesperadas! O corpo humano é perito em pregar peças e criar surpresas.

— Na semana passada, falávamos sobre o tempo. O senhor dizia que o tempo era algo ficcional. Todavia, como se apresentar sendo Deus foi algo inusitado, acabei não lhe perguntando as questões triviais: se mora em British Columbia, se é canadense?

— Como prefere seguir o protocolo — respondeu com certo ar de desapontamento — as responderei, mas creio que no decorrer das sessões elas se tornarão mais compreensivas. No entanto, vamos lá. Não sou originalmente de British Columbia.

— Casado?

— Não tenho nenhum relacionamento conjugal.

— Trabalha em qual área?

— Sou construtor, autor, escritor e modelo. Diria que não estou empregado ou trabalhando por certo tempo já — respondeu curvando a cabeça como que dando a entender que estas não eram as respostas mais apropriadas.

— Entendo. Interessante. Sendo Deus, faz muito sentido — respondeu de forma irônica.

— Seu ceticismo irá sucumbir até nosso sexto encontro.

— Sexto? Já delimitou e traçou o tempo da terapia? Ou alguma razão específica? — disse o terapeuta.

— Este é "meu" tempo. Exceto se o doutor tiver alguma objeção e preferir que não prossigamos.

— A terapia requer um período maior, mas sigamos em frente. Fale-me, então, por que o tempo é uma irrealidade? Estou intrigado por sua teoria.

— Não é uma teoria, doutor. Você já leu o Mikrá ou a Torá?

– Tenho certo conhecimento, pois minha esposa é judia. Mas não sou um *expert* em Pentateuco ou Velho Testamento – disse o psicólogo, soltando um pequeno riso.

– É o suficiente. Quais são as palavras iniciais, seja tradução usual King James ou da Torá, do livro de Gênesis?

– "No princípio criou Deus os céus e a terra. A terra era sem forma e vazia..." – respondeu Rodrigo. – Creio que há uma bíblia em minha gaveta, estava aqui quando aluguei o espaço, deve ser daquelas doações dos Gideões Internacionais.

– Pois bem! – confirmou meneando a cabeça, enquanto Dr. Mazal vinha com uma edição de bolso azul da bíblia que estava na última gaveta de sua escrivaninha. – Notou que minha primeira criação foi o quê?

– Deus, ou você, criou os céus e a terra, ainda caótica! – disse o terapeuta com um timbre na voz de quem incitava e buscava a fala seguinte do paciente.

– Errado, meu caro! Absurdo como, mesmo após centenas de anos, algo tão simples passa encoberto por teólogos, filósofos, antropólogos, historiadores, psicólogos e fiéis.

– Não entendi.

– Leia o que diz "no princípio..."! Tive que criar o tempo, primeiramente.

– Verdade... sabe que é fato?! – confirmou o psicólogo, que parecia estar lendo e ouvindo uma curiosa versão, mas ainda cético.

– Foi algo óbvio. Precisava criar antes do cosmos e da Terra um padrão e arcabouço que sustentasse a existência por si só, sem mim. Entendi que a partir do ponto que Eu era provedor e mantenedor, a criação não existe. Criação é permitir que o objeto desenvolvido pela mão do artista ou pesquisador não mais precise de sua força constante existencial. Assim o fiz.

A conversa havia chegado num ponto que Rodrigo amava: as questões teóricas e filosóficas da existência humana e do universo. Ainda que o paciente parecesse um homem tomado pela sua ficção e autoimagem distorcida, era, sem dúvida, uma teoria bem coesa. E, genuinamente, a convicção daquele homem em muito se aproximava da megalomania do "Deus judaico-cristão". "Por que não?", pensou o psicólogo, utilizar-se daquele caso para um artigo? Recusara já vários pedidos para escrever uma coluna ao jornal *Times Colonist*. Então, decidiu entrar no jogo do paciente, permitir-lhe sentir-se confortável e seguro, pois, assim, teria material abundante para seus textos.

– Ok, entendi. Mas, então, o *tempo* é soberano?

– De certa forma. O tempo é uma criação para a materialidade. O mundo concreto precisa de uma cenografia. A *eternidade* não depende disso.

Dr. Mazal fez uma expressão de quem tentava seguir a linha de raciocínio.

– Vou tentar lhe explicar, doutor, de forma simples, como é a funcionalidade do tempo. Primeiramente, o ser humano tem a sensação dos dias, suas marcações de períodos pelo ciclo do dia e noite. Em seguida, há as estações que os dirigem para os períodos mais longos, dando uma sensação de prolongamento da passagem de tempo. O tempo é venerado e amaldiçoado como algo divino e maldito.

– Venerado e amaldiçoado, como assim? – interpelou como de costume em uma análise.

– Há um altar em cada casa, cada automóvel, e até mesmo carregam consigo nos pulsos: os relógios. Essas máquinas que controlam a marcação do tempo e a vida dos indivíduos, aprisionam, mas todos têm a sensação de organização. Idealizam projetos e analisam o passado em busca de algo que conforte a fragilidade diante da breve passagem pela vida.

Era uma observação sagaz, o analista não tinha como negar. Seguiu, ouvindo o paciente, como se estivesse diante de um palestrante.

– A memória é tudo que há ao ser humano e tudo que ele é. Veja, o tempo é um mecanismo ficcional pela limitação intelectual da raça humana. A verdade é que não há passagem de tempo. Tudo é estático. A mim tudo é estático! Não existe o ano 100 a.C ou o ano de 2054 d.C.

– Está dizendo que esses fatos nunca existiram nesta ordem?

– Não é isso. Não tenho em minha "memória" ocorrências e ações. Os eventos não ocorreram ou ocorrerão... Os eventos são! Diante de mim, agora, vejo Cleópatra maquinando uma forma sedutora para ludibriar Júlio César. Vejo a sopa cósmica inicial da formação do planeta e vejo os embates finais apocalípticos. Não existe uma linha lógica temporal e cronológica.

— Não existe nunca uma lógica? — provocou o psicólogo.

— Existe uma sensação de organização aos seres. O que contribui para os laços afetivos, condicionamento emocional das perdas, as falsas ilusões sobre os novos projetos.

Com um olhar mergulhado na fala de Deus, Rodrigo sentia que novas conexões sinápticas se realizavam em seu cérebro. Todo aquele discurso, aparentemente insano, fazia um sentido descomunal. Aquele homem era um gênio ou um louco varrido, que havia devorado alguns livros de Agostinho e Kant e reconfigurava-os por um olhar teológico.

— Há nada de teológico nisso, mas admito que Agostinho havia tido alguns *insights*, ou revelações quanto ao tempo — disse Deus, enquanto reforçava o nó do sapato.

Um olhar assombrado tomou conta do psicólogo que, desta vez, estava certo não ter dito uma só palavra, apenas pensara.

— Como sabia o que eu havia pensado e exatamente em quem? — perguntou com a voz vacilante e um olhar de desconfiança, porém admirado.

— Vamos voltar a este dilema? — retrucou sorrindo.

Como um grande congestionamento em horário de pico, a mente de Rodrigo parecia estar totalmente engarrafada. Cogitava, mais uma vez, se não havia conhecido aquela pessoa anteriormente. Impossível, nunca esquecia um rosto. Olhou para o crisântemo branco que ficava próximo à janela. Respirou profundamente, sentindo o ar entrando e passando por todo o sistema respiratório, expirou como se eliminasse além de monóxido de carbono, também algumas dúvidas e incertezas. Voltou seu olhar ao paciente e perguntou algo, o que deveria ter feito desde o início:

— Por que o senhor veio fazer terapia? O que o levou a procurar um psicólogo? Parece-me tão sólido em suas convicções.

Segundos de silêncio rasgavam o ambiente. Era possível sentir o peso do universo sobre a atmosfera naquele instante. O olhar de Deus estava imóvel. O cristalino dos olhos parecia translúcido e podia perceber um vácuo interior que o tomava. Lentamente fechou os olhos e, com a voz embargada, respondeu:

– A solidão.

Inexplicavelmente, era a primeira vez que o Dr. Mazal observava certa fragilidade do paciente diante de si. Permitiu que Deus seguisse em sua catarse.

– A solidão divina, a solidão da eternidade, a solidão da onisciência. A enfadada e maldita sensação de incompreensão e de ser único. De ser o princípio e fim. De ser o todo em tudo. De criar um teatro para ter que distrair a angústia da monotonia soberana.

– Um teatro? De fato o teatro e o drama já foram divã de muitos na Grécia antiga. Mas ter que distrair-se? Parece mais um circo com picadeiro e tudo mais.

– Este circo ou parque de diversões é a Terra e sua história – afirmou Deus.

– A solidão, se não estou enganado, é uma sensação que se tem ao experimentar um antes em companhia de outrem ou uma expectativa de um porvir com alguém. Se o tempo, ao senhor, é estático, logo, em nada há de diferente.

O terapeuta havia percebido que mediante a tal argumento, o falacioso Deus iria finalmente sucumbir. Uma sensação de bem-estar e arrogância tomou conta dele. Deus jamais iria se sentir só, pois sempre foi só. Esta era a essência dele. Uma solidão criadora.

– De fato, minha imagem e semelhança que ditei sobre meus seres não foi em vão, doutor. Esta exaltação interna pela presunção de ter conseguido deflagrar-me, também é minha. Mas lhe responderei.

As pálpebras de Rodrigo semicerraram, como que duvidando do que ouvia, mas espantado, porque mais uma vez havia dito nada, apenas pensado. E seguiu ouvindo-o:

– O ser humano desconhece totalmente a sensação de solidão. O que vocês sentem é saudade ou nostalgia. A solidão é a sensação de ser único e saber que sequer esta experiência pode compartilhar, uma vez que, não há um só ser, em todo o universo e em todas as dimensões, que seja capaz de senti-la. A profunda melancolia, gerada pela solidão na qual padeço, me fez, em momentos-chave na história da Terra, entrar em contato com certos homens e mulheres. Por isso, estou aqui.

Capítulo 4

Uma comoção embargou a alma do terapeuta. Algo que raramente ocorria, até porque era muito objetivo e direto; essas eram suas marcas que o distinguiam na região e davam-lhe certo prestígio.

– O que você, doutor, acredita ser solidão, ou mesmo qualquer outro indivíduo, é gerado porque perdeu um ente querido, ou porque está só por alguns meses sem qualquer tipo de laços afetivos. Ou porque tem uma personalidade introspectiva e tímida, assim, a relação interpessoal torna-se mais complexa. Todavia, ninguém jamais pode afirmar que é único ou que jamais outro ser humano sentiu-se só e carente. Egocentrismo não alimentado é uma característica recorrente na existência humana. Falo de solidão!

– Se entendo bem, então, Deus, quer dizer que sente o vazio da solidão. Sente-se único e isso o faz sentir-se abatido. Depressivo.

– Estas são nomenclaturas bem impróprias, mas únicas para rotular de forma mais próxima – afirmou Deus.

– Estou certo, então, que quando criou o Jardim do Éden, Adão e Eva, foi para aliviar-se da sensação de isolamento. A formação do planeta, dos animais e de todos os seres foi uma grande terapia ocupacional.

Com um rosto totalmente corado, como se segurasse um riso contido, Deus responde:

– Criar o quê? Jamais criei um jardim com um homem e uma mulher. Essa é uma das parábolas mais inusitadas que persiste. As pessoas insistem nisso sem perceberem o que de fato ocorreu. Estou certo que tem como referencial os textos canônicos, aceitos pelas maiores seitas seguidoras de meus ensinamentos.

– Parábola? Como assim, parábola? Quer dizer que a história de Deus, ou melhor, de você ter criado um jardim ao primeiro casal, é uma falácia? Agora fiquei confuso, de fato está precisando de terapia, se até Deus desacredita do que fez – disse com um tom de carinho brincalhão, mas incitando o paciente a replicar.

O psicólogo viu o painel do interfone acender. A secretária queria alertar que o próximo paciente já o esperava e 12 minutos haviam já passado. O rosto do psicólogo ficou visivelmente desapontado, pois o diálogo iria, mais uma vez, tomar rumos incendiários.

– Creio que meu tempo chegou ao fim, Dr. Mazal. Nos vemos na próxima sessão?! Mesmo horário?

– Sem dúvida. Tenha uma boa semana!

– Até logo.

Enquanto esperava o próximo paciente, correu tomar nota de tudo que havia discutido. Aqueles apontamentos ainda seriam cruciais para ele. E também ao maior oponente de Deus. Rodrigo sequer podia imaginar em que estava envolvido.

Capítulo 5

— Vai ser minha primeira vez, Sammy. Não quero que role aqui, deste jeito!

A ousadia dos toques entre Jane e Sammy liberava mais desejos. As carícias com as mãos gritavam por mais. Se não estivessem dentro do carro da amiga, tudo teria rolado ali mesmo.

Na próxima vez que estivessem sozinhos, ela não estava certa se conseguiria contê-lo... ou se iria querer.

Capítulo 6

Naquela semana os dias não passaram, voaram. Uma sensação de inversão térmica fazia a sexta-feira ser bem úmida. Rodrigo arrependera-se amargamente de não ter colocado uma camisa de algodão. Sentia o suor e alguns odores provenientes da transpiração em contato com o tecido sintético. Antes de voltar para casa, passou no supermercado. Sua esposa havia saído com algumas amigas para organizar um chá de cozinha, e pediu a ele que levasse algo para o jantar e para o domingo, pois teriam o chá entre as mulheres do clube.

Ao chegar em casa, viu Jane mergulhada em brochuras de universidades. Ela separava as informações daquelas em que gostaria de estudar. Pensou fazer Psicologia, como o pai, mas logo percebeu ser impulsiva demais e a profissão exigia mais comedimento. Gostava muito de Artes. Odiava Matemática e Química. Cogitou Artes Plásticas, Moda ou algo na área de Humanas. Já havia mandado os formulários para as instituições. Decidiu, todavia, sozinha, sem interferência. O pai sempre foi refúgio e referencial.

– Olá, filha! Pode me ajudar a guardar estas compras?

– Claro, pai.

– Sua mãe só vai chegar mais tarde e me pediu para passar e comprar umas coisas para o fim de semana. Está tudo bem com você?

– Sim, tudo ok. Estava pensando... Como você tem paciência com a mãe todos esses anos? – disse ela rindo.

Capítulo 6

– Você e sua mãe... ai, ai. Vai sair hoje? Alguma festa ou encontro com as amigas?

– Até pensei em ficar na casa da Lindsey. Lembra dela, né? Aquela que o pai é pianista.

– Sim, eu me recordo deles, os Carters. Não devia ir, sua mãe vai ficar uma fera. E com razão, passou da hora na semana passada. Você tem que entender que nos preocupamos, Jane.

– Não vou mesmo. Quero levantar cedo para estudar. Que tal assistirmos ao último filme do Almodóvar, pai? Peguei o DVD.

– Sério?! Queria muito ver. Vou colocar estes empanados para assar e tomar um banho enquanto isso. Podemos comer e assistir juntos. Sua mãe disse que chegaria após as 22 horas.

– Vai lá, então. Vou preparar nossa sessão de cinema – disse, rindo.

Após 20 minutos, mergulhado na banheira, Rodrigo lembrou que não podia esquecer-se de levar na segunda-feira o gravador. A divindade carente era um caso sombriamente empolgante. Não queria deixar escapar uma anotação de seu paciente ilustre: Deus.

Desceu as escadas, procurando a filha na cozinha e sala de TV. Havia emprestado-lhe seu gravador, tempos atrás. Chamou por ela, que respondeu do quarto.

– Poxa, passei pelo seu quarto e não notei que estava aí.

– Vim colocar uma camiseta mais leve. Está um mega calor! O que foi, pai?

– Preciso do gravador para usar segunda-feira. Está com você, né? Lembro-me que pediu para um trabalho de jornalismo do colégio.

– Sim, está comigo.

Jane inclinou-se para pegar na gaveta, abaixo do *notebook*. Neste momento, Rodrigo observou os seios da filha, que se revelaram pelo decote da camiseta, ao se abaixar. Era uma visão deliciosamente admirável. Sentiu-se desconfortável. Ela percebeu a abertura e olhou para o pai, que acabara de desviar o olhar, mas pôde ver que ele notara.

– Aqui está o gravador, pai. Obrigada. Vai voltar a gravar seus pacientes? Há muito tempo não o faz.

– É um caso específico – respondeu olhando para o chão, ainda constrangido.

A filha sentiu-se estranhamente eufórica. Sabia que era uma garota atraente. Notava os olhares dos rapazes no colégio. Mas o pai a olhara, mesmo que acidentalmente. Sentiu uma sensação de poder.

Os dois desceram e sentaram-se no sofá da sala de TV. Comeram, assistiram ao filme e lavaram a louça juntos.

Ao ver que ainda eram nove horas da noite, a filha propôs verem, também, o filme *Donnie Darko*, que ambos adoravam. Juntos, pai e filha, haviam já assistido àquele filme cinco vezes. A mãe odiava. O cansaço de Rodrigo derrotou-o e 30 minutos depois cochilava. Jane deitou, apoiando as costas no pai, acomodando a cabeça próxima de seu ombro esquerdo. Com um braço a abraçou e se ajeitou na *chaise*. O pai sentiu o cheiro do xampu no cabelo da filha e percebeu que ela pousara a mão direita em sua perna. Preferiu não pensar naquilo. Fechou os olhos, para dormir e fugir.

Capítulo 7

A dependência química e consequente incapacidade de fazer julgamentos sóbrios fizeram o ex-técnico em eletrônica, Frederic Burrhus, ser preso na região de Hastings. No ímpeto para saciar seu vício, tentou assaltar uma loja de conveniência. Só não contava que também abastecia o policial de folga Chistopher Hojelf. Como já havia sido preso anteriormente, por comércio de drogas, desta vez, ficaria um bom tempo na cadeia. Aquele indivíduo ainda seria um ótimo instrumento nas mãos de Samyaza.

O psicólogo precisava de pilhas para o gravador. Rodrigo parou o carro em uma estreita vaga na loja de conveniência do posto de combustível. Aquela era a mesma loja onde, duas horas antes, Frederic Burrhus tinha sido preso. Por pouco o psicólogo e o traficante não se encontram. Mas isso não demoraria muito. Ambos tinham muito que conversar.

O psicólogo não podia esquecer-se, ao final do dia, de passar no shopping e comprar o presente da esposa, que faria aniversário na semana seguinte. Pensou em levar a esposa para Buenos Aires; ela nunca havia viajado pela América Latina. No caminho repensou e decidiu que daria uma joia e a levaria para jantar no restaurante Cloud 9, em Vancouver. Colocou as pilhas no bolso e seguiu para o consultório.

Ao entrar pela sala de espera notou, sentado no sofá, Deus folheando uma revista. Ele vestia uma malha marrom escura e calças claras, cáqui. Parecia não ter tido uma noite muito boa de sono ou estava preocupado com algo. O analista preferiu não comentar a observação. Cumprimentou-o já convidando para dirigir-se até seu consultório. Notou que não seria possível tirar as pilhas do bolso e colocá-las no gravador. Preferiu também não pedir permissão ao paciente.

– Como foi seu final de semana... Deus? – disse, ainda com desconforto de chamá-lo dessa forma.

– Como sempre! Tudo como sempre – respondeu o paciente olhando para um pêndulo parado na mesa do consultório.

O analista sabia exatamente o que significava aquela sensação de monotonia. Sentia o mesmo a cada paciente que entrava, sentava-se e falava. Parecia que ouvia eternas repetições. Para ele, era uma aceitação, fatídica e indigesta, saber que éramos cópias, com a traiçoeira sensação de sermos seres únicos.

– E foi exatamente neste ponto que nossa sessão acabou na semana passada. Ia me contar que a criação do homem e da mulher, no Éden, não havia ocorrido como pensa a maioria das pessoas. Além de não ter sido uma forma de aliviar sua solidão.

– A solidão parece só ter aumentado desde então, doutor.

– Por que diz isso? – mais uma vez disse incitando a fala do paciente.

– Busquei facilitar ao máximo a compreensão do que seria a formação de tudo. Não somente nos textos bíblicos ou na Torá, mas na maioria das narrativas por meio das quais tentei revelar este ato criador inicial.

– Outras narrativas? – perguntou o psicólogo.

– Obviamente. A metáfora ou parábola mais bem elaborada foi a que ainda persiste, com poucas alterações e inserções, do texto de Gênesis. Entretanto, revelei-me como ser supremo e norteador às tribos indígenas, povos nativos africanos e aborígenes. Sempre me apresentei buscando uma imagem aprazível – disse sorrindo.

– Havia dito na semana passada isso, que era uma parábola, uma ficção. Mas é uma verdade literal para milhões ainda hoje no século XXI. Adão e Eva nunca existiram?

– Não. Quero dizer, não como seres. Eles são exatamente isso: uma parábola explicativa.

– O senhor está dizendo que foi uma construção arquetípica?

– Isso! Como um *software*! Seu computador quando comprou deve ter vindo com o Windows. No entanto, para ser funcional ao seu dia a dia, deve ter instalado um pacote Office, para usar os programas corriqueiros: Excel ou Word. A fábula do Jardim do Éden foi isso.

– Jamais imaginaria Deus falando que o Jardim do Éden foi uma fábula – disse sorrindo.

– Como o senhor, doutor, entende ou acredita?

O psicanalista percebeu uma inversão de papéis. Não se sentiu muito confortável. Não gostava de dar explicações sobre conceitos e crenças. Preferia conduzir o paciente a tirar suas conclusões e enxergar a triste, porém realidade de cada um. Notou, no entanto, que aquele, sendo um caso mais apurado, teria que romper sua ortodoxia.

– Percebo que isso é um constructo de pensamento. O que disse é muito apropriado, é um *software*. Tais histórias, narrativas e mitos são essenciais para a formação do material inconsciente do indivíduo. É preciso um padrão, um modelo primordial. Os mitos, como o mito edênico, são por demais operacionais. E trava menos que o Windows!

Ambos riram da infame comparação. Enquanto ainda ria, Rodrigo oferecia um copo de água ao paciente. Subitamente teve um estalo e perguntou:

– Espera, aí!!! Mas se é um mito, então como se deu a formação do ser humano?

– Vejo que esta pergunta é mais apropriada para entender a causa e efeito que buscava. Antes de qualquer coisa, não inventei o Éden como a metáfora mais bem elaborada por acaso.

– Então, meu caro Deus, se é causa e efeito, o tempo é fundamental! Porque é preciso uma implicação de consequência. E isto demanda um antes e depois – retrucou Dr. Mazal.

– A mim, a ordem causa e consequência não é unidirecional. Isso seria limitado demais! – disse Deus.

Um nó acabava de ser dado na cabeça de Rodrigo. Aquilo o fez lembrar-se do professor de Física do colégio e as Leis de Newton. Se a causa não viesse antes da consequência, como poderia algo acontecer sem um efeito, ou ainda, como uma causa é resultado do efeito?

— Perfeita associação, doutor: Newton! Ao mesmo tempo que ele ofereceu um salto à humanidade, esse salto foi rumo ao abismo! – respondeu Deus, sem sequer se preocupar mais com o desconforto que dava ao psicanalista tais respostas dadas, em função apenas dos pensamentos do terapeuta.

— Meu processador vai dar um curto! – brincou Rodrigo.

Rodrigo tomou mais um gole de água enquanto aguardava a continuação da resposta de Deus, que também bebia água. Ele tinha uma fala pausada, quase nunca variava o tom. Parecia sempre escolher o melhor termo e palavra, como se buscasse fazer-se compreensível. A ânsia de querer ser entendido era uma obsessão.

— Ainda está com aquela sua versão da Bíblia que usou na semana passada?

— Sim, está na gaveta.

— Importa-se se eu pedir que leia alguns poucos trechos, só para deixar mais visível? – pediu Deus.

— Claro que não. Onde devo abrir? Qual livro? Gênesis?

— Sim. O que diz o capítulo 1, versos 9, 10 e 11?

— "Disse Deus: Ajuntem-se num só lugar as águas que estão debaixo do céu, e apareça o elemento seco. E assim foi. Chamou Deus ao elemento seco terra, e ao ajuntamento das águas mares. E viu Deus que isso era bom. E disse Deus: Produza a terra relva, ervas que deem semente, e árvores frutíferas que, segundo as suas espécies, deem fruto que tenha em si a sua semente, sobre a terra. E assim foi."

— Agora leia os versos 20, 21 e 22, por favor.

— "E disse Deus: Produzam as águas cardumes de seres viventes; e voem as aves acima da terra no firmamento do céu. Criou, pois, Deus os monstros marinhos, e todos os seres viventes que se arrastavam, os quais as águas produziram abundantemente segundo as suas espécies; e toda ave que voa, segundo a sua espécie. E viu Deus que isso era bom. Então Deus os abençoou, dizendo: Frutificai e multiplicai-vos, e enchei as águas dos mares; e multipliquem-se as aves sobre a terra."

Aquilo fez a lembrança de Rodrigo voltar em sua infância e juventude, quando ouvia o avô, pastor protestante, ensinando-o e ministrando na igreja. Foi uma boa lembrança. O avô era um homem simples, porém inflexível naquilo que cria. Admirava isso nele e o tinha como referencial, a despeito de discordar em certas posturas conservadoras que pregava.

– Ele foi mesmo um bom homem! – afirmou Deus.

Rodrigo apenas elevou os olhos em direção ao rosto de Deus, ainda intrigado com aquela situação de ter seus pensamentos lidos.

– Por fim, leia agora o capítulo 2 e os versos 6 e 7.

Lágrimas correram dos olhos do psicanalista. Não sabia se por conta da lembrança do avô, se pela fala de Deus ou um temor que o afligiu. Preferiu seguir lendo os trechos.

– "Um vapor, porém, subia da terra, e regava toda a face da terra. E formou o Senhor Deus o homem do pó da terra, e soprou-lhe nas narinas o fôlego da vida; e o homem tornou-se alma vivente."

– Percebe o que criei logo depois do tempo e, agora sim, uma sequência lógica e incontestável?

Ainda podia notar-se o nariz enrubescido por causa do choro contido do psicólogo. Ele retirou do bolso um lenço, assuou o nariz e ficou parado, olhando para o ser diante de si. Uma multidão de pensamentos povoava sua cabeça naquele instante. A infância reprimida por um pai austero. Os elogios de seu querido professor Fernando, de Literatura, que o fez ler, pela primeira vez, o autor, António Lobo Antunes. Pensava também no primeiro beijo com a prima, aos 13 anos. E nas palavras de apoio e suporte da mãe, que foram fundamentais para sua formação, tanto de caráter quanto profissional.

– Ouviu o que perguntei, doutor?

– Sim – respondeu lentamente, enquanto buscava na memória qual era a pergunta.

– Havia dito numa sessão anterior, doutor, que a lembrança é tudo que há.

Concordou com a cabeça. No entanto, não podia permitir que suas emoções interferissem no processo analítico. Recompôs-se na poltrona, tomou outro gole de água e repetiu a pergunta que havia sido feita:

– Perguntou se era possível eu notar a lógica desses textos.

– Sim – respondeu Deus, sorrindo de forma paterna.

– Deve estar se referindo ao fato de ter criado cada coisa, isto é, cada ser vivo, da fauna e da flora para condicionar finalmente o ser humano. Cada dia criava algo e aprovava, como num teste de qualidade.

– Correto. Só não foi em um dia, ao menos, não o dia pelo ciclo solar de 24 horas. Porque só criei o movimento de constelações e planetas depois, note que só crio isso no verso 14 do primeiro capítulo.

– A constituição do dia, isto é, a duração era distinta, maior, imagino – complementou o analista.

– Menos limitada, diria. Para que tudo pudesse evoluir de forma balanceada e houvesse um sistema independente, milhares de anos seriam necessários. O que, lembre-se, é como observar o tempo em um mapa, tudo está diante de mim simultaneamente.

– Não é uma tarefa simples imaginar que tudo não está mais disposto numa linha temporal. Ainda tenho algumas dúvidas, mas acho que estou entendendo esta teoria. Quero antes voltar em algo que disse. Falou em evolução, esta palavra é meio paradoxal, não acha?

– Por que paradoxal? O que há de estranho ou chocante nisso?

– A evolução é a teoria que devastou os alicerces da crença religiosa. O criacionismo, forte ainda, sofreu e sofre golpes diários, por parte de paleontólogos, quase que diariamente.

– Mais uma vez, a incompetência e o fundamentalismo doentio de muitos, que se dizem meus servos e porta-vozes, perverteram algo tão óbvio! O que se apregoam em templos, mosteiros, mesquitas, praças públicas e pela mídia é uma depravação.

Uma agitação era possível perceber no paciente. Ora sua mão apertava a espuma do assento, ora colocava em riste de forma ameaçadora. Levantou-se e foi até a janela. Olhava o movimento do trânsito, as pessoas que transitavam pelas calçadas, porém, seu olhar era sôfrego e inconformado. Caminhou até o bebedouro. Tomou mais água. O Dr. Rodrigo Mazal compreendeu que ele não se focava unicamente na visão que a janela lhe dava, olhava tão compenetradamente que parecia estar diante do mundo todo. Talvez estivesse mesmo.

– Acalme-se e se quiser podemos mudar o tema do assunto – disse o analista em voz branda.

Capítulo 7

Deus virou-se para o psicólogo. Seus olhos estavam com uma coloração estranha. Inalou uma grande quantidade de ar e o semblante parecia tomado de cólera e furor. O psicólogo esperava um surto de irritabilidade, esperava a ira de Deus. Por volta de mais 30 segundos, Deus olhou para o terapeuta. Depois fechou os olhos. Jogou a cabeça para trás como que alongando nervos e musculatura da região do pescoço. Voltou a sentar-se na mesma posição em que estava minutos atrás.

– Não precisamos mudar o tema. Prossigamos, doutor.

O psicólogo estranhou a reação. Pensou em parar por ali aquela sessão. Sabia que a cura pela fala, freudiana na essência, era por demais dura para certas pessoas.

– Talvez Freud estivesse errado, doutor. Se eu nunca tivesse falado com ninguém, talvez os danos fossem menores.

– E, talvez, suas angústias seriam maiores e seus traumas mais profundos ainda – retrucou o analista, pela primeira vez com voz firme.

As duas sobrancelhas, primeiro, levantaram-se do rosto de Deus, como se estivesse espantado com a postura do psicólogo. Após ter ouvido a forma como soou, Dr. Mazal sentiu o couro cabeludo esquentar. Uma gota de suor, provocada pelo nervosismo, escorreu pela têmpora esquerda.

– Veja como não podia ser mais claro e evidente, doutor. Deixei tudo esquematizado, para qualquer teólogo, ou mesmo qualquer leitor, com o mínimo de letramento, séculos depois, perceber a evolução da criação.

O analista preferiu não mais voltar ao surto emocional do paciente e, após notar que tinham apenas oito minutos restantes, preferiu seguir.

– A evolução da criação? De que forma aconteceu? – perguntou o psicanalista.

– Deixei claro que havia vapores e água. Algo que hoje, qualquer aluno de Ensino Fundamental sabe por que ouviu na aula de Biogênese.

– No capítulo dois. É verdade! – confirmou Rodrigo.

– O que paulatinamente fiz foi criar uma atmosfera primitiva. Como não havia ainda os luminares, isto é, Sol e Lua e toda a organização como agora, havia uma descarga de raios e uma temperatura altíssima, como um bolo que acabou de sair do forno.

O psicólogo achou graça na comparação. E prestava atenção como se estivesse assistindo a uma estreia de um filme de algum super-herói.

– Com a organização da atmosfera, terra, mares já fui permitindo a formação dos primeiros ajuntamentos de elementos como carbono, que seria essencial, e a água. Aí foi só organizar em polímeros. Isso foi o último salto para os coacervados, as primeiras entidades vivas.

– O que descreveu mais parece o resumo da primeira aula de uma turma de Biologia – exclamou Dr. Mazal, com certa desconfiança.

– Mas é claro, vocês ficaram até quase o século XVIII para entender o que eu havia dito de forma simples milhares anos antes – em tom áspero, disse o paciente.

– Eu entendi que associou os vapores à temperatura e à água para a criação de vida no planeta, o que é essencial ainda hoje. Agora, querer dizer que estava claro e evidente é outra coisa!

– Vou descomplicar! – disse Deus com voz impaciente. – Veja o encadeamento óbvio que você leu, doutor. Primeira coisa criada: água. Depois relva, erva com semente, árvores frutíferas. Em seguida, seres viventes nas águas, depois seres que se arrastam e, finalmente, as aves. Só depois o homem.

Mais uma vez, o psicólogo parecia ter tido uma revelação. Havia enxergado algo que parecia estar diante de si. Sentiu-se como quando estudou na faculdade imagens de Gestalt. Diante de uma figura, há quem enxergue uma jovem e aqueles que enxerguem uma senhora idosa. Tudo depende da perspectiva e distância que se observa. Não se pode ter conhecimento do todo por meio de suas partes. O inteiro é interpretado de maneira diferente que a soma de suas partes. Era exatamente o que a maioria dos leitores sempre fizeram com os trechos iniciais do livro de Gênesis. Aproximaram-se tanto dos textos canônicos que perderam a essência maior.

– Percebeu, não é, meu caro?! Nada foi ocultado de vocês – cochichou Deus, em forma jocosa.

– Estou pasmo! Vou reler o texto, porque parece que nunca li isso antes.

Capítulo 7

Como podia ser tão simples e óbvio, ainda que metafórico? Deprimente era perceber que ninguém ao menos suscitou uma hermenêutica ou releitura daqueles trechos. Deus o observava lendo e fazendo setas nas folhas, aproximando a ordem narrada, ligando os pontos, como uma criança faz até formar um desenho, de um foguete ou qualquer imagem numa revista infantil. O psicólogo ergueu o olhar e fixou-o em Deus. Agora foi o dele que perdurou por instantes, imóvel. Este olhar, no entanto, não era tão silencioso como o de momentos atrás, havia um diálogo silencioso. Nada se ouvia, contudo, uma reverberação de significados tomou conta do consultório. Sentia-se um desgraçado e traído, como fantoche manipulado. Fora ludibriado por décadas e, como ser-humano, por séculos.

A fala entre os olhares com Deus sussurrava de forma que nada se chocava. Em nenhuma das teorias havia conflito na teoria criacionista, mas havia todos os princípios, ainda que rudimentares, da tese evolucionista. A fala do silêncio foi rompida pela vibração do celular sobre a mesa. Rodrigo olhou para o aparelho, relutante em atender, e o paciente disse:

– Atenda! É importante. Seja forte – disse Deus.

O psicólogo já não duvidava de nada e como que encantado, atendeu. Sua mãe ligava de Boca Raton, dizendo que seu avô havia acabado de falecer. Começou a chorar pela notícia da perda, já muito idoso, do patriarca e alicerce da família. Chorava também por tudo aquilo, sobre aquele paciente, que era completamente inexplicável.

– A morte não é a ruptura de uma existência – disse Deus. – A vida é a fissura e o corte da existência plena! Viver é ter que assumir um embate diário: a intolerância do outro e encarar nossas debilidades. A dele encerrou-se. Ele saiu de uma existência plana para uma plena – afirmou, com convicção.

O celular vibrou mais uma vez. Sua esposa estava em frente ao consultório. Ela pediu a ele que descesse por um minuto, pois sabia já do falecimento do avô e o significado que tinha ao marido. Pediu licença ao paciente e desceu.

A esposa, depois de palavras confortantes e clichês, disse que arranjaria as passagens para que viajasse ainda naquela noite para a Flórida.

Ao voltar-se para o prédio, notou que a secretária estava atrás dele. Dizia tê-lo acompanhado pois havia achado muito estranho a forma como saiu de seu consultório. Enquanto subiam as escadas, contou o ocorrido. Julie expressou seus pesares e comentou que o paciente seguinte não havia ainda chegado e que cancelaria os próximos da semana. Quando Dr. Mazal chegou em sua sala, a porta seguia aberta e ninguém mais lá.

– Quando veio atrás de mim, o paciente que estava em minha sala disse algo, Julie?

– Paciente? Estava com alguém lá dentro? – indagou a secretária.

– Sim. Não sabia?

– É algum paciente pessoal ou amigo? – questionou Julie.

– Não, por quê? – perguntou com o rosto franzido.

– Porque não havia ninguém agendado. E, em semanas anteriores, notei que o senhor andou chegando mais cedo e ficava trancado na sala. Achei estranho, mas costumava fazer isso entre um paciente e outro. Preferi não incomodar.

Aquilo intrigou ainda mais a cabeça de Rodrigo, era muita coisa para um dia só.

– Nada agendado, Julie?

– Não, Dr. Mazal. Seus pacientes iniciam às 9 horas.

Ele olhou no relógio e eram 9h17. Olhou para a sala ainda vazia. A bíblia aberta nas primeiras páginas. Seu pensamento nas lembranças de seu avô e, ao mesmo tempo, na evolução das espécies que estava já narrada pela tradição hebraica javista. Sentou-se em sua mesa, tomou uma folha de papel e começou a escrever o que havia entendido daquela conversa:

> *O princípio da biogênese parte do pressuposto de que a partir do carbono, do hidrogênio e do aquecimento e descargas elétricas marca-se o início da formação dos seres no planeta. Tais elementos estavam já na tradição oral javista judaica do livro de Gênesis, além de toda a evolução dos seres. A flora criada por Deus parte da <u>relva</u>, depois ervas e finalmente árvores com semente: uma clara evolução da botânica, que parte das espécies menos especializadas para as mais especializadas. Das*

algas aquáticas às briófitas, depois as pteridófitas, em seguida as gimnospermas e, por fim, angiospermas (frutíferas).
A fauna e zoologia, por sua vez, partem de seres aquáticos, nos mares. Inicialmente, segundo Gênesis 1:21. Seguindo os anfíbios e répteis ("seres viventes que se arrastam") e finalmente seres aéreos (aves). O que em nada difere das versões de palentólogos e biólogos. E, por fim, a formação do homem. Além da passagem do tempo que permitia a <u>transformação adaptativa</u> das espécies em <u>crescei e multiplicai</u>, não somente em número mas em <u>variação</u> (segundo o texto canônico "frutificai, multiplicai e enchei as águas dos mares", por que não ter dito apenas multiplicai, se fosse apenas em número?! A <u>variação</u> também havia sido proposta!!!).

Rodrigo parou de escrever. Lembrou de quando o avô o levava para passear, ainda criança. Comprava biscoitos, cachorro-quente e tudo que pedia. Lembrava de quando contava as histórias da Bíblia e as histórias da pequena cidade do interior de Minas Gerais. De como conheceu a filha de imigrantes portugueses e casou-se. Sua avó havia falecido 20 anos antes. "Eu também sou uma evolução de meu avô, com características herdadas", concluiu.

Capítulo 8

Enquanto se dirigia ao portão de embarque do aeroporto, Rodrigo lamentava não ter visto a previsão do tempo para a Flórida. A conexão em Houston, ou qualquer conexão aérea, sempre o deixava de mau humor. Enquanto aguardava o chamado para o embarque, observava as pessoas ao redor. Reparava na atendente do *check-in*, com a maquiagem que deveria ter centímetros de espessura. Observava duas crianças de traços distintos, vestidas com macacões idênticos, "irmãos adotivos, certamente, com uma mãe recém-divorciada", presumiu o analista. Sua habilidade em decifrar a que arquétipos as pessoas pertenciam sempre foi uma habilidade nata. Até achou, quando mais jovem, que fosse algum dom. Talvez fosse.

Uma mulher de corpo provocativo, cabelos negros até próximo da cintura e que se dirigia ao guichê, chamou-lhe a atenção. Sentiu os hormônios fazerem seu trabalho na excitação. Ao seu lado estava um idoso de calças sociais e tênis branco de corrida, que tossia com um lenço de tecido na mão. Tal cena o transportou para a imagem do avô, que sempre carregava consigo um lenço. Agora somente o veria imóvel e sem vida num caixão.

Antes de sentar-se em sua poltrona, sentiu-se aliviado pela esposa ter conseguido reservar, ao menos, uma poltrona na classe executiva. Mais espaço, melhor atendimento e menos crianças chorando ao seu

Capítulo 8

lado. Na ala executiva do avião, apenas uma mulher negra, repleta de joias e adereços sentava-se mais à frente.

– Gostaria de beber algo antes de decolarmos, senhor? – disse a comissária de voo.

– Não, obrigado.

Vendo a comissária retornar para a *galley*, reparou em suas pernas e cintura. Alguns pensamentos impuros vieram juntos. Há muito não fazia sexo com a esposa. Em seguida, sentiu um cítrico perfume feminino. A mesma mulher que vira no saguão agora sentava-se ao seu lado.

– A senhora gostaria de algo antes de decolarmos? – perguntou a comissária à mulher que ainda ajeitava-se na poltrona e colocava seus óculos de sol dentro da bolsa.

– Já é possível uma taça de vinho? – perguntou com um sorriso perfeito.

– Infelizmente, ainda não estamos autorizados para servir nenhuma bebida alcoólica. Assim que o serviço de bordo iniciar trarei de imediato.

– Quando voo preciso de algo para relaxar – disse a mulher, dirigindo-se a Rodrigo.

– Tem medo de voar?

– De maneira nenhuma, apenas me acostumei a ficar em terra. Já voei e já fiquei muito nas alturas. Acho que me acostumei com terra firme.

Os pensamentos do psicólogo o atormentavam freneticamente. Já sentia o desconforto do fuso horário. Saíra do consultório, passou em casa e pegou o passaporte. Por telefone, deu algumas diretrizes para sua secretária, Julie. A mulher colocou algumas roupas na mala e, em seguida, foi direto para o aeroporto.

Estava emocionalmente abalado, tanta coisa ao mesmo tempo!

Duas horas depois da decolagem e um frango, duvidosamente, grelhado, batata soutê e *caesar salad* do jantar, veio novamente um dilúvio de imagens à cabeça. A filha e o último momento que estiveram juntos, a crise e a monotonia do casamento, os pacientes, o funeral que teria pela frente e a sensação de que a mulher sentada ao lado o observava. Fingiu alongar-se. Ao girar o tronco, deu de cara com ela o fitando.

Por pouco não deu um salto de susto. Achou muito estranho. Os envolventes olhos verdes dela ornavam com a pele alva e cabelos negros. Os lábios grossos marcados pelo batom, bem contornado junto ao decote nada discreto, revelavam seu magnetismo selvagem.

– Pois não? – indagou meio sem jeito.

– Espero não ter incomodado, pois o estava olhando. Só queria conversar. Se quiser descansar vou entender – respondeu, parecendo mascarar suas intenções.

– Tudo bem. Só me assustei quando a vi me olhando. Muito prazer, Rodrigo Mazal.

– Muito prazer. Ângela Lúcia!

Quando estendeu a mão para cumprimentá-la, notou a tatuagem no outro braço: um círculo cinza na parte interna do pulso. Ela percebeu que Rodrigo havia reparado.

– Não é uma lua! É o planeta Vênus.

Quis comentar algo sobre o planeta e sua relação mítica. Preferiu não ter que estender uma conversa pedante.

– Minha filha quer fazer uma tatuagem. Ela adora mitologia, creio que por influência minha. Ela quer escrever ARTÊMIS ou AFRODITE nas costas. Tento desencorajá-la, admito! – disse, rindo.

– Prefiro Vênus, que é a Afrodite grega – ela respondeu com voz mansa, aguardando uma reação. – Ambas são deusas poderosíssimas, mas Vênus tem um poder sobre os homens – completou, olhando para o analista e mantendo os lábios levemente abertos.

Rodrigo desviou o olhar. Não estava com humores e paciência para flertes ou mulheres tomadas por compulsão sexual. Instantaneamente leu as reações dela e imaginou que teria algum fetiche "clichê" de fazer sexo no banheiro do avião. Preferiu virar-se para dormir um pouco mais.

– Amanhã terei um longo dia. Espero que não ache rude, mas vou tentar descansar um pouco.

A mulher concordou afirmando com a cabeça, entretanto, Rodrigo percebeu o desapontamento dela, que, claramente, queria prosseguir com a conversa e insinuações.

Capítulo 8

Sonhar era algo que o psicólogo fazia com certa frequência. Algumas vezes tinha até três sonhos por noite. Contudo, aquele sonho tinha algo de intrigante e perturbador. Sonhava que estava no meio do deserto. A noite iluminada pela Lua, muito grande e brilhante, apontava uma torre diante de si ao longe. Via também algumas torres menores ao redor e pessoas que saíam delas e corriam para a maior, que estranhamente parecia aumentar seu tamanho a cada pessoa que ali entrava. À medida que cresciam, as outras torres menores ruíam, imaginou o psicólogo, após a saída de todas as pessoas de lá. Em seguida, uma torre, de formação diferente das demais, agora em ruínas, fundia-se, tornando-se uma única. Percebeu que seu tamanho era gigantesco. Havia duas portas. Uma estava sendo fechada por um homem idoso, de barba e chapéu preto que entrara por último. A outra se mantinha aberta e dirigiu-se a ela. Quando estava prestes a entrar, ouviu um som muito forte, como uma explosão. Olhou para trás e viu a Lua caindo em chamas verdes. Escutou apenas uma voz pujante que parecia vir de todos os pontos do firmamento: "*Vade, Serpens!*".

Rodrigo ouviu então um toque como de uma sirene e uma voz chiada. O piloto anunciava que em 15 minutos estariam pousando no aeroporto de Fort Lauderdale. Acordou com um pouco de dor no pescoço, mas assustado com o sonho peculiar.

– O senhor dormiu mesmo, até parecia que estava em outra dimensão – exclamou Ângela, tentando ser simpática e buscando aproximação.

– Dormi mesmo. Até sonhei.

– Espero que tenham sido bons sonhos e não pesadelos. Sonhos são sempre reveladores.

– Nem sempre! Nem sempre eles são o que Freud gostaria! – disse rindo.

O avião pousou.

Rodrigo viu pela janela que o tempo estava com algumas nuvens.

– Ângela Lúcia, foi um prazer voar com você. Volto a pedir desculpas se fui inconveniente e não conversamos mais durante o voo.

– Não há problemas. Ainda iremos nos encontrar de novo – respondeu a mulher sem olhar para o psicólogo.

Ele notou ser a última "cartada" que ela tentava. Tinha consciência que era uma mulher atraente e não costumava receber recusas de homens. Rodrigo preferiu ser gentil, até porque já havia sido indelicado anteriormente.

– O mundo é pequeno, certo? Por que não?

– Ainda vai me ouvir, Dr. Rodrigo Mazal. Temos muito que conversar. Sei que não é o momento mais apropriado, pois vejo que tem coisas mais urgentes a resolver.

– Infelizmente, tenho que ir ao funeral de um ente querido – respondeu com um olhar espantado. Ele estava certo que não havia mencionado a ela.

– A morte é inexorável e o ser humano jamais irá se acostumar com ela. Todos tememos as perdas e a solidão! – disse ela.

O analista recordou a voz de Deus confessando a solidão abissal que sentia. Então, ouviu a comissária-chefe agradecendo o voo e permitindo o desembarque dos passageiros. Quando foi pegar sua bagagem de mão, Ângela Lúcia aproximou-se e cochichou em seu ouvido.

– Até agora escutou apenas uma versão dos fato! Ainda iremos conversar e lhe contarei a minha. Ele nunca quis compartilhar o poder e trono. Ele escolheu a solidão!

As pernas de Rodrigo bambearam. Sentiu a mesma sensação de semanas atrás, quando desmaiara. Respirou fundo e fechou os olhos. Voltou a abri-los lentamente segundos depois. Ao girar a cabeça, viu a mulher já saindo pelo corredor. Ela parou. Olhou para ele. Seus olhos estavam ainda mais verdes. Ângela sorriu e em seguida, séria, disse:

– Eu tive coragem de ousar e arriscar-me. Minha queda foi circunstancial. Toda decisão é uma escolha. Toda escolha, uma renúncia... Uma perda. Até breve!

***

Estar na Flórida era sempre uma sensação de "quase" lar. Rodrigo sequer ouvia a conversa do taxista que o levava direto para o cemitério onde o avô seria sepultado em menos de duas horas. Apenas olhava pela janela e sentia a sensação do tempo em retrocesso. Vinha de uma família de camponeses, sem grande cultura, mas de honestidade impecável, além de um bom humor constante. Lembrava-se da infância sem luxo, contudo, muito sadia. Os pais, agora aposentados, viviam de forma simples, digna e tranquila.

O celular tocou. Petra queria saber se o marido havia chegado e se a viagem tinha sido tranquila. Preferiu não mencionar a bizarra passageira e a conversa que tiveram. Perguntou da filha. A mãe respondeu que não estava em casa e que quando voltasse teriam que ter uma conversa com Jane. Rodrigo, mais uma vez, preferiu não argumentar e apenas concordou com a esposa. Disse que voltaria o quanto antes, iria ficar no máximo quatro ou cinco dias em Boca Raton. Desligou o telefone e viu que estava já a poucos metros do cemitério em que a família tinha o jazigo.

– Deve ser triste chegar de viagem e ir direto para um velório – comentou o taxista, tentando ser solidário. – Alguém próximo ou da família?

– Meu avô. Há muito tempo não o via. Mas o tempo dele estava mesmo no fim. Tinha 94 anos.

– Viveu bem! Minha cunhada, veja só, ficou 23 anos casada. O marido teve um enfarto na farmácia comprando remédio para ela. Agora a coitadinha está lá, sozinha e desolada.

– Deve ser difícil perder alguém de forma inesperada – replicou Rodrigo, apenas por educação.

– Ela não tem filhos, não tem ninguém. Os poucos parentes estão em Honduras. Só Deus para ajudá-la nesta solidão.

O psicólogo olhou para o taxista, sentindo uma vontade de rir do que havia dito. No entanto, somente ele entenderia a razão da ironia. Pagou a corrida e logo que saiu do táxi, o pai e dois tios vieram cumprimentá-lo. O pai caminhava com sua habitual bengala, aparato fundamental desde que tivera um AVC anos atrás. Após algumas palavras sobre os dias anteriores do velho na UTI, foi ao salão funerário em que o corpo era velado. Aproximou-se do caixão, avistou a mãe desolada, amargando a despedida do pai. Abraçou-a com ternura e seguiu amparando-a, enquanto olhava o corpo. O rosto do avô estava completamente transformado e rejuvenescido. O trabalho da funerária e preparadores havia sido exímio, tanto que sequer o reconheceu nos primeiros instantes. Mas era seu amado avô, sem dúvida. As mãos com dedos grossos, o formato dos lábios, de anos como clarinetista e o semblante de quem descansava, após ter completado sua missão.

Antes de falecer, o avô, viúvo há mais de 20 anos, havia requisitado que os ossos de sua esposa fossem colocados ao lado de seu caixão.

Olhar o trabalho final dos coveiros, lacrando o túmulo agora com a avó e avô, era doloroso. Mais ainda por tudo que havia aprendido e convivido com aquele homem. A mãe o aguardava já no carro para partirem. Ela não quis dirigir, pois estava ainda muito comovida.

Na casa dos pais, teve a impressão de entrar no *Delorean* do Dr. Emmett Brown e viajar no tempo. Reparou ainda em alguns brinquedos seus guardados. Sua gaveta do guarda-roupa ainda com alguns objetos seus. Sentiu-se feliz. Olhava para o pai sentado na lavanderia, com uma mão no queixo e um pé tateando o chão. Indo para a cozinha, passou e viu a mãe, ainda lacrimosa. Assistia à TV, tentando distrair-se e pensar em algo além do pai morto. Apesar da dor da perda do patriarca, Rodrigo estava em família. Aquilo deu-lhe uma sensação de segurança e bem-estar.

– Filho, já foi para o banho? – gritou a mãe do quarto.

– Estou indo, precisa de algo?

– Venha cá, por favor! – disse a mãe.

Ao entrar no quarto, a mãe segurava em ambas as mãos uma Bíblia. Estranhou, pois não parecia com nenhuma das que tinha. Era uma versão mais antiga, a qual logo reconheceu.

– O que está fazendo com a primeira Bíblia do vovô? Poxa, ele nem esfriou direito e já saqueou as coisas dele?! – brincou com a mãe.

Ela soltou um riso afetuoso.

– Não, seu bobo. Cerca de um mês atrás, seu avô, já fraco, disse que queria que você ficasse com esta Bíblia. Ele estava certo que não o veria antes de morrer.

Os olhos de Rodrigo marejaram. Tentou segurar, todavia, as lágrimas desceram. Toda a família esperava que ele, o primeiro neto, o mais íntimo e o inseparável do avô, se tornasse seu substituto como pastor das igrejas que deixou no sul da Flórida. O analista recordou-se de quando percebeu não ter vocação sacerdotal, tomando rumos

Capítulo 8

acadêmicos e profissionais distintos. Olhou para velha edição, de 1942, da Sociedade Bíblica Britânica, folheou algumas páginas com cuidado para não danificar e notou certas anotações, nos cantos e bordas das páginas, feitas pelo avô.

Na manhã seguinte, ainda um pouco desorientado pelo fuso horário, Rodrigo sentiu o cheiro de pão de queijo e de café. Nunca fora muito adepto ao café, mas o cheiro daquela preciosidade brasileira era inebriante. Mesmo muitos achando o colombiano o melhor café, sua perspectiva nacionalista dava-lhe outra preferência. Comeu e conversou à mesa com os pais. A mãe falava de alguma sobrinha ou sobrinho que havia entrado na universidade. O pai discorria sobre questões políticas do Brasil e perguntava sobre como tudo caminhava no Canadá. Passaram o dia juntos. Foram ao shopping e almoçaram no Greek Taverna, que a mãe amava.

À noite, foram à casa das tias, onde o avô viveu por 30 anos, desde que deixou o Brasil. No quarto do avô, abriu o guarda-roupa dele, viu os mais de 50 ternos que tinha, mas que no último ano, com a doença, já não mais usava.

De volta à casa dos pais, antes de deitar-se, Rodrigo percebeu que havia se esquecido de ligar para a esposa naquele dia. Achou tarde, no entanto, estranhou que ela também não tivesse telefonado. Apenas a filha mandara uma mensagem pelo celular. Sentou-se na beira da cama, viu a mala ainda com as etiquetas do embarque. Enquanto retirava a etiqueta da empresa aérea, recordou-se da curiosa passageira, Ângela. Indagou-se sobre a fala dela que sua "queda era circunstancial". Que queda? Perguntou-se.

– Quer tomar um leite quente ou um chá antes de deitar, filho? – perguntou a mãe, apoiando o rosto no batente da porta.

– Não, minha mãe. Obrigado. Vou deitar-me.

Mãe e filho sempre foram muito próximos e amigos. A senhora entrou no quarto e Rodrigo notou que ela, apesar de saudável e ainda ativa, tinha marcas no rosto, as linhas do tempo.

– Mãe, por que vocês não vêm morar comigo no Canadá? Podemos alugar algum imóvel bem aconchegante. Estaríamos sempre próximos.

– Meu lugar é aqui. E não me adaptaria a outra terra e cultura. Aqui estamos rodeados dos amigos.

– Sabe que isso não é um empecilho. O Canadá é repleto de estrangeiros, inclusive brasileiros, além de ser muito receptivo e tranquilo – retrucou ele.

– Sei que é um país lindo e muito frio! Sabe o quanto amo sol, calor e praia.

Sendo filho único, doía seu coração deixar os pais tão distantes. A mãe tinha todos os irmãos e irmãs próximos. Era um caso perdido tentar levar os pais embora.

– Quero ir lá ainda antes de morrer, ao menos. Seu pai e eu queremos ver Jane. Ela deve estar uma menina linda, vi pelas fotos.

– Menina?! Uma mulher, praticamente, mãe. E muito bonita mesmo. Muito!

– Imagino que seja mesmo, ainda mais pessoalmente. Petra é uma bela mulher.

Rodrigo preferiu não comentar coisa alguma. Sabia que a mãe não morria de amores por sua esposa. Talvez ciúme de mãe ou intuição feminina.

– Vou deitar-me, filho. Durma bem.

– Boa noite, minha mãe! Durma bem.

Enquanto procurava por uma camiseta na mala, sua mão tocou a Bíblia do avô. Sorria ao ver as anotações dele. O formato de cada letra era visto de forma afetuosa. As páginas pareciam mais um arco-íris, havia sublinhas, capítulos e versos pintados de todas as cores. Achou graça. Enfim, viu certos apontamentos feitos diretamente no texto escrito. Um lhe chamou a atenção, na segunda carta do apóstolo Paulo aos Coríntios, no capítulo 11: "E não é de admirar, porquanto o próprio Satanás se disfarça em anjo de luz".

Rodrigo leu e repentinamente levou um susto.

Tinha de ser algo da cabeça dele. Não podia ser verdade. Olhava para as marcações feitas pelo avô e parecia que ouvia a voz: "Muito prazer. Ângela Lúcia!". Ele pegou um lápis e escreveu: anjo + luz = Ângela Lúcia.

***

Capítulo 8

Era preciso voltar ao Canadá. A esposa, a filha e o consultório haviam ficado para trás. Voltar também era romper mais uma vez com a essência. Retornar era deixar os pais, a família e a cultura. Rodrigo sentia que nem sempre seguir em frente representava avanço. Em alguns momentos, não avançar é crescer. Fixar-se nem sempre é estagnar-se, mas ascender com raízes mais profundas, sem a necessidade fatídica de mudar.

O engarrafamento no caminho para o aeroporto permitiu a Rodrigo tornar a refletir no que precisava desvendar de seu paciente. Pensava sobre Deus e cada aspecto hermenêutico e exegético que ele propunha e afirmava dos textos hebraicos. Tirou o iPhone do bolso e começou a escrever ali mesmo, em forma de mensagem, assuntos que não podia esquecer-se de questionar ao paciente "divino".

- Existe livre-arbítrio?
- O que e quem é Deus?
- Por que se apresentou como o da Torá?
- Por que ele se considerava Deus, sabendo que há narrações de divindades em outras culturas, com relatos muito semelhantes?

E uma pergunta que começava a instigar o psicólogo, tanto pela leitura que havia feito na Bíblia do avô quanto na passageira do voo: Deus tem algum inimigo? Lúcifer ou Satanás é real?

No saguão do aeroporto, junto à mãe, recebe um puxão na orelha carinhoso dela.

– Ligue ao menos uma vez por semana, certo?!

– Pode deixar. Estas últimas semanas foram meio turbulentas. A todos nós.

– Tenha uma boa viagem, filho. Mande lembranças a sua esposa e a Jane.

– Serão mandadas. Obrigado, mãe. Te amo. Tchau!

– Também te amo, filho. Vá com Deus.

A mãe deu um forte abraço e um beijo em Rodrigo. Ele deixou cair uma lágrima e entrou para a sala de embarque. Despediu-se do pai pela manhã, que preferiu não ir ao aeroporto. Aqueles dias tinham sido, apesar da razão pela qual havia vindo à Flórida, muito relaxantes e reconfortantes. Precisava daquilo. Durante o voo de regresso, estabeleceu várias metas a muitos pacientes que estava tratando. Metas inclusive para o casamento com Petra.

Após trocar de aeronave, em Houston, cansado de voar, apesar de ter dado bons cochilos no voo anterior, pegou a Bíblia do avô novamente. Estava intrigado com algumas coisas. E ler sempre fazia dispersar alguns pensamentos fantasmagóricos. Levantou-se, para pegá-la no armário acima do assento, e deu uma olhada panorâmica para os passageiros. Havia poucos assentos livres, ao seu lado havia um. Pegou a Bíblia, deixou-a no assento e foi ao banheiro.

O cheiro de banheiro químico, e espaço confinado, o deixou meio zonzo. Havia, no entanto, tomado quatro copos de água, precisava visitar o banheiro. Raramente bebia, mesmo em eventos e festas. Nunca foi adepto do álcool e tabagismo. No corredor, em direção ao assento, topou com um comissário que levava um comprimido contra náuseas e que dizia ao passageiro:

– Imagine que não estamos voando. Olhe ao seu redor. Estamos todos andando, sentados. É só ilusão – falava tentando acalmar uma mulher, por volta de 40 anos.

Rodrigo pediu licença para passar e leu na tarjeta, onde via-se o símbolo da companhia aérea e nome do tripulante: Hilal. Achou o nome bem diferente. E voltou ao seu lugar.

Ler aquele livro antigo do avô era uma viagem no tempo. A ortografia já não era mais a mesma, havia entrado em desuso e o Português do Brasil passado por diversas correções e modificações. Leu, primeiramente, uma marcação em azul, feita pelo avô que dizia:

"Porque Deus é o que opera em vós, tanto **o querer** como o *effectuar*, segundo a sua boa vontade – Epístola aos *Philippenses*".

Voltou a passar os olhos sobre os textos e tornou a ler o primeiro livro, Gênesis. Releu passagens sobre as quais havia conversado semanas antes com Deus, em seu consultório. Continuou virando as páginas com cuidado, para manter íntegra as condições da publicação, e viu, no livro de Êxodo, círculos azuis, feitos com lápis, ao redor de alguns trechos:

Capítulo 8

"Então disse o Senhor a *Moysés*: (...) Eu, porém, **endurecerei** o coração de *Pharaó*, **e multiplicarei** na terra do *Egypto* os meus *signaes* e as minhas maravilhas".

Logo adiante, as mesmas marcas:

"Depois disse o Senhor a *Moysés*: **Entra a *Pharaó***, e dize-lhe: Assim diz o Senhor: Deixa ir meu povo, para que me sirva. E se recusares deixá-lo ir, eis que ferirei com rãs todos os teus termos".

Estava certo que aquelas marcas circulares, em azul, deviam ser de alguma pregação que o avô fizera décadas atrás. Veio à mente a mãe dizendo que o avô, ainda vivo, já diante da fatalidade inexorável da vida que é a morte, queria que o neto querido, e mais íntimo que os próprios filhos, ficasse com aquilo que marcou o início da caminhada com sua fé. Lembrou-se de uma canção, interpretada de forma divina por Elis Regina: "Como Nossos Pais". Alguns versos sempre ecoavam na alma do psicólogo, ainda mais quando percebia que era tão parecido com o que mais repelia: o pai. A letra afirmava: "Minha dor é perceber que apesar de termos feito tudo, tudo o que fizemos... Ainda somos os mesmos e vivemos (...) ainda somos os mesmos e vivemos como nossos pais". Enquanto cantava em sua mente e balbuciava as palavras, pegou o celular e escreveu algo que precisava perguntar a Deus e sabia que o colocaria contra a parede.

- O livre-arbítrio ou liberdade de escolha é fato ou uma mentira?
- Nossas emoções e desejos são manipulados?

O narrador do livro de Êxodo dizia claramente que Deus endureceu o coração do faraó. Obviamente o analista sabia que somos frutos do meio e contexto histórico em que vivemos. Entretanto, o narrador é categórico em colocar que foi Deus quem impôs tais sentimentos ao líder egípcio. Rodrigo terminou de digitar seus questionamentos e os salvou na pasta de rascunhos de seu celular.

***

Quando chegou a Victoria, a filha o aguardava no saguão de desembarque. Imaginou que a esposa estivesse em alguma loja ou na cafeteria.

Jane abraçou o pai e o ajudou com as malas. Ele disse à menina que a avó estava ansiosa por vê-la e perguntou da mãe.

– Ela teve que ficar na agência. Parece que havia um grupo de passageiros embarcando hoje à noite para Paris e tinha algumas pendências para resolver.

Durante todos os dias que esteve fora, a esposa apenas falou com ele logo após desembarcar em Fort Lauderdale. Sentiu-se magoado.

Achou estranho ver a filha usando uma saia que nunca vira. "Uma minissaia, de fato!", pensou. Não gostava muito que ela dirigisse, havia tirado a carteira de habilitação, provisória ainda, meses atrás.

– Sua mãe é engraçada! Fica no seu pé por conta de seus horários e companhias, o que ela tem razão, mas deixou você dirigir sozinha para me buscar – disse ironicamente.

– Caramba, pai, não dirijo tão mal! – replicou rindo.

– Não mesmo. Mas ainda lhe falta experiência.

– Ela anda estranha, pai! Tem momentos em que se irrita do nada e depois age como se nada tivesse acontecido. Nesses dias que estava fora, eu falava de você, que devia estar sofrendo, pois era muito chegado ao seu avô, ela sequer insinuava qualquer resposta. Andam brigados?

– Se brigamos ou se estamos... Nem eu sei! – disse rindo. – Deve ser estresse no trabalho, e a sua avó, em Frankfurt, também não está muito bem de saúde.

– Nem para minha avó e nem para meu tio, que está em Londres, não telefona há muito tempo! Não tente me enrolar, pai! – completou Jane, indignada.

A filha tinha razão. A sogra, com problemas no pâncreas e a esposa raramente ligava para saber como a mãe estava.

Tentou recordar-se da última vez que haviam transado. Tinha sido há três meses. E, apesar de ter programado viajar para celebrar o aniversário dela, lembrou que Petra havia sido nada receptiva e eufórica quando propôs. Mesmo diante do panorama nada favorável do casamento, iria a Vancouver naquele fim de semana para jantar com ela no Cloud 9.

O fim da tarde proporcionava um espetáculo em Beacon Hill. Se havia algo que sempre motivava Rodrigo, era lembrar-se da casa e da vista que o bairro e toda região possuíam. Quadras antes de chegar em casa, admirou o mar pela janela oposta. Reparou no rosto de Jane. A garota tinha olhos vivos e lábios delicados. Os cabelos castanho-claros dançavam sob a força do vento. Uma obra de arte: o perfil do rosto de Jane e o mar ao fundo. Acariciou-lhe cabelos. Jane sorriu e olhou nos olhos dele. Rapidamente, voltou a olhar para a via. O pai reparou que a minissaia ficava ainda mais curta quando dirigia.

As coxas da garota eram maravilhosas.

Assim que entraram em casa, ouviram o carro da mãe também estacionando. Jane foi para o computador e o pai desfazer a mala e tomar um banho.

Petra ignorou o retorno do marido. Não estava bem. Tivera um dia horrível. Quatro cancelamentos de clientes e teve que demitir uma funcionária. Precisava de algo para beber. A primeira taça de vinho parecia estar tomando água. A segunda foi embalada a outros pensamentos. Seguia confusa, mas muito excitada com Richard. Um rapaz, cerca de dez anos mais jovem, de cabelos compridos até o ombro, sempre de botas de caubói e atendente da livraria Munro's Book. Conheceram-se quando ela, alguns meses atrás, procurava algo para ler:

– A senhora prefere clássico ou algo mais contemporâneo?

– Nada de "senhora", ok? – respondeu ela.

– Tudo bem. Que gênero está procurando?

– Gostaria de algo que tivesse além de drama e amor, algo com densidade. Que valha a pena ler! Um clássico! É impossível peneirar nesta enxurrada de livros. Hoje, qualquer um com algumas metáforas e um suspense anêmico se acha escritor.

O rapaz meneou a cabeça concordando.

– Diria que *Ana Karenina*, de Tolstoi; ou *As Cabeças Trocadas*, de Thomas Mann, são minhas indicações. Mas creio que irá gostar muito do *Diário Íntimo*, de Anais Nin.

– Gostei. Ela era casada ou tinha um envolvimento com Henry Miller, certo?

O rapaz concordou, não sabia ao certo, mas não queria demonstrar a ignorância. Havia achado a cliente, apesar de mais velha, interessante e muito carente. "Essas mulheres cheias de carências, são as mais fáceis de levar para a cama!", pensou ele.

Não demorou muito e Petra começou a encontrar-se com ele duas vezes por semana na cafeteria Blenz. Nem se importava se, muitas vezes, era nada disfarçado o jeito que a devorava com os olhos.

Agora, bebia já a terceira taça de vinho. Infelizmente teria que ver o marido, que nada tinha culpa, apenas de não ser Richard.

"Que estranha atitude de minha mãe!", pensou Jane. A mãe raramente abria alguma garrafa de bebida se não para tomar com alguma visita. Fingiu prestar a atenção no computador. Seguiu observando a mãe que mirava pela janela fixamente, como que querendo fugir daquela prisão. Em seguida, passou pelo escritório, onde a filha conversava *on-line*. Sequer disse "oi".

– Tudo bem, amor? Me dá um beijo – disse Rodrigo no quarto, ainda de toalha enrolada na cintura.

O beijo indiferente caiu como um *iceberg* na relação do casal.

– Como foi a viagem? E seus pais? – perguntou Petra, com a voz mais lenta pelo efeito do vinho.

– A viagem foi bem peculiar. Meus pais estão bem, apesar de minha mãe, obviamente, estar bem abalada.

– Imagino. Deve ser triste – afirmou sem dar muita atenção.

Rodrigo foi beijá-la; ela se afastou alegando que precisava tomar um banho antes, pois estava exausta. Sentiu o odor de álcool na esposa. Estranhou.

– Ok. Tome seu banho, amor. Vou ver o que tem para jantar. Ou prefere que peçamos algo? Comida chinesa, que tal?

– Pode ser!

Ele colocou bermudas e uma camiseta. Desceu para perguntar à filha se também queria algo para comer. Ao notar que o pai se aproximava, mudou a posição da tela do computador.

– Desculpe-me, filha, não quero bisbilhotar, não desta vez! – brincou. – Vou pedir comida chinesa, está dentro?

– Fechado. Peça *yakimeshi* e rolinhos primavera para mim.

– Ok, abobrinha.

Capítulo 8

Esperou o pai pegar o telefone na sala de estar e quando ouviu o bipe do telefone, voltou a falar com o namorado. Combinavam para se encontrar de novo. No dia anterior, haviam avançado bem o sinal, quase perdeu a virgindade. Deitados no banco de trás do carro da amiga, pouco a pouco as coisas esquentaram, sem qualquer preparação romântica. A paixão estava tomando conta de Jane. Não sabia ao certo o quanto ele também estava. O relacionamento já existia por um tempo e se sentia apaixonada. Sammy transmitia confiança. O olhar carente na pele morena e cabelos mais negros que a escuridão ostentavam um fascínio peculiar. Lembrava, aos olhos dela, o pai quando mais jovem. Tinha um toque na fala de quem sempre cativava. O que, de fato, cativou-a.

A percepção de Rodrigo raramente falhava, a filha devia estar se envolvendo com alguém, e não queria ainda compartilhar. "Adolescentes!", pensou ele. Não demoraria muito e viria a ele para conversar, sempre fora assim. Já com a mãe, jamais ousava sequer pedir qualquer coisa que fosse, ainda que o secador de cabelo.

A lâmpada interna da geladeira piscou. Talvez fosse uma oscilação da energia elétrica. Percebeu a garrafa de vinho, trazida da Flórida, pela metade. Deduziu umas sete possibilidades pela atitude da esposa.

Inclusive a correta. Ela o estava traindo.

Após jantarem ao som de Tony Bennett, que o pai amava e a filha achava meio brega, apesar de admirar a voz, Rodrigo foi deitar-se. Estava ainda sob efeito do fuso horário. Jane voltou para o computador. E Petra, após enviar três mensagens pelo celular, também se deitou.

Viu o marido arrumando os travesseiros e projetou Richard.

Lançou-se sobre ele, arrancou-lhe a camiseta, colocou a mão por dentro da bermuda. Rodrigo segurou firme o cabelo de Petra, beijando-a tenramente. Ela queria mais agressividade. Abaixou, tomou o membro do marido nas mãos e o colocou em sua boca, que soltou um gemido. Após devolver o sexo oral à esposa, que delirava sempre que recebia, a teve, como há muito tempo não fazia.

Talvez, por consequência do fuso horário ou por outro motivo, via lapsos de imagens. Enquanto penetrava a mulher, em ritmo sincopado, e a beijava de forma animal, a imagem de Ângela Lúcia projetou-se diante de si. Ficou assustado, quis parar, a mulher ordenou que continuasse.

Petra estava diferente!

Ela mudou de posição. Ficou sobre ele. Tinha um corpo que, daquele ângulo, ficava ainda mais sexy. Enquanto mexia o quadril, notou que por delírio, mais uma vez, o rosto e corpo da mulher transfiguraram-se. Desta vez, não de Ângela Lúcia, mas de Jane. Ele perdeu a ereção instantaneamente, enquanto Petra acabava de soltar um grito de gozo. Petra saltou de cima dele, ficou sentada na beira da cama ainda ofegante. Em seguida, deitou-se, disse boa noite ao marido e dormiu.

No andar de baixo, Jane, ouvindo certos murmúrios e sons ofegantes, deduziu que finalmente os pais estavam transando. Continuou, todavia, no bate-papo com Sammy. Aproveitou a concentração dos pais no quarto e ligou a webcam. O jovem estava se masturbando na tela. Ela riu, mas sentiu-se desejada. Ele pediu que ela fizesse o mesmo para que ele visse. Relutou inicialmente, mas cedeu. O prazer de tocar-se não foi pleno inicialmente. Sentiu-se acanhada.

Por alguma razão, que preferiu abolir da mente, imaginar que podia ser pega pelo pai naquela situação embaraçosa, proporcionou uma sensação mais prazerosa.

Capítulo 9

As preocupações com cremes anti-idade e protetor solar faziam parte da realidade cotidiana de Petra. O 44º aniversário aproximava-se. Seguia sendo uma mulher muito bonita, apesar das marcas, inexoráveis, que o tempo imprimia em seu rosto e corpo. Os poucos anos a mais que o marido a incomodavam muito, além da aparência dele. A origem latina de Rodrigo, marcante na pele morena brasileira, dava-lhe a aparência ainda de 30 anos. Petra sempre imaginava os comentários maldosos de quando saíam. Ela estava certa. Suas amigas comentavam, furtivamente, a diferença de idade dos dois, além de não entenderem por que Rodrigo ainda estava com ela. Entretanto, sabia ser uma mulher com um rosto simétrico e curvas que ainda fisgavam olhares dos homens, onde quer que estivesse.

A reserva no restaurante em Vancouver, onde jantaram pela primeira vez, estava feita. Mesmo achando que não precisaria, Rodrigo queria garantir que jantaria lá com a esposa.

O Cloud 9 era um restaurante aconchegante, tinha uma iluminação suave e o piso móvel, no qual girava na direção do relógio. A vista agradável, não somente da cidade como das montanhas, encantava. Para passarem a noite de forma bem romântica, Rodrigo reservou uma suíte no hotel, que também existia naquele mesmo prédio. Havia comprado um bracelete, com duas pedras de diamantes, que lembrava o *design* do anel que deu quando lhe propôs casamento. Sempre gostou muito dela.

Achava-a divinamente linda. Constantemente, recebia insinuações de pacientes e de mulheres casadas dos grupos sociais que fazia parte. Reconhecia ter uma aparência jovem e ser um psicólogo bem-sucedido.

Petra era fascinante, mas Rodrigo, o casado mais cobiçado. O amante mais cobiçado pelas mulheres de British Columbia.

Um pouco antes de sair do consultório, Rodrigo ouviu seu celular e viu ser a esposa.

– Não entendi bem sua mensagem pelo telefone – disse Petra.

– Por que não entendeu? Onde você está?

– Acabei de chegar em casa.

– Já foi ao nosso quarto? – indagou Rodrigo.

– Ainda, não. Acabei mesmo de chegar!

– Então suba e coloque o vestido que está sobre a cama. Esteja pronta em 45 minutos.

– Não estou entendendo.

– Apenas faça o que peço.

– Ok! Só não posso prometer tudo em 45 minutos!!! – respondeu rindo e sabendo que seria, de fato, uma missão impossível se aprontar em tão pouco tempo.

Quando Petra entrou no quarto, teve uma surpresa. Viu sobre a cama um imponente vestido azul-cobalto. A parte inferior, mais rodada, unia-se gradualmente sobre o tecido mais transparente sobre a altura dos joelhos, criando um efeito sensual, porém elegante, com o forro mais curto cerca de oito centímetros. Havia também um cinto branco e, ao lado, um par de sapatos azul salto alto, modelo *peep toe*, com solado interno amarelo. E uma simples frase, num cartão comum branco: EU TE AMO.

Adorou o vestido, porém, ficou temerosa com os sapatos. Petra imaginou: Homens normalmente não sabem a angústia que é comprar e usar alguns modelos de salto alto. Achou o gesto muito delicado do marido, que sempre fora muito atencioso.

– Mãe, posso entrar? – perguntou a filha.

– Claro, Jane.

– Então? Gostou do vestido? Lindo, né?

– Muito bonito. Tem sua opinião? Ou foi coisa do seu pai somente?

Capítulo 9

– Ele disse que havia visto um vestido naquela atriz que ele sempre fala que você parece.

– Sim, Heather Locklear. Quem me dera parecer com ela. E você, ele diz que parece com a Tara Reid.

– Devem ser seus olhos, além do sorriso. Vi as fotos e lembram um pouco, mesmo. Então, ele a viu numa revista com um vestido azul e me pediu que eu procurasse onde comprar. Aqui ou em qualquer lugar, até nos Estados Unidos. Achei este incrível, com seu manequim, numa boutique em Los Angeles! Mandei por *e-mail* a foto ao meu pai que, na hora, pediu que eu encomendasse. Fiz o pedido há um mês. Estava em meu quarto desde sexta-feira.

– Entendi. Você fez a pesquisa para seu pai. Que chique! Deve ter sido uma fortuna.

– Meu pai pediu que, por nada, eu comentasse mais detalhes – respondeu Jane, saindo do quarto rindo.

Após um banho mais rápido, sabia que o marido era pontual, começou a vestir-se. Separou brincos em grandes argolas prateadas e usaria apenas brilhos nos lábios.

***

No centro da cidade, Julie, antes de ir embora, perguntou ao patrão se podia partir alguns minutos mais cedo.

– Tudo bem, Julie. Pode ir. Vou sair com minha esposa ainda.

– É o aniversário dela, certo? Vi pelo Facebook. Vou indo então, até amanhã, chefe – disse Julie, chamando-o de chefe em tom brincalhão.

– Vai descansar, menina. Rua!!! Até amanhã – respondeu, no mesmo tom, Rodrigo.

Assim que a secretária saiu, foi até o banheiro e pegou o terno que havia pendurado atrás da porta. Usou o pequeno chuveiro do consultório para tomar banho. Queria se arrumar ali mesmo e chegar pronto para a esposa. Não havia se esquecido do Kaiak, uma colônia brasileira que ela amava. Não somente ela, mas talvez pela reação com seu odor corpóreo, todas as mulheres que sentiam nele reagiam de forma insinuante. Não se preocupou muito com o tempo, até porque, mesmo tendo dito que estaria lá em 45 minutos, a esposa levaria um tempo a mais.

Já terminando de se secar e borrifando a colônia, a porta do escritório abriu. Era Julie. Ambos levaram um susto! Voltou a fechar a porta e pediu milhões de desculpa. Disse que deixara o *pen drive* em sua mesa e viu a luz acesa. Pensou que o psicólogo havia esquecido as luzes e ido embora. Por isso entrou sem bater.

O rosto vermelho como um rubi denunciava a vergonha.

– Amanhã eu pego o *pen drive*. Não era nada importante. Desculpe-me, de novo, Dr. Mazal.

– Espere, Julie.

Ouviu os passos apressados dela partindo.

Rodrigo riu da situação. Julie, por outro lado, estava numa mescla de irritação e vergonha. "Por que ele estava se trocando lá, também? Não podia se trocar em casa?", pensava ela ainda com a face corada. Continuou caminhando e resmungando do chefe. Quando já estava dentro do ônibus, teve um ataque de riso. Tentou disfarçar para que nenhum passageiro pensasse que era uma louca. Tinha, no fundo, gostado do que vira. Enxergava no Dr. Mazal um homem muito atraente, ainda mais pela inteligência e forma como falava. Parecia saber e entender tudo que uma mulher pensava e precisava. No fundo, adorou vê-lo secando o cabelo com a toalha, de costas, totalmente nu.

No caminho para buscar Petra, Rodrigo guardou no bolso o CD de músicas selecionadas. Comprou flores, porém deixaria o bracelete para mais tarde. Em casa, ligou para a filha e disse para não atender a porta, pois queria surpreender a esposa. Preferiu tocar a campainha e aguardar a mulher.

Quando a porta se abriu, Rodrigo literalmente engoliu a saliva e ficou boquiaberto. A mulher estava deslumbrante. Exatamente como imaginara.

– Estou bem? Quase a Heather Locklear?

– Mil vezes mais linda que ela.

– Até parece! Você também não está nada mal.

– Obrigado. Vamos? E os sapatos? Acertei?

– São Jimmy Choo, a marca que qualquer mulher ama! Foi esperto!

Capítulo 9

– Ficaram perfeitos em você.

Rodrigo a conduziu em direção da calçada, em vez de seu carro. Petra não entendeu e imaginou que fosse por causa do salto ou para não ter que pisar a grama. Pararam. Os faróis da limusine branca acenderam e o veículo aproximou-se dos dois. O motorista saiu e abriu a porta. O carro, todo em couro branco e revestido de cetim prateado, fora escolhido cuidadosamente pelo marido. Um buquê de flores vermelhas, com mais de 40 rosas estava sobre o banco; ao lado, um balde com gelo e uma garrafa de Dom Pérignon. Rodrigo pegou o CD no bolso e colocou para tocar. Petra, ainda com um sorriso enorme, deslumbrava-se com os botões do painel, a bebida, a roupa, tudo. "You Look Wonderful Tonight", cantava Eric Clapton, no áudio da limusine. Rodrigo se aproximou dela. Olhou bem fundo em seus belos olhos claros. Tomou um gole de champanhe na mesma taça que Petra e a beijou.

Partiram para o Cloud 9, em Vancouver.

No restaurante, pediram um *cioppino* de camarão. Conversaram sobre o passado. Relembraram suas paixões de adolescência. Até a decisão de mudar-se para o Canadá. Petra apenas queria algo diferente da Europa, mas que não fosse tão capitalista e frenético como os Estados Unidos. Rodrigo fora para o Canadá por conta da bolsa de estudos e o convite do seu professor na Universidade de Miami, que transferiu-se para a Universidade de British Columbia.

Antes de Petra ir para a sobremesa – ansiava comer, mais uma vez, o *cream puff* com mirtilo e calda de chocolate ao rum – Rodrigo tirou do bolso interno uma pequena caixa preta com um simples, porém muito elegante, laço prateado. Ela abriu e tais quais os diamantes, seus olhos cintilaram. Pediu ajuda a ele para prendê-lo no pulso. Combinava perfeitamente com o colar que usava, também dado por ele cinco anos antes.

Os pensamentos de Rodrigo estavam já na noite que teriam. Petra pensou em fazer algumas loucuras no retorno para casa. Sempre quis fazer amor dentro de uma limusine.

No elevador, ela sentiu-se um pouco alegre demais, por conta do champanhe e do vinho.

– Quarenta e quatro! Não gosto nem de lembrar! – suspirou ela, em tom de lamúria.

– Você é a mesma menina que conheci.

Rodrigo não apertou o botão para o térreo do elevador. Petra não entendeu. O elevador parou e a porta se abriu. Ao saírem para o corredor, poucos andares abaixo, ele tirou a chave do bolso e mais uma vez a surpreendeu. A vista do quarto encantava tanto quanto a do restaurante para a cidade. Ela virou-se e o abraçou. Tinha que recompensá-lo, ainda que sendo seu aniversário. Naquela noite, o tempo fugiu do seu curso e eles foram o casal de 13 anos antes. Petra o compensou com toda energia e vigor.

Rodrigo apenas sentiu não ter ouvido a mulher dizer uma única vez "eu te amo".

Capítulo 10

Mesmo achando que a mãe não dava o devido valor ao marido e homem que tinha, a imagem dos pais saindo para celebrarem o aniversário da mãe era gratificante para Jane. Não culparia Rodrigo se tivesse uma amante.

Assim que a limusine partiu, voltou ao quarto para estudar. As provas finais aproximavam-se. Sua responsabilidade e dedicação pareciam as do pai, um estudioso, um erudito. A mãe era uma mulher mais prática.

Nenhum galho de árvore se movia na noite abafada. Sentiu a pele do rosto oleosa demais. Não havia movimentação alguma externa. A noite fez-lhe lembrar-se de quando estava na casa da Patrícia, semanas antes; sete, para ser mais preciso. Noite em que conheceu Sammy.

Era o mês de julho mais quente dos últimos tempos. A maioria dos amigos do colégio estava na casa da amiga. Os pais de Patrícia haviam viajado para o Caribe e ela convidou, metade do colégio, para fazerem um churrasco à beira da piscina. Com o calor que fazia, não existia lugar mais agradável. Todos se sentiam muito à vontade. Jane admirou-se ao ver algumas garotas usando microbiquínis só vistos em Copacabana. Ela vestia a parte superior do biquíni e um short branco, nada muito ousado e nem muito nerd. Não conhecia muita gente que estava lá. A amiga disse serem amigos do irmão, David. Sempre teve uma quedinha por ele. Arregalou os olhos e o procurou. David cursava Negócios Internacionais, na Universidade de Seattle. Era atlético e capitão do time de hóquei nos tempos de colégio. Trocou alguns olhares e o cumprimentou de longe, deixando claro que ainda tinha a mesma fissura por ele.

Dentro da piscina, jogando vôlei, ouviu um sotaque diferente. Difícil identificar quem era, já que ali estavam mais de 30 pessoas. Um rapaz a convidou com um gesto, dando a entender se ela não queria fazer parte do time dele.

– A piscina está muito congestionada! Mais tarde, pode ser?! – gritou, buscando fazer-se ouvir.

O rapaz acompanhou-a com os olhos. Achou que podia usá-lo para fazer ciúmes ao David, que não estava mais na parte externa. Jane, discretamente, entrou na cozinha, fingindo buscar alguma bebida. Foi até a sala, onde alguns garotos jogavam videogame. Subiu para ver se encontrava David. Caso desse de cara com ele, ia dizer que estava indo ao banheiro. Foi até o quarto de Patrícia e o encontrou vazio. A suíte principal, dos pais, estava trancada. Em seguida havia o banheiro conjugado entre os quartos irmãos. Jane ouviu um barulho de gaveta abrindo e gelou. Foi devagar até a porta do banheiro que estava entreaberta. Olhou pelo vão e viu David com uma garota morena. A fresta não permitia ver muito, mas ela estava apenas de camiseta, sentada de pernas abertas, em cima dele. Jane se afastou furtivamente. Antes de dar o terceiro passo para trás, ouviu a garota soltando alguns gemidos abafados e desceu a escada decepcionada. Não que estivesse perdidamente apaixonada por ele, mas não queria ter presenciado aquela cena.

Na cozinha, faziam campeonato de tequilas. A gritaria ensurdeceria a milhas de distância. Quando começou a tocar a música, da psicodélica banda MGMT, "Electric Feel", todos foram tomados de insanidade. Jogaram-se na piscina, cantando. Até pareciam viver uma Woodstock pós-moderna, exceto pela ideologia inexistente. Ficou somente Jane na cozinha e o estranho que vira na piscina.

– Não entrou na piscina ainda? – perguntou o rapaz.

– E você saiu por quê?

– Precisava me hidratar. E acredito que as melhores coisas acontecem fora de nossa vontade. Como se fosse o "destino" nos guiando!

Inclusive para conhecer e encontrar certas pessoas, que cruzam nosso caminho... Ainda que numa cozinha estranha.

Os olhos de Jane luziram por segundos. Havia gostado da espontaneidade e ousadia do rapaz que, pela aparência, devia estar na faculdade com David.

– Oi, sou Sammy. Muito prazer!
– Estuda na Universidade de Seattle com o David?
– Não. Moro aqui em Victória mesmo. Já me formei.
– Puxa, já é formado! – exclamou surpresa

Ele devia ser bem mais velho que ela. "Ele jamais vai querer algo, e se quiser vai ser só curtição.", pensou Jane.

– Calma, não mordo! Só se me pedir. Sou apenas alguns anos mais velho, ok? – disse rindo e servindo-a com uma tequila.

Ela preferiu não rotular logo de cara. Não tinha nada a perder e já estava se achando um pouco rejeitada com o flagrante em David. Nada melhor para curar uma velha paixão que uma nova.

– Não sou de beber. Mas hoje vou abrir uma exceção. Tentar esquecer algumas coisas! – falou a menina, levantando o cálice de tequila e já se preparando para o sal e limão.

– É isso aí!!! – gritou Sammy.

Sentaram-se na beira da piscina e ficaram por uma hora conversando. De tempos em tempos, alguns respingos caíam sobre eles, vindos do pessoal que ainda na água dançava e cantava.

– Meu pé já está enrugando todo, Sammy. Vou sair daqui. Vamos sentar lá dentro?

– Ainda bem que propôs isso! Não aguentava mais estes berros e cheiro de fumaça.

Ele a seguiu. Quando passaram pela sala de jantar, ela viu pelo reflexo no espelho da parede que David, agora beijando outra garota, da sua sala de aula. Irritou-se. Não só porque sentiu ciúmes, mas porque queria ser, ao menos, uma delas. Sammy perguntou se estava tudo bem. Jane respondeu que sim e sentou-se no sofá. À frente dele havia os mesmos dois garotos de horas atrás jogando videogames. Pareciam hipnotizados pelo jogo.

– Espero que você não seja daqueles *geeks* idiotas fãs de jogos por computador e videogames! – disse Jane, com a voz alterada.

– Nossa! Quanto estresse! E não curto muito estas coisas, não. Prefiro ler. E adoro loiras.

– Ufa, ao menos você é diferente. Bem diferente da maioria dos caras. Exceto por gostar de loiras! – disse de forma insinuante.

– Deve ser da idade. E eles não sabem ainda o que é bom. O quanto é gostoso estar junto de alguém legal. Alguém que gostamos.

As palavras soavam totalmente ensaiadas. Era óbvio que ele já havia usado aquela frase dezenas de vezes. Por alguma razão, talvez por não ter nada melhor ou por necessitar alimentar o ego, pois Sammy tinha uma aparência atraente, Jane gostou do que ele disse. E se permitiu ser seduzida. Não queria um "moleque" da sua idade.

Três latas de cerveja e dois coquetéis de pêssego mais tarde, Jane e Sammy estavam bem à vontade. A atração evidenciava-se pelos atos. O milagre do efeito etílico estava atingindo seu ponto máximo: diminuir a racionalidade. Sammy começou a fazer caretas e imitar a voz de Ênio, de Vila Sésamo, e ela respondia com a de Rosita. De repente, um estouro!

– Que é isso? – perguntou Jane, assustada.

– Veio lá de fora. Olhe pela janela o brilho e fogo!

– Nossa, que doido! É verdade ou efeito da bebida com pêssego?

– Foi um curto na eletricidade. Tudo estava ligado em potência máxima! – afirmou Sammy.

Um blecaute tomou conta inclusive das casas vizinhas. Aparentemente não todas da rua, o efeito havia sido nas que se utilizavam do mesmo transformador da rede elétrica. Com a claridade drasticamente reduzida, alguns jovens usaram os isqueiros e celulares para caminharem e saírem da casa. Jane olhou para o rapaz com a pouca luz que vinha da janela. A nuança criou um espectro mais atraente dele. A pele clara dela ficara escondida em meio ao cabelo que contornava o rosto e não deixava qualquer luz tocar sua face, apenas seus olhos azuis cintilavam. Sammy colocou a mão esquerda na cintura dela, a direita tirou o cabelo do rosto e escorreu para trás da cabeça da garota, e a beijou. Aproveitando que estavam no sofá, e muitos estavam ainda preocupados com a

Capítulo 10

queda de energia, o rapaz deitou e puxou a garota para que ficasse sobre ele. Instantes depois, uma forte luz batia nos rostos do novo casal.

– Apague isso! – disse Jane, irritada.

– Calma, safadinha! Sou eu, Patrícia. Pelo jeito nem está sentindo a falta de eletricidade.

– Palhaça! – disse Jane, brincando com a amiga.

– Estou com esta lanterna procurando o telefone para chamar a companhia de seguros. Assim, eles enviam alguém para dar uma olhada no que aconteceu. E estou fazendo uma checagem na casa. Podem continuar o que estavam fazendo, crianças!

Os dois levantaram-se do sofá. Jane disse ser tarde e precisava ir embora. Eles trocaram os números de celular e foram, com certa dificuldade de enxergar, até a rua. Ele a acompanhou até a esquina, que não havia sido afetada pelo curto.

– Nos vemos, menina. Eu ligo para você.

– Ok. Boa noite.

No retorno para casa, Jane sentia ainda alguns efeitos do álcool. Foi embora pensando no rapaz que conhecera e beijara. Não achava que ele ligaria de volta. Assim que colocou o pé no primeiro degrau de sua casa, o celular soou, alertando duas mensagens no whatsapp. Uma da amiga, dizendo que ela havia *"mandado bem" e ficado com um gato!* A outra mensagem era de Sammy:

Adorei conhecê-la e quero repetir a dose. Durma bem.
Você será meu sonho bom esta noite.

Capítulo 11

A mão direita de Rodrigo estava ainda ligeiramente formigando porque devia ter dormido sobre ela. Ao trocar as marchas do carro, sentia uma sensação estranha ao tocar na manopla do câmbio. Não gostava de automóveis automáticos, achava-os sem a emoção de dirigir. Ainda enquanto estava em Boca Raton, enviou um *e-mail* a Julie, sua secretária, pedindo que fizesse todos os agendamentos dos próximos dois meses apenas após às dez horas, nas segundas-feiras. E ela mesma podia chegar naquele horário. Não queria interrupções ao falar com Deus. Queria desvendar o mistério daquele paciente.

Os dias anteriores haviam sido copiosamente desgastantes. A perda do avô, as atitudes da esposa, certos pensamentos licenciosos e a noite de sábado com Petra.

"Falar com Deus e ouvi-lo seria uma terapia!", pensou.

Assim que entrou em seu consultório, notou a mesa repleta de recados deixados pela secretária. Havia lembretes sobre contas, pacientes novos e reagendamentos. Até um bilhete, que não tinha visto ainda, expressando os pesares pelo falecimento de seu familiar. Achou o gesto gentil de Julie. Abriu as janelas e persianas, colocou o celular para não tocar e ouviu passos subindo as escadas. Era ele: Deus.

– Com licença, doutor. Posso entrar? – disse gentilmente. – Bom dia. Como o senhor está hoje?

– Bem melhor. Estes imprevistos nos desgastam, mas temos que estar preparados. Apesar de que jamais estamos – brincou, buscando ser simpático.

O psicólogo percebeu que o paciente estava com olheiras e expressão cansada. Talvez fosse a cor do blazer cinza, alterando apenas o tom. Ao revê-lo, sentiu toda a ambiguidade da possibilidade de estar diante de Deus. Aparentando um homem de 50 anos, circundado por negras olheiras, via-se olhos azuis.

Olhos silenciados por não poder dizer o que sentia e a dizê-lo num olhar.

Rodrigo parecia ter uma aptidão para decodificar o rugido do silêncio divino. Deus sabia e sempre soube por que tinha escolhido aquele homem, naquele momento.

Muita coisa inexplicável existia das sessões anteriores.

– Conversou com alguém anormal durante sua viagem, doutor? – perguntou Deus, olhando-o fixamente.

A pergunta tinha a tenacidade de uma flecha em chamas. Ângela Lúcia era mais que excêntrica e o que dissera ainda fermentava na cabeça do terapeuta.

– Sim. Mas creio que o sabe. Uma vez que é onisciente!

– Certamente, meu caro. E qual foi a aparência usada desta vez? Importa-se em me falar quem foi?

Aquela pergunta era perturbadora. "Por que perguntar, se sabe? Estará me testando?", indagou para si Rodrigo. Entretanto, ainda que incompreensível, preferiu entrar no jogo e respondeu sem argumentar.

– Uma mulher. Ângela Lúcia. Exótica e muito cativante.

– Como sempre! Ele tem prazer em "cativar" as pessoas – comentou Deus com um sorriso irônico embutido nos lábios.

– Conhece-a? – perguntou o psicólogo.

– Muito. Conheço-a em todas as suas facetas. Vejo que não está me subestimando, porém, apenas sendo retórico, doutor. Faça a pergunta que o está corroendo!

De fato, Rodrigo queria muito confirmar se a dedução que fez do nome da mulher e o que ela dissera antes de desembarcar eram verdadeiras.

– Ela era Lúcifer?

– Sim.

A resposta lacônica soava como uma afirmação corriqueira a dar um ser humano. O que não é.

– Por que ela me procurou?

Deus olhou pela janela. Tateou com os dedos o braço da poltrona que estava sentado. Não quis encostar-se no divã como sempre fazia.

– Existe uma espécie de norma, de conduta. Uma equidade na dimensão supramaterial. Uma vez que rompi o silêncio, vindo até você, ele recebeu os mesmos direitos.

– Mesmos *direitos*? Como assim? Você não é soberano?!

– É exatamente pela soberania que concedi os mesmos direitos. Desta forma, jamais seria apontado como injusto. Era um risco que eu sabia correr e que o colocaria também.

– Risco?! – exclamou temerosamente o psicólogo.

– Acalme-se, doutor. Ela nada fará, diretamente. Da mesma forma que falo com você, abertamente, ela ou ele também o fará.

Os olhos de Rodrigo estatelaram-se. Reclinou-se para trás no encosto e levantou as sobrancelhas.

– Fará? Quer dizer que ainda vai... Vai me procurar? – era a primeira vez que a voz do psicólogo de fato havia dado uma gaguejada. A cena teria sido cômica, se não fosse trágica em sua mente. Não bastasse tudo que estava passando, agora teria que falar com Lúcifer.

– Sim. Ele tentará de uma forma ou outra, caso relute. E terá o mesmo tempo que eu.

Se por um lado havia ainda as dúvidas do analista por conta de tudo; por outro lado, elas pareciam fúteis na altura em que já chegaram. E certas ocorrências eram provas cabais que, ao menos, aquele não era um paciente natural, mas sobrenatural. "Se um paciente do além já estava sendo alvoroçante, o que se dirá de dois... E tão opostos e contrários?!", pensou o psicólogo.

– Sei que pode ser aterrorizante inicialmente, mas não tema. Ele fala demais! E só. Sei que sabe lidar com seres machucados, orgulhosos e exaltados. Esta é sua especialidade! – disse o paciente, rindo.

– Pessoas, sim! Não o Demônio!!! E você ainda disse que era ele ou ela? Ele muda ou se transforma?

– Ele é perito em apresentar-se de maneira pouco assustadora. Por alguma razão, que você deve saber, ele mostrou-se como mulher a você.

A mão direita de Rodrigo voltou a formigar. Levantou-se e foi pegar um copo de água. Ficou calado, pensativo. Ofereceu água a Deus. Ele aceitou. Tomou todo o copo de uma única vez. O psicólogo olhava tudo aquilo como se estivesse entorpecido. De repente, uma oscilação na energia elétrica fez o alarme de incêndio soar. Rodrigo despertou de seu transe meditativo. Foi até a antessala e logo atrás da porta digitou a senha, fazendo a sirene cessar. Voltou para o consultório. Fechou a porta, olhou para Deus e incisivamente perguntou:

– Está aqui por uma razão. Talvez seja por sua solidão ou talvez seja por algum motivo velado. Certas coisas não escolhemos! Paramos a última semana falando do projeto evolutivo no texto de Gênesis. Entretanto, se não estou errado, ia me falar a respeito do erro interpretativo do Éden, certo?

Uma ansiedade dominou, repentinamente, o terapeuta. Como uma fuga de seus pensamentos e dúvidas, preferiu seguir em sua terapia com o Onipotente. Típica tentativa de evasão de quando se está inseguro.

A instabilidade leva as pessoas a tomarem reações das mais inusitadas. Todos os indivíduos agem desta forma. A ansiedade gera inquietação e é a energia mais valiosa para transformações. Sejam elas malditas ou profícuas.

– Sim, a *dimensão primitiva*!– falou Deus como que lembrando e admirando algo diante de si.

– O Jardim do Éden foi uma grande decepção. Ou melhor, o homem e a mulher. Suas criações mais exclusivas cometeram falhas das mais banais – instigou o analista.

Mais uma vez um sorriso de certa ironia, porém sereno, tomou conta de Deus. Antes de responder, olhou pela janela enquanto tocava com os dedos a borda do copo de água.

– Por que diz *decepção*, doutor?

Aquela pergunta soava nada involuntária. Estava carregada de astúcia e manipulação. Certamente, o que queria era demonstrar como a ignorância era geral, até mesmo por um homem culto e conhecedor de textos bíblicos desde a infância. Rodrigo preferiu não entrar num jogo de forças intelectuais. Era um psicólogo, tinha um objetivo clínico e preferiu lançar uma resposta mais superficial.

– Porque havia criado um local perfeito, um paraíso. Um local pacífico e harmonioso. Em que se tinha a liberdade total, exceto por uma regra. E foi justamente esta que Eva e Adão sucumbiram: a tentação. E comeram do fruto proibido.

– Sei, precisamente, que não pensa assim, doutor. Até porque já proferiu inclusive palestras e artigos em que tratava de tais assuntos, ainda que perifericamente.

Desta vez o psicólogo nem se surpreendeu mais. Já estava se acostumando com a capacidade onisciente do paciente. Por outro lado, Deus compreendia que o papel do profissional diante de um paciente não podia ser diferente, mesmo sendo este quem era.

– Sabe, doutor, a criação do homem foi num momento turbulento. Quase que simultaneamente a uma crise celestial. Quando digo simultaneamente dá a entender uma teoria do tempo, certo? O que parece conflitar com o que havia dito em outra sessão, mas é a única forma de deixar mais facilmente explanado numa linguagem humana.

– Sim, entendo. Sei que narrar carece de cronologia, isto é, de tempo. Um antes e um depois. E a fala é linear. Pode prosseguir, por favor. – replicou o psicólogo.

– Expressar-se pela fala é sempre suprimir muito o que se deseja comunicar. Uma limitação devassadora! – disse Deus.

– Se eu sinto isso como mero mortal diante de situações corriqueiras e afetivas, imagino diante de acontecimentos cataclísmicos. Ainda mais quando sequer existem termos e vocábulos nas línguas humanas.

– Preciso! Muito preciso, doutor.

– Dizia de uma *crise celestial*. A que se referia?

Alguma coisa aconteceu após a pergunta de Rodrigo. Tudo parecia diferente à sua volta. As cores pareciam reluzir discretos fragmentos luminosos. Rodrigo impressionou-se e sentiu um arrepio.

Capítulo 12

— Ele acabou de selar o ambiente em que está com o Dr. Rodrigo Mazal! Temos pouco tempo antes que sua onisciência retorne.

— Está tudo pronto?

— Sim, meu senhor. Restam somente os últimos ajustes para acomodá-la em São Francisco.

— E o *basar*? Tenho que voltar para ele. Preciso que aguente a corporificação.

— Todos os esforços têm sido para mantê-lo saudável, meu senhor.

— A partir de amanhã os planos entram todos em ação. Falhas são inadmissíveis! Tenho esperado muito por isso. Continuem vigiando o consultório.

Capítulo 13

A pergunta de Rodrigo havia tocado em um ponto delicado. Deus não podia permitir que qualquer informação escapasse. Ou mesmo que as interpretações perspicazes do Dr. Mazal interferissem no que estava por acontecer. Por outro lado, não deixaria a pergunta do psicólogo sem uma resposta. Ela só não seria completa, por enquanto.

– Então, doutor, quer saber da rebelião celestial?! O motim feito por um de meus assessores. O conselheiro mais íntimo.

– Lúcifer! – confirmou o analista.

– Diríamos que sim, Rodrigo! Este nome foi dado da tradução do latim. E criaram um nome próprio, como se fosse uma entidade humana, que precisa de identificação para tudo.

– A raça humana precisa de referências, Deus. Criamos imagens de deuses. Ainda que inspirados na natureza, mas com qualidades humanas. Basta ver os altares de tribos e povos primitivos. E, da mesma forma, fizemos com os espíritos malignos. Estou certo que sabe disso! Fale da insurreição, por favor.

– A agitação era grande... Milhares de seres persuadidos e seduzidos por Lúcifer, que buscavam minha renúncia. Sabiam que me destruir seria impossível, mas nomear outro soberano daria uma nova versão à história da humanidade, dos seres angelicais e do universo.

– Sempre entendi que a rebelião de Satanás foi por soberba e por querer instaurar um trono sobre o seu. Uma insurreição clássica. Está querendo dizer que havia outros interesses?

– Sem dúvida. O que daria o poder e o desejo de estar na condição de supremo era o que estava por vir: a raça humana. Não há deus ou deuses sem os homens. Não sou onipotente e onisciente se não existisse tal raça. Todos os seres da *dimensão excelsa* dependem, para ser supremos, do homem.

– Somos escravos de seres superiores e mais desenvolvidos? É isso que representamos? – suspirou o psicólogo. – Tudo foi então uma luta para dominarem um rebanho ou súditos... E terem mais poder sobre eles!

– Sei que pode, inicialmente, parecer atroz e desumano. Mas é exatamente o que somos. Nunca fomos humanos. Somos desumanos!

– Isto é sádico. Cruel, não?! – instigou Rodrigo.

– Pelo contrário. Eu criei o humano. Suas emoções e inteligência. O planeta com seus mecanismos de existência.

– Para quê? Para interesse próprio! Uma maneira de alimentar o ego e a sensação de soberania?

As palavras de Rodrigo estavam repletas de desabafo, como também, de questionamentos que atravessavam sua existência. Eram questionamentos que muitos tinham e tiveram na história, mas jamais ousavam expressar, mesmo em suas orações, pois temiam Deus.

– Essa sensação, doutor, é muito típica. Não poderia esperar outra diferente. Se você fosse um fiel islâmico, cristão ou judeu ortodoxo, jamais questionaria com a mesma ousadia. Temer quem é superior é uma atitude sábia.

– Sim, havia um filósofo alemão, não sei se Kant ou Hegel, que já havia teorizado sobre a *Dialética do senhor e escravo*. O conceito representa o confronto entre uma consciência de si, independente, e outra, dependente.

– Foi Hegel. Ele foi *bem inspirado* para escrever tal conceito. Demonstrando o conhecimento direto da consciência individual que cada um tem de si mesmo. Não somente ele, centenas foram envolvidos da fagulha de genialidade sublime.

– Que quer dizer? Que inspirou tais pessoas? – perguntou o psicólogo.

– *Inspirar* é uma boa palavra! – respondeu rindo. – Mas há outros com os quais tive um cuidado especial na formação para dar-lhes, gradativamente, revelações.

– Imagino que esteja falando de Moisés, Elias, Salomão, Paulo.

– Sim, eles tinham um objetivo explícito e claro. Apesar de que cometeram falhas, até porque foram tomados, em algum momento, de suas emoções e paixões. Falo de pessoas menos ligadas, diretamente, à fé. Alguns foram célebres, como Charles Darwin, Karl Marx, Friedrich Nietzsche, Ernest Hemingway, Sigmund Freud, Machado de Assis, Richard Dawkins, Stephen Hawking, Steve Jobs. O mais interessante é que muitos eram ateus.

– Ironia do destino?! – disse Rodrigo.

– Não podia ter falado algo mais certo, meu caro. Ironia do *destino*! – replicou Deus, como quem não podia dizer, mas que o comentário era profundamente repleto de significados, ainda obscuros ao psicanalista.

– Pelo que percebo, Deus, também sente prazer em influenciar, além de ter o domínio sobre as pessoas?

– Sinto prazer nisso, sim. Tem uma filha, certo?

– Sim, Jane. Sabe disso, por que estou dizendo?!

– Quando ela era pequena, indefesa, costumava acompanhá-la. Tentava protegê-la, usava cercadinhos pela casa. E ensinava padrões de moral. Corrigia-a quando não agia conforme havia sido dito.

– Como qualquer criança é educada nesta fase.

– E, normalmente, as crianças, por ainda não terem total noção de perigo, precisam ser vigiadas e conduzidas. Os pais contam-lhe histórias de lobo-mau, bicho-papão e outras. Assim conseguem colocar o *medo* e é sempre mais fácil conduzi-las, evitando sair do quarto durante a noite e se machucarem.

– É um comportamento universal. Está já arraigado até como positivo em manuais e teses psicopedagógicas do desenvolvimento da criança.

– Pois bem. Se notar, faço o mesmo. Como são indefesos e limitados, precisam de certas histórias. De alguns temores para não se ferirem fisicamente, extracorporeamente e metafisicamente.

– Calma! Estávamos falando da rebelião de Lúcifer. E estamos desviando e partindo para outros temas. Que tal voltarmos neste tema de criar histórias e introjetar o medo como forma de proteção em outra sessão?

Capítulo 13

– Perdoe-me. Como não sigo uma linha lógica humana de raciocínio, mesmo me incorporando temporariamente em um, acabo desviando dos temas. Até porque, como havia dito, doutor, tudo é simultâneo diante de mim.

– Eu ainda preciso de um encadeamento de ideias. Sou humano, demasiadamente humano. Para iniciar outro assunto, precisamos fechar o anterior – explicou, rindo.

Começou a chover. O som das gostas batendo no vidro da janela soava como sinfonia celeste.

Rodrigo levantou-se e verificou se todas as janelas estavam fechadas. Deus também se levantou e tomou mais água. Ofereceu ao psicólogo que recusou, agradecendo. Cada movimento do paciente era observado cuidadosamente agora: o cabelo levemente grisalho; o tecido impecavelmente bem passado da calça, apesar de alguns poucos amassados porque estava sentado; e as veias que se mostravam, sendo possível acompanhar o bombeamento de sangue. Em muitos momentos, a dúvida ainda tomava conta. "Não poderia ser Deus. Ou poderia?"

– Onde havíamos parado? – perguntou Deus.

– Dizia que eram tempos complicados, pois quando formou o Éden e o homem pecou, passava por uma crise celestial.

– A ideia da rebelião nasceu quando revelei a história que a raça humana teria. Foi uma afronta aquilo. Não entendiam porque eu dava tamanhos privilégios a seres tão restritos e incapazes.

– Tiveram inveja? – perguntou o psicólogo.

– Não. Hilal ou Lúcifer, ou outro nome que preferir, sempre fora fiel devoto a mim. Descomedido e incondicionalmente fiel. Sua devoção era total, como nenhum outro ser jamais teve. Quando revelei que a raça humana seria detentora de uma história de queda e redenção, foi a gota d'água!

– Por quê?

– A insatisfação foi gerada ao saberem que auxiliariam seres mortais. Além de que os humanos seriam mais do que servos, mas também filhos. Hilal não aceitou, de imediato, a ideia de servir outro ser, senão a mim.

– Então a ruína de Lúcifer foi por amá-lo demais? Não queria ser fiel a ninguém mais, exceto você. Foi um ato nobre.

– *Nobreza* não tem nada a ver com obediência. Havia tomado minha decisão. Cabia a ele acatar, justamente porque me amava de tal maneira. Amar é exatamente o oposto desta posição dele de posse!

– Tenho que concordar. Amar não é querer possuir o outro para si. Amar é "amar apesar de". Amar apesar das diferenças, dos choques e das decisões contrárias.

– Começou a entender, doutor. Entretanto, esqueceu algo. Você mesmo havia mencionado a teoria de Hegel.

– Esqueci o quê? Qual a relação?

– Eu criei Hilal ou Lúcifer. Eu detenho o poder maior. Sou o senhor. Ele esqueceu-se da minha dependência criadora.

Muitas coisas estavam desconexas e inexplicáveis. O psicólogo queria questionar que *se foi Deus quem criou Satanás e se é onisciente, as perguntas óbvias eram: Por que o criou e deixou acontecer a insurreição? Por que não o alertou antes? Por que permitir um conflito daquele sabendo de antemão? E será que Lúcifer não tinha consciência que uma batalha dessas seria impossível prevalecer?*

Rodrigo sentiu que não devia ter pensado aquilo. Deus ia acabar lendo os pensamentos e tentaria respondê-lo. Nunca ia conseguir terminar o tema daquela consulta. Preferiu lançar algumas perguntas para conduzir o pensamento.

– O conflito aconteceu como uma guerra mesmo? Ou sequer houve tempo para uma batalha? – perguntou Rodrigo.

– Houve uma batalha, sem dúvida! Era como que dois exércitos querendo o poder. Buscavam destronar um rei e colocar outro. No entanto, a guerra não foi algo corpóreo, até porque na dimensão excelsa isso é obsoleto. Atos de potência são armas ainda mais enérgicas e indestrutíveis.

– Buscava-se quem tinha mais poder manipulador, influenciar e arrebanhar mais adeptos? – interpelou o analista.

– Praticamente. Não havia saída e não haveria vencedores, exceto se eu interferisse diretamente. Eu não podia acabar com criaturas tão magnânimas. Fiz o que era mais solidário e benevolente. Bani o grupo! Se era o amor de Hilal por mim que o fez se revoltar, a distância seria castigo árduo suficiente. E não havia melhor lugar para serem condenados e enviados: a Terra. Senão onde estariam os seres que não estavam dispostos a servir?

– Está me dizendo que o inferno dos anjos caídos é a Terra? – questionou indignado o Dr. Mazal.

– Se fosse mandado para uma ilha, sem as condições de vida que tem hoje, aquilo lhe seria uma agonia. Imagine sua vida, por exemplo, num local mais primitivo, como a selva, convivendo com animais, sem a comodidade do cotidiano, como higiene pessoal, abrigo, medicamentos!

– Seria um inferno mesmo! – admitiu sorrindo.

A chuva havia cessado, entretanto, muitas nuvens ainda cobriam o céu de Victória. Para o Dr. Rodrigo Mazal estava claro que aquelas sessões de terapia mais pareciam palestras ou grandes revelações ocultas.

– Não é tão oculto assim, doutor. O problema é que historiadores, rabinos, teólogos e especialistas insistem em leituras denotativas, quando certos textos e mensagens são metafóricos. E leem de maneira alegórica quando os textos são informativos e literais. O que lhe expliquei agora, por exemplo, é possível perceber no mesmo livro de Gênesis. Está ainda com aquela Bíblia na gaveta? Veja os versículos iniciais do capítulo 6.

O psicanalista foi até sua mesa, abriu a gaveta e pegou a Bíblia:

"E aconteceu que, como os homens começaram a multiplicar-se sobre a face da terra, e lhes nasceram filhas, *viram os filhos de Deus* que as filhas dos homens eram formosas; e tomaram para si mulheres de todas as que escolheram. (...) Havia naqueles dias *gigantes na terra*; e também depois, quando os filhos de Deus entraram às filhas dos homens e delas *geraram filhos*; estes eram os *valentes* que houve na Antiguidade, os homens de fama".

– Claro, não é, doutor? Houve uma raça híbrida. Uma fusão de humanos com seres angelicais caídos. Além do que, estes filhos gerados deram toda uma possibilidade ficcional de existirem os heróis lendários gregos, como Aquiles, Hércules, Perseu e todos mais.

Os olhos do analista voltavam a ler os trechos repetidamente. Mais uma vez tinha a sensação de que estava diante de um fantasma ou assombração. Como se convivesse com todas as verdades, mas estava cego.

– Mas e esses gigantes?

– A palavra é *nephilim*, que significa desertores ou caídos. Porque eu os havia lançado aqui para baixo. Porém, eles não perderam seus poderes, apenas o campo de atuação. Nem por isso deixaram de ser chamados de "filhos de Deus".

– São mulheres humanas e demônios tendo filhos? Estes são os heróis da mitologia?

– A mitologia grega e de outros povos está repleta dessas ficções de Zeus e mortais. Apenas recondicionaram a narrativa – explicou Deus. – A palavra *Elohim*, em hebraico, quer dizer "deuses", no plural. Tanto que, veja o que está escrito no capítulo 1: 26.

O analista voltou duas páginas e leu:

– "Então Deus disse: '*Façamos* o homem à *nossa* imagem e semelhança. Que ele reine sobre os peixes do mar, sobre as aves dos céus, sobre os animais domésticos e sobre toda a terra, e sobre todos os répteis que se arrastem sobre a terra'".

– Sim, está no plural, mas sempre pensei que fosse pela trindade divina.

– É verdade, mas não toda a verdade. Está no plural porque, mesmo sendo algo criado por mim, havia participação de todos os seres angelicais. "EL" quer dizer deus ou deuses. E "LOHI" quer dizer barro ou lodo. Esta deveria ter sido nossa conversa do dia, doutor.

– Estou me adaptando à simultaneidade de informações.

– Sobre a criação do homem, em Gênesis, o barro é o material simbólico por excelência. Sou um oleiro, um fazedor de vasos de barro. Por isso sou o Deus do barro, o Deus do homem.

Tudo parecia bem embaralhado e ainda fora de ordem na cabeça de Rodrigo. Tantas informações. As perguntas brotavam: *Houve miscigenações de seres na terra, entre anjos caídos e mortais. E ainda existem esses seres? Estarão ainda em nosso meio?*

O copo do psicólogo estava vazio quando tentou tomar mais um gole de água. Levantou-se para enchê-lo. Parou diante do filtro, ainda pensando. Quer dizer que os mitos greco-latinos são, relativamente, verídicos! E se "deus" é um título e Elohim significa que ele é deus dos seres de barro, isto é, de homens... Qual o nome dele, se é que tem?

Capítulo 13

Pressionou o gatilho da torneira do filtro. O volume da água ia lentamente subindo. Por pouco não deixou esparramar. Não conseguia parar de pensar e levantar hipóteses sobre tudo aquilo.

– Será impossível, meu caro, sanar todas as suas dúvidas. Quero somente tirar um pouco da angústia. E preparar para o que está por vir. Mesmo sabendo que isso lhe causará um preço! – confessou Deus.

Nenhuma palavra que Deus havia dito fora ouvida naquele instante pelo psicólogo. Parecia hipnotizado pela informação, como um indivíduo em coma por muitos anos, que busca entender as transformações que o mundo e ele mesmo sofreram. Sentiu-se congelado, cristalizado, inerte. Sem saber mais os referenciais básicos que tão sólidos lhe pareciam semanas atrás. E por toda a vida. Ouviu alguém chamar por seu nome.

– Dr. Mazal, o senhor está bem? – batia em seu ombro a secretária.

– Julie! O que faz por aqui?

– O senhor está trancado por algum tempo. O paciente está o aguardando por 15 minutos já. Entrei e vi o senhor parado, catatônico. Aconteceu algo?

– Quinze minutos? Que horas são?

Havia passado mais de 30 minutos. Para Rodrigo, como se fossem alguns minutos apenas. Fazia conexões de outras áreas do conhecimento. Relembrou aulas da faculdade. Lembrou-se de textos apócrifos e canônicos. Veio à mente conceitos do xintoísmo, confucionismo, hinduísmo e mitos helênicos.

– E o paciente, Julie?

– Ela está lá fora. A senhorita Ashley Coles.

– Não falo dela... Deixa para lá! Dê-me dois minutos mais e peça a ela para entrar.

A condição desesperada da paciente fora ignorada naquela sessão pelo Dr. Mazal. Os problemas da jovem Ashley Coles e seu noivo mal foram ouvidos. O psicólogo continuava imerso em suas elucubrações sobre a batalha celestial, sobre quem éramos de fato. Não conseguira chegar ao tema do Éden e a formação do homem. Não podia perder o foco na próxima sessão. Precisava entender o que era o ser humano. Por ora, tentaria acompanhar os dramas pessoais e fugazes da paciente.

Capítulo 14

Todas as vezes que ouvia os barulhos do encanamento no piso superior, Petra irritava-se com o marido que nunca chamava alguém para verificar o sistema hidráulico da casa. O lindo sobrado na Linden Avenue, em Victoria, sempre foi ideia de Rodrigo. Quando se casaram, preferia ter ido morar em Toronto e montar uma agência de turismo lá. O marido não gostava da sensação excessivamente cosmopolita e caótica de uma megalópole. A opção foi a aconchegante casa perto das águas do Pacífico, em Beacon Hill.

Petra queria aproveitar o tempo livre com o rapaz da livraria. Aquela estava sendo uma semana bem tranquila na agência de turismo. Poucos clientes. Enquanto maquinava a desculpa que daria à sócia para sair, escrevia no guardanapo o nome dele: Richard Samyaza. Lembrava do sorriso másculo e de como se sentia desejada e possuída naqueles braços vigorosos, ao menos em seus sonhos. O esposo era bem diferente, de altura mediana, até porque tinha o estereótipo clássico do latino. Richard era alto, forte, uma iguaria. O olhar parecia de Mike.

Ouviu Jane falando ao telefone e foi até o pé da escada para escutar melhor.

– Ok, gato. Também te quero muito. Não sei se vou poder, mas vou tentar. Te amo!

Capítulo 14

A mãe estranhou, visto que a filha não disse que estava saindo com alguém. Preocupou-se, pois era uma fase delicada dela. Tinha que optar por alguma universidade. Esperou-a descer até a cozinha e perguntou:

– Com quem estava ao telefone?

– Uma amiga, mãe... a Lindsey!

– E diz "eu te amo" a ela? Não sabia que havia mudado seus interesses sexuais – retrucou a mãe com voz irônica.

– Estava ouvindo minha conversa?! Privacidade e respeito "zero" nesta casa!

– Enquanto estiver sobre este teto, vivendo sobre os cuidados de seus pais, deve explicações! – disse a mãe, gritando. – Quando for dona de seu dinheiro e nariz, aí poderá ter a tal privacidade que quer!

Jane sequer tomou café da manhã. Ficou tão irritada com a postura da mãe que pegou a mochila e saiu batendo a porta da frente com violência. O que fez Petra ficar ainda mais furiosa com a filha.

No centro da cidade, a vaga que costumava estacionar, próxima à sua agência, estava ocupada. Petra deixou seu Volvo branco, cerca de 50 metros mais distantes. Estava mais produzida que de costume e preferiu passar antes na livraria para dar bom-dia a Richard. Antes de entrar, passando pela vitrine o viu. Ele instantaneamente também voltou o rosto para fora e seus olhos se cruzaram. Ela se sentiu tão bem, tão soberba e desejada que se esqueceu da fenda que existia entre a calçada e a porta de vidro da livraria. Tropeçou e a queda foi certa. Richard correu para acudi-la. Petra estava completamente envergonhada, porém começou a rir.

– Está bem, linda? Machucou-se?

– Estou no chão, caí na frente de várias pessoas. Mas acho que estou bem!

Tentou apoiar o pé no chão. Doía. E gemeu.

– Você deve ter torcido o tornozelo. Ainda mais com um salto tão alto como este – falou com uma voz de piedade, e enquanto falava acariciava seu pé.

Ela, por segundos, esqueceu-se da dor.

O gerente da loja desculpou-se pela fresta entre a porta e a calçada, pedindo ao funcionário que acompanhasse a cliente até o pronto-socorro.

Petra adorou. Poderia ficar um tempinho a mais com ele. Começou a caminhar com dificuldade, mesmo a dor nem sendo tão intensa mais. Tinha sido mais o susto da queda. No caminho de volta onde estava o carro dela, Richard, notando a dificuldade dela de caminhar, olhou-a por inteiro e a colocou nos braços.

– Ai, não precisa! Posso caminhar.

– Será um prazer. Se aconteceu algo mais grave é melhor não forçar – disse olhando fixamente nos olhos dela.

A forma que ele a ergueu em seus braços foi como se pegasse uma criança. Ela sentia as mãos e os braços dele tocando suas pernas. Colocou um dos braços em volta do pescoço dele e a outra pousou no ombro. Lentamente, deixou escorrer a mão até seu peito musculoso. Richard sorriu. Ela ficou excitada.

***

– Está tudo ok. A senhora não quebrou nem rompeu os ligamentos. Apenas use uma bolsa de gelo por algumas horas e estará novinha em folha – disse o médico no pronto-socorro.

– Obrigada, doutor. Já posso ir?

– Claro, não se esqueça de assinar os papéis na recepção. Tenha um bom-dia!

Richard não queria, mas Petra insistiu em dar-lhe carona de volta.

– É o mínimo que posso fazer. Você já me acompanhou até aqui. Vou deixá-lo no seu serviço.

– Não é preciso, pego um ônibus – disse Richard.

– Preciso voltar ao trabalho de qualquer forma. Irei para aquela direção.

– Se você insiste. Consegue dirigir ou quer que eu o faça? – perguntou ele.

– Estou bem. Importa-se se eu der uma rápida passada em casa para pegar minha bolsa de compressa? Vou passar o dia com o gelo no tornozelo – disse Petra, lamentando ainda o incidente.

– Claro, sem problemas. Depois digo ao meu chefe que o pronto-socorro estava cheio! – ambos riram.

Capítulo 14

Um pouco antes de chegar em casa, o telefone de Petra tocou. Era Rodrigo. Havia ligado para ela no trabalho e a funcionária disse que ela não havia chegado ainda. Ficou preocupado. Petra explicou que estava bem. Havia levado um tombo e tinha passado no ambulatório para certificar-se que nada pior acontecera. Iria passar em casa rapidamente e voltaria para a agência. Enquanto falava com o marido, sentiu a mão de Richard deslizando em suas pernas. Ela olhou espantada para ele, mas não podia expressar qualquer reação, ainda estava ao telefone. Estacionou o carro em frente de casa, olhou em volta e deu um tapinha na mão de Richard. Abriu a porta de casa e foi para o armário da lavanderia, onde achava que estava a bolsa de compressa. Quando pôs a mão na maçaneta do armário, sentiu Richard agarrando-a por trás e beijando sua nuca.

– Que é isso? – falou ofegante.

– Cale a boca! Sei que quer tanto quanto eu! – ordenou Richard.

– Aqui é a minha casa, alguém pode chegar!!! – dizia Petra, sem qualquer esforço para se livrar dele.

Sentia o quanto ele estava excitado. Colocou-se de joelhos com dificuldade e pôs o membro avantajado na boca. Ele apoiou-se na parede, urrava. Tomou-a mais uma vez nos braços. Colocou-a sobre o balcão da cozinha e ergueu a saia. Rasgou a calcinha, olhando sempre fundo nos olhos dela e a possuiu. Ela sentia-se em outra dimensão. Não era nada parecido com o que sentia com Rodrigo. Começou a arranhá-lo com força. Foi mordê-lo e viu a foto dela com o marido e a filha pendurada na geladeira. A foto havia sido tirada anos atrás, num parque de Coney Island. Sentiu remorso. No entanto, Richard com uma força descomunal, girou-a, colocou-a de quatro no chão. Puxou seus cabelos... Ela gritava, gemia. Gozou três vezes consecutivamente.

Não trocaram uma palavra no caminho de volta para o serviço. Richard e Petra somente se olhavam. Desejavam-se ainda. Ela parou uma quadra antes da livraria para que ele descesse. Não queria que ninguém os visse juntos após tantas horas. Ele a beijou novamente. Afagou seus cabelos e saiu do carro.

– Nos vemos novamente, princesa?

– O quanto antes! – respondeu Petra de forma insinuante.

– Que tal na quinta-feira? No fim do expediente?

– Excelente! Vou contar os minutos.

– Tomamos amanhã nosso café habitual na Blenz e combinamos a melhor forma. Tenha um bom-dia.

A reação dela diante de tudo aquilo a surpreendia. Petra parecia viciada no jovem. Sabia que era uma aventura. Seria incapaz de abandonar toda a vida e família por uma paixão? Mal via a hora de estar nos braços de Richard novamente. Enquanto o olhava se distanciando, lembrou que precisava trabalhar. Tinha que fechar um acordo importante com outra agência em Quebec. E comprar uma *lingerie* bem sexy para quinta-feira.

Em casa, naquela noite, ainda sentia algumas dores no calcanhar e nas costas. As dores das costas tinham motivos muito diferentes. Olhava para o balcão da cozinha e revivia cada segundo que tivera naquela manhã.

– Está tudo bem, querida? – perguntou Rodrigo.

– Está... Está! – respondeu lentamente sem, claramente, ter ouvido precisamente o que falara o marido.

– Estou te sentindo diferente. Eu também não ando muito o mesmo. Tanta coisa acontecendo no consultório. Cada caso único e excêntrico – comentou Rodrigo, puxando conversa com a esposa.

– Verdade?! Você conhece como ninguém o que passa na mente dos seres humanos e o que deve dizer! – falou com certo ar de deboche, lembrando que o marido fora traído horas atrás naquele mesmo lugar.

Aquelas palavras criaram ondulações concêntricas na mente de Rodrigo. Era fato que algo havia ocorrido com a esposa. Ela estava dominada por algum novo projeto. E sabia muito bem que a esposa era muito mais impulsiva que ele. Associou à última noite que tiveram de sexo. Tudo parecia muito atípico. Restava-lhe esperar ou questionar a mulher. Preferiu fazer algumas pesquisas na internet. Queria saber um pouco mais sobre livros apócrifos, o Talmude e o Alcorão. Muito do que ouvira de Deus na última sessão, ainda que extraordinário, parecia ter fontes e origens diversas.

Ao menos, era o que supunha.

Capítulo 15

Esperando a prova de Álgebra começar, Jane relia suas anotações de aula quando ouviu o ronco do estômago. Não havia comido nada ainda, o que a deixou mais nervosa. Não somente porque se esquecera da prova, como também irritava a atitude da mãe, naquela manhã. Ficou preocupada porque a mãe poderia vasculhar seu quarto. "E se olhar em meu *notebook* ou no histórico do computador?", pensou Jane. Precisava apagar os vestígios e ser mais cuidadosa.

Sentiu vibrar seu telefone. Havia recebido uma mensagem de Sammy, ele queria vê-la. O humor melhorou. Não conseguiu responder porque as provas já estavam sendo distribuídas aos alunos.

Aquela tarde ainda não seria a crucial.

***

Rodrigo acordara mais cedo que de costume. Não dormiu quase nada. Ficou intrigado com muita coisa que lera na noite anterior. Leu pela internet um texto apócrifo, o *Livro de Enoch*: um dos textos encontrados nos manuscritos do Mar Morto. Não conseguiu terminar, leu somente o livro primeiro, que narrava a função dos anjos que viviam na terra: Os Observadores. Além de seus encontros amorosos com mortais no período pré-diluviano. Obviamente, aquilo para Rodrigo já não era mais tão inverossímil, uma vez que havia ouvido diretamente de Deus, mas não deixou de ter uma ponta de dúvida. "E se aquele homem apenas for um grande conhecedor de escritos antigos aliado a uma capacidade ficcional enorme?", pensou a respeito de seu onisciente paciente.

Outra coisa intrigava-o. Enquanto verificava seus *e-mails*, abriu seu Skype, o que raramente fazia. Acidentalmente, porque já estava salva a senha, abriu o da filha. Não queria olhar, Jane precisava ter sua privacidade. Algo chamou-lhe a atenção. Havia algumas frases deixadas como recados em *off-line* bem íntimas e mais sexuais, comentando sobre o corpo da filha. Sentiu ciúmes, entretanto, entendeu ser a vida pessoal de Jane. Mesmo tentando ser um pai compreensivo, a imaginação o levou a desenhar uma série de possibilidades sobre a filha.

***

À tarde, após o treino de atletismo, Jane havia recebido uma ligação do pai. Queria vê-la, fazia dois dias que não se cruzavam, mesmo morando na mesma casa. A garota queria sair mais tarde, mas o apelo do pai foi comovente e tentador.

– Não posso falar muito porque ainda estou no vestiário, pai – sussurrou Jane. – Nos encontramos no KFC, da Hillside Avenue, em uma hora.

– Ok, abobrinha. Até mais – respondeu rapidamente.

Aproveitou que não teria paciente no último horário e dispensou a secretária para fechar o consultório. Julie organizava alguns arquivos. O Dr. Mazal viu um romance de Danielle Steel ao lado de sua bolsa e instantaneamente deduziu a personalidade emotiva que a dominava. Não havia errado! Naquele dia, Julie vestia um *tailleur* chumbo e camisa salmão. Era uma mulher charmosa. Naquela roupa havia ficado ainda mais.

– Julie, vou sair com minha filha para comermos algo. Pode ir embora. Eu fecho tudo.

– Sim, senhor. Preciso de mais um minuto. Jane está bem?

– Está ótima. Nem sempre conciliamos nossos horários. Qualquer dia vou te levar lá em casa para fazer a agenda de horários da família. Será a única forma de nos encontrarmos! – falou rindo.

– Imagino como seja. Quando morava com meus pais, não se admitia a ideia de não jantarmos todos juntos. Meu pai era categórico quanto a isso – disse Julie.

– Não consigo impor isso. Preciso de umas lições com seu velho!

Julie havia terminado de arquivar a última pasta. Rodrigo armou o alarme, fechou as portas e saíram. Nas escadas, disse que estava indo para a região que ela morava, pois iria a um restaurante *fast-food* naquela área.

– Que uma carona, Julie?

Ela hesitou por um segundo, mas pensou que seria mais agradável e rápido. Conversaram sobre sua família de origem grega e sobre os sonhos de carreira. Julie queria cursar uma pós-graduação no período noturno. Nunca haviam conversado de fato. Ela sempre quis ir ao psicólogo, tinha curiosidade, por isso aceitou trabalhar com o Dr. Mazal. Pensava em fazer Psicologia, mas sabia ser porque sentia uma "quedinha" por ele. Imaginava ser nada sério, apenas uma admiração.

– Está bem por aqui, Julie? Quer que eu a deixe mais próximo de sua casa?

– Aqui está excelente. Obrigada, doutor. Até amanhã.

– Bom descanso, menina – respondeu, olhando discretamente cada curva do corpo de Julie ao descer do carro.

Jane estava a alguns quarteirões à frente. Fez um gesto de que estacionaria o carro. A filha pediu que parasse, pois queria deixar a pesada mochila dentro do veículo.

Pediram um balde de frango frito, com muito colesterol.

– Como estão os treinos, filha?

– Estão bem. Mas estou cansada disso! Não serei uma atleta. Não quero isso! Queria parar.

– Quer parar por que não gosta mais de atletismo ou por que não vai ser uma atleta profissional? – perguntou induzindo-a para ter uma perspectiva clara de vida dela.

– Gosto de atletismo, pai. Agora, o que me adianta? Queria me dedicar a outras coisas. E sobre a faculdade que irei em poucos meses.

– Não fazemos algo porque tem uma função. Não só porque tem que servir para alguma coisa no trabalho ou na carreira. Podemos fazer algo simplesmente porque nos faz bem!

– Sei disso – respondeu desapontada consigo mesma.

– Se quiser parar, vou compreender. Mas esteja segura disso. Não tome uma decisão sem medir as consequências. E também não viva somente de decisões lógicas. Certas paixões e vontades devem ser atendidas.

A fala do pai ressoava reconfortante, porém, abrindo uma maneira de saber mais sobre o que a filha estava passando. O pai tinha um jeito todo especial de falar com ela e com qualquer pessoa. Era impossível alguém não conversar com Dr. Mazal e em menos de 15 minutos não estar confessando algo ou até mesmo chorando.

– Agora, pai, a mãe me deixou puta da vida, ontem! Ops!... Desculpe-me o palavrão!

– *Dio mio...* Vocês duas! Que houve agora?

– Ela estava ouvindo escondida eu falar no celular. E ainda veio com aquele discurso de que eu moro debaixo do teto de vocês.

– Jane, você tem que, antes de qualquer coisa, perceber que é nossa responsabilidade. Apesar de ser praticamente uma mulher, ainda está sob nossos cuidados. Até imagino que, como você e sua mãe se parecem, ela deve ter sido mais ríspida.

– Ela foi uma grossa e intrometida! Por que não vai cuidar da vida dela?!

– Veja, filha... Note sua reação também. Está sendo descontrolada. O que acabei de dizer?! Ela é sua mãe e temos o dever de te proteger. Sei que vai dizer que ela ultrapassou os limites. Onde quer que esteja, nunca vai estar livre de alguma intromissão ou alguém te observando. Nunca estamos sós – falou com voz firme, indicando autoridade, mas acariciando o rosto da filha.

Os olhos de Jane lacrimejaram. Ele levantou-se, sentou-se ao seu lado, abraçando-a. Depois pegou uma coxa de frango e pôs na boca da menina, brincando.

– Pai, conheci alguém! E estou gostando dele.

– Sério? Que bom! De onde? Do colégio? Conhecemos a família?

Capítulo 15

– Não é do colégio. Ainda não quero dar muitos detalhes. E estamos juntos há pouco mais de um mês.

– Quando quiser me contar, sabe onde moro – brincou com a filha.

– Estou gostando, por enquanto. Sinto-me bem ao lado dele. Talvez porque não é tonto como os caras do colégio.

– Presumo, então, que seja mais velho que você?

– Sim. Mas ainda não quero contar mais. Quero ver se vai dar certo mesmo. Fique tranquilo, não é nenhum de seus amigos "tiozões" do clube de golfe! – comentou e, em seguida, engasgou, rindo com um pedaço de frango.

Pai e filha eram muito próximos. Voltaram para casa. No caminho é que perceberam que sequer haviam avisado à mãe que estavam juntos.

Em casa, Petra mal olhou os dois chegando juntos, com um pacote de comida. Os dois notaram que a mãe estava furiosa. Rodrigo foi atrás para falar com a esposa. Jane subiu para o quarto, precisava trabalhar no projeto de Biologia.

– Trouxemos comida, querida. Está com fome?

– Não – respondeu secamente.

– Fui buscar Jane e passamos para comer algo.

– Notei.

– Desculpe-me se não avisamos. Ficamos conversando e a hora passou.

– Ok.

Petra tinha até gostado, pois ficara ao telefone com Richard por duas horas.

Entrou no banho e sentiu a espuma que escorria pelo corpo após enxaguar o cabelo. Viu alguns fios que caíram, amontoando-se no ralo. Pensou que podia estar deixando a vida e o restante de juventude passar. A porta do boxe abriu. Rodrigo entrou para tomar banho com ela. Quando o sentiu, abraçando-a e as mãos tocando sua cintura, disse que já havia terminado, saiu instantaneamente.

Rodrigo teve certeza. Algo estava errado no casamento e, pior ainda, a esposa podia estar caminhando em trilhas perigosas para o futuro do casal. Preferiu não dizer nada. Todo criminoso deixa um rastro.

Toda ação obscura é seguida por uma sequência de vestígios. Nada fica oculto por muito tempo. Restava esperar e observar cuidadosamente.

Ao sair do banho, a esposa já dormia ou fingia. Rodrigo desceu. Notou que a filha ainda estava acordada com alguns livros sobre a cama. Pegou um copo de leite e sentou-se na banqueta da cozinha. Os olhos passeavam pelo cômodo sem rumo certo. Algo lhe chamou a atenção. Encontrou um fio de cabelo preto, mais comprido que o seu, na cozinha. Esposa e filha eram loiras. Pensou ser da empregada, mas ela só vinha uma vez por semana, e seria no dia seguinte. Olhou no relógio e teve vontade de ligar para os pais na Flórida. Como ainda era cedo em Boca Raton, por causa do fuso horário, telefonou.

– Como vai, mãe? Coloque no viva-voz, assim posso falar com vocês dois.

– Que bom que ligou, filho. Vou colocar. Espere... Pronto, pode falar, seu pai escuta também.

– Como vai tudo aí? Vocês, as tias e tios?

– Estamos bem. Apareceram alguns compradores para a casa de seu avô. Estamos indo lá, amanhã, para mostrar aos interessados.

– Que bom. É uma casa antiga, mas tem um bom espaço, não será algo tão difícil.

– Quase você não nos pega em casa. Estávamos de saída para a festa de aniversário de sua prima, Paula.

– Desculpe-me, então. Só liguei para saber se estava tudo bem. Ligo amanhã ou depois, então.

– Não se esqueça de ligar mesmo – disse o pai.

– Um beijo, filho. Fique com Deus. Dê um beijão na Jane e em sua esposa – disse a mãe.

– Certo, mãe. Boa festa para vocês. Tchau, pai.

Não podia deixar de vir à cabeça a casa do avô e a infância que passou lá. Ficava mais tempo com os avós do que com os pais, que trabalhavam. Sentiu saudade daquele tempo da infância com o avô. Foi para a estante de livros e pegou a Bíblia que ele lhe deixara. Queria sentir o cheiro do tempo, das folhas velhas e amareladas, das letras escritas ainda em ortografia passada, das marcas deixadas e inscrições do velho e sábio homem.

Capítulo 15

Ver a caligrafia do avô confortava a alma. Rodrigo folheou algumas páginas aleatoriamente, percebendo que muitos trechos estavam marcados e sublinhados por lápis de cor no Novo Testamento. Queria, todavia, saber se o velho pastor havia deixado alguma coisa na passagem sobre os "nefilins". Voltou até as páginas iniciais do livro. Foi até o capítulo seis, onde surpreendentemente havia um círculo de cor avermelhada nas palavras:

*(v.2)...VIRAM OS FILHOS DE DEUS QUE AS **FILHAS** DOS **HOMENS** ERAM FORMOSAS*

*(v.4)... CONHECERAM AS **FILHAS** DOS HOMENS*

E no rodapé da página, em caneta escrita pelo avô, lia-se:

EVA = MULHER ↔ SERPENTE (aproximação)

Rodrigo reescreveu numa folha aquelas palavras. Tentava buscar uma conexão, seguindo a forma que o velho pensava: objetiva e prática. Sem dúvida alguma estava relacionado às mulheres. Ouviu a filha descer as escadas, indo à cozinha e bebendo algo. Jane apareceu no escritório, olhou o que o pai lia. Não sabia muito da Língua Portuguesa, logo não entendia o que estava escrito nem o que ele rabiscava.

– Esta é a Bíblia que era do bisa, né?

– Sim, foi a que ele me deixou.

– Ele quem fez estas anotações? – perguntou a garota.

– Costumava preparar estudos e sermões conectando as cores que pintava dos capítulos e trechos.

– Quando fala dele, seu semblante muda! Sempre disse que eram próximos, mas percebo que você o admirava muito, né, pai?

– Seu bisavô foi o homem mais honesto e digno que conheci. Além de um exemplo de vida e determinação na fé que seguia. Ele adorava fazer algumas peças de carpintaria. Eu ficava num pequeno cômodo ao fundo da casa, vendo-o mexer com as ferramentas e a madeira. Ele me contava histórias da Bíblia, da vida dele no interior do Brasil, de como conheceu sua bisavó portuguesa. Falava sempre de como era bela, de cabelos muito compridos e que faziam os homens pararem para olhá-la quando passava.

– Gostaria de tê-lo conhecido. Você não é de admirar muitas pessoas. Devo acreditar que ele foi realmente especial, um enviado.

Os olhos de Rodrigo encheram de lágrimas com as palavras da filha e a lembrança da infância com o avô. Jane tinha razão, ele parecia um enviado mesmo, com missão determinada na Terra e para com o neto. Recebeu um beijo da adolescente, que foi se deitar. Sentiu-se feliz pela filha e pela esposa, apesar da fase de instabilidade que passavam.

Rapidamente, voltou os olhos para as anotações e marcas feitas pelo avô, viu as pessoas que marcaram a vida. Pensou em sua vida, na história da humanidade e o que acontecera com as mulheres durante toda a Idade Média e até o fim do século XX. As coisas ficaram mais claras agora. Se o tempo é estático diante de Deus, deveria sê-lo também em sua dimensão excelsa. A queda de Eva, segundo a marcação do avô, foi igual ou relacionada à dos gigantes e anjos caídos do capítulo seis. E se Deus havia dito que a história do Éden foi uma parábola, era porque não aconteceu de fato. Ou melhor, aconteceu, mas foi modificada para que se tornasse uma memória difundida na raça humana: uma memória coletiva. Anotou no papel algo que não podia deixar de tratar ou investigar na próxima sessão com Deus:

1. *O Éden é uma memória coletiva introjetada na raça humana (ocidental)? Um tipo de Inconsciente Coletivo, segundo o psicanalista Jung?*
2. *Adão e Eva nunca existiram. Eles são personagens fictícios da relação entre anjos e mulheres do capítulo 6?*

Capítulo 16

O fim de semana teria sido completamente patético se não fossem as leituras que Rodrigo fizera. Ficou o sábado e o domingo devorando livros que tratassem do choque entre Deus e Lúcifer. Além de romancistas e poetas, leu passagens de livros apócrifos, artigos da Cabala gnóstica e reviu temas da psicanálise junguiana.

Levantou na segunda-feira se sentindo um aluno preparado para a prova que estudou. Tomou banho mais rápido que de costume. Vestiu-se rapidamente e desceu para tomar café. Como foi o primeiro a acordar, programou a cafeteira para a filha e esposa. Não queria perder tempo, comeu um pouco de cereais com leite. Colocou café numa caneca hermética e foi tomando no caminho para o consultório. No trajeto, ligou o rádio para ouvir as notícias e começou a rir com a música que tocava: "One of Us", da cantora Joan Osborne. "Nada mais apropriado para uma trilha sonora neste instante", pensou ele.

No consultório, antes de subir, verificou a caixa de correspondências. Ainda abrindo a porta de sua sala, ouviu passos subindo as escadas. Resolveu testar algo diferente e comprovar uma desconfiança. Iria apenas ratificar se ele era Deus. Poderia falar com ele até por pensamentos: "Deus, é você chegando?".

– Sim, estou subindo! Também cheguei mais cedo para aproveitarmos ao máximo seu tempo.

Apesar do susto pela resposta imediata, sequer olhou para trás e seguiu pensando: "Ainda não me acostumei com esta habilidade. Apesar de saber quem você é".

– Em breve vai perceber que é nada demais. Ler pensamentos ou telepatia é apenas mais uma das habilidades. Concluí ser muito negativa se tivessem também. Saber exatamente o que os outros pensam é profundamente doloroso! – completou Deus.

O psicólogo preferiu falar. Achava mais confortável. Sentia-se mais seguro ouvindo o que ele mesmo dizia. Podia controlar melhor a entonação e o ritmo da fala. Entrou na sala, colocou a caneca sobre a mesa e abriu as janelas. Pediu ao paciente que sentasse e ficasse confortável. Tirou o blazer e sentou-se para falar com Deus.

– Como passou a semana? – perguntou o analista.

– Muito bem. E o senhor, doutor?

– Foi uma semana cansativa, porém, tudo dentro da normalidade.

– Sei, sei! – exclamou com um olhar de quem não acreditava. – Sua família está bem?

– Esta pergunta é imprópria, se me permite falar assim, Deus.

– Por que imprópria?

– Primeiramente, porque o paciente é você. Quem deve falar o que sente não sou eu. E segundo, porque sabe a resposta. Não estou certo?

– Precisamente, meu caro. Sei muito mais do que imaginaria, até – disse Deus.

– Não duvido! – respondeu o psicólogo.

Uma fagulha de curiosidade cintilou na cabeça do Dr. Mazal. Seria excelente saber o que de fato estava acontecendo com a esposa e o casamento. No entanto, seu profissionalismo ainda regia toda aquela situação. E preferiu prosseguir de forma objetiva.

– Havíamos falado, na semana passada, sobre seu embate com Lúcifer. E a existência de seres angelicais caídos no planeta Terra, vivendo em meio aos mortais. Correto?

– Se minha memória não me falha, foi isso – completou Deus rindo. – Mas gostaria de fazer uma observação, doutor, se me permite.

– Claro, vá em frente.

Capítulo 16

– Sei que buscou estudar o máximo que podia para poder prosseguir em nossas conversas. Admiro isso em você! Sua dedicação intelectual. Esta é a causa e a consequência de eu estar falando com você.

Mesmo gostando do que ouviu, sabia que não havia entendido plenamente o que Deus queria dizer. "Como assim causa e consequência ao mesmo tempo?", pensou Rodrigo. Apesar da dúvida, ainda estava preso ao que ouvira. Tais elogios, vindos de quem era seu paciente, o fez sentir-se lisonjeado.

– Cuidado com o ego, Rodrigo! Quando inflado, é como um balão. Toma uma forma aparentemente mais chamativa; todavia, lembre-se da enorme pressão interna, segura por uma fina camada externa, que irá estourar ou murchar, cedo ou tarde, e jamais será a mesma! – ordenou Deus.

A metáfora simples servia de forma muito adequada para a mensagem que queria expressar. Rodrigo repensou na fala, desenhou em sua mente a imagem do balão cheio de ar. A pressão como sendo o ego inflado de si ou apenas de ar. Nada mais, nada menos que de si. E a camada, nada resistente, que separa um indivíduo do outro, porém que muitos se consideram tão superiores ou maiores por estarem mais cheios de si, ou mais cheios de ar.

Deus o observava com olhar de satisfação. A imagem e a representação haviam penetrado no conhecimento de mais um mortal. Ele sempre soube, até porque foi quem criou, que os exemplos ou as alegorias são fulcrais na construção do conhecimento humano. Compreender, seja qual for o assunto, pelo mero conceito, sem algo mais concreto, ainda que simples, seria inviável em um cérebro que depende, ainda, de conexões químicas e elétricas.

– Deixemos estas bajulações e vamos direto ao ponto. Tudo bem? – disse o analista.

– Objetividade nem sempre é o melhor caminho. E o senhor, doutor, sabe muito bem disso! A racionalidade lógica cativa.

– Cativa mesmo! Lança-nos em um cativeiro! O mundo está cheio de "normopatas". Gente que estabelece códigos e padrões, impondo o que é aceitável e moral. Sendo algo tão instável! Alguns vícios de uma época tornam-se virtudes indispensáveis em outra. Como você vê isso? – perguntou o psicólogo.

– Toda pessoa carece de um padrão, um modelo. É necessário um referencial anterior para que se siga ou rompa com ele. Sem isso um ser humano sente-se isolado. Preso em um lugar que não sabe quem é e qual sua função. A existência de algo diferente é a base do pensamento humano. Só assim cria-se o vínculo de aproximação ou repulsa.

– Deixe-me ver se entendi o que disse.

A fala do Dr. Mazal era intencional. Ele queria parafrasear tudo o que o paciente dissera para notar suas reações e saber se era exatamente aquilo que queria ter expressado.

– A necessidade de um exemplo *anterior* nos faz distinto já inicialmente do Criador. Uma vez que Deus desconhece um antes e depois de si, pois é eterno, atemporal. Correto até aqui?

– Sim!

– Agora o fato de precisarmos de algo diferente refere-se ao dualismo. Um conceito bem cartesiano, não acha? O que desdiz e conflita com o que havia falado sobre a lógica ser cativante?

O psicólogo teve sua soberba mais uma vez alimentada de ar. Sentiu-se elevado e superior. Havia percebido uma incoerência em Deus.

– Não há incompatibilidade no que falei. O fato de a objetividade e lógica serem prisões, isto em nada absolve sua necessidade, que é **do** *ser humano* e **para** *o ser humano*. Quando algo não é totalmente útil não quer dizer que seja impossível de existir. Ter um papel apenas de pano de fundo é muito essencial, apesar de não ser aparentemente óbvio em sua função.

– A função é *contrastar* para evidenciar.

– Quando vai tirar uma foto, por exemplo, sempre escolhe um fundo que seja agradável ou que auxilie na imagem principal que quer fotografar. A paisagem, neste caso, teve papel secundário, não era o aspecto vital, mas dava uma sensação de referência.

– Tenho que admitir que está certo! Precisamos dos opostos!!! – disse meneando a cabeça.

– O senhor falou que o mundo está tomado de "normopatas", creio que está infectado também, doutor! – ironizou Deus.

O terapeuta riu, ainda que meio a contragosto, sabendo que seu tiro havia saído pela culatra.

– Como então o senhor formou a existência e o pensamento humanos? O que foi a criação dos seres no Éden? Se é que eu, mero mortal, sou capaz de compreender.

– De fato, há certas coisas que são inescrutáveis... Inefáveis!

– Poderia exemplificar uma? – indagou Rodrigo.

– Sejamos francos que se é *inefável* é inexprimível. Ainda mais numa linguagem tão limitada como a fala e o pensamento humanos. Além disso, como psicanalista, sabe que certas verdades nem sempre devem ser reveladas. Ninguém, de fato, está preparado para saber quem é ou quer. As pessoas preferem apenas uma imagem construída ou idealizada de si. Viver de realidade pura e fundamental não é tarefa para a raça humana.

– Por que diz isso? Somos tão limitados assim?

– Sim, são. Para a própria proteção e bem-estar. Quando estava no colégio, doutor, estou certo que teve aulas de Física Óptica?

– Não fui um aluno brilhante em Física. Tenho que confessar.

– Sei que não era. Não há problemas. Deve lembrar-se que o professor dizia que para enxergar qualquer coisa, é necessário um feixe de luz, que incide sobre o objeto e vem até seus olhos. Vamos fazer um teste? Qual a cor das persianas na janela?

– São verde-claras.

– Verde é a cor que disse ser aquele objeto. Mas se um feixe de luz com todas as cores bateu naquele objeto e ele está refletindo apenas uma, quer dizer que as outras cores ficaram ou foram absorvidas pelas persianas!

– Acho que sei onde quer chegar. Mas continue...

– A cor verde foi a única liberada, ou melhor, foi a única cor rejeitada e devolvida. Minha pergunta vai para você de volta, qual a cor das persianas, doutor?

– Todas, exceto verde! Quer dizer então...?! Não pode ser! Como somos ingênuos! Quer dizer que tudo o que vemos é exatamente aquilo que as coisas não são. Tudo que enxergamos é apenas o oposto ou um resíduo das coisas mesmas.

– E pior, doutor, tudo que enxerga, além de não serem as coisas mesmas, ainda carece da transição no espaço. A refração ou expulsão da cor verde teve que percorrer um espaço para chegar até seus olhos. Logo, se teve que se movimentar, levou um período de tempo.

– Está me dizendo que tudo que vemos é *passado*?

– Exatamente. Vivem do que já foi.

– Além de vermos o que não é. Quer dizer, vivemos de ilusões e ficções... Está falando que tudo é um efeito de retardamento! Vemos as coisas que já foram, vemos apenas o que aconteceu. Tudo é sempre passado!

– Entendeu por que a memória é fundamental no ser humano? Percebeu por que, dentre todos os animais, a capacidade de armazenar e relacionar memórias fez de vocês, durante a evolução, uma espécie bem-sucedida? – completou Deus.

– Tudo faz muito sentido agora. Inclusive muitas de minhas aulas na faculdade. Chego a uma conclusão simples: a *ignorância é uma bênção*!

Ainda com o olhar levemente estático na direção da cortina, apenas percebeu que Deus meneava a cabeça concordando com o que havia acabado de dizer. Sentia mais uma vez um congestionamento cerebral. Fazia uma série de conexões e associações que jamais pensara e que agora tinham um sentido nítido. O telefone do consultório tocou, ignorou-o; todavia, recobrou a atenção no paciente que seguia sentado com as mãos unidas, entrelaçando os polegares, e olhando para si.

– É o que seu cérebro está fazendo agora. Resgatando memórias e reorganizando-as. Trazendo à tona lembranças. Gerando novas informações pela interação de outras – disse Deus.

– Há algo que gostaria de perguntar. Quer dizer que tudo ao nosso redor é irreal? Nada existe?

– O *nada* já existiu, no caos primordial – riu Deus ironicamente. – Agora veja, não disse que tudo é irreal. Disse que a forma como você interage com a realidade é resumida. É parcial. Você costuma sonhar muito, correto?

– Devo responder? Já sabe! – contra-argumentou o psicólogo.

– Sonha inúmeras vezes numa noite. Fruto de uma mente alerta e que trabalha intensamente. Em alguns sonhos você não é o único, aparecem pessoas conhecidas ou outras que jamais viu. Certo, doutor?

– Sim.

– Estas pessoas interagem com você, falando e agindo. Elas são fruto de sua capacidade mental. Mas estas pessoas ou personagens de seus sonhos não sabem que são irreais! Elas não sabem que existem apenas por minutos de uma criação fictícia cerebral. A capacidade de percepção delas é ainda mais limitada que a sua, criador delas.

Os olhos do Dr. Mazal abriram. Parecia contemplar algo inimaginável. O que ouviu o assustou. Temeu como nunca, em sua vida, perguntar a ele se tudo aquilo era fato. Se fosse, Deus, em sua capacidade magnanimamente eficaz, podia estar sonhando? *Seríamos então apenas personagens de uma mente surpreendentemente divina? Somos personagens de imagens oníricas de Deus?*

Fazia todo o sentido!

Se Deus estava falando com um psicólogo, aquilo deveria ser impossível. O próprio Dr. Mazal lembrou-se de que, inúmeras vezes, estava sonhando e sabia que estava. Uma espécie de consciência onírica. Devia ser apenas alguma hipótese maluca de sua cabeça. Ou não? Por que ele usaria este exemplo?

Ficou atemorizado!

– Você, doutor, sendo um especialista em Psicanálise e conhecedor de Filosofia, sabe que a mente humana não sabe a diferença entre realidade e ficção.

– Nem um pouco conseguimos diferenciar, Deus. Ou não acordaríamos cansados após algum pesadelo em que estávamos fugindo de algum monstro ou assassino. Adolescentes não teriam polução noturna. Ou mesmo em um filme de terror, por que teríamos medo e nos assustaríamos? Sabemos que é um filme, compramos o ingresso e estamos no cinema, mas ainda assim, algumas pessoas saem de lá e sequer conseguem dormir à noite. Temem a fantasia criada e acreditam, ainda que parcialmente. Vivemos a irrealidade, de fato. O cérebro não sabe diferenciar o que é real do que é ficção!

– Não disse nada que não soubesse! – falou Deus. – Agora, quanto a saber se tudo isso que nos cerca, neste exato momento, é ou não fruto de minha criação onírica, creio que ainda não é momento para compreender.

O desapontamento que tomava conta do psicólogo foi seguido de conforto. "Há certas coisas que são preferíveis jamais serem reveladas", refletiu o psicanalista.

– Entendeu perfeitamente, doutor! Certas coisas devem ficar na dimensão divina.

Uma quietude pairou no ar naquele instante, como se cada posicionamento tivesse tomado seu lugar correspondente.

Existia, até então, um embate de ideologias e posturas durante quase todas as sessões. O psicólogo, em sua função de demonstrar o caminho do autoconhecimento ao paciente e melhor forma de encarar seus conflitos íntimos, também estava com sua função fora do eixo. Criador e criatura retomaram seus lugares originais. Rodrigo, por outro lado, não havia se esquecido do motivo pelo qual Deus dissera, inicialmente, por estar ali: a solidão.

A terapia precisava prosseguir com o paciente. O Dr. Mazal imaginou que o tempo estava para estourar. Haviam falado bastante e os 50 minutos que passavam juntos, voavam. Pediu permissão para tomar água, ofereceu a Deus, que aceitou. Aproveitou para olhar no relógio as horas. Estranhamente, passaram-se apenas 18 minutos. Ainda tinham meia hora.

– Falemos sobre a criação do homem e da expulsão nossa do jardim paradisíaco que criou – propôs o Dr. Rodrigo.

– Certamente. Quantas idiotices e absurdos têm se falado sobre isso! – disse Deus, balançando a cabeça de um lado para o outro, como que se lembrando ou se deparando com tudo que foi ensinado e interpretado até ali.

Capítulo 17

Naquela mesma manhã, enquanto o pai, no centro da cidade, falava com Deus, Jane já tinha tramado como iria cabular as últimas aulas da manhã para ficar com Sammy. Simularia cólicas abdominais e pediria à mãe que autorizasse sua saída do colégio.

Estava ansiosa. Era a primeira vez que faria aquilo por algum rapaz. Havia já escapado de algumas aulas que considerava insuportáveis, mas jamais para ficar com alguém. Sentia também um frio na barriga, pois sabia que ele a levaria para seu apartamento. "Como todo cara, vai querer me levar para a cama!", pensou ela. Apesar da incerteza se estava preparada para perder a virgindade com ele, mesmo muito envolvida, experimentou, antes de ir para o colégio, várias *lingeries*. Escolheu a que considerou com um toque de ousadia. Olhou no espelho. Achou-se muito sexy. No fim, acabou colocando algo que transmitisse a mensagem que ainda era uma menina.

Às 11h32 da manhã, após a aula de Química, ligou para a mãe e já se dirigia para a enfermaria.

– Mãe, pode falar? Está ocupada?

– Não, Jane. Que foi? Acabei de chegar na agência.

– Estou com muita cólica. Muita mesmo. Preciso ir para casa tomar algo. O remédio que eles têm aqui não resolve nada, muito fraco.

A mãe solidarizou-se, até porque sabia justamente o que eram cólicas menstruais fortíssimas. Tinha-as quando mais jovem. Poucos remédios aliviavam as dores. Ligou para o colégio, autorizando a saída de Jane.

– Sabe onde está o remédio em casa, né? Se precisar tenho uma cartela no armário do meu quarto. Te ligo mais tarde para saber como está, filha.

– Sim, mãe. Obrigada.

Ainda perto do jardim frontal do colégio, manteve a encenação. Até porque, algum inspetor do colégio podia estar de olho. Metros à frente, telefonou para o namorado e informou que já estava livre. Sammy disse que também já havia pensado na desculpa que daria para sair mais cedo.

Almoçariam e depois passariam a tarde juntos. Dentro dela os hormônios pareciam migrar a novos campos de batalha. A sensação de medo e desejo lutavam dentro de si.

Sammy mandou uma mensagem de texto pelo celular para se encontrarem no Burger King, da Island Highway. Jane pegou o ônibus e em 17 minutos estava lá. Preferiu ficar esperando no ponto de ônibus. Divertia-se ao ver como os homens eram todos iguais. Olhavam para ela e, em seguida, desviavam a atenção para os carros de uma loja de automóveis logo à frente. Achava aquilo engraçado. Parecia que os homens só pensam em carros e mulheres. Ficou um pouco preocupada, pois sabia que a autorizada da Ford Glenoak Automóveis era de amigos rotarianos dos pais. Preferiu pôr os óculos escuros. Menos de dez minutos depois, Sammy apareceu montado em seu orgulho, uma Triumph Scrambler, de 865 cilindradas. Ela subiu na garupa e logo à frente pararam para comer na lanchonete. Estava com fome, mas nem deu importância. Disse que comeria o mesmo que ele.

Sammy notou a insegurança da menina.

– Importa-se se sentarmos mais naquela direção? É que o dono da loja de carros é amigo de meus pais, não quero que me veja.

– Opa, então é melhor mesmo! Vá indo que já levo os lanches.

Jane sentou-se. Preferiu ficar de frente para a porta, assim teria uma visão de quem entrava e saía. Viu no celular que tinha uma mensagem da mãe perguntando se já havia chegado em casa. Respondeu que já havia tomado dois comprimidos e que tentaria dormir um pouco,

Capítulo 17

assim ela não retornaria a ligação tão cedo. Depois reparou que Sammy tinha uma tatuagem no braço esquerdo. Estranho ele nunca mencionar. Enquanto comiam, o celular dele vibrou.

– Alô. Tudo bem? Não vou trabalhar hoje à tarde. Precisei resolver alguns assuntos pessoais. Sim, claro. Amanhã, então!

Jane não conseguiu disfarçar uma fagulha de ciúmes, até porque pôde ouvir que era voz feminina.

– Era a supervisora da filial pedindo algumas encomendas, mas não estarei lá. Disse que amanhã iria – explicou Sammy.

A resposta fora convincente. Ela preferiu não ficar questionando muito.

– Seus olhos são lindos, sabia? – disse o rapaz, enquanto acariciava a perna dela por baixo da mesa.

Jane o observava com um ingênuo olhar de apaixonada. Gostando, por outro lado, de ser querida e desejada por um cara dez anos mais velho.

– Fiquei nervosa aquele dia no computador. Nunca havia feito aquilo. E você parecia bem confortável, pelo jeito!

– Estava confortável porque era você. Não tenho nada a esconder, nem mesmo o quanto tesão sinto por você. Ou prefere que eu não diga nada?

A pele alva de Jane ruborizou instantaneamente. Tomou um grande gole da Pepsi para tentar amenizar a temperatura corpórea, que havia subido vertiginosamente. Lembrou da cena. Desejou ver e sentir mais.

– Pode sim dizer. Sempre. Só não estou acostumada.

– Como era com seus namorados anteriores?

– Tive apenas um namorado e saí com outros três caras. Foram coisas rápidas. Dois deles conheci em festas na casa de uns amigos.

– E como era com eles? Ou com o namorado?

– Meu ex-namorado foi bem legal no começo. Tínhamos a mesma idade e estudávamos juntos desde o jardim da infância. Éramos muito íntimos. Quase chegamos até o fim. Eu tinha muito medo, sabe?! De doer, essas coisas. Até que descobri que ele saía com outra pessoa.

– Caramba! Tenso, hein?! Amiga sua ou conhecida?

– Pior! Ele ficava com o primo dele.

– Como assim? Ele era gay?? – perguntou com os olhos arregalados.

– Sei lá, se era gay ou bissexual. Sei que cheguei na casa dele, querendo surpreendê-lo. Eu estava só de saia, sem calcinha. Escalei a parede lateral da casa para chegar ao quarto. Quando alcancei o beiral da janela, vi ele fazendo oral no primo. Quase caí do segundo andar.

– Que é isso! – exclamou Sammy, rindo incontrolavelmente.

– Foi traumático, isso sim! Você ri porque não foi com você.

– Desculpe, mas é muito cômico!

– A única coisa que me confortou foi não ter ido para a cama com ele. Imagine só se depois descobrisse aquilo? Teria me arrependido pelo resto da vida – disse Jane, agora rindo mais descontraída.

Continuaram ainda por um tempo conversando sobre as bandas que gostavam. Sammy sempre a tratava com muito carinho. Ela gostava da forma que ele se expressava, pois não era forrada de gírias e expressões querendo demonstrar ser um *bad-boy*, muito pelo contrário. Sammy era gostoso por fora, adulto por dentro. E tinha uma moto. O que mais uma adolescente poderia querer?

Quando estavam saindo, Jane viu Jess Colewood, o amigo dos pais, vindo na direção da lanchonete. Sammy pegou a mão da menina e seguiu puxando-a na direção oposta. Levou-a para trás da lanchonete, próximos a algumas árvores. Esconderam-se. Ainda ofegantes e rindo da situação, beijaram-se. Ele a abraçou firmemente e levemente ergueu a camiseta da garota, tocando suas costas.

– Vamos sair daqui e ficarmos só nós dois – disse Sammy, olhando para ela e deixando claro suas intenções.

O coração de Jane não estava acelerado porque quase foi vista ou porque havia corrido poucos metros para se esconder. Temia ir onde Sammy morava. Sabia que seria impossível controlarem as vontades. Não era mais uma garota totalmente ingênua. Gostava muito dele e sabia que qualquer garota do colégio morreria de inveja se os vissem juntos.

Estava tomada pelo medo. Um pavor se aquele era o momento... E com aquela pessoa.

Na garupa da moto, ouvindo o som ensurdecedor do motor, fechou os olhos e preferiu não pensar em nada, apenas deixar tudo rolar. Seguiam na direção da George Road. Sabia que aquela região estava repleta de hotéis, motéis e estalagens para viajantes. Algumas amigas

Capítulo 17

já haviam sido levadas para lá pelos namorados. Costumavam usar identidade falsa para ter um quarto. Jane ficou ainda mais temerosa, porque nunca teve um documento falsificado. Como fariam? Um alívio, seguido de desapontamento, passou pela sua cabeça.

– Chegamos, linda! Pode descer.

A moto ficou num amplo estacionamento descoberto em um conjunto de pequenos apartamentos. Nunca havia ido ou prestado a atenção na existência daquele lugar. Quando saíram de cima da moto, ele deu outro beijo nela com mais força.

O prédio em que Sammy morava não tinha elevador. Jane subiu as escadas pensativa, indecisa.

– Não te perguntei, você mora com mais alguém?

– Divido o aluguel com mais dois amigos. Um cara ucraniano e outro de São Francisco.

– E eles estão aí? – perguntou Jane, temendo qualquer que fosse a resposta.

– Não. Estão no serviço. Seremos só eu e você...

Subiram quatro lances de escada. Jane notou que havia algumas infiltrações pelas paredes e alguns pisos soltos quando pisava. Quando chegaram ao apartamento, ela notou que a porta tinha dois cadeados extras. Estranhou. Mas não disse coisa alguma. Ao entrar, viu de cara um sofá rasgado em que se viam as espumas saltando. O cinzeiro cheio de pontas de cigarro, aliado ao cheiro forte de nicotina em ambiente fechado sufocaram sua respiração. Achou hilário ver um símbolo estranho na porta do quarto de Sammy escrito, abaixo, sulfúreo. Não sabia que ele gostava de química. Em seu quarto havia outras pinturas na parede, misturadas com fotos de motos.

– Está tudo bem? Você parece assustada! Quer tomar algo?

– Estou bem. Só um pouco nervosa.

– Não precisa. Não vou fazer nada que não queira!

Ela se sentiu mais encorajada depois das palavras dele.

– E aceito algo para beber.

– Tem cerveja. Está a fim?

– Não gosto muito de cerveja, mas tomo um pouco da sua. Estou com a boca seca. Quero água, se tiver.

Ela ouviu Sammy abrindo a geladeira, pegando uma lata de cerveja e o barulho de copo. Olhou panoramicamente o quarto. Havia poeira em muitos lugares. Imaginou que não podia ser diferente. Era um homem morando sozinho, não iria ficar fazendo faxina. "O lençol da cama, exposto, não parece o mais limpo e cheiroso, mas deve ter o cheiro dele!", pensou. Não parecia o paraíso, nem como imaginou e idealizava que seria. Contudo, já estava ali, não queria que Sammy achasse que era uma pirralha infantil. Viu o *notebook* na mesa da parede oposta. A bateria parecia estar sendo carregada, pois notou uma luz acesa e reconheceu o ângulo que havia visto Sammy, pela webcam, semanas atrás. Deu uma risadinha. Havia sido a primeira vez que o via sem roupas, agora seria nada virtual.

– Pus umas pedras de gelo em sua água, pois não tinha gelada.

– Tudo bem – respondeu a garota, tentando disfarçar que tremia levemente de nervosa.

Tomou três grandes goles e colocou o copo no criado mudo. Sammy olhou firme nos olhos dela. Lentamente aproximou-se para beijá-la, enquanto deslizava as mãos pela perna e colocando-as por baixo da camiseta. Ela passou a mão nos cabelos dele, abraçando-o em seguida. Sentiu uma mão tocando seus seios. A outra desabotoava o sutiã. Deitaram-se. Ela o ajudou tirando a camiseta. Sammy a beijou na barriga e abdômen. Desabotoou o jeans dela.

– Calma, Sammy! Não sei se devemos.

– Eu te adoro muito. Quero muito ter você hoje e sempre.

Ela achou brega, mas carinhoso o que disse. Como toda mulher envolvida, queria acreditar nas mentiras que os homens contam para conquistar ou levá-las para cama. As calças de Jane já haviam sido tiradas por ele, que estava em pé, diante dela, tirando as dele. Sammy a olhava com desejo. Deu um sorriso ao ver a calcinha rosa com um desenho da Lindinha, uma das Meninas Super-poderosas.

– Você é maravilhosa. Linda! – disse Sammy já agachado e puxando a última peça que ela vestia.

Ela o impediu, segurando sua mão.

– Estou com medo! – disse com uma lágrima se formando no canto do olho.

Capítulo 17

Sammy sentou-se na cama, ajeitou a cueca e o pênis que estava ereto. Jane olhou para seu membro, queria tocar, mas teve vergonha.

– Tome um pouco de cerveja para relaxar. E assim não vai estranhar o gosto na minha boca.

– Não gosto muito, mas quem sabe ajuda.

O sabor de algumas bebidas alcoólicas nunca apeteceu Jane. Tomava em algumas festas do colégio e com amigas apenas para não ser a única diferente. Não foi diferente ali, o sabor estava mais estranho ainda, talvez pelo nervosismo.

– Não quer conversar um pouco? Depois tentamos de novo – pediu ela de forma bem carinhosa, alisando as coxas dele.

Sammy concordou, meneando a cabeça e dando clara aparência de impaciência.

– Você já teve muitas namoradas? Já deve ter trazido muitas para cá.

– Você é a primeira que trago aqui. Não gosto muito que invadam minha privacidade.

– Devo me sentir lisonjeada, então?

– Claro que sim. E não podemos ir a outro lugar. Você é ainda menor de idade.

– Então foi por isso? – replicou Jane.

– Pare de ser boba! Sabe o quanto gosto de você. O quanto adoro seus olhos, seu cabelo, seu corpo.

As palavras de Sammy pareciam fazer outro sentido. Jane olhava para ele e a pele, o rosto, tudo dele parecia mais definido. Tinha mais cores. Olhou novamente as paredes, as fotos e os pôsteres. Não conseguia focar-se em nada. Tudo parecia diferente. Logo sentiu a língua dele percorrendo seus mamilos. Nunca havia tido uma sensação daquela. Estava muito molhada, a ponto de achar que escorria pela calcinha. Ele tocou em seu pelos pubianos loiros e foi descendo com o dedo até colocá-lo, pouco a pouco, dentro dela, que soltou um gemido abafado.

– Eu te quero, menina!

– Eu também!

Sammy tirou a calcinha dela, agora sem nenhuma resistência. Olhou o corpo da menina. Parecia um templo inviolado. Pele alva, pura, jovem e nunca penetrada, nunca profanada. Ele queria entrar naquele corpo. Sentiu como ela estava realmente molhada de excitação. Olhou aquela abertura ainda nunca adentrada. Era como admirar um paraíso jamais tomado. Sentiu pulsar o sangue no corpo ainda mais. Jane estava sentindo-se muito estranha: uma dor, como que a rasgando embaixo. Não tinha forças para pedir que parasse.

Sammy a possuiu.

Bem mais tarde, a dor de cabeça fortíssima impedia que Jane se mexesse. Tentou abrir os olhos, mas a claridade a incomodava. Ouviu um barulho. Era Sammy roncando ao lado dela. Estava claro ainda, mas o sol não era tão intenso. Tentou olhar em algum relógio as horas, não havia nenhum. Esticou-se para pegar o celular que estava no bolso da calça. Tateou o chão até achar e quando olhou no visor soltou um grito. Havia 13 ligações perdidas da mãe. Eram quase seis da tarde. Nunca ia conseguir chegar antes da mãe em casa. Sentiu dores pelo corpo, parecia que latejava nas áreas mais íntimas.

– Acorde, Sammy! Você precisa me levar em casa.

– O quê? Que horas são?

– Tarde, minha mãe vai me esfolar viva.

Ela pulou o corpo dele, que ainda dormia. Sentiu as pernas bem doloridas. Viu marcas de sangue na parte interna das coxas. Não era mais virgem mesmo e pior, nem se lembrava de muita coisa. Chacoalhou-o com força, que demorou a acordar. Pediu mais uma vez que levantasse e a levasse para casa.

– Calma, linda. O mundo não vai acabar ainda!

– Se minha mãe descobrir que menti e o que fiz, vai sim!

O celular estava chamando mais uma vez. Era a mãe. Preferiu não atender e mandou uma mensagem dizendo que havia ido à farmácia. Em seguida, colocou o jeans, a camiseta e o tênis. Sammy ainda colocava as calças.

– Vou usar o banheiro. Posso?

– É por ali.

Ela seguiu um pequeno corredor e entrou. Arrependeu-se imediatamente. Cheirava urina e cigarro juntos. Além de estar sujo, o chão estava coberto de água ou urina. Pegou um pouco de papel higiênico. Tentou tirar algum resíduo de sangue para não manchar a calça. A *lingerie* teria que

Capítulo 17

ser jogada fora: tinha muitas marcas vermelhas. Quando voltou, Sammy já estava na porta esperando-a.

– Vamos? Está tudo bem? – perguntou ele.

– Acho que sim, não sei ao certo. Precisamos ir já!

Desceram as escadas. Sammy cumprimentou um homem alto de pele muito clara, que não era canadense ou americano, por certo. Enquanto ligava a moto disse que era o amigo romeno com quem morava. Ela achou ótimo que já havia saído de lá antes de ele chegar. Sentou na garupa da moto. Sentiu mais dor, em toda região genital. Ficou intrigada.

Durante o percurso, tentava lembrar o que acontecera. Nada.

Tinha apenas imagens desconexas e sem sentido. Recordava de alguns sons estranhos, mas não conseguia lembrar com mais precisão. Sentiu o celular vibrando, porém nem fez menção de atender. Quando chegou, disse a Sammy que a deixasse na casa atrás da sua. Não queria que a mãe visse com quem chegara e nem que ele encontrasse com ela. Sabia que a mãe iria ser indelicada e agressiva.

– Moro aqui. Obrigada, Sammy. Te ligo depois.

– Ok. Fique calma, menina. Hoje foi maravilhoso.

– Foi diferente. Tchau!

Ela fingiu ser aquela sua casa. Entrou e correu para os fundos. A casa pertencia a um casal de idosos em que ela costumava ir para brincar com o *beagle*. Ouviu a moto distante. Passou por baixo da cerca de arbusto. Já sabia onde havia uma abertura maior. Entrou em casa pelos fundos e ouvia os saltos da mãe aproximando-se da porta da frente. Subiu as escadas o mais rápido que pôde. Sem sequer tirar o tênis, pulou na cama e se cobriu. Ouviu a mãe chamar pelo seu nome. Ficou calada. Petra subiu as escadas. Jane tirou o calçado, jogando-o embaixo da cama. O coração palpitava freneticamente. A mãe entrou no quarto.

– Filha, está bem?

– Hã?! Mãe?

– Estava dormindo? Por que não atendeu minhas ligações? Estava desesperada, já.

– Nossa! Acho que capotei! Deve ter sido o efeito do remédio.

– Você está quente mesmo! Até suando. Deve estar com febre.

– Será? Vou levantar e tomar um banho. Vou ficar bem.

– Vou fazer algo leve para você comer. Depois um pouco de chocolate. Mulher sempre precisa de chocolate quando está neste período – disse a mãe, rindo de forma afetiva.

A vontade de Jane era de se enfiar em um buraco. Não porque teve remorso por mentir, até porque já o fizera outras vezes, como todo adolescente aos pais. Sentiu pena da preocupação da mãe e da teatralização que teve de fazer para enganá-la. Mentiu por algo que sequer foi uma lembrança para guardar. Exatamente o oposto. Sequer lembrava-se muito. E ainda estava com uma dor de cabeça terrível.

Teve ânsia de vômito. Um gosto estranho veio até a boca.

Entrou no banho. Esfriou a água e deixou a ducha amenizar a ardência que sentia internamente. Notou não ser mais a mesma. Estava mais aberta. Não era mais a menina do papai.

Quando desceu para comer algo, ouviu a mãe cochichando ao celular. Não queria ver o pai. Estava sentindo-se envergonhada. Temia que ele soubesse que não era a mesma. Apenas disse "oi" a distância. O pai respondeu de forma bem indiferente. Jane temeu. Sabia que era muito discreto. "Impossível ele saber de alguma coisa. Como saberia?", cogitou ela.

Sentou-se à mesa. A mãe já havia terminado de falar ao celular.

– Chame seu pai para jantar. Já tentei, mas ele não sai do escritório.

Aquilo era o que menos queria: ter que conversar com o pai. No escritório, o pai ainda estava com a roupa do trabalho. Apenas alguns botões abertos da camisa. Viu um copo de uísque na mão. Ouvia Albinoni. Sabia que quando o pai ouvia aquele "Adagio", algo não estava bem. E bebendo? Deve ser algo muito sério! Ele nunca bebia.

– Vamos jantar, pai! Está tudo pronto.

– Estou sem fome, filha. Podem comer sua mãe e você. Não se preocupem.

– Está tudo bem? Aconteceu alguma coisa?

– Sim. Vai comer, abobrinha. Quero ficar um pouco mais aqui.

Definitivamente, o motivo de o pai estar transtornado não era nada referente a ela. Ela nunca o vira tão atordoado, nem quando faleceu o avô. Alguma coisa havia acontecido naquele dia no consultório. "Algum paciente realmente deve ter falado ou revelado algo pessoal que desestabilizou completamente meu pai", pensou Jane. Devia ser algo bombástico, pois sabia que o pai era um profissional notável e não se chocava com qualquer coisa. Naquela noite, mãe e filha jantaram sem atritos, pareciam estar em sintonia.

***

O purê de batatas não estava com um sabor muito agradável. Petra havia tentado colocar menos condimentos e deixado apenas a batata amassada. A filha ainda tomava banho. Queria preparar algo mais leve depois de Jane ter passado o dia com cólicas e dores abdominais. Lembrou-se de quando teve sua menarca. Morava em Limburg, próximo a Frankfurt. Brincava no quarto com o irmão mais novo. Quando se levantou para ir ao banheiro, quase desmaiou. Primeiro imaginou que o sangue podia ser do irmão, depois viu que vinha dela. Achou que morreria. Petra sorriu serenamente, resgatando tal memória enquanto programava o micro-ondas para descongelar o ensopado. Achou estranho, pois tinha certeza de ter ouvido o barulho do carro do marido parando na garagem. Foi até a janela da sala e viu-o dentro do veículo. As mãos ainda estavam no volante. O motor desligado e Rodrigo olhando fixamente para um ponto no além.

– Isso que dá casar com psicanalista! Convivem com tanta gente doida, que acabam ficando também!!! – murmurou ela, voltando para cozinha.

Depois de dez minutos, escutou o marido abrindo a porta da frente. Retirou os sapatos e foi direto para o escritório. Algo não estava certo, mesmo quando estavam com algum problema, o marido sempre era atencioso. Ia até ela, dava-lhe um beijo e perguntava do dia. Assim que o assado estava já descongelado e o forno de micro-ondas havia apitado, foi até ele.

– Tudo bem com você?

Rodrigo estava desatento. Seguia olhando fixamente, mas agora direcionado aos livros da estante. Virou-se e olhou para a mulher dos pés até a cabeça. Quando seus olhos se encontraram, respondeu.

– Estou bem. E você, querida?

– Eu estou bem, já você, pelo jeito... Vim para casa um pouco mais cedo porque Jane sentia muitas cólicas. Até pediu para sair mais cedo do colégio. Coisas de mulher. Vocês homens são uns sortudos!

Rodrigo deu um sorriso por educação. Não disse coisa alguma.

– Estou fazendo algo para comermos. Em cinco minutos jantamos, ok? – disse Petra.

– Ok.

Na cozinha, Petra ficou curiosa para saber o que chocara o marido. Sabia, todavia, que ele não falaria. Jamais comentava de pacientes. Sempre fora muito ético. Exceto se o que o preocupava era outra coisa. O seu celular tocou. Era Richard. Não podia atender. O marido estava muito próximo. Queria, no entanto, ouvir a voz dele. Não havia falado com ele aquele dia. Pensou rápido. Ligou o micro-ondas de novo para fazer algum barulho e poder trocar poucas palavras com o amante.

– Tudo bem. Combinado então. Nos falamos depois. Minha filha está descendo as escadas. Te quero muito. Um beijo – sussurrou Petra e desligou, ao perceber que a filha descia para jantar.

Pediu que chamasse o pai, pois não estava num bom humor. Um minuto depois, a menina voltava, dando de ombros.

– Acho que ele não está nada bem, mãe. Disse que não queria jantar.

– Depois tento falar com ele ou deixo um prato para comer mais tarde. Vamos comer nós duas mesmo.

Petra achou que a filha estava com melhor aparência. Olhou de costas a garota enquanto pegava talheres na gaveta e notou como se tornara, de fato, uma mulher. Sentiu inveja da juventude da filha, uma vez que todos diziam que se pareciam muito visualmente. Diziam ser a cópia dela quando adolescente. A inveja foi logo dissipada quando veio à mente a imagem de Richard. "Sou uma mulher madura, que ainda atrai qualquer homem, de qualquer idade!", pensou. A sensação do perigo e do proibido a fazia sentir-se ainda uma adolescente.

Não sabia como aquilo tudo ia acabar, apenas gostava do que estava sentindo.

Tudo era muito real e ilícito. Sentia-se viva.

Capítulo 18

Um vento impetuoso soprou na janela e invadiu o consultório. Seguros por um peso, que não foi suficiente, papéis sobre a mesa caíram ao chão. Algumas folhas eram anotações de Rodrigo. Ele as recolheu rapidamente, buscando impedir que Deus visse serem sobre ele. A sessão seguia.

— Creio que devemos ir direto ao ponto. A pergunta extrema e fundamental que sempre foi feita, em algum momento da vida de um ser humano é *quem somos nós? De onde viemos?*

O paciente levantou as sobrancelhas, inalou um pouco mais de ar, como quem vai iniciar uma fala mais elaborada.

— Veja, a alma do ser humano anseia por saber isso, doutor. E sempre irá desejar saber, mesmo quando não está presa a um corpo. A necessidade de se construir pleno e a necessidade de saber quem o indivíduo é, ao fim de sua existência em vida, dependem desse entendimento. Que nunca é suprido!

— Nunca? Jamais saberemos quem somos?

— Mesmo muitos, no fim da vida, questionaram de onde vieram e quem são. Paradoxal, não acha?! Inúmeros homens ilustres, no fim de suas vidas, ainda tinham esse enigma que os assombrava. Quero dizer que nem os homens mais sábios ou mesmo os que se consideram os mais íntimos servos meus alcançaram tal revelação satisfatória.

— Paradoxal? Paradoxal é eufemismo, isso é trágico! – acrescentou Rodrigo, em sua posição humana. – E não há uma forma mais rústica para definir? Não sei... Ao menos algo que possa auxiliar em nosso entendimento.

A forma incisiva do psicanalista era precisa em sua busca. Não queria saber algo para si, somente. Gostaria de saber o que a raça faz e por que estamos nesta vida da forma que ela é. A insistência no conhecimento sempre foi destrutiva na História. Entretanto, Deus sabia que se pelo conhecimento a raça humana se aprisionou, foi por ela também que se libertaria.

O paciente limpou a garganta, cruzou as pernas e colocou a mão sobre o joelho antes de iniciar a falar de novo.

— Irei responder. Preciso fazer isso. Por outro lado, vou precisar fazer um percurso distinto para que fique mais compreensível.

— Imagino que diz isso pela minha incapacidade de apreender certas coisas sobrenaturais e superiores.

Deus olhou para o psicólogo. Baixou o olhar. Virou-se para a janela.

— Sim. Por isso mesmo! Ainda que sua resposta, como a maioria das pessoas a fazem, foi com a expectativa de receber um elogio. Ou que eu dissesse que não era bem assim, porque você é um homem muito culto, etc. Gostando ou não... Ainda são suas limitações e de todo ser humano.

Agora foi o Dr. Mazal quem olhou para Deus. Baixou o olhar. Virou-se para a janela, com a sensação de que foi pego em sua necessidade de ser admirado e visto como um homem inteligente. O comentário de Deus havia sido, por outro lado, extremamente direto, sem rodeios. No fundo, o psicólogo sabia que a maneira objetiva pela qual acabara de ser tratado era a melhor. Fazia-a sempre com seus pacientes. Era um perito em retirar as máscaras e lançar diante das pessoas quem realmente elas eram. Sabia ser doloroso, porém essencial para o crescimento e superação dos traumas.

— Discordo de você, doutor.

— Como assim? Discorda de quê?

— De como pensa! Sem dúvida alguma, a verdade liberta os seres. Mas nem todo ser humano está preparado para verdades. Ainda mais quanto a si mesmo. Algumas pessoas não conseguem administrar saber quem são. E preferem viver da ficção que criaram ou idealizaram de si.

Se por um lado o analista sentiu-se incomodado por ser contestado, tanto dentro de seu próprio consultório, como também, de seus pensamentos; por outro, havia tido inúmeros casos de paciente relutantes em aceitar quem eram e quais as reais motivações de seus atos. O que naquela situação era completamente oposto.

– Saber quem são e de *onde* vieram. Esta é a pergunta, certo? – indagou Deus.

– Sim. Se for possível.

– Estou mais acostumado com coisas impossíveis, mas vou me esforçar! – brincou Deus.

– Imagino que sim, mesmo! – respondeu também em tom de gozação.

– Antes de mais nada, deve-se entender que há uma distinção elementar entre alma e corpo. Espírito e matéria. Imortal e mortal. Divino e terreno. Sei que pode parecer um dualismo precário, mas é o mais objetivo para fazê-lo entender.

– Ok, continue.

– Essas instâncias são vistas pela humanidade como sendo diferentes e opostas. O que não é de fato! Porém, deixemos, por ora, desta forma. De acordo?

– Concordo. Mas vou anotar aqui, porque é um tema bem interessante para discutirmos e conversarmos em outra ocasião – disse o psicólogo.

– Tudo bem! – concordou Deus, soltando um riso. – Há no pensamento de qualquer ser humano, até o mais cético, a distinção dessas instâncias. Há uma evidência da oposição, ainda que alguns não acreditem que exista, como também, uma hierarquia entre elas. É uma visão generalizada, mítica, que as coisas inexplicáveis parecem possuir uma aura de superioridade.

– Ou que pressentimos a nossa inferioridade diante de um cosmos e universo muito maior que nós – comentou o psicólogo.

– Sim. É isso mesmo. Quero dizer que a maioria sente que o mundo espiritual ou metafísico tem seus mistérios. São coisas mais elevadas.

– Entendi isso. Agora... Quando você diz *hierarquia* o faz porque um é superior ao outro, obviamente. Mas numa escala apenas conceitual, não é?

– Perfeito. Está já se alinhando nos conceitos maiores, doutor! Ainda que um cientista ou pesquisador não creiam, não quer dizer que tais assuntos não sejam claros em suas classes de valores. Elas continuaram existindo da mesma forma! – completou Deus.

Dr. Mazal não sabia se o elogio foi sincero ou apenas ironia divina. Preferiu, no entanto, deixar o assunto seguir.

– Resumindo: o que é *espiritual*, *divino*, *imortal* e relacionado à *alma*, temos como superior, pois são inconcebíveis, sendo muito abrangentes e pouco concretos. Assumimos serem eles de uma escala superior – completou o psicólogo.

– Exato! – exclamou Deus.

– E tentar entender de forma distinta, sempre foi, na minha concepção, a grande falha. Como separar a ciência da magia ou o individual da sua coletividade.

– Bingo! Falou o que eu queria e de onde posso partir.

Na mente do psicólogo a situação foi até cômica. Achou muito hilário ouvir Deus falar bingo. Não o interrompeu, entretanto.

– Como um professor faz para abordar um tema aos alunos? Ou como a ciência busca suas respostas e cria seus conceitos? Ou ainda, como a Psicologia, que você tanto faz uso de seus preceitos, busca paradigmas e validações?

– Devo responder? Ou é uma pergunta meramente retórica?

– Por favor, doutor, responda.

– A ciência, no meu entendimento, só alcança respostas promissoras em seus resultados finais. Ela parte do que já é conhecido e do que é mais simples. Só depois chegando, gradualmente, às mais complexas.

– Nem eu daria uma resposta mais adequada – disse Deus rindo. – Encontrar os componentes elementares é o princípio do conhecimento.

– Como os cientistas, no acelerador da Suíça, que encontraram a *partícula de Bóson*. Buscam um modelo inicial e padrão de tudo que haja na Terra – comentou Rodrigo.

— E estão no caminho certo! Seguindo a trilha de migalhas deixadas no caminho.

— O que querem encontrar lá irá definir o que é básico e primitivo em tudo que é formado na Terra – afirmou o psicólogo.

— Irão encontrar mais rastros ainda. O que vai fundamentar muitos outros conceitos ainda inconsistentes. E gerar novos. Apenas em livros e filmes de ficção científica – completou Deus.

— Não duvido mesmo! Percebo já teorias e teses científicas na Mecânica Quântica, que surpreenderiam qualquer grande pesquisador cem anos antes.

— Você não faz ideia do que a Mecânica Quântica irá ainda revelar. Ela é o último degrau da raça humana para sair do nível em que vive.

— Se entrarmos neste assunto, ficaremos uma eternidade falando. Tenho me interessado muito nos últimos anos por tal área. É a ciência das possibilidades múltiplas, simultâneas e dimensionais – confessou Rodrigo.

— Não é por acaso que está tão interessado! E ficaríamos mesmo, a eternidade falando sobre isso – respondeu Deus.

Capítulo 19

Na biblioteca particular, Willian Cohen respondia aos *e-mails* da sucursal em Nova Iorque. As estantes de mogno acomodavam as mais diversas obras, algumas eram do século XVIII. Para sua surpresa, Mikhail Rosenbaum entrou e sentou-se diante dele.

– Se está aqui é porque estamos diante de tempos cruciais.

– Precisamente. O psicólogo está com ele. Você sabe o que deve fazer, Willian!

– Não veio pessoalmente aqui simplesmente para me confirmar isso. Há algo a mais. O que houve?

– Preciso falar com Rachel.

A expressão de surpresa acompanhou Willian Cohen até bater no quarto da irmã. Assim que disse quem queria falar com ela, sua resposta foi ainda mais intrigante.

– Já estava o aguardando! É o preço de sermos Cohen!

Capítulo 20

Parecia estar há horas trabalhando. Não era o que o relógio dizia. O desconforto de estar sentado incomodava Dr. Mazal.

– Vou voltar ao tema ou iremos desviar! – disse o analista, buscando controlar o tempo que restava. – A minha pergunta inicial foi quanto ao que está escrito na Torá e no Velho Testamento sobre o Éden.

O relógio da parede devia ter quebrado. Da última vez que viu as horas, havia passado apenas cinco minutos. Disfarçadamente, olhou em seu relógio no pulso. Marcava o mesmo horário do da parede. Achou melhor nem discutir consigo mesmo. "Por que questionar o tempo, uma vez que já estava questionando Deus", pensou o psicólogo.

– Antes de falarmos disso, doutor, acho melhor já pegar a Bíblia. Assim poderá consultar alguns enigmas evidentes.

A ansiedade tomou conta do psicólogo. Sabia que iria descobrir e que seriam reveladas coisas jamais reveladas e compreendidas. Sentiu-se um patriarca. Pegou a Bíblia azul dos Gideões, arrependeu-se de não ter trazido a que pertencera ao avô.

– O que está escrito no verso 27 do primeiro capítulo?

– "Criou, pois, Deus o homem à sua imagem; *à imagem de Deus o criou; homem e mulher os criou.*"

– Agora leia o verso 8 do segundo capítulo.

– "E formou o Senhor Deus o homem do pó da terra, e soprou-lhe nas narinas o fôlego da vida; e o homem tornou-se alma vivente. Então plantou o Senhor Deus um jardim, da banda do oriente, *no Éden; e pôs ali o homem que tinha formado.*"

– E veja o que está escrito no mesmo capítulo, versos 18 e 21.

– "Disse mais o Senhor Deus: Não é bom que o homem esteja só; far-lhe-ei uma ajudadora que lhe seja idônea (...) Então *o Senhor Deus fez cair um sono pesado sobre o homem*, e este adormeceu; tomou-lhe, então, uma das costelas, e fechou a carne em seu lugar da costela que o senhor Deus lhe tomara, *formou a mulher e a trouxe ao homem.*"

– Sei que conhece esse texto. O que nota nele? – perguntou Deus.

– Noto que há uma incoerência. Pois você havia me dito semanas atrás da evolução das espécies e o homem também faz parte disso.

– Nada mais?

– Não vou me arriscar a falar. É como comentar uma obra literária ou quadro diante do autor. É uma sensação horrível de estar sempre falando menos que o autor esperava ou além daquilo que de fato é.

– Tudo bem. Entendo! A ordem está clara para que fosse compreendida! Primeiramente criei o homem à minha imagem: *macho e fêmea que os criei*. Depois eu disse que *não é bom que o homem esteja só*. Veja... Ou há um problema de coesão neste texto ou alguma coisa está errada. Não acha?

– Vai perguntar a mim?! – brincou o psicanalista. – Entendo que você tenha sido o inspirador ou coautor. Sei que foram oralmente repassados e talvez tenham perdido alguma coerência direta. Não será?

– Foram extraviadas algumas coisas. Mas o essencial foi zelado para que não se perdesse o que importava.

– E, no entanto, perdemos de qualquer forma. Percebo que não somos capazes de compreender muita coisa! – comentou Rodrigo, lamentando.

– Vocês estavam cegados.

Rodrigo levemente inclinou a cabeça. Tinha aquela reação sempre que não compreendia algo que parecia ser relevante, mas não podia voltar, pois iria quebrar a linha de raciocínio. "Estavam cegados", "por que ele não disse que estávamos cegos?", pensou Rodrigo.

– O que eu perdi na leitura? Ou o que você queria explicar?

– Oras, que o homem que foi criado aqui e depois a mulher não são os mesmos do texto inicial – afirmou Deus.

– Como? Não entendi. Foram criados mais de um ou mais de uma vez?

– As duas coisas! O primeiro homem está dito claramente, tinha minha imagem e semelhança. Eu criei-o macho e fêmea. Podia ser mais claro que isso?

– Desculpe-me, mas podia! Porque ainda estou meio perdido – lamentou Dr. Mazal, novamente.

– O Homem era andrógino e não tinha uma separação entre homem e mulher. É só ler!

O psicanalista voltou a olhar o texto intrigado. Ficou abismado em ter passado por aqueles trechos tantas vezes e jamais ter notado. Estava claro, o ser humano foi criado macho e fêmea ao mesmo tempo.

– Sim, o primeiro era muito mais completo. Sem esta separação de gêneros e sexos que causam tantas angústias e males.

– Tem toda razão! – concordou o psicanalista.

– Eles estavam espalhados por todo o planeta. No entanto, um novo curso precisava ser tomado, pois, de uma forma ou outra a interferência de humanos com seres angelicais caídos causaria uma turbulência. Um motim iminente. A melhor forma de limitar a força inimiga ou contrária é dividindo-a.

– *Dividir para conquistar*. Isso parece o *Sun Tzu*, a arte da guerra.

– Foi exatamente isso! Não podiam existir seres com tamanho poder, como nefilins, unindo forças aos homens primordiais. Seria uma união catastrófica, com consequências calamitosas à raça humana.

– Como resolveu este problema?

– Ceguei-os. Deixei o homem limitado. Divorciado e cindido de si mesmo. Ele deixou de ser íntegro. Foi dividido em dois: homem e mulher. Quando você tira a capacidade de alguém de saber quem realmente é e o que tem poder para fazer, deixa-o vulnerável.

– Isso é um risco, Deus! Deixar o ser humano vulnerável... Exposto!

– Sem dúvida que parece ser! Porém, quanto menos se sabe, menos será torturado pelo inimigo para conseguir informações suas. E quanto mais frágil for, menos será alvo primordial.

A caneta fazia cliques compassados na mão do Dr. Mazal. Pensava no que ouvira. Aquilo fazia sentido. *Porém, e a onisciência dele? Não teria sido mais fácil ter planejado correto inicialmente a ter que ficar arrumando subterfúgios e soluções compensatórias?* Aquilo parecia um remendo para corrigir uma falha no curso da humanidade. Falha de Deus. Percebeu que só de pensar já estava questionando, pois Deus podia ler seus pensamentos. Preferiu desviar a atenção divina com uma pergunta.

– É aí que entram Adão e Eva?

Deus olhou para ele. Deu um leve sorriso que gelou a espinha. Sentiu que o pensamento anterior havia sido ouvido.

– Isso é um pouco mais complexo. Não para você, todavia – afirmou Deus.

– Por que não para mim?

– O que foi que está escrito em suas anotações que fez em casa, doutor?

– Qual delas? – perguntou com certo espanto.

– As que estavam juntas àqueles papéis que haviam voado.

Mais uma vez, o psicólogo petrificou-se de medo.

Um tremor e gosto amargo tomaram conta da boca do psicanalista, que se levantou e procurou o papel. Assim que achou, leu-o.

– O Éden é uma memória coletiva introjetada na raça humana (ocidental)? Um tipo de Inconsciente Coletivo, segundo o psicanalista Jung?

– A resposta a esta pergunta é afirmativa! Sim. Nasce-se já com tal concepção. O Éden é um sonho coletivo. Inerente ao indivíduo. Com o tempo, nomes e personagens nesta fábula foram inseridos.

– Um sonho coletivo?! Um arquétipo inserido no inconsciente coletivo. Um mito atemporal... É isso que quer dizer?

– Sim.

A concepção não era de toda nova ao Dr. Mazal, mas peculiar vinda de Deus. Para a Filosofia e Psicologia aquele era um conceito bem recorrente. Restava saber os motivos desses arquétipos terem sido plantados nas mentes humanas desde o princípio. "É melhor conduzir as perguntas de tal forma que primeiro venham as explicações mais lógicas e concretas e depois as mais complexas e abstratas", pensou o psicólogo.

– O Jardim do Éden tem uma localização bem definida, se não me esqueço, entre rios, na região do Egito. Isso não é prova de que foi um fato? – perguntou o psicólogo.

– Irei responder essa pergunta com outra, doutor. Quando leu o romance *Os Miseráveis*, de Victor Hugo, o personagem Jean Valjean nunca existiu. No entanto, o enredo da obra acontece em meio à Revolução Francesa, Batalha de Waterloo e o século XIX, que são eventos reais e históricos. Algum problema em ler algo ficcional em um contexto real?

– Entendi a analogia que quer fazer. Mas Adão e Eva sempre foram considerados muito mais que meros personagens de um romance. São considerados os pais da raça humana. Os primeiros seres humanos criados por você. As ciências humanas, por séculos, seguiram isso como fato, a religião ainda o tem como verdade absoluta!!!

– Vou seguir respondendo com outras perguntas. Até por que sabe que foi assim, com questionamentos, que me aproximei da raça humana no Éden com Adão, primeiramente e, depois, com Eva.

Rapidamente o psicanalista voltou algumas páginas da Bíblia e viu que Deus questionava o primeiro casal de fato, logo após terem experimentado da árvore do conhecimento. O psicólogo não sabia se era uma grande coincidência ou porque estava entendendo, na prática, que de fato somos os mesmos e Deus também o é.

A essência da atitude não muda, o que se altera é a forma como se age.

– Minha pergunta, doutor, é por que "líderes religiosos" jamais argumentam sobre os monumentos Yonaguni, no Japão? Aquilo é uma espécie de pirâmide submersa, construída numa época em que a raça humana mal sabia caçar apropriadamente ainda! Ou mesmo os cálculos matemáticos e a escrita avançada dos Maias?! E o complexo monolítico, na Inglaterra, o Stonehenge? Ou fósseis humanos e objetos elaborados com mais de cem milhões de anos? Como foram feitas com tal perfeição e proporção as linhas de Nazca?

– Creio que o único que tenha tais respostas seja o senhor – disse o psicólogo, buscando quebrar a tensão da conversa.

– Há, nesses assuntos, pesquisadores trabalhando e estudando tais evidências. Pergunto-me por que não há meus "ditos" seguidores, fiéis e servos fazendo o mesmo?

– Imagino que seja mais uma pergunta retórica: claro que sabe as razões, mas vou me aventurar a responder. Se eles tomassem esses acontecimentos e provas como íntegras e definitivas, tudo aquilo que creram iria pelo esgoto. Os fiéis perceberiam que tudo que acreditaram não era verdadeiro. Ficariam sem um referencial, perderiam o chão! Todos tememos perder nossa sensação de segurança e nossas crenças. Elas nos confortam. Dão-nos sentido à vida e criam a ilusão de um porvir.

– Está correto. Entretanto, e preste muita atenção no que vou dizer, contra fatos não há argumentos! Quando provas são dadas, não se deve questioná-las. Exceto se forem provas forjadas, o que não é o caso em nenhum dos exemplos que citei.

– Não estou entendendo uma coisa. Uma coisa não! Várias, não é? – disse rindo o psicólogo. – Sua fala agora é completamente contrária à fé que diz ser o ser supremo. Até então, o que mais estamos conversando é sobre as incoerências no que está escrito nos textos mais importantes da sociedade ocidental de todos os tempos.

– Não disse que há erros na Bíblia! Nunca mencionaria isso. O que há e houve são erros de leitura, de interpretação e de hermenêutica. O problema não é o texto, mas o leitor!

– A questão não é a mensagem, mas sua codificação feita por um leitor inábil – parafraseou Dr. Mazal, sabendo-se humano e com a mesma inabilidade.

Sentiu uma vontade súbita de perguntar inúmeras dúvidas ao paciente. Não podia esquecer, todavia, que estava numa sessão de terapia. Quem desempenhava o papel de paciente e de psicólogo era o grande enigma naquele ponto.

– Deixe-me colocar algumas perguntas, doutor, posso?

– Já estou me sentindo há algum tempo como discípulo de Sócrates. Pode seguir com a maiêutica – comentou, soltando uma gargalhada e vendo que Deus também ria.

Capítulo 21

O pedido de Mikhail Rosenbaum, que o deixasse com Rachel Cohen conversando, incomodou Willian. Jamais imaginaria que ela seria também integrante daqueles planos. Não podia questionar. Sabia exatamente de onde vinham as ordens.

– Gostaria que me explicasse passo a passo como devo agir, Mikhail.

– Por isso estou aqui, Rachel. Seu papel em todo o esquema é fundamental para que tudo saia como ele planejou.

– Espero fazer jus a tal responsabilidade.

– Ele nunca erra, Rachel. Ele nunca erra!

Capítulo 22

Enfim, Deus responderia às perguntas mais cruciais. O psicólogo entendeu que fora preciso toda a explicação introdutória para deixar claro o que estava por vir. Ele só não supunha que seriam revelações tão excêntricas.

— Então, minha primeira pergunta é com relação aos capítulos iniciais, buscando responder à sua questão: quem são vocês e de onde vieram. Quando pensa no Éden, o que vem à cabeça ou como se recorda do texto, sem ler? — perguntou Deus.

— Em suma, ele revela a formação da raça humana. Sua capacidade superior a outros animais. A criação do paraíso, a queda e o pecado do homem. Quando digo Homem, refiro-me ao ser humano.

— Então, dê uma olhada e me diga em qual verso está escrito nos três primeiros capítulos que o homem estava num *paraíso*, ou que ele caiu. Ou, mesmo, que pecou? Não me venha manipular o texto e querer dizer que está subentendida a queda, porque desobedeceu e foi expulso, ok?

Dr. Mazal ficou decepcionado. Antes mesmo de ler, havia exatamente pensado em usar a ideia de interpretação e o que se subentendia naquele texto. Rodrigo coçava as sobrancelhas enquanto procurava as palavras mencionadas nos capítulos iniciais de Gênesis.

— Não existem tais palavras! — respondeu surpreso.

– Sei que não está totalmente convencido. Ainda acredita que é uma mensagem de queda, de exclusão e que os dois seres estão sendo condenados por um ato ilícito. Logo, vem minha próxima pergunta: sou um ser inferior ou superior à raça humana? Quem sou eu?

A pergunta golpeou a alma e a mente do psicólogo. Como assim ter que dizer a Deus quem ele era? Como dar uma resposta que abarcasse e pudesse resumir em palavras a condição daquele ser? Era uma tarefa humanamente impossível. Ele fechou os olhos, buscou tudo o que tinha de conhecimento acumulado em seu cérebro, fez associações variadas. Repetiu o que aprendera do avô.

– *Você é o que é!* Pode parecer uma resposta redundante e tautológica. Mas nada mais lhe dá significado que isso. E, obviamente, pela condição de existência suprema e excelsa está numa escala mais elevada que nós mortais.

– Nem eu poderia ter dado resposta melhor. Apesar de que já o fiz a Moisés, quando me apresentei. Vi que na sua mente esta era a melhor forma de me definir. E me disse que estou numa condição elevada, certo?! Então, se sou superior, o que eu disse logo após a tal "queda do homem"? Leia o início do verso 22 no terceiro capítulo, por favor, doutor.

– "Então disse o SENHOR Deus: Eis que o *homem é como um de nós*, sabendo o bem e o mal..."

– Impossível ser mais claro, não acha, doutor?

– Não ando muito em condições de achar muita coisa. Creio que esteja insinuando que se foi uma queda e se pecaram, como é que atingiram uma condição de ser *como você é*, conhecendo o bem e o mal. É até antagônico! Eles aumentaram a capacidade de conhecimento, não somente a do pecado, mas também compreenderam o que era bom, aprazível e agradável.

– O que parecia um deslize e desobediência foi, de fato, um grande ganho! – afirmou Deus.

– Um ganho? Mas não vieram sanções e punições sobre a espécie depois. Quando os expulsou do Éden, tanto a mulher como o homem receberam castigos. A mulher devia ter dores de parto e o homem iria trabalhar para se sustentar?

– Mais um grande equívoco de leitura! Olhe aí o que diz as primeiras palavras do capítulo quatro e me diga.

– "E *conheceu Adão a Eva*, sua mulher, e ela concebeu e deu à luz Caim, e disse: Alcancei do SENHOR um homem."

– O que quer dizer o verbo conhecer, doutor?

– Que eles tiveram o ato sexual.

– E qual foi o resultado desse ato sexual?

– Um filho.

– Eles geraram vida! Geraram um ser! Onde está a condenação? Para que ela pudesse ter um filho, seus órgãos precisavam de um sistema funcional. Nada pode ser gerado sem algum esforço e perda, ainda que o ganho seja maior no fim. Somente eu era capaz de criar outros seres! Agora mortais tem esse poder. Isso é um avanço e não retrocesso.

– E quanto a Adão? Temos que trabalhar. Não se esqueça que a palavra "trabalho" vem do latim, *tripalium*, que é um instrumento de tortura. Essa palavra tem sua origem em referência à condenação desde o Éden. Não tínhamos que trabalhar antes do pecado para sobrevivermos. Nem produzirmos nossa subsistência pelo fruto de nosso suor.

– Não me esqueci da origem da palavra, não! E veja mais uma leitura apressada que foi feita. Bastaria ler, veja o que está escrito um pouco antes da criação de Eva, no verso 15 do segundo capítulo.

– "E tomou o Senhor Deus o homem, e o pôs no Jardim do Éden *para o lavrar e o guardar*."

– Precisava ter dito mais? O que há de condenação no trabalho? Sempre foi estabelecido à raça humana. O homem devia lavrar e cuidar do jardim! Ele tinha obrigações de manter tudo em funcionamento. O trabalho não foi criado para torturar ninguém!

Na mente de Rodrigo, naquele instante, passou um filme de toda a humanidade e a influência que as religiões monoteístas exerceram e exerciam na história. Não era novidade a Igreja Católica ter manipulado decisões e direcionado rumos até hoje sentidos pela sociedade, principalmente a ocidental. Em menor escala, também as igrejas e seitas formadas após a reforma de Lutero e Calvino, num segundo momento, em países como Alemanha, Inglaterra, Holanda e Estados Unidos. Tudo isso era possível de ser verificado em qualquer livro de história escolar.

O que o deixou perplexo é que, mesmo com tamanhos equívocos de compreensão, a fé das três maiores religiões do mundo prevaleceu e subsistiu, enquanto outras religiões bem mais sedimentadas na história não foram páreo ao Judaísmo, Cristianismo e Islamismo, todas bebendo na mesma fonte.

Outra coisa alarmava Dr. Rodrigo Mazal: é que já conversavam por semanas e haviam falado apenas de pouco mais que os quatro primeiros capítulos do primeiro livro da Bíblia. "Quanto mais não teria de leituras falaciosas e equívocas? Quantos não foram condenados e exterminados por estes mal-entendidos? Sequer terminamos de ler a terceira folha de um livro que tem mais de mil páginas?", pensava o psicanalista.

– Se entendi tudo até aqui, Deus, o homem que criou no primeiro capítulo não é o mesmo do segundo. Até porque este segundo foi feito do pó da terra e o primeiro à sua imagem e semelhança. A função do homem sempre foi de preservar e cuidar da terra com suas habilidades. E queda e pecado não são termos apropriados para a história que o Éden representa. Estou certo?

– Correto.

– Há alguns pontos ainda imprecisos. É a existência da árvore do conhecimento, que produz o fruto proibido e a existência da serpente, que é Satanás.

– Mais uma vez, é preciso corrigir alguns fatos. Onde está escrito Satanás? Ou Diabo? Outra coisa que quero deixar claro é que não há uma frase que diga que Adão e Eva eram perfeitos. E nem que eram imortais. *A morte é fundamental.* A aceitação da morte fora do Éden é que mudou. Eu criei uma porta de entrada e outra de saída, vida e morte. Caso contrário, o tempo, a primeira criação que falamos seria desnecessária. Para que a passagem do tempo se não para gerar alterações, transformações e desenvolvimento?!

– Entendo. E o pior é que começo a perceber uma conexão espantosa em tudo! – respondeu o psicólogo, encurvado em sua cadeira compenetrado nas palavras do paciente.

– A Teologia estudada em universidades e seminários sempre viu a ideia do *pecado* como o centro da interpretação do livro de Gênesis.

Daí tudo que se lia era decorrente disso. As leituras seguintes, por séculos, foram contaminadas por esse *pecado*.

Aos ouvidos de Rodrigo aquilo parecia uma subversão de tudo que estava estabelecido. Como poderia Deus estar derrubando os maiores fundamentos da fé. Estava? Ou, de fato, não estava? Ele não desdisse uma só palavra do que escrito no livro de Gênesis. Apenas confirmava. Sem interpretações tendenciosas.

– Está preparado para mais, doutor? – disse Deus.

– Preparado não sei se estou. No ponto a que chegamos, continuar é inexorável. Se o destino nos trouxe até aqui, devemos prosseguir!

– Vou seguir com meu estilo socrático, como você nomeou, e lançar algumas perguntas – disse em tom de gozação. – Quem era o ser mais inteligente do jardim?

– "A serpente era *a mais astuta* de todos os animais do campo, que o Senhor Deus tinha feito." É o que diz o texto.

– Percebeu que não era o homem, mas a serpente? – indagou Deus. – E percebeu o que ela disse ao casal? Veja no terceiro capítulo quais são as falas da serpente.

– "É assim que Deus disse: Não comereis de toda árvore do jardim?"; "Certamente *não morrereis*. Porque Deus sabe que no dia em que comerdes desse fruto, os *vossos olhos se abrirão*, e sereis como Deus, conhecendo o bem e o mal."

– A pergunta que te faço é, doutor, a serpente disse alguma mentira? Enganou e traiu o casal? Eles morreram no dia em que comeram do fruto?

– Não, realmente!

O rosto espantado do psicólogo reluzia com o suor que se formava na testa. Ora espantava-se com o texto aberto em seu colo, relendo-o e confirmando o que conhecia, mas parecia nunca ter enxergado, ora com o paciente.

– Os olhos deles *se abriram e conheceram* o que é o bem e o mal? – perguntou Deus.

– Sim, instantaneamente. O que reforça a ideia anterior. E sequer dá margem para reinterpretações quanto ao morrer e serem imortais, porque a visão deles foi aberta no mesmo instante. Além da serpente ter dito que não morreriam. E não morreram.

– Por séculos fiéis acreditam em um mundo e um ser humano criado que jamais existiu. Daí existir uma teologia presa a conceitos dogmatizados. E pior, lembra-se quando mencionei a evolução dos seres, que em nada se choca com os conceitos evolutivos hoje sendo comprovados por paleontólogos e biólogos?

– Lembro-me perfeitamente – afirmou Rodrigo extasiado.

– Percebe por que tais dogmas pregados como verdades teológicas sofreram tantos embates? A interpretação e leitura feitas são infantis. Por isso, ciência e fé trilham caminhos distintos!

– Sem dúvida alguma! Um caminho busca as provas e evidências e o outro, uma fé cega – disse Dr. Mazal.

– O que complicou, doutor, ainda mais a compreensão desses textos foi a divisão dos capítulos. Um equívoco é o capítulo três, pois começa no verso 25 do capítulo anterior. Tanto que menciona que ambos estavam nus e não se envergonhavam, não é?

– Estou lendo aqui. Sim, isso mesmo! – respondeu o psicanalista enquanto sublinhava e fazia anotações.

– Leia o capítulo três partindo, então, agora do último verso do capítulo dois. Verá que o assunto em questão muda! – complementou Deus.

– Lendo a partir do parágrafo anterior, como está sugerindo, parece ter como tema *a consciência da nudez*! E nada relacionado com pecado e queda mesmo. Além de que a serpente, que representa o Diabo e nosso inimigo, não cometeu nenhum grande delito, a meu ver.

– Você está certo, mas é preciso ponderar certas coisas quanto à serpente. Entendo que na perspectiva que está vendo é exatamente o que parece – completou Deus.

– Diz na perspectiva que vejo porque sou homem, sou humano. Certo?

– Sim. Mas voltemos ao que o texto narra e o que está, aparentemente, velado e escondido.

– Nem sei para onde ir e o que perguntar agora. Tanta coisa diante de nossos olhos e, porém, pareciam submersas nas profundezas do mar.

Sinto meu cérebro como num filme do Indiana Jones! – falou Rodrigo e, em seguida, cantou o tema do filme.

– Veja então, quais perguntas fiz à serpente e ao casal por terem comido do fruto? – perguntou Deus.

A respiração de cada um na sala podia ser ouvida. A ponta da caneta Mont Blanc, presente da esposa quando terminou o doutorado, seguia linha a linha em busca das perguntas. Quando encontrava um ponto de interrogação, era agilmente circulado. Rodrigo relia pela terceira vez para estar certo que não havia deixado passar nada.

– Há perguntas dirigidas somente ao casal e não à serpente. E todas as respostas dadas são repassando a responsabilidade ao outro – respondeu o psicólogo.

– Não julguei o homem por ter agido daquela forma, notou? Dirigi-me primeiramente ao homem. Depois a sua mulher. E, por fim, quando fui falar com a serpente eu não tinha absolutamente nada a questioná-la, pois ela já sabia e detinha o conhecimento. Ao casal era diferente! Eles estavam num primeiro nível de consciência. E como colocou em nossa conversa, doutor, a melhor forma de esclarecer alguém, até mesmo de sua ignorância, é usando a maiêutica socrática, isto é, com interrogações!

– Perguntando! Questionando-os. Isso foi brilhante! – a voz e o olhar de admiração eram notórios em Rodrigo.

O psicólogo percebeu, todavia, que estava sendo levado por Deus pela mesma via. O caminho da interrogação e da dúvida que gera respostas. "O método não era socrático, era divino", pensou.

– Tudo esclarecido, doutor?

A pergunta fora capciosa, estratégica e nada retórica desta vez. O que o paciente queria era conduzir a conversa e o que o analista devia saber. As revelações nunca são ingênuas, sempre chegam até uma pessoa com um propósito bem definido. "O que ele quer de mim e o que espera que eu pergunte agora?", indagou-se. A maior ferramenta, desde os tempos da escola, que o diferenciava em qualquer relação às outras pessoas, era a memória. Tinha a capacidade de lembrar-se de eventos, aulas, comentários e textos lidos há muito tempo.

– Esclarecido, sim. Tudo, ainda não.

– O que falta saber? Disse de onde o homem veio, sem as errôneas interpretações. E também respondi quem são vocês. Confirmei que são mortais e têm uma função ocupacional. Além de serem distintos entre os gêneros, macho e fêmea, e capazes de gerar outro ser.

– Isso não é tudo. Por que desta forma? Toda parábola tem uma função ética e pedagógica. Pelo jeito quis ensinar algo de forma metafórica?

– Que claramente não foi aprendido. Devo ser um péssimo professor – zombou Deus de si mesmo.

– Sua metodologia de ensino não deu muito certo. Tenho que admitir... Havia me dito que tudo era uma grande parábola. Então tudo é uma grande mentira... Feita para ensinar?!

Deus apenas olhou. Deixou o psicólogo induzi-lo.

Capítulo 23

No modesto apartamento de Sammy, uma pequena reunião de cúpula acontecia.

– Ela não desconfia de nada. Tudo segue conforme planejado.

– Criar algo para divergir a atenção foi uma medida muito astuta, meu senhor.

– Preciso que vigiem os passos de Rachel e Willian Cohen. Houve uma turbulência momentos atrás! O ambiente foi selado.

Capítulo 24

— O que é uma parábola, doutor? Você disse para que serve, sua função. Quero uma definição – disse Deus.

— Basicamente, ela é uma narrativa fictícia que busca gerar no ouvinte ou leitor um conhecimento alegórico.

— Muito bem decorado de manuais e dicionário. E o que mais? Há alguma outra definição?

Dr. Mazal nem se deu conta do tom sarcástico no comentário de Deus; buscava em seu arquivo cerebral se havia outra possibilidade.

— Há sim. Na matemática. Lembrei-me de minha professora dizendo ser uma curva plana equidistante de um ponto fixo: um arco perfeito. Ou o trajeto que faz uma flecha do ponto que sai do arco, sobe e cai. Lembra até o formato de uma meia-lua.

— Excelente memória. Algo mais em seu disco rígido sobre isso? Estou certo de que sempre gostou de etimologia de palavras.

Rodrigo descruzou as pernas, abaixou a cabeça e colocou ambas as mãos na frente dos olhos. Fechou-se para qualquer distração externa, vasculhando cada lembrança e memória.

Achou.

— A palavra tem origem grega, se não estou enganado. *Para* quer dizer margem; e *bolé*, lançar ou jogar. *Parábola* quer dizer jogar até a margem, até o limite. Por isso o conceito matemático de "parábola". Só não sei se a matemática criou o conceito e partiu para as Humanas, ou vice-versa.

– Nasceu das Humanas. A origem deste termo é a mesma de palavra, ou *parlare*, do latim. E, de fato, tudo o que disse é exatamente a resposta que busca.

– A pergunta pode ser minha, mas quem havia dito que era uma parábola foi o senhor! – retrucou o psicólogo em tom sarcástico.

– A história de Adão e Eva, no jardim, é uma alegoria construída para que desse uma grande definição de quem a raça humana é e não é. Quando alguém lhe diz o que pode ou não fazer, por exemplo, quando uma pessoa sabe que é um engenheiro, advogado ou psicólogo, sabe que não é trapezista ou médico. Você, doutor, sabe que não é um programador de computador, logo não irá procurar emprego nessa área. Você sabe qual é seu limite, quando se sabe seus limites sabe-se quem é! A definição de quem é está no limite, na margem. Sou isso, logo não sou aquilo. Sou psicólogo, logo não sou engenheiro.

– Isso é o princípio de identidade e contradição de Aristóteles – comentou o psicólogo.

– Aristóteles observou e descreveu sabiamente. Por que acha que a lógica aristotélica marca a história da humanidade? Acredita que foi por acaso? O acaso é algo que não permito. Se alguma coisa é imprevisto, logo fugiria de meus limites e não seria mais Deus. Não tenho definição, não tenho limites, não tenho margens: eu sou.

Os dois continuaram se olhando. Aquelas eram palavras fortes.

Palavras de quem sabia quem era.

Capítulo 25

Um dos maiores temores de Petra era que o marido descobrisse quem fora o pai de Jane. Não somente Rodrigo, como ninguém neste ou, principalmente, em outro mundo poderia. Sabia o quanto ela era distinta das demais pessoas. Achava até que haviam esquecido quem a menina era.

Petra não poderia estar mais equivocada.

No entanto, apenas era aguardado o momento exato de ser revelada sua origem excepcional.

Capítulo 26

Deus levantou-se, foi até a estante e tirou o relógio da parede. Virou e entregou-o ao psicanalista.

– Precisa comprar pilhas. Estas não servem mais.

A atitude foi inesperada, ainda que nada bizarra. Não costumava, também, olhar o relógio de pulso enquanto estava com algum paciente para que não tivessem a sensação de estarem sendo cronometrados ou gerar qualquer ansiedade que o passar do tempo ocasiona. Naquele dia, como ambos chegaram quase juntos ao consultório, não teve tempo de retirá-lo do pulso. Verificou as horas no pulso para conferir o tempo restante.

– Temos cinco minutos ainda, doutor. Quer deixar para a próxima semana?

"Impossível! Ainda restam cinco minutos! Tenho certeza que conversamos pelo menos por uma hora e meia", pensou Rodrigo. Olhou para fora e viu que não havia qualquer vento, diferentemente de antes quando todos os papéis caíram ao chão. Notou no céu poucas nuvens brancas, distantes e quase imóveis. Nenhum sinal de Julie ou de qualquer paciente chegando.

– O tempo é precioso! Nem todo mundo o tem sob controle como o senhor. Ou melhor, o tem inerte e à sua disposição – falou enquanto voltava a sentar-se e convidando Deus a fazer o mesmo.

Capítulo 26

Achou estranho ter usado a palavra *inerte* para o tempo. Não poderia ser mais apropriada para aquele momento. Sentiu que não escolheu ao acaso.

– Só não se esqueça que disse que o tempo é uma ficção. Uma sensação apenas, Rodrigo.

– Não há como esquecer. Nosso primeiro encontro, como todos eles, têm sido marcantes – confessou.

– A mim também, acredite.

– Será que em cinco minutos consegue resumir e sintetizar o que pretendia na parábola do Éden?

– Cinco minutos podem ser uma eternidade. O *tempo* e *duração* são bem distintos! Então, prossigamos! Para você, doutor, isso será de simples compreensão. Por isso cinco minutos são suficientes. Foi pela sua habilidade exímia de compreensão que o procurei, exatamente.

– Espero corresponder às suas expectativas.

– Não costumo me enganar – disse Deus, com um leve sorriso estampado nos lábios.

– Creio que seu objetivo era criar um mito fundamental. "O mito é o nada que é tudo", dizia o poeta Fernando Pessoa.

– Por que acha que o poeta dizia isso, doutor?

– Ele é *nada* porque não existe e nunca existiu como algo concreto. Mas ele é tudo porque tem uma força ideológica maior que as coisas materiais. Os mitos são atemporais. Não morrem e são verdadeiros enquanto canais de significação.

– Não disse que você foi escolhido?! Mas veja, além disso, por que apesar de ser astuta, a serpente era a única que falava? Por que a nudez? Por que duas árvores no jardim e uma delas proibida?

– Imagino que não espere de mim tais respostas. Já estou me sentindo até pressionado. Quem deveria fazer tais perguntas sou eu ao senhor. E por que colocar duas árvores, que segundo o texto aqui, diz serem *agradáveis e boas para comida*? Isso foi uma prova, um teste ou um sadismo da sua parte? Olhe, deseje, mas não toque?!

– Seu humor e ousadia são imprescindíveis! – complementou Deus.

– Começo a entender que sou apenas aquilo que fui criado. Nada mais! – retrucou Rodrigo.

– A primeira coisa que deve ser vista nessa história é que a mulher ficou vitimada e estigmatizada por séculos. Todavia, mesmo com suas dores de parto, foi premiada com a vida. A partir daquele incidente, ela gerou filhos.

– Havia conjecturado esta possibilidade! – afirmou o psicólogo.

– Existe um processo de individuação e reconhecimento identitário sendo alegorizado. O ser humano reconheceria sua origem divina e mortal. Ele ganharia a "sensação" de livre-arbítrio, tão importante. Comer da árvore do conhecimento pareceu ser um pecado, mas era assumir seu próprio destino, sem a manipulação direta de um ser supremo. A partir daquele ponto, o homem teria que tomar suas decisões, convivendo com seus efeitos e resultados. O que sentem até hoje.

– Qual a razão da serpente ser astuta? Por que, então, o casal se cobriu com vergonha?

– A serpente é o próprio homem mergulhado nas possibilidades fantasiosas de ser Deus. A serpente é o mal primordial inserido na condição humana: seres míticos como Tiamat, Gilgamesh e serpentes. A palavra *serpente* sempre foi usada como monstro, diferentemente de cobra. A ideia que queria suscitar era a de um monstro terrível, inicialmente. Tanto que o dragão é também muito associado a ela quando se faz referência ao Diabo. A serpente é venerada, porém, temida em todas as religiões e culturas, mesmo as asiáticas.

– Espere um pouco, Deus!

– O que houve?

– A palavra serpente tem como raiz o termo *serpe* ou *serpo*, que é rastejar. Rasteja-se no chão, nos limites, pois não está voando, certo?

– Sim, continue, doutor!

– A origem da palavra *ciência* e a tradução *astúcia*, do latim, é *sapientia*. O mesmo radical da palavra gerou *sapore* e quer dizer algo *saboroso*. Todas têm as mesmas consoantes como radicais na mesma sequência, como se viessem da mesma origem. As árvores eram "boas para comida", eram saborosas. A sabedoria da árvore saborosa do conhecimento apresentada pela serpente. *Serpo, serpens, sapientia, sapor*. Ainda que o texto originalmente tenha sido escrito em hebraico, a coincidência é impressionante.

— *Coincidências, acasos, acidentes e imprevistos...* São palavras tão pacificadoras, tão tranquilizadoras! — a fala de Deus era totalmente carregada de intenções.

"Como algo que parece estar fora do domínio humano e fora de nosso poder de controlar é tranquilizador?", questionou-se Rodrigo.

— Retomando o que dizíamos, perdoe-me a interrupção. Falava sobre a serpente, tendo um valor negativo na maioria das religiões.

— Então, doutor, veja que a serpente tem uma dimensão múltipla. Ela tem voz humana e inteligência divina. A serpente é amiga ou inimiga? – perguntou Deus.

— Com Moisés ela foi símbolo de salvação, cura. Não me recordo ao certo em que lugar está escrito, mas quando o povo estava no deserto, Moisés fez uma serpente de bronze. Pendurou-a e quem quer que fosse picado por uma cobra, se olhasse para a imagem da serpente de bronze, seria curado.

Era a primeira vez que, de fato, Rodrigo sentiu uma alteração significativa no semblante de Deus. Algo de estranho acontecera. Algum desconforto no exemplo usado pelo psicólogo foi gerado. Queria comentar que o símbolo da medicina é ainda hoje o *Asclépio*, de origem grega, representado por um bastão com uma serpente em volta. Preferiu calar-se. Teria achado uma incoerência e ponto fraco de Deus? Não comentou a reação inusitada. Apenas aguardou o comentário do paciente.

— Quero que perceba que no caso mítico do Éden, a serpente foi um amadurecimento. Ela encoraja o homem a ser expulso de seus confortos e paraísos.

— Está dizendo como um ritual de passagem?! Tal qual sairmos da casa dos pais, irmos para a universidade ou casarmos? Uma fase de transição – completou o psicanalista.

— E é um projeto de liberdade, doutor. O que parece ser um "antiprojeto divino", proposto por um inimigo, é exatamente o oposto.

A única coisa que a serpente fala é de vida e liberdade. E sempre para a mulher. Adão jamais interferiu ou fez menção de recusar comer o fruto ou mesmo de interromper o diálogo entre a serpente e sua companheira.

– Sem contar que quando se abrem os olhos, eles se cobrem com folhas. É um movimento sempre de compensação. Há um preço! Abre-se de um lado, fecha-se de outro. O caminho para novas possibilidades à raça humana, ainda que fadadas ao mesmo curso, era ouvir e aprender de outras fontes, pelo que percebo.

– Sim. Ainda que o gosto de fel seja amargo, proporciona experiência e conhecimento. Apesar de o mel ter mais valor pelo doce sabor, aprender pela dor é sempre a melhor escolha! – complementou Deus.

Os dedos da mão esquerda deslizavam pela borda das folhas da Bíblia. Sentia um sopro de vento que tocava na palma direita da mão de Rodrigo. Voltou à mente que falavam ainda dos primeiros capítulos de um livro, que lembrava uma boneca russa. Dentro havia outra boneca. Existiam outros livros.

– Existe uma série de gêneros textuais na Bíblia. Há poesia, história, epopeia e mito. Entendo que tudo seja uma fonte informativa e carece da apropriada forma de leitura. Entretanto, todas as vezes que lemos algo mítico ele está sempre envolto de um destino prévio e traçado pelos deuses. O que disse e o que ainda hoje se entende é que ganhamos a liberdade. Ganhamos o livre-arbítrio. Somos capazes de tomar nossas decisões, até mesmo de ser ateus e não acreditar em nada.

– Estamos chegando a um ponto crucial, não é doutor? Vejo que finalmente as perguntas mais importantes, saber quem é e de onde veio, estão prestes a transformar-se na mais vital e perigosa de todas. Faça-a!

O tempo pareceu parar. Rodrigo respirou fundo.

– Somos livres? O livre-arbítrio existe de fato? Ou somos todos controlados? – indagou olhando fixamente para Deus.

– Como acha que chegou até esta dúvida, doutor? Ela foi consequência de tudo que conversamos?

– Sim e não.

– Se foi consequência é porque houve uma causa anterior que a conduziu antes de comer o fruto do conhecimento. Será que já abriu os olhos e sabe distinguir o bem e o mal, ou ainda não teve a coragem de comer do fruto? A verdade pode ser dolorosa, todavia, se a conhecer ela pode libertá-lo. Está preparado?

– Se a verdade me liberta, então existe liberdade. O livre-arbítrio é fato! – disse com convicção o psicólogo.

A tensão e o nervosismo vibravam, de forma latente, no ambiente. Os dois se olhavam como se fossem um só e, ao mesmo tempo, se encaravam, desafiando-se.

– A verdade jamais foi múltipla. Não existem várias verdades, apesar de sua geração insistir nessa tese. Ou o réu matou ou não matou a vítima. Ou alguém traiu ou não traiu seu cônjuge. Ou se é culpado ou inocente. Ainda que as evidências para se comprovar um fato sejam complexas para se resgatar, a verdade de uma ação é única.

– Concordo.

– Se a verdade é única, então não há outras, não há saída. A liberdade da verdade é aceitação que estamos todos destinados, doutor. O livre-arbítrio é a maior falácia de todos os tempos! E, Rodrigo, não há como fugir de "seu" destino!

Capítulo 27

Naquela semana Jane iria começar a receber as cartas de aceitação ou recusa das universidades. Não informara aos pais ainda, mas havia chegado a uma conclusão: iria fazer Antropologia. Tinha Harvard como sonho. Sabia que seria difícil, não somente por ser canadense, como também por não ter notas mais brilhantes. Puro descaso, pois era uma excelente aluna. Existia ainda a Universidade de Michigan; e Berkeley, o sonho californiano! Tinha que pensar num plano B. Não queria ficar mais no Canadá, era hora de abrir os horizontes. Talvez voltasse para lá quando quisesse ter filhos, mas isso ainda demoraria.

De tempos em tempos se pegava pensando em Sammy.

Estava um pouco chateada porque não veria o namorado nos próximos dias. Ele tinha que visitar o irmão no hospital, em Winnipeg. Aproveitaria para, aos poucos, introduzir a ideia de estudar distante dos pais. Não seria uma tarefa muito difícil com o pai, o problema seria a mãe. Certamente criaria restrições nas suas decisões.

No caminho de volta, após a escola, enviou algumas mensagens para Sammy, marcando para se falarem, pela internet, à noite. Ouvir a voz dele causava uma mescla de saudade e dores. As dores: lembranças do que sentiu depois de terem ido para a cama. Passou a noite com uma sensação de ardência, de que havia sido rasgada. Queria de novo, mas temia as dores. Lembranças vinham como flashes em sua cabeça. Não conseguia associá-las. Achou muito estranho. Sua memória nunca falhava. Iria perguntar ao pai por que em alguns casos nossa memória falha. Ao pensar nele, recordou que no começo da semana não estava muito bem, sobretudo na segunda-feira, quando voltou do consultório.

Jane chegou suada da caminhada. Subiu ao quarto, largou os livros sobre a cama e foi tomar banho. Não havia ninguém em casa, portanto nem se preocupou em fechar a porta. Aproveitou que estava sozinha para olhar seu corpo. Queria saber se estava de fato mais aberta que antes.

Estava.

Foi uma descoberta de si, tocar-se deu uma sensação boa. Prosseguiu buscando mais prazer. Nunca fizera antes daquela forma, até porque era virgem. Repentinamente imagens vieram aos olhos. Uma estrela prata e vermelha. Lembrou-se ter ouvido Sammy sussurrar algo parecido com Metis. "Que coisa doida!", pensou ela. Já havia ouvido aquele nome em uma aula de História. Estava quase certa que se tratava de uma deusa.

No escritório, sabia que o pai tinha na estante uma coletânea sobre deuses greco-latinos. Desceu as escadas e foi tirar a dúvida que corroía a cabeça. Lendo o livro, confirmou: Metis fora a primeira amante de Zeus, que o ajudou no complô contra Cronos. Em seguida deu um grito e sentiu as pernas tremerem. Ficou imobilizada de susto por alguns instantes. Não esperava ver o pai, naquele horário, entrando no escritório.

Rodrigo olhou na mão da filha e estranhou muito. Era exatamente por causa daquele livro que viera mais cedo para casa. Segundos depois, ambos perceberam que ela estava nua. Tiveram vergonha e Jane subiu correndo até o quarto para vestir algo. Colocou uma bermuda e uma camiseta branca com a folha de ácer estampada, símbolo da bandeira canadense. Tomou coragem e desceu as escadas para falar com o pai.

– Filha, desculpe-me se a assustei. Não era a intenção.

– Eu que lhe peço desculpas, pai. Estava andando pelada pela casa! É que nem imaginei que alguém fosse chegar tão cedo.

– Precisava reler algumas coisas. Desmarquei um paciente e aproveitei para vir mais cedo. Sua mãe precisou viajar para Quebec. Parece que um grupo de clientes da agência foi expulso do hotel. Ela pegou o primeiro voo, disse que não poderia arriscar perder o acordo com a rede hoteleira. Falou que voltaria amanhã à noite ou no sábado pela manhã.

– Nossa, foram expulsos? O que os caras aprontaram? – perguntou Jane, rindo.

– Ela não entrou em detalhes. Achei até estranho ter que viajar para resolver isso. Mas certas coisas devem ser resolvidas pessoalmente, mesmo.

– Por favor, diga que vamos pedir pizza, então, já que somos só nós dois?!

– Ok, abobrinha... Acha que eu resisto a um pedido seu?! Nada de azeitonas, ok?

– Combinado, pai, nada de azeitonas!

– O que queria com aquele livro, Jane? Algum trabalho do colégio?

– Queria tirar uma dúvida de mitologia. Só isso! Posso te perguntar algo? Não ao meu pai, ao Dr. Mazal?! – disse a garota, abrindo um largo sorriso, que o pai amava.

– Claro que pode, abobrinha. Quer deitar no divã? – respondeu rindo.

– Pai, quais as razões para esquecermos ou termos lapso de memória?

– Há uma série de possibilidades. Alzheimer, amnésia dissociativa e até mesmo estresse demasiado. Claro que há também condições causadas por lesões ou acidentes vasculares: um derrame, por exemplo. Por que está querendo saber? Algum colega do colégio?

– Sabe o que é pai? Aconteceu um negócio. Fiquei nervosa e parece que deu branco, sabe?! Meio que apaguei, sabe?

– Do jeito que está me falando, parece ser algo parecido com uma amnésia pós-traumática. Depois de uma situação de grande risco, emoções fortes ou desconfortáveis, a mente humana, como forma de proteção e defesa, prefere esconder certas informações. O que aconteceu com você?

– Ai, pai. Não posso... Não sei se quero e estou pronta ainda para falar.

– Não posso ajudar mais se não souber. Sabe que só falando e expondo o máximo possível podemos tentar reverter isso. Mas, respeito sua decisão. Quando estiver pronta pode me procurar, filha.

– Ainda não voltei a ser sua filha, sou sua paciente! Ou mais ou menos sua paciente. Tenho outra pergunta.

– Diga.

Capítulo 27

– É possível trazer essas lembranças? Elas voltam? Tem algum jeito?

– Na maioria dos casos, com o tempo elas reaparecem gradualmente. Em outros casos, geram traumas profundos! – disse, manipulando-a.

Queria causar receio na filha, tentando fazê-la contar. Fazia corriqueiramente com pacientes, nunca falhava. Ninguém quer manter traumas. Mesmo eles sendo tão essenciais para mantermo-nos diante das normas, códigos sociais e conosco mesmos.

– Traumas? Você é especialista em curar traumas. Já ouvi várias mães de amigas dizendo que fizeram terapia com você. Falaram que era direto, toca precisamente no ponto. Nunca errava, parecia que as conhecia por dentro e por fora.

– Jamais. Apenas levo minhas pacientes a se conhecerem. Algo que a maioria foge por toda vida! Preferem viver no teatro da vida.

– E é possível sair desse teatro? Dessa ignorância? – perguntou Jane, enquanto começava a discar o número da pizzaria.

– Possível, é! Resta saber se estamos dispostos a saber que somos fantoches nas mãos de um títere!

Rodrigo percebeu que sua fala estava contaminada pela última conversa com Deus. A filha não entendeu exatamente o que o pai queria dizer.

– Mas, então, pai, é ou não possível fazer alguma coisa para lembrar?

– Sim. Boas noites de sono e voltar ao lugar onde teve os blecautes. Há um método menos convencional, mas muito eficaz em alguns casos.

– Qual? – perguntou Jane desligando o telefone e demonstrando profundo interesse no método.

– Hipnose. Ela gera um estado mental que é possível fazer uma regressão. Parece tapeação de malandros pela televisão, mas não é. Desde os egípcios já se tinha relatos de tal técnica. Em algumas pessoas, mais suscetíveis a sugestão, é um método muito eficaz.

– Gostei... Mas... Fiquei com medo! Vou pensar e te falo, doutor.

– Você é uma figura, abobrinha. Vá pedindo a pizza.

– Ok, pai.

Subindo as escadas, Rodrigo notou que Jane ficara pensativa e interessada em ser hipnotizada, apesar do temor. Era natural. O próprio pai não poderia saber de coisas que os filhos jamais contariam a ele. Isso não era novidade, nenhum filho deve mesmo contar tudo. Faz parte do desenvolvimento e separação dos vínculos familiares. Ainda que em muitos casos os filhos cometam inconsequências irreversíveis.

Mesmo precisando relaxar, Rodrigo preferiu não usar a banheira. O jato forte e morno da ducha teria o mesmo efeito terapêutico. Queria ler ainda. Tinha algumas questões que precisava resolver. A conversa de segunda-feira havia consumido muito de si. Algumas coisas se relacionavam perfeitamente. Outras pareciam envoltas de uma densa névoa.

Ouviu a filha chamá-lo e saiu de seus pensamentos.

– Preciso de dinheiro para a pizza, pai.

– Pode entrar no quarto, estou no banho! Pegue em minha carteira – gritou para que a voz ultrapassasse o banheiro, o quarto e a porta.

Não havia fechado totalmente a porta. Deixou uma fresta o que ajudou na acústica. Como o boxe, a banheira e a ducha ficavam do lado oposto, não se importou com a filha entrando no quarto.

– Tem algumas notas menores no bolso da minha calça em cima da cama, filha. Abasteci o carro e acabei não colocando o troco na carteira.

– Beleza! Encontrei, já. Nada de ficar cantando no banho, por favor! Sua voz incomoda até surdo! – disse a filha brincando com o pai.

Jane parou, contou o dinheiro que precisava, devolveu à carteira do pai o restante. Notou que ele começou a cantar só para provocá-la. Viu-o, pelo reflexo um pouco embaçado do espelho, cantando. Não sentiu vergonha, mas curiosidade. Chegou mais perto da fresta para ver melhor. Nunca havia visto o pai sem roupa, nem quando criança.

Lembrou-se de Sammy e que, mesmo gostando muito dele, nunca se sentiu plenamente à vontade. E nunca o havia visto totalmente nu. Quando estiveram juntos, ela estava fora do ar.

O pai seguiu cantando Benny Mardones: "Into the Night". Ela pôs a mão na boca para ele não ouvir que ria. Achou a cena engraçada e algo mais, que não sabia explicar. A campainha tocou e correu nas pontas dos pés para que o pai não soubesse que ainda estava no quarto. O entregador de pizza havia chegado. E também duas cartas de universidades. Ao abrir, Jane surpreendeu-se ao ter sido aprovada por ambas. Restava Harvard. Deu um salto com a pizza na mão, escorregando e vendo a caixa com o jantar caindo. Ufa, ainda bem que estava tampada!!!

– Pai, vamos comer ou a pizza vai esfriar!

– Mais um minuto, estou descendo já. Vá preparando a mesa. Pegue aquele azeite português que sua avó mandou.

Tanto o pai como a filha não gostavam de azeitona, mas amavam azeite. Havia trazido duas botijas de azeite quando fora à Flórida. Sempre trazia, também, coisas brasileiras maravilhosas. Jane queria ir a São Paulo e Rio de Janeiro antes de ir para a faculdade. Iria propor que viajassem juntos. Uma última viagem com toda a família. Depois que estivesse na faculdade, sabia que seria mais complicado.

Quando chegou à cozinha, de moletom, parecia mais estar de pijamas.

– Pai, vou fazer aniversário em duas semanas.

– Ai, *Dio mio*...! O que você quer? – disse com voz de lamentação, mas rindo.

– Calma, pode me dar um carro quando eu entrar na universidade.

Ambos riram, todavia, aquele era de fato o plano do pai: dar-lhe seu carro, um Firebird 1977, preto, sempre impecavelmente brilhante e reluzente. Sabia o quanto a filha o adorava. Rodrigo cuidava como membro da família. Contudo, estava disposto a presentear a filha, até porque queria agora um Audi A5 ou uma Harley Davidson.

– Não é nada disso, pai. Pensei em viajarmos. Irmos ao Brasil. Quero conhecer meu sangue latino adotivo.

– Você herdou muito de sua mãe. A beleza, principalmente.

– Só isso, pai! Somos bem diferentes, ela e eu. Sinto que pareço muito contigo. Na forma de pensar, nos interesses, em tudo.

– Pessoalmente vejo você e sua mãe muito semelhantes, até por isso os atritos entre vocês são tão constantes. Por outro lado, seu interesse por arte e as áreas de humanas, sem dúvida, o adquiriu de mim.

– Falando nisso, pai, queria conversar algo com vocês. Mas já que mamãe não está, vou começar por você e depois com ela.

– Sobre o quê?

– Universidade! Sei o que quero fazer e onde.

Jane já havia visto, enquanto o pai estava no banho, a correspondência. Mostrou o envelope ao pai que, de imediato, reconheceu os brasões das universidades.

– Sabe que isso é uma decisão que não deve ser tomada de forma precipitada? Sua carreira está em jogo e é um investimento financeiro significativo. Deve-se levar em conta realização profissional, bem-estar e retorno financeiro.

– Sei muito bem, pai. Fiz aconselhamento profissional no colégio. E sempre te ouvi dizendo disso. Ouço a mamãe falando toda semana para eu não escolher algo para ter que viver de migalhas, que não adianta escolher só o que gostamos e depois viver na miséria.

– Ai... Sua mãe é uma pragmática! Mas me diga a que conclusão chegou.

– Viu que eu estava numa dúvida cruel. Não sabia se queria Psicologia, Antropologia, Cinema ou Bioquímica.

– A maioria está numa mesma rede, exceto Bioquímica – comentou o pai.

– E foi a primeira eliminada. Vi minhas notas e me imaginei num laboratório fazendo pesquisa o resto de minha vida. Surtaria!

– Não é de fato sua aptidão mesmo – disse o pai, rindo.

– Não mesmo! Então, sempre fui apaixonada pela Psicologia, mas notei que era por você. Te admiro como profissional. Acabei descartando. Foi exatamente o que me disse há algum tempo, que eu devia tomar cuidado para não fazer projeções ou idealizações em alguém que admirava: um professor, alguém importante no mundo. Isso poderia ajudar ou complicar muito minhas escolhas.

– Fico triste e feliz ao mesmo tempo. Triste por ter eliminado Psicologia. Porém, feliz por ter tomado a decisão de forma madura. Chegamos a apenas duas opções agora, quem foi a vencedora?

– Foi uma decisão difícil. Pensei muito, porque Cinema e Antropologia são bem diferentes. A questão de realização não pesou. O que me deixou em dúvida foi dinheiro. Onde eu seria mais bem remunerada?!

– Sim, prossiga – a voz do pai parecia do psicólogo naquele momento, ouvindo uma paciente, sem tecer grandes comentários e querendo saber até onde ela iria.

– Mais uma vez ouvi sua voz falando comigo, pai. Você sempre diz que o diferencial do mercado é quando somos o melhor naquilo que fazemos. Daí não há crise!

Capítulo 27

— A mais pura verdade, Jane.

— Escolhi Antropologia. Sei que parece estranho, mas me fascinam as culturas humanas, os comportamentos e costumes sociais. Até falei hoje com meu professor de História para que me desse algumas informações mais concretas sobre a área.

— A escolha é sua. A fez de forma correta e madura. Fico feliz por isso! – afirmou o pai.

— Sabia que não teria que me preocupar com você e que iria me apoiar, pai. Te amo!

— Também te amo, abobrinha.

A filha foi até o pai e o abraçou. Ele deu um beijo em sua cabeça e outro no rosto. Sentaram-se à mesa novamente para comer a pizza que esfriava.

— E pensou onde quer fazer, filha? Qual universidade?

— Harvard era a meta, o sonho. Havia também Michigan e Berkeley. Acabei de receber as cartas de aceitação... Das duas!!!

— Que ótimo! Parabéns, abobrinha!

— Obrigada, pai. Estou eufórica!

— E resta ainda o sonho, Harvard – completou o pai, sem muita convicção.

— Sonho, pai. Harvard não é para mim!

— Não diria sonho, mas é bom sempre ter algo na manga como segunda opção. Sei que a Universidade de Michigan tem um excelente curso de Antropologia. Preocupo-me com o clima. O inverno lá é rigoroso. Irá sofrer até adaptar-se.

— Fale sério, pai!!! Estamos no Canadá! – ironizou a filha.

— Sarah Lawrence tem uma reputação interessante, ainda mais pensando nos cursos relacionados à Arte, Literatura e Humanidades de forma geral. Berkeley é uma excelente universidade também. Já as temperaturas na Califórnia são sempre agradáveis.

— Meu cérebro está dividido. Estou fazendo uma seleção de prós e contras entre as duas universidades. Quero chegar a uma decisão sozinha. Tudo bem?

— Claro! – a resposta de Rodrigo era de felicidade sincera.

A filha havia tomado uma importante decisão sozinha e queria a ajuda dos pais apenas como suporte. A menininha do papai havia crescido.

Pai e filha lavaram a louça juntos, continuaram conversando e rindo sobre os mais diversos assuntos sobre o futuro da garota. Depois, Rodrigo disse que precisava fazer algumas pesquisas no escritório, inclusive com o livro que a filha estava horas atrás. Jane queria o computador, mas usaria seu *notebook* no quarto, assim não incomodaria o pai. Ela queria falar com Sammy, haviam combinado de se falar pelo Skype.

Rodrigo entrou no escritório e diante de seus quase mil livros começou a separar e colocá-los sobre a escrivaninha. Pegou uma folha de papel em branco, lápis e marca-texto. Mergulhou naquilo que mais amava, buscar conhecimento. Sentia que era já um vício. Sequer lembrou-se de Petra, mesmo durante o jantar. Estar com a filha substituiu a presença da mãe, e agora os livros faziam esse papel. A noite escura e quieta do lado de fora foi completamente oposta à agitação com que o psicólogo se deparou.

Não esperava chegar às revelações por meio de Albert G. Walker.

Capítulo 28

A desculpa de que iria viajar para resolver um problema com a parceria hoteleira não havia sido a mais bem elaborada. A decisão de viajar com Richard não podia ser mais impulsiva.

Estava ainda sonolenta. Viu que não era seu marido com quem acordava. A manhã estava linda, o ar das montanhas era sempre revigorante. Tinham ido para um hotel próximo ao Parque Nacional de Jasper. A vida selvagem e os sons da noite com coiotes e *cougars* representavam muito bem a que teve com o amante. Escolheu um local discreto que pertencia a uma amiga de longa data. Sendo agente de turismo e conhecida na região, preferiu não se arriscar. A visão de estar cercada por montanhas, lagos intensamente azuis era onírica.

O alce bebendo, a poucos metros de sua janela, direto do Lago Maligne, fez Petra não desejar mais voltar.

Aqueles tinham sido dias incandescentes. Caminhadas, muito salmão grelhado, ar puro e sexo. Enquanto escovava os dentes, lembrava da loucura que fez. Três dias atrás, na cafeteria, como sempre fazia, Richard adoçava o seu expresso.

– Vamos viajar agora?

– Está louco, como assim viajar agora?

– Vamos para algum lugar só eu e você.

– Sabe que não posso. Tenho a agência e minha família. Além de meu marido.

– Já deu provas que isso não está na sua prioridade, princesa.

As palavras machucaram Petra, que sabia serem verdadeiras. Estava mais relapsa no serviço, ausente dos assuntos da filha e traindo o marido.

– Você está se libertando dessas amarras da sociedade. Sabe que o que temos é especial. É diferente! Vamos ter um tempo só para nós. Vivermos um momento nosso – completou Richard.

As palavras tentadoras seduziram-na. A sensação de aprisionamento da vida, pelas etiquetas e rótulos sociais lentamente martirizavam-na. Sair da rotina, viajar com o amante e fugir dos olhos vigilantes de todos seria a melhor coisa que faria em anos. Os impulsos irracionais e eróticos atingiram um nível altíssimo. Não queria recusar. Queria viver. Esquecer-se que era esposa, mãe e mulher aos 44 anos de idade. Deixar de ser a mentira do dia a dia, ainda que por alguns dias. Era tudo que precisava.

– Dê-me duas horas, querido. E esteja com suas malas prontas! – disse Petra determinada.

– É isso aí! Assim que se fala! Vou dar uma desculpa na livraria e fazer minhas malas. Nada de colocar muitas roupas na mala, não vai precisar.

– Vou me lembrar disso... – respondeu Petra de forma provocativa.

Queria ser possuída por Richard de frente para o lago, tendo a Lua como testemunha apenas. Na agência, deu alguns telefonemas e reservou um quarto de frente para o lago. Foi em casa, arrumou a mala e mandou uma mensagem de texto a Richard informando que estava pronta.

Poucas horas de estrada depois, com o amante ao volante – não gostava muito de dirigir – pensava numa desculpa que fosse convincente. Quando finalmente ligou para Rodrigo e ouviu sua voz, sentiu-se péssima. O marido mostrou-se preocupado com a esposa que teria de viajar de prontidão para resolver problemas. Ficou com a voz embargada, em seguida, sentiu a mão de Richard em sua coxa esquerda. A sensação de culpa era ainda maior. Queria chorar. A mão que gentilmente acariciava sua perna, ele abriu o zíper e colocou a mão dentro de sua calça. Começou a tocá-la. Petra perdeu toda racionalidade e culpa. Apenas despediu-se rapidamente do marido, desligou o celular, ajeitou-se melhor no banco, de forma que ficasse mais confortável, e gozou do momento.

Após três dias morta para a sociedade, mas viva para si, era hora de retornar à realidade. "Retornar ao cativeiro!", pensou ela. Ficou olhando Richard guardando as coisas na mochila. Imaginou sua vida ao lado dele.

Antes de partir, olhou pelo retrovisor do carro a imagem do lago e das montanhas rochosas. Uma imagem espetacular, das mais lindas do planeta.

"Tudo aquilo era real? Ou poderia tornar-se realidade? Teria coragem de abandonar tudo por uma paixão?", essas perguntas martelaram a cabeça de Petra durante todo o caminho de volta.

Capítulo 29

Não gostava muito de usar a luminária da escrivaninha. Luz branca lembrava sala de aula ou biblioteca, mas naquela noite Rodrigo preferiu. Queria estar mais atento ao que pesquisava. Havia tido um jantar agradável com a filha. Ficou contente com a escolha de Jane por Antropologia. Ele mesmo, se pudesse, voltaria no tempo e cursaria Antropologia, só depois Psicologia. Naquele instante, entretanto, queria entender mais não dos seres humanos, mas de outro ser.

Por um tempo olhou para o chão e o rodapé ao lado das estantes. Elencava, em sua mente, os livros que precisava. Queria rever o mito grego de Prometeu, alguns conceitos sobre *destino*, *fado* e *fortuna*. Sabia também que a esposa judia tinha alguns livros rabínicos, inclusive o Talmude. Colocou todos empilhados do lado direito da escrivaninha, sentou-se e após encontrar o que buscava, rabiscava-os freneticamente. Não tinha o costume de ficar acordado até altas horas, mas sentiu-se compelido.

A primeira coisa que queria averiguar era exatamente a definição de parábola. As definições pareciam sempre muito parecidas. Davam a etimologia da palavra no grego e definiam-na como uma narração alegórica com uma função ética ou pedagógica em poucos casos. Lembrou-se de uma ocasião em que o avô envernizava algumas cadeiras. Como de costume, estava na porta da edícula em que o velho usava como carpintaria e contava sobre a *Parábola das*

Dez Virgens e a *Parábola da Figueira*. Sentiu saudades. Pegou mais uma vez a antiga Bíblia com que havia sido presenteado. Lacrimoso, procurou tais parábolas. Não sabia ao certo em qual evangelho estava. Procurou aleatoriamente pelos quatro. Encontrou em Lucas, sem qualquer título ou subtítulo. A parábola estava inserida em meio a um sermão profético de Jesus. Entretanto, com o que Rodrigo deparou-se deixou-o atônito e deslumbrado.

– Como pode ser? Ele não podia saber!!! É... Parece que não há como escapar daquilo que nos foi proposto! – sussurrou ele de olhos fechados e ainda lembrando do avô e do paciente.

Ao ler nas páginas amareladas e de antiga ortografia do português, Rodrigo viu a palavra *figueira* dentro de um retângulo deforme e mal desenhado. Ao lado, escrito pelo avô, **Gn 3:7 → povo judeu**. Obviamente significava uma referência ao livro de Gênesis, capítulo três e verso sete. Voltou até o livro inicial e viu que se referia às vestimentas que Adão e Eva fizeram para si. Era óbvio que o texto do Evangelho de Lucas, a *Parábola da Figueira*, fora interpretado por teólogos cristãos como o restabelecimento da nação judaica num período próximo ao fim, antes do Apocalipse. Entretanto, associar às roupas primitivas cosidas pelo casal no Éden, nunca havia ouvido falar de tal conexão. Levantou-se, foi até a cozinha, comeu um pedaço de *brownie*. Viu na geladeira um pequeno imã, ao lado da foto com a família que havia tirado em Coney Island. O imã colocado por Petra era uma miniatura do *menorah*, o candelabro de ouro, símbolo maior do povo e nação judaica.

Voltou ao escritório e pegou alguns livros sobre Sociologia. Sabia que lera ou acompanhara em alguma conferência algo sobre Durkheim, o pai da sociologia e judeu, sobre a *formação da sociedade*. Lendo o sociólogo, notou que para ele a conexão *dinamogênica*, ou o estímulo, que conectava o indivíduo a uma crença ou à coletividade de religião é equivalente à criação da sociedade. Em suma, Durkheim queria dizer que a força que une pessoas a viverem juntas, em cidades e comunidades, é a mesma atração que cria a religião e a crença em deuses. Se Deus estava morto para Nietzsche, para a Durkheim a sociedade era Deus. Por isso existir tantos símbolos, como brasão de um país, bandeira e hino. Uma adoração e devoção.

Para Rodrigo estava claro, mas faltava alinhavar tudo.

Dores nas costas começavam a incomodá-lo. A madrugada tomava conta do espaço e o do tempo. Alongou os braços, levantou-se e fez o mesmo com a coluna. Buscava uma relação em tudo aquilo. Foi até a calçada. Queria ouvir o silêncio, sair do ambiente fechado que estava, deixar o cérebro tomar caminhos diferentes. Observava a vizinhança. Algumas casas abaixo, viu seu vizinho Albert G. Walker, colocava na caminhonete, com dificuldades, alguns pedaços de madeira. O senhor Walker era irlandês, ficou cansado dos embates religiosos de seu país e mudou-se para o Canadá. Professor secundário aposentado de História veio na década de 1970 para trabalhar. Não era muito simpático com as crianças, que insistiam em brincar na frente de sua casa. Por educação e solidariedade, Rodrigo, vendo o esforço do velho professor, foi ajudá-lo.

– Parece que precisa de uma mão, senhor Walker.

– Acordado até tão tarde, doutor?

– Nada de "doutor". Apenas Rodrigo.

– Nada de "senhor Walker", então. Albert. Combinado?"

– Estava lendo algumas coisas. Perdi o sono. Parece-me que não sou o único – disse brincando com o vizinho.

– Pois é. Tive que cortar minha macieira que estava no jardim dos fundos. Ela não aguentou o tempo. Um maldito cancro do colo! As raízes estavam já apodrecidas. Foi o solo muito úmido. E se deixasse podia comprometer a casa, caso caísse.

– Perigoso, mesmo – concordou Rodrigo.

– O que estava lendo, doutor? Quer dizer, Rodrigo. Algo sobre Psicologia? Deve atender cada maluco e gente desocupada, né? Uma mulherada fútil... Imagino! – disse Albert, soltando um riso que surpreendeu Rodrigo.

Jamais imaginaria que aquele velho teria bom humor.

– Muitas mesmo, Albert! Há muita gente desocupada, que se trabalhasse e tivesse alguma ocupação sairia de suas depressões rapidamente.

– Mas essa gente fica remoendo as desgraças. Cambada de vagabundo! – disse Albert, apoiando a mão na caminhonete.

– O senhor seria um excelente psicólogo! Só não poderia expressar sua opinião tão escancaradamente, Albert. Apesar de que, às vezes, eu mesmo tenho vontade de dar uns berros! – falou Rodrigo, abaixando o tom de voz como se estivesse confessando um segredo.

Ambos riram. Continuaram pegando os pedaços do tronco doente da macieira no fundo da casa e colocando na caçamba da caminhonete.

– E o que está lendo?

– Estou estudando um pouco de Durkheim. Tentando associar à formação do Estado judaico.

– Petra, sua esposa, é judia, né?

– Sim. Mas não é por causa dela. Pesquisa pessoal mesmo.

– Leu o livro *As Formas Elementares da Vida Religiosa*? Se precisar tenho em casa.

– É exatamente o que estava lendo. Por isso saí um pouco para pegar ar e tentar associar alguns conceitos. O senhor é professor de História. Quanto custaria uma consulta durante a madrugada?

– Ajude-me a terminar com a macieira e estaremos quites. Ok? – disse o velho piscando de forma amigável.

– Mais do que combinado!

Vinte minutos depois, estavam ambos suados e com as camisetas todas sujas. Rodrigo sentou-se na escada da cozinha de Albert Walker. A casa era bem mais simples que a de Rodrigo. Albert serviu-lhe um copo de chá gelado e deitou na rede, ao lado do psicólogo.

– Mas me diga, Rodrigo. O que queria saber sobre Durkheim? Sempre gostei daquele aficionado pelo suicídio.

– Li algumas coisas sobre ele no passado. Exatamente os estudos sobre o suicídio. Já sobre Sociologia, tive pouco contato.

– Qual é sua dúvida, meu rapaz? – disse Albert balançando-se na rede.

– Estava lendo sobre a formação da nação judaica. Além da relação com a religião e fé. Os símbolos do Velho Testamento. Eu buscava uma associação, que me parece óbvia, mas que não consigo estabelecer.

– A Torá, que conhecemos como Pentateuco, creio que seja já o suficiente para quebrarmos a cabeça por muitas horas. Apesar de que os livros históricos e crônicas israelitas também revelariam muito da formação da nação semita. Sua associação é muito pertinente, meu rapaz! – disse Albert, querendo saber até onde o vizinho queria chegar.

– Só não consegui ainda visualizar os pontos de contato. Nada melhor que um professor de História!

– Vou tentar pagar meu "carregador" de madeira! Vamos lá, então!

– Estou pronto para a aula, professor Walker.

– Na sociedade, assim como nas religiões, há tabus, proibições e rituais. São as formas elementares da religião e da sociedade, que deve já ter lido e percebido – iniciou falando o velho Albert.

– Sim, até aí tudo bem!

– Falando na nação hebraica, já notou que o candelabro dos cerimoniais representantes da nação judaica tem sete bocais?

Aquilo parecia muito assustador. Fora exatamente a última coisa que viu grudada na geladeira antes de sair de casa. Havia tornado-se corriqueiro, na vida do psicólogo, coincidências fatídicas.

– O *menorah*, o senhor está dizendo?!

– Esqueci que tem na família uma judia. É isso mesmo, o Menorah. E já notou quantas proibições existem nos dez mandamentos?

– Dez regras, não são? – Rodrigo respondeu já sem certeza.

Pensou ser alguma ironia, "se são dez mandamentos... teriam que ser dez!".

– Não disse regras, mas proibições. São sete! Como os sete braços e bocais do *menorah*. Outra coisa, Rodrigo, se quiser posso lhe emprestar algo que vai gostar, chama-se *O Livro da Criação*. É uma obra que trata da metafísica da criação, escrito em aramaico. Um dos escritos mais antigos judaicos. Acredita-se que foi escrito por Abraão.

– Poxa, o pai da nação judaica! Mas qual a relação do *menorah* e esse livro?

– Pois bem, sabe por que são sete proibições e tem setes braços o candelabro? Porque para estabelecer uma nação é necessário *proibições* para controlar um povo!

– As normas e regras garantem a ordem. E é preciso deixá-las claras e bem evidentes a todos – completou Rodrigo.

– Sim. É preciso ensiná-las. São as sete vias ou portais do conhecimento. As sete formas que aprendemos e com as quais absorvemos as experiências do mundo externo: duas narinas, dois olhos, dois ouvidos e uma boca.

– Interessante! E o candelabro tem uma função de iluminar, de ensinar. Correto?

– Correto! As crenças na sociedade e suas normas em nada diferenciavam de uma fé ou seita. Religião, Rodrigo, ainda que com todos os conflitos e choques sempre foi a base inicial de uma sociedade.

– Sem dúvida.

Um som de sirene foi ouvido bem distante. Rodrigo pediu um pouco mais de chá. O esforço físico anterior e a conversa deixaram sua garganta seca. O velho gentilmente trouxe a jarra, colocando ao lado de Rodrigo.

– A religião já havia sido a condição da vida em sociedade por muitos séculos. É o fortalecimento da coletividade. Na sociedade, como nas religiões, há símbolos, tabus, proibições e rituais.

– E se não estou errado, Albert, religião, cidadania, nacionalismo e fé têm limites quase imperceptíveis na cultura judaica.

– Mesmo judeus céticos e ateus não perdem sua fé ou a presença de Javé ou Yahweh.

– Sociedade e religião são pontos que nos unem e fortalecem da mediocridade de sermos seres isolados. As pessoas ingressam a clubes, usam os símbolos e uniformes com o logotipo de times, de grêmios, de grifes. Tudo para fazer parte de um grupo social. A bandeira e os símbolos nos unem de forma alegórica, dando uma identidade coletiva e menos fugaz que a vida – completou o psicólogo.

– Já percebi que ao falar da mediocridade de quem somos e fugacidade da vida quem está falando é o psicólogo! Que já começou a compreender e costurar ideias! Entendeu que a ilusão de fazermos parte de algo maior, que é a sociedade, a nação ou um partido, gera uma sensação de força, que isolados não teríamos. A força desta ilusão, por exemplo, criou a possibilidade de um nazismo doentio. Toda religião quer conservar um senso de comunidade.

– E toda comunidade tem seus mitos. Eles solidificam a união tendo uma mesma crença, ou estou errado?

– De maneira nenhuma, Rodrigo. Os mitos têm funções elementares de organizar as relações sociais. Eles explicam o presente por traços apagados do passado. Além de compensar perdas humanas, dando a sensação de estabilidade – explicou o professor algo que era nada novo ao psicólogo.

– Quando criam suas histórias, lendas e parábolas a função é sempre demonstrar uma origem transcendente? Ou há algo mais? – a pergunta de Rodrigo era para conduzir a conversa e buscar, agora, algo que vinculasse à parábola que o avô havia deixado a referência.

– No caso da Torá, a história do Éden funda o Deus judaico e sua relação direta com aquele povo.

– Entendo.

– Além do que, Rodrigo, na evolução da raça humana, não deve se esquecer que o conhecimento, de forma geral, sempre passou pela religião. Basta ver as técnicas de caça ou cura, além dos conhecimentos que temos ainda hoje de festas e rituais em nosso calendário. A Astronomia, a Química e a Medicina, todas têm suas raízes mais primitivas nas crenças e rituais religiosos! A religião foi fundamental, apesar da fala de Marx que ela é entorpecente. Claro que ele dizia em um panorama bem diferente – disse Albert, com um sorriso de que estava contente por voltar a lecionar.

Os olhos de Rodrigo mexiam lentamente olhando para a rede onde o professor estava deitado. Acompanhava o traçado de alguns segmentos do tecido, que se trançavam e se uniam. Em sua mente o mesmo ocorria. Terminou seu chá, agradeceu inúmeras vezes ao vizinho pela aula e o intimou a fazerem um churrasco em sua casa. Queria muito manter as conversas com o professor.

No escritório, sentado agora sem o incômodo das dores, mas muito mais dolorido porque havia feito uma força enorme carregando o tronco morto da macieira, abriu na referência deixada pelo avô. Parecia claro agora. Se unisse a fala de Deus, ao que acabou de aprender sobre Sociologia com o vizinho e a indicação do avô, a conclusão parecia inquestionável.

Rodrigo reviu tudo que havia anotado. Repassou os olhos em alguns trechos que sublinhara nos livros e via um fio condutor na formação da nação israelita e de outras. Uma vez que havia outras árvores além da figueira, tanto na parábola do Novo Testamento como a árvore da vida, no jardim primordial de Gênesis. E que o ser detentor do conhecimento, isto é, o único deus onisciente, viria da raiz semita.

"Não podia ser diferente, ele apresentou-se, em meu consultório, como o deus da Tanach?!", concluiu Rodrigo ironicamente consigo mesmo.

O psicólogo não sabia se tudo aquilo soava xenofilia ou xenofobia. "Diante de tantos deuses e tantas divindades em diferentes raças, por que assumir a de um pequeno povo palestino, quase no meio do deserto? Como o deus deste povo, constantemente em guerras e sempre lutando por um espaço geográfico, conseguiu prevalecer diante de outras divindades tão mais cativantes?", aquelas perguntas precisavam ser respondidas e Rodrigo não podia deixar de questioná-las ao paciente. Ele até entendia que ser expulso de sua terra, como foram Adão e Eva, representava a constante peregrinação e perda de território israelita em sua história. Entendia, por outro lado, que podia ser qualquer etnia!

"No entanto, por que aquele povo e raça?", indagou-se.

Um barulho veio do andar superior. Era a porta do banheiro de Jane. Devia ter acordado. Levantou-se, foi até o pé da escada e viu a luz vinda do quarto da filha. Pensou na esposa. Mesmo diante da situação que viviam, sentiu saudade. Continuou, todavia, focado, lendo e anotando tudo.

Segundo Deus, o que o casal do Éden produziu, após a expulsão, foram filhos, isto é, uma família, que representa a raça humana. A maneira mais apropriada de policiar e controlar para que não mais cometessem delitos era fazer que um controlasse o outro.

A partir daí, Rodrigo pensava: "o que melhor para controlar do que viver em sociedade?! E se dessa primeira família ou comunidade primeira nascessem povos e nações. A visão do Deus do Velho Testamento com Abraão e Moisés sempre foi estabelecer e restabelecer a nação judaica. Qual o símbolo da nação judaica além do *menorah*? A figueira. Exatamente das folhas desta árvore que Adão e Eva cobriram-se. O que cobriria e protegeria o indivíduo era o viver em conjunto: era agora sua raça e seu povo. Não somos únicos e solitários como Deus. Vivemos em sociedade. A proposta sempre foi de criar um grupo que nos acolhesse e nunca nos sentíssemos únicos, como ele".

Capítulo 30

Uma vez por ano, Petra e Rodrigo visitavam, como parte do protocolo caridade, creches, centros de recuperação de viciados e asilos. Uma das entidades que recebia recursos dos rotarianos, em Victoria, era Os Vigilantes da Sabedoria, formada por um grupo de médicos, enfermeiros e assistentes sociais que acolhiam idosos abandonados e sem condições para viverem sós. Petra havia chegado de viagem no dia anterior e pouco comentara sobre como tudo correu. Rodrigo estranhou, mas queria saber até onde ela iria com a mudança de comportamento dos últimos tempos. A visita ao asilo de idosos já estava agendada há alguns meses e não podiam deixar de ir.

– Não quer ir conosco, filha?

– Não posso, pai! Combinei de sair com a Patrícia.

A resposta não conseguia em qualquer nível mascarar que a garota mentia. Provavelmente se encontraria com o rapaz que andava namorando. O pai preferiu respeitar a filha, que havia pedido um pouco de tempo para falar mais sobre isso. A mãe estava sem qualquer motivação para visitar o asilo e tomava a terceira xícara de café, sem qualquer menção de vestir-se.

– Mãe, chegou a falar com o pai sobre minha decisão da universidade?

– Já conversou com ele? – indagou Petra em tom sarcástico.

– Falamos alguns dias atrás. A senhora estava viajando a serviço. Então pensei que não haveria problemas se falasse com ele e depois com você.

Capítulo 30

– E o que conversaram? Espero que tenha tirado aquelas estúpidas ideias de fazer Sociologia, Filosofia... Ou sei lá o que queria. Algumas dessas áreas que não servem para nada. Só para complicar a vida.

Depois de um comentário daquele, Jane havia ficado sem qualquer clima para declarar o que decidira. Pensou em dizer que ainda estava em dúvida, só para poder adiar e ter que evitar mais discussões com a mãe. Contudo, se o pai comentasse qualquer coisa, seria pior ainda.

– Fui aceita nas universidades de Michigan e Berkeley.

– Ao menos selecionou bem as universidades. E escolheu qual curso?

– Antropologia.

A tez de Petra acendeu significativamente pela adrenalina. Algumas veias queriam saltar pelas têmporas. Quando Jane viu que a mãe sequer fez qualquer comentário e prosseguiu tomando o café, sabia que estava muito irritada.

– Sei que queria que eu tentasse Direito ou Relações Internacionais. Mas não é o que gosto.

– Dentro de 20 anos, quando estiver com um salário insignificante, vai se recordar do que acabou de dizer. E verá que gostar não tem nada a ver com dinheiro e ser bem-sucedida.

– O pai veio de outro país! Quando estava na adolescência mudou-se para cá. Formou-se e já no doutorado havia publicado o primeiro livro. Tornou-se um grande psicanalista! – afirmou a filha.

– Que recusou as melhores ofertas profissionais por uma vida neste lugar no meio do nada. Ele recebeu propostas de editoras, revistas e das universidades de Cornell, Berkeley e San Diego. Ele teve tudo para ser rico e famoso.

– E acha que ele fez a escolha errada? Ele preferiu a família. Vocês já estavam casados e eu era criança, mãe. Viver em British Columbia foi para dar qualidade de vida a mim e a você, que também não é daqui e sempre disse que não queria os Estados Unidos, pois era capitalista demais!

– Você tem muito que crescer, menina. E cuidado com o tom que usa comigo, ainda sou sua mãe!

– Eu sempre te respeito. Já você, não anda respeitando muita coisa. Inclusive minha decisão. Ele deve te amar muito. Não sei como papai te aguenta!

– Cale a boca, menina! – ordenou Petra, rangendo os dentes.

– Você está ficando mais chata a cada ano que fica mais velha!

A fúria havia tomado conta de Petra. Além da falta de respeito, a filha ousou dizer que estava ficando velha. Uma afronta imperdoável. Ela levantou-se e o tapa, com toda força, estalou. Queria ferir a arrogância da adolescente. Ferir a juventude que via na filha e lhe escapava a cada segundo de seu corpo.

– Você nunca mais ouse levantar a voz para mim!!! Jamais me desacate, sua fedelha!

Rodrigo descia as escadas assobiando. Não tinha a menor ideia da cena deplorável que acabara de acontecer na cozinha. Apenas viu a filha chorando com a mão no rosto. A esposa jogando a xícara na pia e arremessando copos no chão.

– Acalme-se, Petra!!! Que houve? – disse, segurando seus braços.

– O que houve? Tudo culpa sua! Eu não aguento mais isso! Não aguento mais esta farsa!

– Do que está falando, querida? Acalme-se e me diga.

– Eu, você, este casamento, esta família! É uma fraude... Um fracasso! – dizia Petra, chorando copiosamente.

Apesar do que dizia, Rodrigo olhou com pena da esposa.

– Por que diz isso? Teve outra discussão com Jane, pelo que percebo. Qual a razão agora?

– Vá atrás dela. Vá mimá-la. É o que sempre fez. Continue apoiando esses projetos falidos dela!

– Deve estar falando da escolha dela em fazer Antropologia. Sim, eu a apoio. A decisão é dela. Fizemos tudo a nosso alcance para que ela fosse capaz de tomar as decisões mais acertadas. Está fora de nossas mãos, agora, querida.

– Não me chame de "querida"! Não é possível que um psicólogo tão famoso e perspicaz não perceba que não te amo mais. Não te desejo mais! Não quero nada mais com você. Na aguento mais tudo isso! Quero sumir!

Aquilo soou como uma apunhalada no coração de Rodrigo.

Sabia que passavam por uma crise e que algo mais estava assombrando a vida da esposa. Preferiu não argumentar. Conversar no furor

Capítulo 30

da raiva jamais é uma escolha acertada. O que se diz nesses momentos é sempre com o único intuito de ferir a pessoa a quem se dirige. Todavia, Rodrigo sabia que nem isso era uma verdade plena. Em seu primeiro livro, dedicava um capítulo explicando que palavras ditas no momento de descontrole emocional buscavam, muito mais, agredir a própria pessoa que fala. Somos nossos próprios inimigos! Boicotamo-nos e nos agredimos a cada brecha que temos, fingimos agredir o outro, quando o alvo são nossas fraquezas, nossas debilidades e incapacidades de lidar com a rejeição. Sendo assim, preferiu continuar abraçado a Petra, enquanto chorava.

Minutos depois o celular tocou. Ela se soltou dos braços do marido para atender. Subiu as escadas falando em tom baixo para que o marido não escutasse. Rodrigo recolheu os cacos de vidro do chão. Limpou a pia que tinha resto de café escorrido e também alguns pedaços da xícara. Depois, foi ver como a filha estava. Levou uma surpresa.

– O que houve com seu rosto, Jane?

– O que acha que aconteceu?! – disse em tom lamurioso.

– Sua mãe? Ela te bateu?

– Sim.

– Quanta insanidade! Ela realmente perdeu a cabeça! – falou o pai, enquanto olhava o rosto da filha muito vermelho.

– Uma louca... Estou com vontade de dar queixa na polícia. Só não faço por causa de você, pai.

– Vamos comigo, precisamos colocar gelo nesse rosto ou estará inchado amanhã.

O pai colocou, primeiramente, no rosto da filha um pacote de ervilhas que estava no freezer. Pediu a ela que segurasse. Em instantes, ouviu a esposa gritando no andar de cima.

– Como assim NÃO PODE hoje??? Vai se danar, então! – gritava Petra do quarto.

Ela desceu as escadas, bateu a porta, entrou no carro e saiu cantando pneu. Rodrigo respirou fundo. Estava já atrasado para a visita ao asilo. E sem a esposa seria muito inconveniente. A filha também não podia sair porque estava com as marcas no rosto. O jeito era ir sozinho mesmo e inventar algumas desculpas pela ausência da esposa.

Falou para a filha ficar o máximo possível com o pacote no rosto. Subiu, terminou de se trocar, colocou o broche da engrenagem dentada dos rotarianos e partiu.

***

A maioria dos casais já estava lá. Alguns descarregando alimentação, presentes e doações. Outros faziam apenas uma convenção social. Quase todos perguntaram por Petra. O marido disse que ela estava com uma enxaqueca terrível e preferiu ficar deitada em casa.

As mulheres não acreditaram muito que ela o deixaria vir sozinho, sabendo que havia tantas leoas no cio. Havia até apostas de quem seria a primeira a tentar seduzir o psicólogo. Uma vez que todas o queriam na cama ou, até mesmo, no lugar de seus patéticos maridos que jamais davam atenção às suas esposas. O psicólogo notou o olhar cheio de intenções de certas mulheres e preferiu entrar na ala onde ficavam os pacientes em situação mais grave.

– Boa-tarde, sou psicólogo. O senhor é o enfermeiro responsável por esta ala?

– Boa-tarde. Como posso ajudar? Veio visitar algum paciente ou idoso?

– Sim e não! Não tenho nenhum conhecido ou familiar aqui. Mas gostaria de ter a oportunidade de conversar com alguns. De preferência aqueles que recebem menos visitas.

– Desse tipo temos muitos! – disse o enfermeiro em tom de crítica ao abandono que muitos sofriam. – No quarto 4B, há um senhor que jamais recebeu uma visita. Há mais de três anos está em coma.

– O que houve com ele?

– Quando eu comecei a trabalhar aqui, há cerca de dois anos, ele já estava. Teve um aneurisma. Tentamos achar algum familiar para a situação. Uma remoção seria imprescindível, até porque não somos um hospital. Nossos equipamentos não são suficientes em casos mais complexos.

– Entendo. Qual o nome do paciente?

– O chamamos de "o velho Nick". É o idoso do 4B. Deixe-me ver aqui seu sobrenome. Um minuto. Mastemah! Nicholas Mastemah.

Capítulo 30

– Posso vê-lo?

– Certamente! Não sei se tem experiência, mas saiba que o Nick, o chamamos carinhosamente assim, não responde a qualquer reação. Segundo o neurologista, mais de 60% do cérebro foi comprometido.

– Poxa!

– É a sexta porta do lado esquerdo. Apenas as funções vitais seguem sem alterações significativas. Temos corrigido as demais deficiências com medicamentos.

– As chances de recuperação são bem pequenas, pelo que vejo – disse o psicólogo.

– Diria que nenhuma. Depois de uma recaída nas últimas semanas... Apenas uma questão de dias.

A oportunidade de falar com alguém tão próximo da partida soava intrigante. Talvez quisesse deparar-se com o idoso, porque se sentiria culpado de não ter visto o avô antes de partir. Era uma clássica compensação. Quando estava diante do quarto, pensou em bater, mas era desnecessário. Abriu suavemente a porta e viu à cama o idoso, de rosto triangular, sobrancelhas grossas, unhas bem cortadas, debaixo do cobertor perfeitamente alinhado. "Pudera, ele não se move, como irá desarrumar?".

Um ambiente horripilante. O monitor cardíaco, sem som algum, acompanhava a pulsação do idoso. Notou que pela parede saía um fio que desembocava na porta de entrada. Rodrigo deduziu que em caso de alguma alteração no paciente um alerta era disparado aos enfermeiros. A pouca iluminação devia ser pela falta de necessidade. Vinha basicamente da janela que estava com as persianas fechadas.

– Boa-tarde. Como vai, senhor Mastemah? Acho que vou chamá-lo de Nicholas, mais fácil de pronunciar.

Naturalmente, Rodrigo sabia que ele não podia responder, nem ouvia qualquer coisa. Fazia-o apenas para proporcionar uma sensação de bem-estar consigo ao lidar com outro ser humano.

– Deve estar cansado de ficar deitado, meu caro. Não desista! Espero que ainda possamos caminhar à beira do Pacífico. Sentir o toque da água gelada nos pés e calcanhares. De qualquer forma, saiba que tudo está no curso natural da vida. Todo início precisa, impreterivelmente, de sua linha de chegada. O descanso é bem-vindo.

O receio chegou a querer impedir Rodrigo, mas o superou e tocou no velho Nick. Seus cabelos ralos estavam totalmente brancos. Acariciou sua testa, seu cabelo e o rosto do idoso. Sentiu a respiração ainda funcionando pelas narinas. Chorou ao lembrar-se do avô. Sentou-se na cama ao lado e limpava as lágrimas. A porta abriu e o enfermeiro entrou.

– O senhor é o Dr. Rodrigo Mazal?

– Sim.

– Uma mulher está procurando pelo senhor.

– Já vou sair. Preciso de mais um tempo apenas.

– Avisei-o que quando não estamos acostumados é um quadro que nos impacta. Vou aproveitar e colocar algumas gotas de colírio nos olhos dele – disse o enfermeiro.

– Deixe que eu faça, se não se importa. Vou me sentir mais útil.

– Tudo bem. Duas gotas em cada olho.

– Ok.

Assim que o enfermeiro saiu, Rodrigo observou a marca do colírio, queria saber se era apenas colírio ou havia alguma medicação incluída. Talvez o paciente estivesse com alguma infecção nos olhos. Notou, todavia, que era apenas para lubrificar-lhe os olhos. Continuou conversando com o velhinho enquanto pingava a solução.

– Mas, sabe, Nick, este momento agora, aqui, tem sido um dos raros tranquilos, nos últimos tempos, que ando tendo. Minha vida anda uma bagunça. Minha esposa parece estar surtando, teve uma discussão tensa com nossa filha hoje. E tenho um paciente que anda me confessando certas coisas que pela primeira vez, como psicólogo, sinto-me estremecido. Ele anda me tirando as noites de sono.

– Foi ele mesmo quem os colocou para dormir. Eu sempre tentei acordá-los!

Rodrigo deu um salto para trás, tropeçou de costas nas rodas da cama ao lado e caiu no chão. Não estava acreditando no que ouvia. Era um desvario ou alucinação. Ouviu alguém falando do lado de fora, pela janela, certamente.

– Não há ninguém falando pela janela, Dr. Mazal. Não se esqueça que temos muito a conversar. Se o que tem ouvido parece inacreditável, em breve seus olhos se abrirão.

Capítulo 30

– Quem é você? Senhor Nicholas! É o senhor?

– Não se faça de ingênuo, doutor. Já saiu desse estágio há algum tempo. Sabe quem sou.

E o psicólogo sabia mesmo quem era: Lúcifer. Havia sido avisado por Deus que ele faria contato, que teria os mesmos direitos e tempo. Sentiu as mãos tremendo, o coração parecia realmente querer saltar pela boca. Nunca levara tamanho susto. O corpo do velho não se movia, apenas os lábios e a voz soava.

– Não se esqueça de uma coisa, doutor: não somos diferentes. O estranho não sou eu, mas ele. Já perguntou quem realmente *ele é*? Como conseguiu sua onipotência e soberania? As dúvidas geradas, enquanto lia em sua casa, são as que deviam exatamente fazê-lo responder em seu consultório.

– Como sabe quais são as minhas dúvidas? Não escrevi! Também lê pensamentos.

– Ainda não é chegada a nossa hora, doutor. Tenha uma boa desculpa para sua cara de assustado à senhora Diane Reynolds que irá entrar. Nos vemos em breve!

Assim que se calou, a porta abriu. A Sra. Reynolds adentrou o quarto. Ela era a esposa de um engenheiro, dono da maior construtora de Victoria. Uma jovem mulher, com pouco mais de 30 anos e em busca de aventuras.

– Rodrigo, está tudo bem? Ouvi vozes. Estava falando sozinho?

– Estava conversando com o paciente.

– Acho que ele não irá lhe responder. O enfermeiro me disse que está em coma profundo. Um morto-vivo! Vegetando. Aguardando a hora de ser enterrado, praticamente.

– Ainda é uma vida, Diane!

Ele voltou-se para ela, ainda com olhar de quem havia visto o Demônio. E talvez houvesse mesmo, ou falado com ele. Diane vestia uma camisa com alguns botões abertos, além do normal. Exibia a parte superior dos seios. Fixou o olhar no psicólogo, que entendeu o que ela queria. Achou muito estranho o lugar onde ela tentava seduzi-lo, no quarto de um homem em coma.

– Você realmente tem este tipo de fetiche?

– Não é fetiche. Quero você há muito tempo, doutor! Quero ser sua paciente, descubra por dentro quem sou – falou a mulher em tom sedutor, passando a mão no membro de Rodrigo.

Rodrigo não teve a menor dúvida. Fingiu deixar-se envolvido e foi conduzindo Diane até a parede. Assim que alcançou, apertou o botão da enfermaria. Em segundos ouviram passos, ela tentou fechar alguns botões da camisa que agora estava toda aberta. Rodrigo ajeitou o cabelo, tirou a mão do paciente da posição que estava. Colocou-a fora da cama e seguiu segurando.

– O que houve? – disse o enfermeiro.

– Creio que ele teve algo! Um espasmo, imagino! O braço e mãos se mexeram. Morremos de susto!

– Tudo bem! Foi apenas uma reação involuntária. Movimentos reflexivos sem controle são comuns. A senhora está bem? Parece que ficou bem assustada.

– Estou. Só foi o susto mesmo! – respondeu Diane, enquanto ainda se ajeitava.

– Agradeço a oportunidade de falar e ver o paciente. Desculpe-me o transtorno – disse Rodrigo agradecendo ao enfermeiro, saindo do quarto e fugindo de Diane Reynolds.

"Falar com o Diabo! Agora não falta mais coisa alguma para me acontecer!", pensou Rodrigo.

Aquilo era só o começo.

Capítulo 31

Petra queria fugir com o amante para algum lugar bem longe. O mais triste foi receber a ligação dele, logo após ter dito ao marido que não mais estava feliz naquele casamento, dizendo não poder vê-la. O cansaço com a limitação de clientes da agência, a rotina do casamento, os sinais da idade e Richard foram os fatores que fizeram Petra explodir com a filha e desabar com o marido. Ela precisava do corpo de Richard.

Costumavam encontrar-se nos lugares menos prováveis. Fizeram sexo numa cama, apenas nos dias que estavam no hotel nas montanhas rochosas. Com Richard era sempre algo inusitado, sempre surpreendente.

Enquanto ligava do celular, dirigia em alta velocidade, xingou vários motoristas pela baixa velocidade que guiavam e chorava muito.

– O que houve, princesa?

– Preciso te ver!

– Te disse que tenho um compromisso. Pode ser amanhã?

– Não. Eu preciso hoje! Estou perto de você.

O desespero fez com que Petra sequer se preocupasse. Entrou no primeiro motel que viu. Saiu do carro, foi até a recepção. Lá, uma senhora de olhos azuis, rebocada de batom vermelho nos lábios e com camiseta dos Canucks a atendeu. A velha perguntou por quanto tempo queria o quarto. Petra não sabia ao certo, respondeu que até a noite ou no máximo até a manhã seguinte. Preencheu o formulário e voltou a ligar para Richard.

– Estou no motel Robin Hood. É só atravessar a rua.

O motel, em frente onde o rapaz morava, tinha aspecto simples e tranquilo. Assim que pegou a chave do quarto, mandou uma mensagem para ele dizendo o número. Esperou por dez minutos e começou a irritar-se. Não sabia o que fazer da vida.

Sentia-se confusa, cansada e angustiada. Olhava para sua vida e sabia que não tinha sido uma mãe mais presente, nem uma filha mais preocupada com a mãe doente na Alemanha. Nunca reconheceu os sacrifícios do marido por ela e pela família.

Agora, num motel, esperava o amante.

Um rapaz que não tinha nenhuma possibilidade de dar-lhe qualquer estabilidade, exceto sexo. Quando ele bateu na porta, ela o puxou para dentro, tirou a roupa e pulou sobre ele. Queria esquecer-se de tudo, queria tentar esquecer por alguns instantes a miserável vida que enxergava.

O amante era apenas um vício, uma fuga.

Dois orgasmos depois, um deles fingido, Petra adormeceu. Acordou após meia hora, com o celular de Richard tocando. Ele tentava achar o aparelho. Não havia tido qualquer chance para organizar as roupas e seus objetos quando chegou. Fora atacado por uma mulher excitada e magoada. Ele apenas viu quem era e não atendeu.

– Anda saindo com mais alguém, é? Alguma outra mulher casada?

– Não era ninguém. Pare com isso. Está com ciúmes?

– E posso ter ciúmes de você? O que você é meu? Amante? Sexo casual?

Aquelas perguntas eram cruciais para os dois. Petra queria saber o que ambos tinham. As atitudes dele pareciam bem claras: Richard não queria rótulos ou vínculos maiores.

A voz do marido parecia ecoar na mente de Petra: "As mulheres dependem de saber o que têm com o parceiro. Mesmo que seja apenas sexo, gostam da ilusão que são mais importantes. Os homens não querem definir nada, temem qualquer relacionamento formalizado". Richard queria apenas aventura. Ela desejou a aventura no início, mas sendo mulher, foi traída por seus sentimentos e fraquezas; apaixonou-se pelo rapaz.

– Se quiser pode atender a vagabunda que está te ligando!

– Pare com isso. Sabe o quanto amo estar com você!

A frase era deplorável. Queria ouvir que ele a amava e não que passar o tempo ao lado dela era agradável. Sabia que aquela resposta era a forma mais comum de desviar quando alguém dizia que amava e não se tem o mesmo sentimento. Ela preferiu não alimentar a discussão. Beijou-o. Falou algumas palavras insinuantes no ouvido dele e voltaram a fazer sexo. Petra precisava de outra dose da droga para esquecer. Em breve não conseguiria mais administrar o vício.

Capítulo 32

No caminho de volta do asilo, Rodrigo ria sozinho lembrando-se do incidente com Diane Reynolds. "Ser atacado por uma bela mulher e resistir, só mesmo diante do Demônio", pensou ele. E não era figura de linguagem, acabara de falar com o próprio Diabo, pela boca do idoso em coma. A experiência fora das mais esquisitas de sua vida. Pela manhã a discussão entre mãe e filha, seguida do desabafo da esposa, a respeito do casamento. Depois a breve conversa com Lúcifer e, finalmente, o assédio de uma mulher casada dentro do asilo.

O dia tinha sido turbulento o suficiente, todavia, não havia acabado.

Em casa, Rodrigo subiu ao quarto. Notou que a esposa ainda não tinha chegado. Verificou o guarda-roupa para ver se não faltava nada. Não estava certo se aquele seria o momento em que ela pediria divórcio. As roupas estavam todas lá. Foi ao quarto da filha. Bateu na porta. Jane parecia que ainda chorava.

– Está tudo bem, Jane?
– Sim.

Definitivamente estava chorando. A forma que respondeu sugeria que estava aos prantos. Cogitou que a esposa tivesse voltado e ambas entrado em uma nova discussão.

– Posso entrar?
– Não, pai, por favor. Não quero conversar – respondeu com a voz embargada de quem sentia-se carente e aflita.

Capítulo 32

O pai entrou de qualquer forma.

– O que houve, filha? – disse Rodrigo, sentando ao lado dela e acariciando seu cabelo.

– Ai, pai. Sou uma burra! Uma burra!

– Por que diz isso, abobrinha? Sabe que pode me contar tudo.

A garota até sabia que podia mesmo confiar no pai. O relacionamento sempre muito próximo de ambos passava por momentos de vertigens que eles sequer conseguiam definir nitidamente. Jane admirava muito o pai em todos os aspectos, inclusive como homem. No entanto, o que escondia em si podia ser muito até para o Dr. Rodrigo Mazal.

– Confiei em alguém que não devia, pai.

– Alguma amiga?

Estava claro para o pai que era algo relativo a paixão e amor. Preferiu, contudo, entrar no jogo e deixar a filha falar, em vez de simplesmente dizer que já sabia. Quando o psicólogo revela certas atitudes veladas, o paciente tende a se fechar, o que só complica a terapia.

– Não. Foi o Sammy! Acho que ele não quer mais nada!

– Por que diz isso?

– Todas as vezes que tento ligar para ele não consigo. Não me atende. Não consigo acreditar que ele só queria...! – Jane segurou-se para não dizer "me comer".

– Os rapazes são assim, mesmo, filha. Ainda não têm maturidade para administrar um relacionamento com uma única garota. Precisam alimentar seu ego e autoconfiança. Além de ser algo cultural. Veja pelo lado bom, você descobriu já quem ele é.

– Eu o amava. Eu fiz tudo por ele. Eu confiei!

As lágrimas de Jane ficaram anda mais compulsivas. Suas palavras já deixaram as marcas da confissão. A sagacidade do psicanalista percebeu que a filha perdera a virgindade com o rapaz. Apaixonara-se e sofrera a desilusão de ser traída. Já ouvira isso de adolescentes que vinham ao consultório centenas de vezes. Nunca esperou que fosse acontecer diferente em casa, tinha apenas a esperança de que pudesse poupar a filha. Sabia que sofrer é parte do programa de crescimento emocional de qualquer um.

– Jane, é preciso entender que suas frustrações são naturais. O que vou lhe dizer pode doer, mas sei que vai compreender.

– Diga.

– Está decepcionada com esse tal de Sammy, certo?! Por que entende que ele foi sacana, te usou, mentiu e foi um canalha?! Você confiou nele e ele não valorizou. Não é assim que se sente?

– Sim. Você me descreveu exatamente como me sinto, doutor! – afirmou, sendo carinhosamente irônica.

– Boba! Pois bem! A pergunta é: ele sempre foi esse canalha e você é quem nunca percebeu porque estava cegada por seus sentimentos? Obviamente, vai dizer que ele era carinhoso, romântico e nunca imaginou isso. Resta saber: o quanto você buscou saber? O quanto, de fato, você queria saber do caráter dele ou se apenas projetou aquilo que queria que ele fosse?

– Você tem razão! Mas, de qualquer forma, pai, ele me enganou.

– Ele não a enganou, você se deixou ser enganada por ele. Você criou expectativas e ficções sobre quem ele era.

As palavras eram duras, porém, reais. O brilhantismo e sinceridade clínica do Dr. Rodrigo Mazal estavam em ação. Ele continuou.

– Agora que enxergou a realidade, lançou suas expectativas frustradas no desvio de caráter que ele sempre teve! E que você jamais se esforçou para descobrir. Por isso confiança leva tempo!

– EU TE ODEIO, PAI!!!... Te odeio por estar certo. Te odeio porque sempre me avisou desde criança. Te odeio porque te ouvi. E dizer que te odeio é já uma forma de lançar minhas frustrações sobre você. Eu não te odeio, eu me odeio!

– Odiar ou não me odiar não vai mudar o fato ocorrido. O importante agora é como você irá lidar com isso. Tanto com ele, quanto com você, filha.

– Posso te pedir uma coisa, pai? Mas preciso que me prometa duas coisas.

– Depende, o quê? Posso ouvir sua proposta: aceitá-la ou não!

– Queria saber algumas coisas que aconteceram um tempo atrás e não consigo me lembrar. Gostaria que tentasse me hipnotizar, resgatando essas memórias. Preciso muito saber.

Capítulo 32

– Não sei, filha. Pode ser que não consiga porque temos laços afetivos. Faltará objetividade. A imparcialidade científica.

– Quero que tente. E há outra coisa que quero pedir. Que em hipótese alguma busque outra data ou outra informação. Apenas esse dia!

– Tudo bem. Vou tentar, mas não posso prometer nada. Alguma outra recomendação, senhorita?

– Sim. Prefiro que saiba por mim, consciente. Pai, sei que isso pode ser entranho e desconfortável para você. É que o dia que quero que resgate foi o dia em que perdi minha virgindade, na casa do Sammy.

O pai seguiu olhando para filha sem esboçar qualquer reação. Seus sentimentos, a movimentação cardíaca e sua filha haviam se alterados. Não podia reprovar a menina. Ela precisava de seu apoio. Jane sentia-se triste. Rodrigo estava acostumado a ouvir tais relatos. Difícil era ouvir da própria filha.

– Em outra ocasião conversaremos sobre isso, certo? Você é uma garota inteligente.

– Tão inteligente que fui traída e enganada – lamentou a garota.

– Coisas da vida! A traição só dói porque costuma ocorrer vinda de quem jamais esperamos – disse o pai abraçando a filha.

– Vamos tentar, pai?

– Ok. Você sabe o que é R.A.S.?

– Não.

– É uma sigla para Sistema de Atividade Reticular. Está diretamente ligado ao cérebro. É o que garante nossa entrada e saída do sono.

– Como se fosse um botão de liga e desliga?!

– Isso! Só que, em vez disso, ele vai desligando lentamente, até o aparelho estar completamente apagado. Agora, deite-se. Coloque alguns travesseiros em suas costas, de tal forma que esteja confortável, mas possa olhar nos meus olhos. Não precisa mais responder, exceto quando eu perguntar.

Rodrigo diminuiu o tom de voz, mudou o timbre e falava de forma mais amena. Apagou a luz e deixou apenas o abajur aceso.

– O que eu quero, Jane, é que se lembre de um dia em que viu alguém no ônibus e esta pessoa estava cochilando ou prestes a dormir.

Alguém dormindo em público. Pescando com a cabeça. A cena é engraçada, mas nos dá uma vontade de dormir também.

A técnica que o pai usava não era a mais comum, algumas pacientes sentiam-se desconfortáveis. Ele iria pestanejar rapidamente, enquanto sugeria o próximo estágio do sono. Depois piscaria mais lentamente, induzindo Jane, por imitação, a sentir-se com sono. Os olhos de Rodrigo fechavam-se lentamente. Como estava com a filha, a técnica de olhar nos olhos seria mais fácil, não teria a repulsa de ser um estranho tão próximo. O que costumava, por timidez, inibir a entrada em hipnose em alguns pacientes.

– Olhe sempre nos meus olhos, Jane. Acompanhe o movimento deles. E sinta-se como uma sereia. Você é linda. E consegue respirar debaixo da água. Olhe que águas tranquilas e mornas! Sinta a água morna tocando suas pernas e costas, que relaxante. Mergulhe dentro das águas. Lá, vai poder ver-se no quarto de Sammy. Pode ver?

– Sim.

– As águas ainda estão mornas. Tão gostoso nadar. Sentir-se livre. Onde o Sammy está?

– Na cozinha. Foi pegar cerveja e água. A parede tem uma imagem de uma estrela.

– Como é essa estrela, pode vê-la?

– Sim, ela não é como a da corrente da mamãe. Ela tem cinco pontas. E tem também um desenho igual ao da porta.

– Como é esse desenho?

– Ele tem o número oito, deitado. E uma cruz com duas partes na horizontal. A de cima é um pouco menor que a de baixo.

– Tente ver se é possível ler. Tem algo escrito?

– Nesta não! Só na da porta da frente. Estava escrito sulfúreo.

– O Sammy já voltou? – Rodrigo falava sempre com a voz branda.

– Ele está com um copo de água e uma lata de cerveja. Não queria tomar cerveja, mas ele pediu para que eu não estranhasse o gosto na boca dele.

– Ele tomou cerveja na sua frente? Na mesma lata?

– Não o vi tomando nenhuma vez.

– E o gosto da cerveja? Estava gelada? Gostosa?

– Não. Pior que das outras vezes. O gosto está mais amargo e estranho.

A suspeita de Rodrigo podia ser pior do que imaginava. Precisava ser cauteloso. Queria identificar o máximo de detalhes possíveis.

– Depois que tomou a cerveja. O que fez?

– Tentei conversar um pouco. Estava com medo. Tinha vergonha porque estava pelada.

– Você continua nadando, no meio do quarto, como se fosse seu aquário e *playground*. O que mais vê de estranho no quarto?

– Estou me sentindo zonza, a água aqui no aquário está ficando mais escura. Tudo está ficando nublado.

– Não há problema. Deixe que fique nublado. Tudo está sob controle. É normal ficar um pouco turva a imagem. O importante é que você ainda pode ver tudo que se passa. O que o Sammy está fazendo?

– Ele está fazendo amor comigo.

– Está bom? A sensação é agradável?

– Dói muito. Ele parou agora. Levantou. Foi até o *notebook*.

– Tente ver o que ele faz? Você pode ver tudo.

– Ele ligou a câmera. Está gravando a gente na cama.

– Continue falando o que ele faz.

– Ele começou a falar. Parece que está rezando ou repetindo umas frases enquanto faz amor comigo. Não consigo entender o quê. Parece algo como batomete... mastema.

As pupilas de Rodrigo dobraram de tamanho. Seu coração voltou a pulsar freneticamente, prestes a ter um enfarto. Não podia acreditar no que acabara de ouvir. Pediu à filha que repetisse.

– Quais são as palavras que ele está rezando, Jane? Repita-as. Tente ouvir calmamente. Sem pressa. Apenas tente ver os lábios dele e o que está falando.

– *Batomete* e *mastema*. É estranho. Não é inglês.

Não podia ser. Rodrigo começou a tremer. Não sabia se tremia de raiva, ódio ou desespero. Podia ser apenas uma coincidência. *Mastema* não podia ser o mesmo nome do idoso que falara, horas atrás, possuído. O símbolo, por outro lado, que ela descreveu, era o símbolo alquímico do enxofre. Além da descrição do pentagrama.

Precisava tirar a filha do transe hipnótico. Temeu pela segurança dela. Além dos traumas. Tomou uma decisão drástica. Iria tentar apagar ou jogar tais lembranças em lugares mais profundos do inconsciente da garota. Era uma medida desesperada para protegê-la.

– Jane, o que está sentindo agora?

– Os olhos de Sammy estão diferentes. Parece que ele está falando com alguém. Ele parou de rezar. Está só repetindo a mesma frase. Posso entender agora. *"Ela é a filha do inimigo. Sodomize-a. Ela é a filha de nosso inimigo. Sodomize-a."*

O pai pensou saber o que aquilo significava.

– Jane, escute minha voz. Nada disso ocorreu, porque você está debaixo da água. Isso é um sonho. Você fez amor com Sammy, mas desmaiou de medo. Não se lembra de nada. O *notebook* gravando as orações e os olhos de Sammy foram apenas pesadelos. Seus medos em sonhos. Ele apenas fez sexo com você, de forma natural, ainda que sem sentimentos. Só queria usá-la.

Rodrigo sabia que precisava sugerir repulsa na filha contra o rapaz. Precisava protegê-la.

– Agora você vai perceber que é um sonho. Está debaixo da água. Não consegue respirar. Ela está entrando em sua boca. Volte nadando para cima, para a superfície. E acorde!

A garota começou a tossir, querendo expelir água dos pulmões. A sensação parecia real.

– O que houve, pai? Estou com frio. Sinto-me molhada.

– Não está molhada. Voltou de seu sonho. O que se lembra, filha?

– Lembro-me de estar nadando. Primeiro foi bom depois ficou frio e quase me afoguei.

– E o que se lembra que aconteceu naquele dia com Sammy na casa dele?

Jane fez um esforço enorme e finalmente percebeu que a imagens se faziam mais claras em sua cabeça. Ela lembrou ter tomado uma cerveja de gosto estranho, que devia ter algo dentro. Viu que Sammy fez sexo com ela, sem nenhum romantismo. E que desmaiara de medo. Estava decepcionada com o namorado ainda mais. Por outro lado,

Rodrigo ficou menos preocupado, pois percebeu que havia conseguido esconder, por um tempo, tais lembranças da filha.

Ela não se lembrava que havia passado por um ritual satânico.

Antes de descansar, foi ao computador, acessou a internet e verificou o que já suspeitava. *Baphomet* era uma deidade pagã que representava a *dicotomia harmoniosa*, isto é, os opostos em combinação pacífica. A imagem era a de um bode com a mão direita levantada e a esquerda abaixada. Já *Mastemah* é o demônio líder daqueles expulsos do céu. Seja como for, seja qual nome, eram o mesmo.

No quarto, deitado sozinho, sem saber onde a esposa estava, Rodrigo fez uma retrospectiva do dia e das últimas cinco semanas.

Não podia mais negar, estava no meio de uma batalha entre Deus e Lúcifer.

Capítulo 33

Após dormir com Richard, o que Petra mais queria era evitar cruzar com qualquer um em casa. Voltou porque precisava trocar de roupa. Pensou em ir bem antes que a filha e o marido acordassem. Preferiu, todavia, ir após todos terem saído, uma vez que poderia acordar alguém enquanto estivesse se arrumando.

Chegando em casa, verificou se não havia ninguém mesmo. Foi até a cozinha, tomou uma xícara de café para despertar. No criado-mudo, ao lado da cama, havia um bilhete do marido.

Precisamos conversar...
Te amo
Rodrigo

Não sabia se queria conversar com ele, mas seria inevitável. Continuar fugindo seria impossível. O que precisava era tomar uma decisão. Manter a vida patética por comodismo ou divorciar-se. A separação soava atraente e assustadora. Imaginou sua vida diferente: sem a filha e o marido. Jane, de qualquer forma, iria para a faculdade em poucos meses. Seriam apenas ela e Rodrigo. Nada novo. Entre o conhecido e a sedução do novo, pendia notoriamente para a segunda opção.

O celular alertou o recebimento de uma mensagem no whatsapp. Petra saiu do banheiro, ainda com o fio dental na mão e passando a língua nos dentes.

– O que será que houve? Muita coincidência! Que ironia! – murmurou ela consigo mesma.

Precisamos conversar
Richard

Imediatamente tentou ligar para ele, mas não atendeu. Petra imaginou que estivesse na livraria trabalhando. Terminou de usar o fio dental, olhou-se no espelho e ficou insatisfeita com as linhas do tempo embaixo dos olhos. Viu as raízes do cabelo. Precisava retocá-las. Enquanto passava hidratante pelo corpo, sofria ao tocar na pele mais flácida dos braços e coxas, mesmo com exercícios. Não havia nada que pudesse conter a fúria do tempo. Pensou no marido. O tempo com ele parecia moroso. Rodrigo apenas começava a ter os primeiros fios brancos de cabelo, que o deixavam ainda mais charmoso. Tinha algumas linhas de expressão do tempo que não demarcavam o rosto profundamente. Petra achou injusto.

Antes de sair de casa, ligou mais uma vez para o amante, que desta vez atendeu. Richard pediu que encontrasse com ele. Ela respondeu que desejava novamente o corpo dele. Gostava de provocá-lo e seduzi-lo. Quanto mais falavam ao telefone, mais se sentia molhada.

Antes de sair para o serviço, precisou trocar a lingerie.

Por volta de meio-dia e meia, Petra já havia fechado dois pacotes para Cancun. A semana parecia estar começando bem. Pegou a bolsa para sair e encontrar-se com Richard. Preferiram ir ao shopping Tillicum Centre. A probabilidade de serem vistos era menor, uma vez que ficava do outro lado da cidade.

– Estou faminto! Não tomei sequer café da manhã. Importa-se se formos ao Montana's?

– Ando evitando carne vermelha! Peço outra coisa – disse Petra.

– Preciso das costelas que eles fazem. Malpassadas, de preferência.

– Tive um começo de semana encorajador na agência.

– Que bom! Fui despedido! – disse Richard.

– Poxa! Por quê?

- Porque faltei muito nestas últimas semanas. Na última, por três dias seguidos. Só por isso! E para piorar, querem que eu saia sem qualquer direito, pois alegam abandono de emprego.

- Você pode processar. Bem fácil de reaver seu dinheiro.

- Aí é que está! Dinheiro! Tanto para o advogado, quanto para o aluguel. Vou ter que tentar arrumar algo urgente. Ainda mais sem receber nada enquanto estiver no processo.

Uma sensação de responsável pela situação do rapaz, fundida à culpa e remorso, fez com que Petra, sem pensar duas vezes quisesse, ao menos, compensar os danos. Sacou da bolsa o talão e preencheu um cheque de 2 mil dólares a ele.

- Creio que isso pagará suas despesas por um mês.

- Não posso aceitar, princesa – disse Richard, olhando para a quantia.

- Deve aceitar! Para mim e para você. Quando puder me pague.

Após comerem, foram mais uma vez para o mesmo motel do dia anterior. Fizeram sexo. Depois, deixou o amante no quarto assistindo televisão, enquanto voltava atrasada para o serviço.

Diante de tabelas com nomes de empresas aéreas, estava certa de algo: queria ficar com Richard, não se importaria com as consequências.

Petra só não sabia que tais consequências seriam catastróficas demais.

Capítulo 34

A concentração necessária para assistir às aulas não havia acompanhado Jane naquela segunda-feira. Tivera uma noite horrível. Além de pesadelos estranhos com Sammy.

E uma descoberta aterrorizante pela manhã.

Não conseguia entender uma só palavra da professora, apenas sabia que era sobre Hamlet. A garota estava já repleta de tragédias em sua vida e não estava com a menor disposição para ter que ouvir explicações sobre as de Shakespeare. Viu um casal de alunos passando recados na sala de aula. Trocavam um papel dobrado toda vez que a professora virava-se. Deviam estar apaixonados, imaginou Jane. O garoto, sempre que podia, olhava para o amigo atrás dela, fazendo gestos obscenos. "Parece uma tendência natural dos homens serem canalhas e olharem para as mulheres apenas como objeto", pensou Jane.

Ouvir a mãe falando ao telefone com o amante não era a forma que Jane planejava começar a semana. Não queria ter mais um embate com ela.

A tentativa de sair na ponta dos pés, sem que a mãe a visse pela manhã, funcionou. Petra não notou que, furtivamente, a filha passava pela sala de jantar em direção à porta dos fundos.

Entretanto, Jane teve que se esconder atrás da mesa do computador por quase dez minutos, ouvindo a mãe falar com o misterioso amante. Ela foi tão discreta que Petra sequer notou a filha ainda em casa.

Jane surpreendeu-se quando ouviu palavras obscenas, pedidos eróticos e gemidos ao celular. Assim que a mãe desligou e subiu as escadas, a adolescente correu para a porta. Antes de sair, pensou por um instante e voltou. Queria saber se havia alguma pista ou nome de com quem a mãe estava saindo. Jane pegou o celular que ficou sobre o balcão da cozinha e teclou para ver as últimas chamadas. Viu escrito como última ligação: *Ricky*. Só poderia ser ele o amante. Por acidente, tocou na tecla de discagem que mostrou o número do celular. Levou um susto.

Saiu correndo pela porta dos fundos. Queria chorar.

Inúmeras vezes durante o intervalo no colégio pegou o celular para ligar para o pai. Nas primeiras vezes desistiu porque pensou que estaria ocupado com algum paciente. Depois temia se devia ou não contar tudo a ele. Seria demais. Contudo, não podia deixá-lo ser tratado como lixo pela mãe. Não merecia. O pai era um homem perfeito aos olhos da filha.

Em casa, à noite, estranhou o ambiente. Tudo parecia muito diferente. Fechou rapidamente a porta do seu quarto. Não queria conversar com a mãe. Minutos depois, ouviu-a entrando no cômodo. Ela nunca batia.

– Precisamos conversar, Jane.

A única coisa na qual Jane se concentrava era em se controlar. Teria que ser fria. Queria desmascarar a mãe, mas não daquela forma. Seria simples demais.

– Não temos nada que conversar.

– Sei que está zangada comigo. Eu me excedi, mas você também saiu dos limites e me desacatou. Sou sua mãe.

– Geneticamente, isso é fato.

– O que quer dizer com isso?

– Mãe, você está sempre me cobrando, querendo que eu seja aquilo que você não é e não conseguiu ser.

– Agora está dizendo que sou uma frustrada? Não acredite naquelas tolices que seu pai diz aos pacientes.

– Não é nada disso! Percebe? Você nunca conversa. Nunca se preocupou comigo. Jamais quis saber de minhas neuras como adolescente ou dúvidas sendo também mulher.

– Para isso temos um psicólogo famoso em casa. Que sabe tudo sobre as mulheres! – retrucou Petra em tom sarcástico.

– Foi isso que sempre fez. Jogou sobre ele todas as responsabilidades e culpas. Agora vai querer também culpá-lo pelo fracasso do casamento de vocês.

– Você não sabe o que está falando, menina.

– Será mesmo? Cuidado com suas atitudes inconsequentes que anda tomando. Da vida paralela quem tem.

Foi um comentário realmente inesperado. Petra não imaginou que a filha pudesse lançar um argumento pesado como aquele. Ficou estarrecida. Jane saiu do quarto. Não sabia se devia segui-la para saber o quão mais sabia a garota ou tentar deixar como estava. Petra questionava-se como a filha poderia saber de algo. "Será que fui vista com Richard? Já contou ao pai? Se não, será apenas uma questão de tempo.", pensou Petra.

Jane nunca havia sentido ódio por alguém. Naquela situação, abominava ter que olhar para a mãe. Sentiu o ímpeto de contar que sabia sobre o amante dela e quem ele era.

Controlou-se. Planejava vingar-se.

Aquela situação não podia sair sem uma retaliação à altura. A mãe precisava sentir na pele a dor que estava causando a ela.

Capítulo 35

– Meu caro doutor, espero que esteja ciente que é nosso último encontro.

– Não diga isso! Tenho tanto a perguntar. Aconteceram tantas coisas nesses últimos tempos.

– Nenhum ser humano que tenha falado deixou de passar por um deserto – disse Deus, com um ar risonho de quem havia soltado uma indireta.

O que mais Rodrigo desejava naquele instante era estar sem as crises e angústias de não saber onde a esposa passara a noite. Queria voltar no tempo. Proteger a filha do desgraçado que a levou para a cama em meio a um ritual.

O tempo, todavia, não retrocede.

Devia lidar com o presente e domar as ferozes memórias que nos atacam constantemente. Naquela manhã, nem estranhou que tanto ele como o paciente calçavam tênis. O psicólogo estava tão descompensado que sequer deu-se conta do que vestiu. Apenas mecanicamente saiu de casa para o consultório. Deus vestia camiseta azul e calças esportivas. Rodrigo estava de jeans e camisa social, o que não ajudava muito a combinação, ou falta dela.

– Como você havia dito, Lúcifer veio falar comigo. Tive meu primeiro contato com ele ontem.

– Não foi seu primeiro contato, eu lhe garanto – afirmou Deus.

– Como assim não foi o primeiro contato?

– Acha mesmo que quando me aproximei, seis semanas atrás, havia sido a primeira vez que intervim em sua vida?

– Vou dizer "não". Pelo que me disse no último encontro, suas intervenções não existem, uma vez que tudo está debaixo de um destino, um projeto prévio.

– E qual o conflito quanto a isso? – questionou Deus, semicerrando os olhos.

O psicólogo pensou em algumas respostas, notou, entretanto, que em nada seria contrastante.

– Verá que é a mesma coisa de quando colocou uma série de lembranças desagradáveis de sua filha escondidas no inconsciente dela! Você conhece toda a verdade, ela apenas parcialmente. Quando for necessário ou ela estiver preparada, poderá contar a ela. Podia ter feito imediatamente, mas não o fez. Sabe que aquilo não ficará encoberto permanentemente, porém a está protegendo. E na hora apropriada terá que estar lá com ela.

Aquilo era demais. A vergonha dominou o terapeuta. Ouvia de Deus algo que havia feito escondido. Sentia-se um verme da terra. Além de que era assustador ter um paciente que detém todo o conhecimento. Por alguma razão, que não ficara clara, vinha ao seu consultório semanalmente.

– Olhe para mim, doutor.

– Ai, meu Deus! – Rodrigo soltou um grito abafado e lacrimoso, com o rosto escondido atrás das mãos.

– Pois não?! Agora... Olhe para mim!

– Diga.

– Não somos tão diferentes. Imagem e semelhança... Lembra-se? Ainda há algum parentesco! – disse Deus brincando com o psicólogo.

– Somos?

– O que fez com sua filha é diferente do que faço com vocês? O que tem ouvido nas últimas semanas de mim, doutor?! Que muita coisa ficou escondida e mal compreendida porque não estavam prontos para saber! Que criei mitos, lançando-os no inconsciente de vocês para que pudessem seguir o projeto da raça humana em sua evolução. Não somos tão diferentes. Não sinta vergonha de si. Protegeu sua filha. Faço o mesmo!

– Isso é errado! Antiético!

– Se sabe que um garoto irá morrer de um aneurisma durante o sono, avisaria aos pais ou a ele, no dia anterior, enquanto estivessem indo ao parque de diversões? Obviamente que não. Deixe-os viver sem a preocupação de algo que não têm poder e nem controle. Certas informações é melhor não saber!

– A ignorância é uma bênção! – completou Rodrigo.

As lágrimas continuavam vertendo. Rodrigo levantou-se, foi até a janela, ajeitou o trinco e respirou fundo. Pegou lenços descartáveis na gaveta e secou o rosto. Pegou outro lenço, assoou o nariz e respirou fundo. Muito fundo mesmo. Queria renovar os ares da alma, oxigenar o cérebro e sentir o sopro da vida invadindo seu ser. "Tenho uma sessão e terapia para prosseguir", disse o psicólogo a si mesmo.

– Falávamos na semana passada sobre como é conhecido: *Elohim*. Havia me dito que representava uma correlação dos seres angelicais e a etimologia do nome: *deus* ou *deuses do barro*. Porque o ser humano foi criado do pó, lama ou barro.

– Isso mesmo.

– Creio que não comentamos, mas acabei vendo em alguma leitura, que o nome *Adão* quer dizer *barro vermelho* em hebraico.

– E *EVA* quer dizer *vida*. Até porque a vida é gerada pelas mulheres. Não podia ser nome mais apropriado – completou Deus.

– Os nomes sempre tiveram uma função significativa muito importante ao povo judeu. Na Torá isso não é diferente. Em uma sessão me disse que *deus* era título, assim como *elohim*, uma espécie de concílio hierárquico.

– Exatamente.

– Devia ter perguntado seu nome, então, desde a primeira sessão. É Jeová? Adonay, Shaday ou Eli, como Jesus o chamou na cruz, repetindo um salmo, se não estou errado.

– Sim, ele repetia o salmo 22. Todos que disse, ainda são títulos pela soberania, poder ou domínio que exerço.

– Mesmo Jeová ou Javé? Usado até por religiões e seitas? – incitou o psicólogo.

– Fundamentalistas sem informação. Sem conhecimento algum! Eles sabem muito bem, doutor. São lobos em peles de cordeiros. Intitulam-se fiéis defensores. Observadores, dizendo testificar quem sou. Cômico! Se não fosse trágico.

– Então o senhor não tem nome? – perguntou o psicólogo.

– O nome é uma identificação. Um rótulo, meramente. Se houvesse apenas um animal em todo o planeta, o nome dele seria o mais genérico. Se em vez de Rodrigo, seu nome fosse Albert, em nada mudaria sua personalidade e história. Apenas um rótulo de identificação.

– Mas pais pesquisam significados de nomes para dar aos filhos antes de nascerem. Homenageiam alguém às vezes. Em seu caso, está dizendo que não há nome porque é único, logo, desnecessário?

– A maioria dos meus nomes ou titulações foram dados por humanos.

– Entendo! Contudo, quando se revelou a Moisés, disse que era quem? Recordo-me, aconteceu pouco antes dele tentar tirar o povo do Egito?!

– O que eu disse a Moisés foi algo praticamente impronunciável em língua humana. Busquei uma forma mais natural. Ele me perguntou meu nome e disse a ele que eu era tudo. *Eu sou o que sou.*

– Quando disse eu sou o que sou significa um tetrâmico linguístico, YHWH. E daí a tradução Javé, certo? – questionou Rodrigo.

– Errado! Antes de mais nada, essa expressão, como disse, é impronunciável por língua humana. O nome Javé foi uma transliteração fonética. Uma aproximação do que foi compreendido. Não diria que é um erro propriamente, entretanto, mais uma vez, foram criadas teorias, teses, dogmas e normas sobre algo que não existe.

– Resumindo, as quatro letras querem dizer que *você é o que é*. Que você é tudo, simplesmente tudo. Ou melhor, você é!

– Precisamente.

– Enquanto nós existimos, temos uma permanência, duração de vida e existência, sua eternidade lhe dá autonomia de não somente existir, mas ser. Sem a dependência de qualquer coisa.

– Essa é uma verdade bem mais próxima de quem sou. Sem dúvida! Fico cada vez mais feliz pela capacidade que tem, Rodrigo, de entender e colocar em palavras adequadas sua compreensão.

– Uma compreensão bem limitada: humana. Estou certo que assim imagina! Porém, vindo de você é um elogio! – disse o psicólogo com satisfação.

– Apenas constatei uma verdade.

– Olha só! O termo *verdade* é algo que tomou uma nova configuração para mim desde que começamos essas sessões de terapia. Tenho sempre a sensação de que estava entorpecido. Que certas coisas sempre estiveram diante de mim e por alguma razão não as enxergava.

– Mais uma grande revelação! – exclamou Deus.

– Muitas coisas seguem nebulosas dentro de minha cabeça. Acabou de me dizer que seu nome representa sua essência e seu ser. Muito superior à nossa existência limitada pelo tempo e espaço. O senhor é onisciente. Já me deu algumas provas bem convincentes – disse rindo. – Agora sua onipresença é algo que acho óbvio, porém inútil.

– Sim, doutor. Onde quer chegar ou qual sua hipótese?

– Estou me sentindo o paciente de novo! – brincou mais uma vez Rodrigo.

– Em certos momentos é bom perder o controle para entender como usá-lo.

– Sábias palavras! Então, percebo que se você sabe e pode tudo, qual a necessidade de estar presente?! Pelo seu simples ato de pensar tudo pode ser resolvido ou criado.

– Eu diria que sua visão ainda está parcial, doutor. Continua olhando por um olhar humano.

– Sou humano e proveniente de uma cultura conservadora. Perdoe-me – respondeu Rodrigo de forma sarcástica.

– O que eu disse sobre a formação do homem? Da raça humana?

– Tanta coisa! Falou que o Éden não aconteceu exatamente daquela forma. Que simbolizava quem somos, além de nossa meta no planeta.

– E como se deu a criação do homem?

– Somos fruto de uma evolução?! – respondeu Rodrigo.

Capítulo 35

– Sim. Vocês como todas as espécies vivas são frutos de uma evolução. A parábola do Éden busca dar significados de como a raça humana conseguiu tamanha consciência e domina o planeta com sua inteligência desenvolvida.

– Dinossauros dominaram por muito mais tempo este planeta e foram dizimados. Somos vulneráveis a vírus! Seres simples, porém, muito eficazes e destrutivos.

– Acredita, doutor, que o homem domina o planeta?

– Dominar é algo bem relativo, mas sei o que quer dizer. No entanto, nossa evolução, em algum momento no período do Paleolítico, 40 mil anos atrás, nos levou a um surto de criatividade. Superamos até os neandertais, nossos concorrentes diretos.

– Esse tal surto, que você afirma, foi o fruto! Nem tão proibido que leu no Gênesis, exceto que lá estava em forma de mito. A evolução é fato nada conflitante, doutor.

– Até entendo isso, porém, imagino que quando lemos, na Torá, que você estendeu a mão, ou que passou entre a pedra e Moisés o viu. Fico imaginando: Deus tem corpo?! De acordo com tais textos: sim! E como ele é de fato? É esta aparência que está diante de mim agora? Foi nesta que somos imagem e semelhança?

– Doutor, agora são duas perguntas que quer saber. Se a onipresença e onisciência não acabam se anulando ou fazendo uma delas desnecessária. E a outra é se somos imagem e semelhança. Desta vez é você quem está mesclando os assuntos. Está saindo da lógica e sequência natural do pensamento humano, Rodrigo?

– Deve ser a convivência contigo! – respondeu em tom brincalhão.

– Serei bem simples, didático, em minha resposta.

– Se é que ser *simples* em suas respostas é de fato uma simplicidade! Mas me diga, então, se elas se anulam ou são necessárias. Porque fico imaginando, se é onisciente e onipotente, basta uma ordem sua, um comando, e tudo se realiza. Não é preciso ir ou estar em algum lugar... Ou em todos ao mesmo tempo.

– Veja que a tal criatividade do Paleolítico é a comprovação do Éden, só que em forma de mito. E se a evolução é um pressuposto comprovado, então é preciso entender a diferença básica que há entre

Deus e o ser humano. Rodrigo, por que você tem as pernas mais fortes e alongadas que os braços?

– Estranha essa sua pergunta. Vamos lá! Para caminhar e correr. As habilidades em manusear objetos fizeram com que na evolução não precisássemos de braços alongados como outros primatas.

– Perfeito. Então, por uma clara evidência de *seleção natural*, as pernas são maiores. E por que nem todos os mamíferos têm pernas?

– Dependendo da necessidade do meio. Alguns precisam de outros membros ou órgãos mais especializados. O habitat em que vivemos difere selecionando ao mesmo tempo em que proporciona a adaptação.

– Quer dizer que o meio influencia, doutor?! O formato dos pés e mãos é distinto porque têm funções diferentes? Quando observado de um chimpanzé ou mesmo um urso, é completamente distinto do homem.

– Sim. E já imagino aonde quer chegar – comentou o psicólogo.

Deus o fitou por alguns instantes, esfregou os lábios um no outro, como que os umedecendo. E seguiu falando.

– Quando observa um golfinho, nota que mesmo sendo mamífero precisa de nadadeiras. Então veja, para que eu precisaria de mãos, ou pés ou até mesmo olhos?

– Imaginei mesmo que estava chegando neste ponto. Já me questionei algumas vezes sobre isso. Deus não precisaria de pés para *caminhar*. Se é espírito não precisa pisar sobre uma base e, por força do atrito, lançar o chão para trás e o corpo à frente.

– Não preciso mesmo.

– Sendo Deus, não precisa de mãos, nem dedos, pois isso é desenvolvimento de uma evolução elementar. E ainda mais, nem de olhos, pois a visão depende de luz, de refração.

– Onisciência e onipresença não se conflitam, nem se anulam. São a mesma coisa. Uma vez que estou em todos os lugares, pela dimensão total do meu espírito, que é também minha presença, sei de tudo e estou em todos os espaços. Desta forma, posso reger e controlar.

O olhar do psicólogo parou. Parecia ter entrado num transe momentâneo. Imaginava a dimensão daquilo que ouvira. "O que é um Ser que não tem os limites do corpo e detém uma habilidade de estar em todos os lugares sem precisar mover-se?"

Capítulo 35

Rodrigo pensou na capacidade humana de fazer uma série de funções e ações ao mesmo tempo. Nossas destrezas já são fenomenais. Na mente dele imaginava nossa habilidade de ler, ouvir música e coçar a cabeça ao mesmo tempo. Além de todos os órgãos estarem em funcionamento. Mas imaginar alguém que consiga estar em todos os lugares e saber absolutamente tudo era inimaginável.

– Incrível. Estou estarrecido como nunca olhei por este ângulo. Quer dizer que sua unidade torna-se totalidade. Ser chamado de *todo-poderoso* é apropriado, pelo simples fato de ser o todo. Não que isso seja tão simples assim! – disse o psicólogo, ainda com um olhar preso aos pensamentos internos.

Deus levantou-se. Colocou o braço na borda da janela e olhou a movimentação externa. Em seguida, apoiou a testa sobre o antebraço. Rodrigo acompanhava-o. Achava intrigante o comportamento.

Parecia que algo deixava o paciente desconfortável.

Após alguns momentos olhando para a rua, fitou o céu, fechou os olhos e inalou bastante ar. Virou-se. Encostou-se na janela. Agora estavam frente a frente, pois Rodrigo havia girado sua cadeira.

– Este é nosso último encontro, doutor. Ao menos por um tempo. Terá dias difíceis!!! Conhecerá e descobrirá coisas que irão deixá-lo dilacerado.

– Do que está falando? Por que tem que ser nosso último encontro? Está com a agenda ocupada? Tem todo o tempo do mundo! – disse Rodrigo em tom amigável e brincalhão.

– Eu tenho. Você não!

As pálpebras de Rodrigo abriram levemente. Ficou em dúvida sobre o real significado daquela fala. Sentiu um gosto estranho na boca. Ouviu seu coração pulsar. As veias recebiam fluxos mais intensos de sangue. Não queria perder o foco. Tomou também fôlego para prosseguir.

– Por que diz que descobrirei coisas que me deixarão dilacerado? Maiores do que as que me revelou? Impossível!

– O ser humano é egocêntrico. Ainda que receba as maiores descobertas do cosmos, sempre seus conflitos pessoais os atemorizam mais. Desestabilizam-nos de forma contundente. São minha imagem e semelhança! Sendo eu único. Vocês, com seus próprios problemas, são como eu. Sentem-se sozinhos. E traídos por aqueles que estão mais próximos.

Aquelas palavras tinham uma névoa de mistério. Ainda não era hora de Rodrigo descobrir.

O psicólogo acompanhou Deus, que saiu de perto da janela. Caminhou até a parte posterior da mesa do consultório e apoiou-se nela, como que fazendo menção de sentar-se sobre a quina.

Rodrigo olhava para cima aguardando as palavras de Deus.

– O que ouviu de mim são revelações que não faço de forma direta há muito tempo. Na dimensão maior do cosmos, certas leis foram estabelecidas para instaurar um balanço. Esse ato meu virá com consequências de macro e microproporções. O efeito dominó de minhas decisões é constante.

– Sofrerei as consequências de seus atos? Está falando sobre seu inimigo que disse que viria me procurar?

– Não tenho inimigo. Jamais terei. Em breve irá entender.

– Está falando o quê, então? Importa-se em ser mais claro?

– Rodrigo, nem tudo deve ser descoberto antes do instante apropriado. Porém nada ficará oculto. Há um tempo determinado para todo propósito.

– Tudo está sobre seu domínio. Não exerci minha função. Não atingi o objetivo final: a recuperação do paciente.

– Essa nunca foi a relação que tivemos, doutor. Sabe muito bem quem era o paciente. Quem conduziu cada conversa, informação e descoberta. Precisava deixá-lo preparado para o que virá.

– Preparado?

– Ainda há muito para acontecer. Entenda isso como uma preparação. E saiba que as maiores batalhas são travadas em nossas mentes. O que recebeu nesses seis encontros foram munições. Elas podem lhe garantir a vida ou tirá-la.

Naquele ponto, a única coisa que Rodrigo podia aguardar era receber em seu divã o Demônio.

Infelizmente, as coisas não ocorreram como ele previra.

Capítulo 36

Qualquer imagem masculina causava repulsa em Jane naqueles dias. Havia sido usada pelo namorado e a mãe estava traindo o pai.

Não conseguia parar de pensar naquela situação.

Preferiu caminhar no retorno do colégio para arejar os pensamentos. O pai tinha tal costume também para melhor refletir. Dispensou a carona, pegou apenas alguns livros que precisava e começou a travar a guerra interna em sua mente.

Era já passada a hora do almoço. Não sentia fome. Havia tomado apenas um suco no colégio. O celular alertava que havia recebido mensagem de Sammy. A sexta daquela manhã, dizendo que precisavam conversar. Jane teve uma ideia. Era perigoso, mas poderia desmascarar todos em um único golpe. Os riscos de algo trágico existiam, mas sua intuição insistia que não estava errada. Seria a melhor opção.

Pegou o ônibus rumo ao centro. Precisava encontrar-se com o pai. Ligou para o consultório, deixando um recado com a secretária: estaria esperando-o para almoçarem.

Na recepção do consultório, aguardando que terminasse a última sessão da manhã, ficou observando o excesso de rímel que a secretária usava. Ela digitava, falando ao telefone com um *headset*. Escutou três vezes Julie recusando convites de universidades e congressos ao psicólogo. A secretária desencorajava qualquer que fosse o convite, no entanto, dizia que passaria o recado. Jane não entendia o porquê de ele não explorar mais da fama que poderia ter. Era um profissional muito requisitado. Tinha inclusive pacientes que vinham de Los Angeles. Sabia que o pai estava satisfeito com o que havia conquistado. Possuía uma casa, uma família, muitos pacientes e fama. Os livros que o projetaram na carreira, uma década atrás, seguiam sendo referência a muitos psicólogos.

Quando a porta do consultório abriu, saiu uma mulher, aparentando 35 anos, com os olhos vermelhos e um sorriso nos lábios.

– Já nem me surpreendo mais. No começo achava estranho. Elas pareciam que vinham para chorar e gostavam disso. Depois entendi que saíam aliviadas. Seu pai é uma espécie de deus a elas. Ele as compreende plenamente, mais que elas mesmas – disse a secretária cochichando.

– Tenho muito orgulho do meu pai, Julie.

Assim que Rodrigo tirou a gravata, deu um beijo na filha. E saiu para almoçar com ela. Julie o fitava. Jane percebeu que a secretária era completamente apaixonada pelo pai, como muitas outras mulheres. Só a mãe não tinha essa impressão. Ou não dava o valor devido. Antes de sair, Julie comentou que o paciente das duas horas da tarde havia cancelado, pela quarta vez. Pediu autorização para encaixar alguém. A lista de espera era enorme.

– Poderia pegar a ficha dele, Julie? Não me lembro bem. Apesar de que no total temos quatro pacientes homens. Dois são adolescentes.

Internamente Jane ria. Via os olhos de Julie brilhando ao olhar para Rodrigo, que tinha uma postura sempre muito profissional. Certamente sabia que a secretária tinha uma queda por ele.

– Sim, senhor! – respondeu a funcionária.

– Vamos filha. Teremos, então, um tempo extra para ficar juntos.

– Bom almoço, Julie. Tchau! – disse Jane, e colocou os braços em volta do pai para ver a reação da secretária.

Quando o pai retribuiu o gesto, descendo as escadas, abraçado à filha, Julie suspirou: "Meu Deus, que pai! Que homem!".

A menina estava dirigindo, Rodrigo a deixava praticar o máximo que pudesse. Ainda mais porque daria aquele carro assim que fosse para a universidade.

– Você costuma ter muitos casos de dupla personalidade, pai?

– Raros. Esse é um transtorno dissociativo. Cada personalidade, adotada pelo indivíduo, tem independência e memórias distintas. Em vários casos, não são tão dissociados, mas apenas mecanismos de eximir-se das responsabilidades.

– Quer dizer que em muitos casos é só para não ter que encarar o que aprontou? – completou Jane.

– Generalizando muito: sim. Por quê? Pelo que ouviu da minha secretária?

– É sim. Só curiosidade. Agora, pai, a Julie se derrete toda por você, né?

– Sério? Talvez seja apenas uma projeção. Uma admiração.

– E há algum sentimento de atração que não parta disso: de *admiração*?! Seja ela qual for? – questionou Jane.

– Ai, ai. Até minha filha já é uma psicóloga. Contudo, está certa. A admiração, ainda que física, é o gatilho inicial dos sentimentos.

– Precisamos conversar outra coisa, pai. Por isso vim até aqui.

– Foi uma boa surpresa ter vindo, Jane. Sinto que iremos ter muito a falar. Pelo jeito terei que almoçar *fast-food*?! – completou o pai rindo.

Antes de entrarem no Burger King, Jane enviou a alguém, que não disse ao pai, cerca de quatro mensagens. Pediu ao pai para saber se a mãe queria que levasse algo para comer na agência. Ele ligou para o celular da esposa, que respondeu secamente não precisar se preocupar, pois comeria por lá mesmo.

Capítulo 37

Antes de sair, Petra foi até o minúsculo banheiro da agência de turismo. Passou batom e ajeitou o formato dos seios junto ao sutiã, de tal forma que parecessem mais firmes e menos flácidos. Iria ver Richard. A mensagem dele havia sido direta, para que se encontrassem, pois precisavam conversar.

Ela só não sabia que o destino finalmente mostraria suas garras.

Não havia almoçado. No caminho, parou em um restaurante e pediu sushi para duas pessoas.

Apesar de estar numa área verde, achava o nome Robin Hood, para um motel, nada sugestivo mesmo. A mulher na recepção usava a mesma camiseta do time de hóquei, só que desta vez mastigava alguma coisa, Petra preferiu não identificar. A imagem da pasta que fazia na boca da idosa era nojenta.

Assim que entrou no quarto, ouviu a moto de Richard no estacionamento. Apesar da fome, tinha também fome de desejo por aquele jovem. Jogou apenas uma ducha rápida sobre o corpo.

Ouviu Richard batendo à porta. Gritou que estava aberta. O rapaz entrou, colocou as chaves numa cômoda ao lado da porta e viu Petra saindo nua do banho. Ela secava a coxa esquerda apoiada na cama. Perguntou ao rapaz se havia comido algo. O rapaz olhou o corpo que já conhecia muito bem, respondendo que estava com fome.

– Não almocei ainda. Pensei que faríamos isso juntos.

– Foi exatamente o que também pensei.

O casal de amantes esqueceu por 17 minutos que sentiam fome. Fizeram sexo de forma feroz. Naquela tarde, Petra pediu a ele que fizesse tudo que quisesse, que não tivesse dó dela. Queria ser tratada como uma vagabunda qualquer. O rapaz obedeceu.

Ela delirou e mais uma vez teve sua dose de entorpecente.

Minutos depois, suados e ofegantes, tomaram uma ducha. Depois, abriram as embalagens. O telefone dela tocou. O marido perguntava se ainda estava na agência e se não queria que levassem almoço para ela. Respondeu que não precisava e que estava resolvendo um problema, além de estar com um cliente em sua mesa. Desligou o celular, e o pôs no silencioso.

Voltou a comer mais um pedaço de sushi. O molho shoyu respingou na barriga de Petra, escorrendo. Ela olhou, deixando a instrução ao rapaz, que a lambeu daquele ponto para baixo. Sentiu-se mais uma vez devorada. Ao contrário da vez anterior, que terminou com um orgasmo de cada um e a sensação do prazer saciado por hora, algo mais intenso seria, ainda, sentido por todos.

Capítulo 38

— Não deveria ter comido tanto, Jane. Vou ficar com um sono nas sessões da tarde.

— Tome um pouco de café para despertar. Nada de ficar roncando enquanto a paciente estiver no divã, pai – Jane falava rindo. – Não está atrasado mesmo! Se importaria de me dar uma carona?

— Vou aproveitar e trocar de camisa em casa – disse Rodrigo.

— Não ia para casa, pai. Ia pedir para me deixar na casa de uma amiga. Importa-se?

— Claro que não. Qual direção?

— Fica na George Road. Em frente a um hotel ou motel.

A mente de Jane havia já maquinado tudo. Iria desvendar todos. Sentia que fazia a melhor coisa. Não podia deixar o pai sendo enganado. De fato, sem perceber ainda, todos estavam sendo enganados. Ela calculou o tempo e mandou as mensagens para confirmar que estariam juntos. Restava estar certa do encontro ser no mesmo motel. Seria um flagrante e tanto. Jane precisava daquela sensação de justiça, de vingança. Não somente pelo pai, mas por ela mesma. Sabia que teria que ser forte.

Temeu apenas pela reação do pai.

— Pode me deixar logo ali na frente, pai. Fica naquele conjunto de prédios residenciais.

Por alguma razão, Rodrigo achou aquele lugar familiar. Já havia passado por ali dirigindo, mas o conjunto de apartamentos tinha algo de conhecido. Não sabia o quê. Beijou a filha. Jane, antes de sair do carro, olhou para a outra calçada.

– Parece o carro da minha mãe.
– Onde?
– No estacionamento do Motel.

Rodrigo achou muito estranho. Aquele motel não tinha qualquer vínculo com a agência da esposa. Naquela região, os hotéis e motéis eram conhecidos também por quem buscava um encontro casual.

– Pai, acalme-se. Vamos juntos ver se é o carro dela mesmo.
– Você sabe de alguma coisa, não é? Armou isso!
– Não tinha outra forma de contar, pai. E terá que ver com seus próprios olhos.
– O que está querendo dizer???
– Ligue para minha mãe e pergunte onde ela está.

Ondas de tremor tomaram conta de Rodrigo, que mal pressionou a tecla para a discagem do celular da esposa. Ela atendeu de forma ríspida. No estacionamento do motel, Jane falava com uma moça de origem latina, vestida em um uniforme azul. Em seguida, Rodrigo aproximou-se, confirmando que o carro era da esposa e que mentia. Jane disse que estavam no quarto 31.

– Como conseguiu descobrir isso?
– Disse à moça da limpeza que a dona do Volvo branco era minha chefe. Iria me esganar se eu não entregasse um documento a ela. Falei que não podia ser demitida.
– Esperta!

Enquanto encaminhavam-se para as escadas, Jane viu a moto no estacionamento. Lembranças vieram até sua mente. Alguns flashes que há dias não tinha, reapareceram. O pai olhou para ela estranhando a fisionomia da filha.

– Está tudo bem, Jane?
– Sim.
– Sua mãe está tendo um caso, certo? E não quis me dizer ou não teve coragem.
– Sim. Mas isso não é tudo, pai. Antes fosse!

– Como assim não é tudo? Não quer me dizer, antes que cometamos um equívoco?

– Não irá cometer injustiça alguma. Esteja certo!

Subiram as escadas e pararam em frente à porta do quarto. Não havia ruídos suspeitos. Após passar um caminhão pela avenida, foi possível ouvir alguns sons vindos de dentro do quarto. Era definitivamente a voz de Petra. Rodrigo reconhecia aqueles gemidos muito bem. Sua esposa estava lá dentro. Jane pegou o celular do bolso e mostrou ao pai o nome que ia fazer uma ligação. Era de seu namorado, ou ex-namorado, Sammy. Quando começou a chamar, o telefone tocou dentro do quarto. Escutou a esposa falando dentro do quarto:

– Nada de atender, Richard! Só depois de eu gozar!

A senhora da recepção vinha apressada em direção dos dois que estavam em frente do quarto. Percebera que a arrumadeira havia falado demais. Rodrigo virou o corpo para o lado da rua. Fechou ambas as mãos. Tremia de raiva. A filha pedia calma. Ele sabia o que precisava fazer. Não era somente a esposa e o amante que estavam dentro do quarto.

Ele não era apenas um marido traído.

Para isso, bastaria entrar no quarto ou esperar os dois saírem e gravar as imagens no celular. Contudo, dentro do quarto estava, com a esposa traidora, o homem que abusara da filha. Aquele que a usara em rituais satânicos.

Rodrigo era a fusão de homem traído e pai com ânsia de justiça.

Quando ouviu a voz da senhora, já a poucos metros deles dizendo que não poderiam estar ali e chamaria a polícia.

– Minha senhora, chame a polícia! – disse em tom de fúria.

Num ímpeto de ódio, Rodrigo chutou a porta com toda força que pôde. Arrombou-a e viu a esposa de quatro, sendo penetrada pelo rapaz. A surpresa era ainda maior. Petra deu um salto e caiu ao chão. Quando viu a filha não entendeu coisa alguma. Richard estava estático. Por segundos apenas olhares se encontravam, buscando as relações de traições que ali estavam.

Richard era amante de Petra e saía também com a filha, Jane.

– Você abusou da minha filha! Dopou-a! Usou-a como objeto sexual! – gritava Rodrigo.

– Calma, meu senhor. Não é bem assim!

Petra olhou para Richard. Não acreditava no que estava diante dos olhos. Perguntava-se o que Rodrigo falava. Até olhar para o semblante de Jane.

– Você e minha filha? Safado! Traidor!!!

– CALE SUA BOCA, VADIA!!! – disse Rodrigo. – Porque estava trepando com o estuprador da sua filha e traindo seu marido!

Petra começou a chorar. Jane estava aos prantos, porque se lembrou de muitas imagens bloqueadas daquela tarde no apartamento de Sammy. Bloqueadas pelo próprio pai.

Richard ou Sammy tentou escapar pulando pela janela ainda sem roupa. Rodrigo pegou o aparelho de telefone do quarto na mão e atingiu diretamente na cabeça do rapaz. Quando ele caiu, Rodrigo começou uma sequência de murros na cara do jovem, que desmaiou depois do segundo golpe.

– Pare, pai! Você vai matá-lo! Ele não vale isso.

As mãos de Rodrigo estavam ensanguentadas. Era sangue dele e também de Richard. Ao ouvir a voz da filha parou.

Escutou também a sirene da polícia.

Capítulo 39

O governo da província de British Columbia sempre manteve seu sistema carcerário em perfeitas condições. A construção com quase um século do centro correcional de Vancouver Island estava em perfeitas condições. Uma reforma significativa nas instalações, nas celas e no sistema elétrico, tal qual todo o sistema de vigilância e câmeras, havia sido feita na década de 1990.

Era já o quinto dia que Rodrigo estava preso. Havia conversado duas vezes com Mikhail Rosenbaum, seu advogado e um amigo do clube dos rotarianos. Falava de forma pausada. A estatura muito alta, com dedos longos e olhos intensamente azuis, dava-lhe um aspecto amedrontador. Aceitou o caso do psicólogo não porque faziam parte da mesma comunidade rotariana, mas porque sabia exatamente o que seu cliente passava.

Por semanas, os jornais e programas sensacionalistas exploraram o caso do crime passional.

Um jovem imigrante, em coma por agressão, porque havia se envolvido com uma mulher casada. O traído era nada menos que o famoso psicanalista Dr. Rodrigo Mazal, que com golpes violentos, usando o aparelho telefônico do quarto dos amantes, deixou o jovem quase morto.

Um crime passional ou um ato de defesa de um marido ultrajado?

Capítulo 39

Os debates na mídia eram incessantes. Especialistas de todo tipo argumentavam a cada novo fato. Ávidos por mais expectadores, as redes de televisão exploraram o caso até o limite do imaginável.

As opiniões divergiam. Enquanto a maioria via o incidente como um caso de barbárie descomunal, fruto de um marido ciumento, outra parte compreendia que diante da cena do adultério, furor e honra ferida, qualquer ser humano teria um colapso agressivo. Toda pressão da mídia e da população poderiam afetar o veredicto. O advogado de Rodrigo sabia disso. Apesar da imparcialidade que um tribunal deveria apresentar, o júri seria formado por indivíduos de sentimentos e ressentimentos como qualquer outro ser.

Havia algo que poderia mudar o rumo da opinião pública e que faria o réu ser inocentado de forma rápida, ainda que Richard viesse a morrer. Todavia, Rodrigo hesitava. Não permitia Mikhail Rosenbaum tirar a carta da manga, acabando com toda aquela sandice que se tornara o caso.

– Precisa alimentar-se, Rodrigo. Já perdeu uns dois quilos, imagino.

– Não tenho fome, Mikhail. Falou com minha filha? Como ela está?

– Muito abalada com a cena que presenciou. Além da invasão de privacidade da mídia. Sequer pode voltar à escola.

– Ligue para minha mãe em Boca Raton. Diga a ela para ficar com Jane algumas semanas lá. Creio que, distante de tudo, será mais fácil.

– Posso fazer isso, mas sabe o que penso! – respondeu o advogado com um tom mais áspero na voz.

– E Petra? Como está?

– Ela está com uma amiga, em Whistler. Após depor foi para lá, tentando escapar dos repórteres.

– Pelo que notei o caso tornou-se público. É manchete dos tabloides – afirmou Rodrigo.

– Você é um profissional conhecido em toda costa oeste. Seus livros são *best-sellers* tanto no meio especializado como para o público geral. Muitas de suas pacientes são esposas de gente importante, na mídia e no poder.

– Como se isso valesse algo! – completou Rodrigo com voz embargada.

– O ato que cometeu, apesar de parecer um mero crime passional, tem muito mais e é isso que faço aqui. Temos que mudar o curso de tudo isso. É sua única chance de sair absolvido. E talvez até aclamado!

Na ala de visitas do centro correcional havia apenas mais duas pessoas visitando detentos. Rodrigo apoiou sua cabeça na mesa e derramou algumas lágrimas. Sabia que não adiantava orar, rezar ou fazer qualquer prece. O destino havia já sido traçado, restava-lhe compreender o rumo que tomara. Ergueu a cabeça, viu Mikhail Rosenbaum esperando por uma resposta sua e preferiu ainda seguir em silêncio. Sentiu o ar entrando em suas narinas e caminhar para os pulmões.

– Rodrigo, precisamos revelar que Jane foi abusada por ele. Basta-nos inserir no processo o depoimento dela de ter sido dopada, mais o possível vídeo que ela alega existir e o culto satânico a que foi submetida.

– Não.

– Toda esta condição mudará de figura. Mesmo que ele não morra e saia do coma, isso seria uma prova cabal para este caso.

– Por que insiste nisso? Não posso expor a imagem de minha filha e lançar sua honra no esgoto. Basta o que ela já passou!

– Já pensou, Rodrigo, no que ela está passando agora? A mãe distante que traía o pai com o próprio namorado. E o pai, seu maior referencial, na cadeia.

– Prefiro poupá-la. Ela já passou por muita coisa nessas últimas semanas – disse o psicólogo com os olhos marejados.

– Concordo com você. Entretanto, pior será se tiver que viver debaixo do mesmo teto que a mãe, tendo o pai na cadeia.

O argumento de Mikhail fazia muito sentido. Usava seu poder de persuasão típica de um profissional da área jurídica. Rodrigo sabia que estava sendo induzido, mas a tensão e a pressão daqueles dias não o faziam racionalizar tudo de forma clara. Pediu para que o advogado voltasse no dia seguinte, precisava pensar.

Escoltado por um agente penitenciário, Rodrigo, apesar da angústia e tensão que passava naqueles dias, ansiava voltar para a cela. Um espaço de menos de nove metros quadrados e um beliche feito de concreto. Dividia espaço com mais um detento que havia chegado poucas semanas antes, acusado de falsidade ideológica e tráfico.

– Como foi com seu advogado, doutor?

– Consegui ganhar mais um dia. Ele voltará amanhã.

– Então podemos prosseguir com nossa conversa. Meu tempo também é limitado.

– Sim, eu sei. Ainda estou perplexo com o que disse, Lúcifer. Estamos conversando por quatro dias já e não te perguntei, prefere ser chamado de outra forma?

– Meu nome, de fato, é Samyaza.

Um gelo na espinha, uma sensação de revolução no estômago e as pálpebras abriram-se instantaneamente no psicólogo. Era mera coincidência? Não podia ser verdade.

Capítulo 40

A geladeira estava ficando vazia e seria necessário sair para comprar comida. Jane sequer colocava a cara na janela. Havia uma dúzia de repórteres na frente de casa. Sua mãe ligava de hora em hora. Preferia ignorar. Sentia-se ainda muito abalada. O advogado de seu pai chegaria a qualquer momento. Mikhail Rosenbaum estava, por hora, também responsável pela garota que ainda era menor de idade. Jane subiu até o quarto, tirou o pijama, colocou um jeans e camiseta. Sabia que não podia, ainda, visitar o pai e pensou em escrever uma carta. Imaginou o quanto devia estar sofrendo.

Em menos de uma hora, o celular de Jane tocou. Ela pensou que poderia ser a mãe, contudo, era Mikhail Rosenbaum. Pediu a ele que telefonasse quando estivesse à porta. Ela abriria e somente depois de dez segundos entraria. Tempo suficiente para ir à cozinha e corresse, para que nenhum fotógrafo ou câmera pudesse gravá-la.

Sentados na sala de jantar, Mikhail perguntava sobre como estava lidando com tudo. Perguntou se tinha tudo de que precisava e comprometeu-se de mandar alguém, ainda antes do horário do jantar, para que abastecesse a dispensa da casa. Enquanto Rosenbaum falava, Jane, em alguns momentos, perdia a concentração, olhando o pomo de adão bem relevante que subia e descia durante a fala.

— Preciso conversar uma coisa com você, Jane. Muito importante.

Capítulo 40

– Também gostaria. Quero que mande esta carta ao meu pai. Pode me fazer este favor?

– Certamente. Como advogado de seu pai, tenho o direito de abrir esta correspondência. E como não quero violar a relação de vocês, se importaria em me dizer o teor dela?

– Apenas falei que estou com saudades e que não o culpo de nada. Digo que me sinto culpada por tudo que aconteceu. Acha que há algo incriminador nisso?

– De maneira alguma, Jane. Ia até te propor algo do tipo. É sobre isso que gostaria de falar.

– Tudo que eu puder fazer para ajudar meu pai. Se eu não tivesse armado todo o flagrante, isso nunca teria acontecido!

– Não é sua culpa. Você tentou desmascarar os dois. Não imaginou que seu pai perderia a serenidade. Estou seguro que pretendia ajudá-lo – disse calmamente o advogado.

– Queria vingança, Dr. Rosenbaum! Não merecíamos a forma como fomos tratados por eles!

– Entendo. Não precisa da formalidade. Pode me chamar de Mikhail. Porém, Jane, sabia que você pode ajudar a tirar seu pai dessa?

– Como assim? Faria qualquer coisa!

– Sendo menor, seu depoimento não tem o mesmo teor. Porém, se expor que foi abusada pelo amante de sua mãe e que tinham um relacionamento, isso mudaria o foco da mídia. Mesmo que não usássemos no tribunal.

– Sem problemas! Se quiser falo já com os repórteres.

– Não é bem assim. Seu pai é terminantemente contra essa atitude. Ele quer te preservar. E compreendo, pois sou pai também.

– Posso tentar convencê-lo. Meu pai raramente me diz "não". Vou escrever uma nova carta. Dê-me uns 15 minutos.

– Excelente, menina! Outra coisa, ele mencionou um vídeo de você com seu namorado e um ritual. Acha que conseguiríamos esse vídeo?

– Pelo que resgatei de minhas lembranças, se esse vídeo foi gravado mesmo ele deve estar no *notebook* de Sammy.

– Posso pedir um mandado judicial para angariar tais provas. Tudo depende da autorização de seu pai sobre sua exposição. Pense bem. Ficará exposta caso isso venha à tona.

– Sei disso, Mikhail. A liberdade de meu pai depende disso!

O advogado levantou-se e foi ao banheiro. A garota percebeu que ele lavava o rosto. Quando saiu, perguntou se podia tomar água. Ela assentiu com a cabeça, apontando a cozinha.

Enquanto escrevia a carta ao pai, Jane maquinava uma forma de entrar no apartamento de Sammy para conseguir aquele *notebook*. Teria que ser à noite.

Escrevia algumas palavras e tramava uma maneira de burlar os repórteres. A inocência do pai dependia dela.

Capítulo 41

Na casa da amiga Katrin, Petra sentia fortes dores de cabeça. Lembrava da cena, ainda nua em uma posição nada inocente, sendo flagrada pelo marido e filha. A imagem não queria desaparecer. Quando tentava dormir, os poucos bocados de sono eram povoados pelo instante do delito. Teria que depor naquela tarde, isto é, teria que mais uma vez reviver toda a história. Contratou o primeiro advogado que a amiga lhe indicou: Ramuel Malaque. Quando chegou para buscar sua cliente e levá-la para o depoimento, Petra notou como aparentava ser jovem. Muito bem arrumado e perfumado. Antes de saírem, ele queria revisar alguns itens sobre o momento da agressão.

– Imagino que esteja vivendo momentos tensos, contudo preciso apenas repassar alguns aspectos sobre aquele dia.

– Não há problemas. O que quer saber?

– Estava há muito tempo com esse envolvimento extraconjugal?

– Cerca de dois meses, no máximo.

– Ele sabia que a senhora era casada?

– Sim. Não disse de imediato quando nos conhecemos. Mas Richard sabia que eu era casada.

– E sabia que Richard era o namorado de sua filha?

– Desconfiei que ela saía com alguém. Sabe como são esses adolescentes, nunca contam tudo aos pais. No entanto, jamais imaginaria que eles fossem a mesma pessoa – disse Petra chorando.

– Entendo. E a senhora nunca violou o leito doméstico de seu matrimônio?

– Como assim? Não entendi o que quer saber?

– Já levou seu amante para sua casa? Já teve relações íntimas com ele em sua cama?

– Em minha cama nunca. Mas fizemos sexo em minha casa.

Cada cena proferida era plasmada diante dos olhos de Petra. Como um filme que alguém volta e reaperta o *play* do controle remoto. As imagens repetiam-se incessantemente. Sentiu nojo de si e dó do marido que a amava.

– A senhora acredita que é possível alguém testemunhar que tenha visto isso ocorrer? Ou mesmo testemunhado a senhora entrando em casa com outro homem, que não seu cônjuge?

– Creio que não, Dr. Malaque. Agora, sabe como são vizinhos!

– Sim, sei. A senhora já teve outros relacionamentos como esse? Já se envolveu ou teve algum outro encontro de cunho íntimo enquanto casada?

As pernas de Petra bambearam. A boca ficou amarga. Não conseguia responder. Aquilo tudo parecia um pesadelo. Cada pergunta parecia que a fazia afundar-se mais e mais numa areia movediça.

– Está se sentindo bem? A senhora entendeu minha pergunta?

– Entendi. A resposta é "não"! Nunca havia traído meu esposo.

– Há algo que a senhora queira compartilhar? Estou aqui para defendê-la judicialmente. Só poderei fazê-lo se tiver toda a informação possível.

– Foi há muito tempo. Meu marido apenas dava atenção para Jane. Sentia-me sozinha. E acabei revendo alguém com quem havia me relacionado. Imaginei que tivesse desaparecido definitivamente.

– A senhora acredita que isso pode vir à tona e interferir no processo? Imagino que as condições desse reencontro não tiveram qualquer envolvimento afetivo, apenas cordialidades. Há algum envolvimento desta pessoa que possa ter ligação com este incidente que agora lidamos?

– Temo que sim.

– Por que diz isso, Petra? Quem era este outro relacionamento? Ou parceiro sexual?

– Mikhail Rosenbaum, o advogado de meu marido.

Capítulo 42

A melhor forma de escapar sem que os repórteres a vissem era pelos fundos. Já havia feito isso algumas vezes, até mesmo quando Sammy deu carona. Jane vestiu calças escuras, tênis e moletom com capuz. Colocou na mochila uma garrafa de água, uma chave de fenda, martelo e um *pen drive*.

Restava esperar o melhor momento para sair e torcer que o destino estivesse do lado dela.

Da janela do quarto dos pais, acompanhava toda a movimentação na rua. Havia cerca de dez pessoas, entre repórteres e talvez algum curioso. Apagou todas as luzes da casa. Houve algum comentário do lado de fora, que provavelmente ela havia ido deitar. Aguardaria mais 30 minutos.

O primeiro obstáculo seria passar pelo cachorro do vizinho sem fazer grande estardalhaço. O *beagle* estava acostumado a brincar com Jane e iria latir, fazendo um alvoroço. Num saco plástico, a garota colocou pequenos pedaços de carne, daria um a um ao cão. Enquanto comesse não latiria e ela se encaminharia até a rua. Com todo cuidado, Jane destravou a porta da cozinha. Olhou cuidadosamente se não havia ninguém escondido em seu quintal e sequer fechou a porta para evitar mais barulhos. Assim que chegou à cerca viva, Tag, o cãozinho, deu um primeiro latido. Ela prontamente começou a alimentá-lo. Encaminhou-se para a parte frontal da casa dos vizinhos. Antes de fechar o portão e deixar o cão do outro lado, atiçou o animal para querer mais comida, mostrando a carne e a jogou na outra direção para que fosse buscar. Assim que o cachorro saiu em direção à carne, Jane correu em sentido oposto para pegar um táxi e ir ao apartamento de Sammy.

Após uma caminhada de quase oito quadras, conseguiu achar um táxi. O olhar do motorista revelava desconfiança, tanto pelo horário quanto pelo lugar que pegara a passageira. Ele puxou uma conversa para tentar sentir quais eram as intenções da garota.

– A menina está bem? Está com cara de assustada.

– Estou bem! – respondeu Jane, olhando para os lados e certificando-se que havia conseguido burlar os repórteres.

– Parece que está fugindo de alguém, menina?

– Só parece. Está tudo ok.

– Esta região anda bem agitada. Muita gente dos jornais tem vindo na casa do psicólogo chifrudo.

– Não ando acompanhando a TV – respondeu com tom de enfado.

Jane não queria nenhuma conversa. Estava nervosa. A adrenalina fluía em seu corpo.

– Irônica a vida! O homem passou a vida curando os problemas dos corações. Arrumando a cabeça dos outros e esqueceu-se de cuidar da família dele.

A vontade de Jane foi de falar algumas verdades na cara do taxista, mas preferiu guardar sua irritação, tinha um objetivo maior. Não valeria a pena colocar em risco ser descoberta. E estava já próxima do condomínio em que Sammy morava.

Quando o táxi parou em frente ao motel em que tudo aconteceu, a vontade de chorar dominou-a. Viu as fitas de isolamento colocadas pela perícia para investigação. Toda a cena veio à mente. Pagou o motorista e encaminhou-se para o apartamento de Sammy.

Tinha duas opções: ou tentava ir pela porta da frente, mas lembrava-se que havia cadeados enormes, ou ia pela escada de emergência, mas não sabia qual janela exatamente dava no quarto de Sammy, apenas seria mais fácil entrar. Quando chegou na porta da frente, viu que um casal, aos beijos, entrava. Aproveitou. Entrou antes que ela se trancasse. O casal estava quase consumando o ato no meio da escadaria, sem

Capítulo 42

sequer darem conta que Jane entrara logo atrás. Ela preferiu dar alguns segundos para que eles seguissem. Fingiu ir para outro apartamento. Ouviu alguns barulhos de trincos e correntes. "Não podia ser?!", pensou ela. "Eles estavam indo para o mesmo apartamento! Agora complicou ainda mais." Desistiu.

Já do lado de fora, Jane começou a escalar a escada de emergência. Sabia que seria impossível entrar pela porta com o casal lá. Restava saber se a janela que dava na escada não seria a mesma dos amantes. Após subir quatro lances, chegou até o andar. Começou a verificar as janelas e certificar-se qual apartamento, o que com os gemidos da moça facilitou muito. Tentava olhar por cada fresta para identificar qual ambiente estava. Não podia arrombar o quarto errado, ou seria pega e tudo iria por água abaixo. Sentiu um cheiro conhecido: o perfume que Sammy usava e o odor de seu quarto. Rapidamente pegou a chave de fenda que trazia em sua mochila, colocou entre as folhas da janela, apoiou as costas e forçou com o pé lentamente para não fazer muito ruído. Sem muito esforço o trinco cedeu e a janela abriu.

Tudo parecia igual no quarto de Sammy. A memória de Jane estava muito cristalina. Lembrava-se de tudo agora. O *notebook* ainda estava em cima de uma velha escrivaninha. Pegou-o e colocou em sua mochila. De repente, o casal que estava bem empolgado na sala ou no quarto ao lado parou. Ouviu passos. Jane gelou. Lentamente foi para debaixo da cama, esconder-se.

Arrependeu-se instantaneamente.

O cheiro insuportável alastrava-se por suas narinas. Havia roupa, meias e embalagens de comida de meses. Não podia sair, pois viu alguém entrar no quarto. Era o pé de um homem. Ela o ouviu resmungando.

– Malditas humanas! Antes podíamos fazer o que quiséssemos com elas. Agora ainda temos que usar camisinha.

– Onde você está, cachorrão? – gritou a mulher com uma voz rouca, claramente tomada de álcool.

– Um minuto! – respondeu ele, voltando em seguida a murmurar algumas palavras indecifráveis. – E esta porcaria de *basar* que estou usando não vai aguentar mais muito tempo. Preciso arrumar outro corpo.

Jane não entendeu nada. Temeu muito. O que ele estava dizendo? Reclamando de humanos? Falando de *basar*? E arrumar outro *corpo*? Assim que ele pegou alguma coisa na gaveta do criado-mudo e saiu, Jane deslizou debaixo da cama. Pulou pela janela. Olhou para trás, viu o quarto pela última vez. Entristeceu-se muito e partiu. Sequer preocupou-se em fazer menos barulho ao descer as escadas. Apenas queria ir embora. Correu até a George Road, ansiando por um táxi. Passava das duas da madrugada. E havia esquecido o celular.

A chance de um táxi ali era mínima. Pensou em ligar para pedir, não viu nenhum orelhão por perto. Não podia entrar no motel e pedir para usar o telefone, seria reconhecida. Caminhou por quase uma hora. Começou sentir o peso da mochila com o *notebook*. Finalmente, avistou um telefone público, telefonou para a companhia de táxis e depois de 15 minutos já estava rumo à sua casa.

Sem se preocupar com fotógrafos e repórteres, Jane saiu do táxi. Caminhou na direção da porta serenamente. Notou o desespero dos fotógrafos, aprontando suas máquinas que estavam guardadas. Repórteres perguntavam por onde ela saíra que ninguém percebeu. Não falou uma só palavra com eles. Antes de fechar a porta, sentiu os olhos ofuscarem com alguns flashes.

Jane foi direto para a mesa da sala de jantar. Abriu a mochila, tirou o *notebook* e o ligou. Enquanto entrava no sistema operacional, sentiu que precisava ir ao banheiro. Passou pelo seu quarto e pegou o celular: cinco chamadas perdidas, todas de sua mãe. Ignorou-as. Depois, pegou um mouse do computador no escritório, conectou no *notebook* e começou a vasculhar os arquivos gravados. Havia textos em alguma língua que desconhecia. Não sabia se árabe ou hebraico. Imagens de diferentes cidades pelo mundo e também pornografia. Até que clicou na pasta de vídeos.

A cada diferente mulher que Jane via tendo relação sexual com Sammy, mais ela se sentia enojada dele e de si. Havia cerca de 20 mulheres diferentes. Alguns vídeos aconteciam com outros homens e parceiras.

Estranhamente, nenhum vídeo era o dela.

Capítulo 42

Ficou irritada e aliviada ao mesmo tempo. Aliviada, pois talvez estivesse com sua imagem preservada. Todavia, não poderia ajudar o pai em seu processo. Pensou em notificar Mikhail Rosenbaum. Ele poderia usar como forma de incriminar o rapaz em coma. Jane notou também que em todos os vídeos havia certos rituais e cânticos estranhos. Apavorou-se com as cenas.

Algo tinha um aspecto estranho em tudo aquilo. Ainda mais depois de ouvir o que falou o companheiro de apartamento de Sammy.

Quando ia ligar para o advogado, olhou o horário: quase quatro da manhã. Pensou em não incomodá-lo, porém cada minuto contava. O pai estava na cadeia. Olhou para a tela do *notebook* mais uma vez. Viu um atalho com o nome PROJETO AMGD. Jane clicou. Finalmente se deparou com o que temia encontrar.

Viu-se nua. Semilúcida, fazendo sexo com Sammy que olhava para câmera e entoava alguns sons ou cânticos muito estranhos.

Jane chorava copiosamente. Olhou novamente para a tela. Os olhos do rapaz verteram-se numa coloração estranha, esverdeada. Podia apenas ser a iluminação ou definição da câmera do *notebook*. A cena era pavorosa. Foi para o final da filmagem e viu Sammy tocar em sua barriga, dizendo: "Cresça e em breve terei como retornar!". Jane ficou estarrecida. Não sabia direito do que se tratava.

Ficou petrificada por alguns segundos.

Depois foi até o escritório. Olhou no calendário. Fez mentalmente alguns cálculos.

Notou que sua menstruação estava atrasada já havia uma semana.

Capítulo 43

Assim que acordou, Rodrigo sentiu fortes dores no pescoço. O colchão e travesseiros estavam acabando com ele. Apesar da boa infraestrutura na instituição de correção. Suas reflexões eram sobre o próprio caso. Estava ciente ser réu primário e ter bons antecedentes. No entanto, a qualquer segundo poderia tornar-se um assassino.

Ouviu gritos e xingamentos. Em sua nova rotina aquilo havia tornado-se costumeiro. Olhava para o tecido do lençol que revestia a cama. Observava os fios mais grosseiros que se entrelaçavam, formando-o todo. Olhou para a cama de baixo do beliche. Viu o braço do companheiro de cela para fora. Sabia o que aquilo queria dizer.

Ele estava morto.

Não se surpreendeu. Não aguentaria muito. Havia sido avisado e explicado as razões. Razões estas que ainda percorriam seu cérebro, como a maioria das coisas que ouvira nos últimos seis dias. E também tudo que ouvira nos últimos meses.

Após duas mordidas em seu pão, sem sequer ter tomado um gole de café, foi levado para a sindicância investigativa prisional. Numa sala branca, sem mesa, com apenas um banco de madeira e uma cadeira de plástico esperou por 30 minutos. Não sabia o que ou quem aguardava. Pressupunha que seria questionado sobre a morte de seu companheiro de cela. O diretor do centro correcional de Vancouver Island fora nada amigável, deixando claro suas desconfianças.

– Doutor Rodrigo Mazal, parece que algumas pessoas tendem a morrer ou ficar em coma quando próximas do senhor, nos últimos tempos.

– Parece que sim.

– Alguma explicação plausível? Será que Freud explica ou o senhor mesmo é capaz? – disse sendo sarcástico.

– Freud certamente teria algumas boas teorias. Até mesmo para seu comportamento, buscando impor sua masculinidade e autoridade. Sempre um mecanismo de defesa. Uma máscara para velar quem somos. Seu pai abandonou sua mãe quando ainda era criança. Estou certo?

Ao ouvir essas palavras, Norbert F. Milles, o diretor do centro, foi tomado pela fúria. Estava possesso de ira. O desacato do detento passara dos limites. Milles desconhecia a capacidade do Dr. Rodrigo Mazal. E se questionou como ele sabia sobre sua vida.

– O que quer dizer com isso, doutor? Posso te fazer passar dias aqui que jamais esquecerá! Te coloco em uma cela que vai se sentir com o Diabo.

– Vai ser difícil isso! Acho que já fez. E ele já partiu. Mas não ando duvidando de mais nada ultimamente – falou o psicólogo jocosamente.

– Quem partiu, doutor? Está debochando de minha cara?

– Meu caro, sou apenas um acusado e não um condenado. Logo, qualquer coisa que ocorra comigo aqui irá ser usado por meu advogado contra você e a instituição governamental. Sendo assim, se o senhor já fez todas as perguntas que quis eu gostaria de voltar, porque não tenho mais nada a dizer.

O argumento de Rodrigo tinha razão. O que aumentou ainda mais o furor de Norbert F. Milles.

– Guardas! Levem o "doutor" daqui. E podem colocá-lo na cela da Lady Moon.

O nome de seu novo companheiro de cela soava nada atrativo, apesar de inusitado. Rodrigo sequer pôde voltar a tomar café. Pegou seus utensílios e foi direcionado para a nova acomodação. Assim que entrou, viu um homem de origem afrodescendente. Provavelmente, tinha dois metros de altura e músculos espalhados em todas as áreas do corpo. Rodrigo, de origem latina, corpo mediano e menos de um metro e oitenta seria triturado em segundos. Diante daquela massa de músculos, o psicólogo ficou perplexo. Só não havia entendido o porquê do apelido do negro.

— Bom dia. Qual beliche você usa? — perguntou Rodrigo com educação.

Com voz muito grave o interno indagou:

— Então você será meu novo companheiro?

— Sim — respondeu o psicólogo, hesitando e temendo qualquer resposta que causasse alguma reação no colega de cela.

Antes de falar com Rodrigo, Lady Moon aproximou-se dele, encurralou-o entre a parede. Fechou-o nas grades e olhou fixamente para o psicólogo.

— Esta noite sentirá o afeto de um homem!

Uma gota de suor escorria pelas costas de Rodrigo. Não tinha saliva para engolir. Seria abusado e nem teria como fugir ou recorrer a alguém. Viu o tamanho físico do negro.

Desesperou-se. Precisaria arrumar alguma artimanha para não ter que ficar com Lady Moon aquela noite.

Quando terminou de organizar seus pertences na cela, ouviu o sistema de som chamar seu número. Pensou ser a visita de seu advogado com mais informações. Haviam se falado dois dias atrás. As coisas estavam ficando mais delicadas dentro da prisão. Assim que passou pela segunda porta de aço, viu uma caixa com seus pertences. Um funcionário conferia os objetos e os entregava. Apontou onde poderia trocar-se, vestir suas próprias roupas e deixar o uniforme. Antes de entrar no vestiário, o diretor do centro correcional apareceu e ironicamente comentou a sorte que o psicólogo tinha, sequer iria passar a noite de núpcias com seu novo companheiro. Rodrigo preferiu não responder, apenas queria ir embora. Despediu-se secamente, agradeceu a hospitalidade, de forma também irônica, e partiu.

No lado de fora, esperando em seu Pontiac, estavam Jane e Mikhail Rosenbaum. Deu um aperto de mão firme em seu advogado e um longo abraço na filha.

— Como conseguiu, Mikhail? — perguntou Rodrigo.

— Tem uma aliada muito inteligente e perspicaz! Sua filha. Deve agradecer a ela, somente.

Capítulo 43

— O que quer dizer? O que você fez Jane?

— Temos muito que conversar, pai. Achei o vídeo do Sammy. E Mikhail fez um acordo com a promotoria. Não revelarão as imagens ao público, uma vez que ainda sou menor de idade. Por ora, desfrute da liberdade e saiba que te amo muito.

— Também te amo, filha. Mikhail, pedi que não envolvesse minha filha.

— Pai, nem o Dr. Rosenbaum sabia. Depois te conto tudo. Longa história.

— Rodrigo, sua filha foi muito corajosa. Devia estar orgulhoso dela.

— E qual a sensação de estar livre, pai? Deve ser indescritível!

— Pena é que tinha um encontro para esta noite — brincou Rodrigo.

— Como assim? — perguntou Jane.

— Longa história. Depois te conto — respondeu Rodrigo esboçando um riso e lembrando-se do que se safara.

Mikhail olhava para Rodrigo e Jane, sabendo que teriam apenas um curto espaço de tempo, antes de tempestades, muito maiores que aquelas, chegarem sobre ambos.

Capítulo 44

A imprensa salivava por mais detalhes. Mikhail Rosenbaum, de forma discreta, repassou a alguns jornalistas imagens dos rituais, que Richard e seus amigos faziam parte. Algumas dessas vítimas eram mulheres casadas com pessoas influentes, o que complicou a situação do rapaz ainda em coma. Rodrigo, por outro lado, sabia que em pouco tempo o jovem morreria. E não sentia o menor remorso. Quem o havia matado não fora ele com os golpes. Morreria porque o corpo humano não resiste por muito tempo ser um *basar*.

A outra morte também não abalou o psicólogo. A morte do companheiro de cela quase virou notícia nos tabloides. Mikhail prontamente agiu abafando. Explorariam qualquer conexão plausível e impossível. Rodrigo seria acusado até a promotoria vir a público anunciar que, mediante as provas cabais e sigilosas, teria que acatar o posicionamento de defesa, liberando o réu das acusações.

As semanas seguintes marcaram a fase de transição da vida de todos. Rodrigo, Petra e Jane se mudariam. Separadamente cada um teria sua própria vida.

***

– Podem liberar Petra para entrar em contato com Rodrigo. A segunda fase do plano já pode dar início! – ordenou Mikhail ao celular, no caminho para a casa de seu cliente.

Capítulo 45

Apesar do afeto enorme entre pai e filha, aquelas semanas foram bem diferentes. Os dois passavam boa parte do tempo sozinhos, com seus pensamentos. Durante as refeições conversavam sobre assuntos ocorridos na mídia e a formatura no colégio. Assuntos mais delicados eram evitados. Sabiam, contudo, que teriam de conversar. Rodrigo e Jane buscavam alguns poucos momentos de paz.

Os últimos grãos da ampulheta escoavam.

Aquele tempo pacífico chegava ao fim.

O que ainda incomodava Rodrigo era o fato de ter que conversar com Petra. Não falara com a esposa desde o flagrante. Ela sabia que não podia pedir muito. As provas, em relação ao adultério, a deixaram com poucas expectativas de permanecer com o marido e também de pleitear qualquer benefício. Rodrigo mandou uma mensagem pelo iPhone, marcando para encontrarem-se no fim da semana. O que ela prontamente aceitou.

***

Entrar na própria casa parecia algo bem diferente. Petra tocou a campainha e quem a recebeu, para sua surpresa, foi o advogado do marido.

Olharam-se demoradamente.

Na sala de estar estava Rodrigo, com roupas bem casuais. Instantes depois a filha, de vestido azul, chegou. Petra não se lembrava daquela roupa que usava. Caminhou em direção da filha. Abraçou-a. Jane apenas pousou a mão sobre seu ombro, dando a mensagem evidente que não estava nada confortável, muito menos feliz por revê-la. Rodrigo gentilmente deu um abraço e um beijo no rosto da esposa. Na expressão de Jane estava claro que achou demais a reação do pai, após tudo que a mãe fizera.

– Por que a presença do Mikhail Rosenbaum, Rodrigo?

– Não poderia ser diferente, Petra. Concorda?

– Sim, mas apesar da dificuldade, gostaria de conversar com você e milha filha, apenas.

– Não há problemas! Voltarei em uma hora, preciso resolver algumas coisas no centro. Quando voltar, retomaremos, ok?

– Agradeço, Mikhail. Creio que será melhor. Até daqui a pouco! – respondeu Rodrigo, enquanto acompanhava o advogado até a porta.

– Agradeço a compreensão, Rodrigo. Sei que não estou em posição de exigir ou pedir nada – falou Petra.

– Ainda bem que tem consciência, ao menos disso! – comentou Jane em tom sarcástico.

– Jane, ela é sua mãe. E tem todo o direto de falar e dar as explicações que achar conveniente.

– Você é muito bom, pai. Por isso ela te tratou... Ou melhor, nos tratou daquela forma.

– Filha, sei que te decepcionei. Destruí nossa família. Menti e traí. Fui covarde. Magoei aqueles a quem deveria ter tido dignidade. Por isso pedi estes instantes com vocês.

– De minha parte, Petra, não há nada que precise explicar.

– Imaginei que diria isso. Mas, preciso pedir perdão à minha filha e ao homem que só me amou. E eu só o feri.

– Que drama! – balbuciou Jane.

– Petra, você fez as escolhas que seu coração, ainda que turvo e sem enxergar claramente, achou serem melhores. Creio que também tenho uma parcela de culpa. Nosso relacionamento era formado por duas pessoas. Um somente nunca é o culpado. Talvez faltei em alguma coisa. Talvez não fui um marido mais presente. Não fui o que desejava que fosse.

Capítulo 45

Todos choravam neste instante. Jane pelas palavras do pai, das quais discordava completamente. Ela jamais admitiria que ele fora um marido que deixou de oferecer algo. O pai resumia o homem que toda mulher sonhava: carinhoso, atencioso, afetivo e inteligente. Petra chorava pela sensação de culpa. Traíra o marido com a mesma pessoa que a filha estava se relacionando. E havia sido pega enquanto estava na cama de um motel. Tinha decepcionado muita gente, além de si mesma. Rodrigo chorava porque ainda não entendia, totalmente, as razões daquilo tudo ter acontecido em sua vida. Sabia que algo maior conspirava contra ou a seu favor, mas alguma coisa lhe dizia que era algo muito maior que podia imaginar. Cada membro da família lamentava pela mesma coisa e por razões distintas ao mesmo tempo.

– É um momento duro e difícil a todos. Não vejo, Petra, outra forma de amenizar sem criar mais cicatrizes que o divórcio.

– Imaginei que iria propor.

– Como se fosse preciso ser Nostradamus para adivinhar isso! – murmurou Jane no canto da sala.

Rodrigo apenas olhou, mostrando sua indignação quanto ao comentário da filha.

– Não podia esperar mais que isso. Não devo sequer me opor. Por isso seu advogado estava aqui, certo? – disse Petra.

– Sim. Quero que tudo seja de forma amigável, pacífica. Já passamos por problemas suficientes. Não acha?

– Concordo. Conversei com meu advogado, Rodrigo. Estou também disposta a colaborar em seu caso. Quero depor a seu favor. Mesmo sabendo que posso receber algumas consequências, gostaria de ao menos remediar.

– O mínimo que deve fazer! – balbuciou novamente Jane, que recebeu outro olhar de reprovação do pai.

– Agradeço sua compreensão, Petra. Se puder, também assine estas folhas, Rosenbaum deixou tudo pronto. Basta apenas sua assinatura para dar entrada no divórcio.

– Claro. Assino, sim. Triste tudo isso.

O clima continuou horrendo. A conversa fora muito mais de silêncios e lembranças que de palavras pronunciadas. Muita mágoa pairava no ar. A tristeza encharcava os corações dos três membros da família. Não havia como fazer aquilo passar, apenas o tempo.

Petra levantou-se, pediu permissão para pegar algumas peças de roupa e disse que tiraria tudo que pertencia a ela em uma semana, no máximo. Rodrigo disse que não precisava ter pressa. Sempre seria bem--vinda naquela casa, pois tinham uma filha linda em comum. Minutos depois desceu com uma mala cheia. Deu um abraço em Rodrigo e Jane, sentada no sofá, despediu-se da mãe apenas com um gesto.

– Dê tempo a ela! – sussurrou o ex-marido no ouvido de Petra.

Capítulo 46

Precisava ligar para os pais na Flórida. Deixá-los a par de como tudo estava com ele. Rodrigo pousou a caneta sobre o papel para buscar o aparelho quando o telefone tocou. Estranhou pelo horário. Mikhail Rosenbaum perguntava se havia escutado os noticiários nos últimos instantes. O advogado reportou a notícia da morte de Richard, próximo da meia-noite. A reação de Rodrigo foi apática. Sequer preocupou-se em acordar a filha para avisar. Ela até ficaria um pouco abalada, uma vez que era seu namorado. Colocou o telefone de volta no gancho e seguiu escrevendo. Anotava tudo que se lembrava das seis semanas com Deus. Tinha também outro material, o que ouvira de Lúcifer, nos dias em que esteve preso. Não podia esquecer-se das gravações que conseguiu fazer no consultório. Eram poucas, mas seria bom relembrar a voz e as conversas com Deus: chocantes, mas muito esclarecedoras.

Na manhã seguinte, Jane percebeu que o pai não dormira em seu quarto. Ao descer, sentiu o cheiro do café, um aroma diferente, porque era o que trouxera da casa dos avós, vinha diretamente do Brasil. Não tinha o costume de tomar tal bebida, mas o sabor daquele tinha algo de especial. Enquanto tomavam café, aproveitou para relatar como obtivera o vídeo. Rodrigo ficou chocado com a coragem da filha e indignado com os riscos que sabia ter corrido. A adolescente omitiu a fala misteriosa do companheiro de apartamento de Sammy.

O psicólogo também não havia ainda contado com quem falara na prisão e quem desconfiava ser o amante de sua esposa e sua filha.

– Não devia ter se arriscado desta forma, Jane. Eu não me perdoaria se algo tivesse acontecido com você.

– Fui cuidadosa, pai. Sou quase uma espiã profissional!

– Engraçadinha. Quero te falar de outra coisa. Nada agradável.

– Creio que já sei. Vi pela televisão durante a madrugada. Ele morreu. Acho que você terá que depor novamente, né?!

– Provavelmente, uma vez que agora estamos falando de um assassinato. Ainda que involuntário. Por sorte temos este vídeo em nosso favor.

– Acha que sairá tudo bem?

– Mikhail fará o possível, sei disso. Mas creio que não será nada fácil. Terei ao menos alguma punição.

Rodrigo colocou a xícara na pia, pediu licença à filha e foi telefonar para o advogado para saber a estratégia que tomaria diante do caso. Jane se deteve mais um pouco, acompanhando enquanto ele subia a escada e falava com o Mikhail. Foi até o escritório do pai. Queria saber no que ele trabalhara. Uma pilha de livros estava separada ao lado da cadeira giratória em frente à escrivaninha. Havia papéis rabiscados e uma bíblia judaica da mãe, aberta nas primeiras páginas. A garota olhou o texto que o pai escrevia. Achou interessante e não sabia se tratava de ficção ou se ele de fato teria conversado com aquele indivíduo. Quase uma hora depois, Rodrigo ainda estava ao telefone com o advogado. Jane seguia lendo o artigo. Teria que mostrar os vídeos e contar o que ouviu naquela noite no apartamento de Sammy.

Existia alguma conexão que ela não conseguia ainda fazer.

– O que está fazendo, mocinha? – perguntou o pai, fazendo a menina dar um grito e pular da cadeira.

– Estava lendo seu artigo, não podia?

– Não está pronto ainda. O que achou?

– Muito interessante! E teremos algumas coisas que conversar.

– Por que diz isso? – perguntou ele, curioso.

Capítulo 46

– Porque enquanto estava escondida embaixo da cama de Sammy, aconteceu algo assustador. Ouvi o amigo dele falando algo sobre as mulheres e seres humanos. Algo a respeito de não poderem mais ser usadas como antes. Além de falar algo sobre *basar*.

O rosto de Rodrigo transfigurara. Jane percebeu que ele sabia de algo a mais. E parecia ser nada bom.

– Gravei uma cópia. Vou te dar meu *pen drive*. Veja os vídeos que estavam no *notebook* de Sammy, pai.

– Sim, quero ver tudo. Preciso ver tudo. Pode parecer difícil de acreditar, mas este amigo dele, provavelmente, era um demônio ou vigilante caído.

– Um demônio? Como assim, pai?

– Temo que Richard, ou Sammy, não era quem você e sua mãe pensavam ser.

Por um instante, Jane parou e associou o que lera no artigo do pai com o que ele acabou de dizer. Tudo se encaixava, apesar de muito irreal. Lembrou-se das marcas e símbolos no quarto de Sammy. As evocações que fez enquanto tinha relações com as mulheres. Só não entendeu porque com a mãe não teve nada disso. Não havia nenhum vídeo com Petra ou qualquer ritual em que ela tivesse sido envolvida.

Passou pela sua cabeça também que aquela era a terceira semana de atraso de sua menstruação.

Jane sentiu-se mal.

Antes de desmaiar atrás do pai, perguntou qual era o título que ele iria dar ao artigo. Rodrigo respondeu.

A garota sequer ouviu o que ele dissera e caiu ao chão.

Capítulo 47

Reler algumas mensagens no celular mandadas por Sammy foi muito difícil. Apagá-las era imprescindível. A primeira vez que se permitiu amar e entregar-se foi uma calamidade. Jane deletou todas as mensagens do aparelho. Rasgou a única foto que tinha dele. Só não apagou o vídeo em que estavam juntos no apartamento porque eram provas ao processo do pai, que agora caminhava para um desfecho. *A dúvida seguia dentro da garota: quem era, de fato, Sammy? E por que ele fazia tais rituais com as mulheres que saía? O que significava o comentário que fez ao ventre dela, depois de dopá-la e abusar sexualmente?*

    O que a atormentava, naquelas semanas, ainda era a menstruação que seguia atrasada.

    Duas semanas após o pai ter voltado para casa, Jane havia já voltado às aulas. Estava às vésperas de provas finais. O clima no colégio andava meio estranho. Alguns a olhavam, fazendo comentários entre si. Outros a ignoravam. Alguns se aproximavam por curiosidade, querendo saber se o que os jornais relataram era verdade ou mentira. A garota preferiu limitar ao máximo seus comentários. Tentou concentrar-se nas aulas e nas provas finais.

    A bela quinta-feira ensolarada, todavia, veio acompanhada de uma fria brisa, típica de quando o outono aproximava-se. No caminho de volta para casa, leu a mensagem enviada pelo pai, avisando que colocara a casa à venda. A filha achou a ideia interessante. Pensou nas mudanças que a

Capítulo 47

vida ainda tomaria nos meses seguintes. Parou na farmácia e comprou um teste de gravidez, não podia mais protelar aquela tortura psicológica. Mudou de direção no meio do caminho e foi para a casa da amiga Patrícia, que já fizera o teste algumas vezes. Precisava de apoio e compartilhar ao menos parte da angústia que estava passando.

No banheiro da casa da amiga, após, desajeitadamente, ter urinado sobre um bastão de plástico, esperava os minutos mais longos da sua vida.

– Calma, Jane. Seja qual for o resultado, encontraremos uma solução. E me sinto até culpada, porque foi na minha casa que conheceu aquele desgraçado.

– Você não tem culpa alguma. Quem foi para o apartamento dele e estava decidida a ir para a cama com ele fui eu.

– Ainda bem que as imagens suas com ele não acabaram parando em algum site!

– Nem me fale! Este era o maior temor do meu pai. E meu também, claro!

– Acho que o tempo já deu. Quer ir você olhar ou prefere que eu veja?

– Vamos juntas! Não! Pode deixar, quero ver primeiro! – respondeu Jane.

– Ok! Vou ficar do outro lado da porta ansiosa, esperando uma reação sua.

A maçaneta do banheiro estava muito gelada ou a mão de Jane muito quente. Ela entrou no banheiro da amiga e logo enxergou apoiado na pia o bastão do teste. Notou na primeira abertura um traço azul. Se parasse ali, tudo bem: um traço significava negativo. Jane fechou os olhos. Deu mais um passo. Agora o ângulo de visão já permitia a ela saber se havia ou não um segundo risco. Antes de abrir os olhos pensou em fazer uma prece e pedir a Deus. Mas sequer sabia como falar ou orar. Precisava descobrir a verdade.

Jane precisava abrir os olhos e encarar a realidade que estava diante e talvez dentro de si.

Abriu os olhos. Sentiu que a amiga estava colada na porta, tentando ouvir qualquer reação sua no lado de dentro. Olhou para cima. Lentamente baixou a cabeça e os olhos. A linha azul tinha uma paralela: eram duas linhas. Positivo.

Estava grávida.

– Jane, está bem aí? – perguntou Patrícia, batendo levemente na porta.

– Sim. Não!

– Vou entrar! O que houve? Por que está chorando? Deu positivo?

– Sim. O que eu faço agora?

– Acalme-se, amiga. Daremos um jeito.

– Como? – perguntou Jane aos prantos.

– Tudo depende do quanto está disposta a ter ou não esta criança!

– Não pensei nisso ainda. Mas como posso ter um filho agora? Estou prestes a ir para a faculdade. Meus pais acabaram de passar por um divórcio e eu fui, praticamente, violentada.

– Jane, fiquei grávida no final do ano passado. Saía com o Fabrizio, aquele aluno de intercâmbio, da Itália.

– Sim, lembro-me. Você perdeu a virgindade com ele, não é?

– E da mesma forma, acabei engravidando na primeira vez que fizemos.

– O que você fez... Um aborto, Patrícia?

– Sim. Ele queria ter a criança. Foi contra, porque era católico. Achava um assassinato abortar. Eu não podia nem sonhar em contar aqui em casa, sabe como minha mãe é surtada, às vezes, por qualquer coisa?!

– Como fez? Numa clínica? – perguntou Jane chorando.

– Minha prima, Emily, de Seattle, havia feito já, mas acabou encontrando uma amiga da mãe dela na sala de espera e todo mundo ficou sabendo. Então, ela me indicou que eu fosse para o Oregon, numa cidade chamada Forest Grove. A cidade é pequena. Não havia ninguém que pudesse me conhecer. Peguei um ônibus, falei para minha mãe que iria para Whistler esquiar e fiz o aborto lá.

– Nunca me disse isso, Patrícia!

– Acha que me sinto orgulhosa por isso? E não podia correr o risco do Fabrizio saber. Disse a ele, depois, que havia passado mal em uma viagem com meus pais, comecei a ter sangramento e hemorragia. Depois foi só dizer a ele que havia perdido naturalmente.

– Preciso pensar! – disse Jane cabisbaixa.

– Não leve muito tempo! Outra coisa, Jane, lá o preço é bem mais em conta. Se quiser também podemos ir para Winnipeg. Tenho uma tia que mora lá, posso dizer que vamos passar um final de semana por causa de algum evento. Seu pai é muito conhecido aqui no Canadá. O caso de vocês acabou deixando seus nomes ainda mais evidentes. Creio, ainda, que fazer na clínica de Forest Grove é a forma mais discreta.

– Também acho. Eu realmente preciso pensar.

– Assim que tomar uma decisão me avise. Estarei aqui para qualquer coisa.

– Você é uma amiga de verdade!

Em casa, deitada de bruços na cama chorando, Jane buscava uma forma de contar ao pai. Sabia que ele seria muito compreensivo, porém seria outro golpe. "Ele não merece, depois de tudo que está passando", pensou a garota. Abortar nunca passou pela sua mente. Ainda mais se pensasse de forma ética ou com princípios religiosos. Havia também a questão do ritual satânico com o qual parecia estar Sammy envolvido. De uma forma ou outra, ela precisava conversar com o pai. Ele sabia de muitas coisas que sequer foram reveladas durante o processo, no entanto, nunca comentou com a filha para poupá-la. Teria que investigar e conseguir algumas destas informações, mediante isso teria como tomar uma decisão. Contar ou não ao pai. Fazer ou não o aborto.

Ouviu o pai chegando. A garota lavou o rosto para limpar as lágrimas. Antes de sair do quarto, viu que as cortinas tinham algumas manchas, precisava avisar a faxineira. Aquilo sempre fora função da mãe, agora ela precisaria assumir outras responsabilidades, a de mulher da casa.

No andar de baixo, o pai estava todo feliz na cozinha porque trouxera comida marroquina e também uma fruta que Jane nunca vira. Assim que viu a filha descer, notou que ela tinha chorado, mas preferiu não comentar. A fruta verde e espinhosa que trouxera parecia suculenta quando abriu, tinha uma aparência leitosa na parte interna. Rodrigo disse à filha que chamava-se graviola, uma fruta típica do norte e nordeste brasileiro, apesar da origem ser das Antilhas. Jane sequer conseguiu pronunciar o nome, havia tentado aprender português, para poder falar com a família do pai, mas sempre foi um desastre. E quando tinha que falar com a avó, na Flórida, soltava umas frases em espanhol.

Sentou-se no balcão da cozinha com o pai e experimentou a fruta. O sabor muito doce encantou Jane, além da textura macia e aroma inebriante, típico das frutas de países tropicais. Aproveitou o bom humor do pai, que estava concentrado na graviola, e puxou uma conversa para que conseguisse as informações que precisava.

– Sabe que apesar de tudo que andamos passando, estou muito feliz, pai. Estamos ainda mais unidos.

– Ambos sofremos em proporções semelhantes, Jane, e acabamos nos identificando.

– Que porre ter um pai psicólogo! – disse a filha rindo e ironizando o pai.

– Quer trocar de pai? – perguntou Rodrigo, bagunçando o cabelo dela de forma afetiva.

– Nunca! Você é maravilhoso.

– Te amo muito, abobrinha.

– Pai, como foram as audiências durante o processo? Você não comentou coisa alguma.

– Algumas foram muito estressantes, Jane. Tive que repetir a mesma história e alguns fatos quatro ou cinco vezes seguidas.

– Por alguma razão? Eles usam essa técnica para ver se o cara não está mentindo, né?

– Sim, até levá-lo a entrar em conflito com a própria versão, caso tenha inventado.

– E quando mostraram o meu vídeo? Foi muito difícil?

– Sinceramente? Preferi não olhar. Apenas ouvi cuidadosamente. Aquelas imagens me transtornariam. Voltariam à minha mente diariamente.

– Perdoe-me mais uma vez... Te peço perdão – disse Jane, olhando de forma afetuosa o pai.

– O importante é que superamos tudo isso.

– Você foi muito forte. Como aguentou os dias em que estava preso?

– Foram momentos muito tensos. Entretanto, tive uma companhia bem perturbadora para conversar – quando disse, os olhos do pai ficaram fixos, como que estivesse relembrando momentos com o companheiro de cela.

Capítulo 47

Jane preferiu mudar o rumo da conversa. Além de perceber que aquilo ainda parecia muito desconfortável ao pai, queria saber mais sobre seu ex-namorado.

– Falou com minha mãe esses dias?

– Ela ficou de vir aqui nas próximas semanas para pegar o restante das roupas e objetos pessoais.

– Pai, estou com algo que não quer sair da minha cabeça. Acha que o Sammy não sabia mesmo que éramos mãe e filha? Ou será que fez de forma premeditada?

Rodrigo voltou os olhos para o prato que tinha inúmeras sementes da fruta. Fitou a filha e lembrou tudo que Samyaza havia dito na cela. Não sabia se falava tudo ou se escondia para não assustá-la. "Nem todo indivíduo está preparado para a verdade", cogitou ele em sua mente. Parou de mastigar. Retirou mais duas sementes da boca. Colocou-as no prato. E achou melhor falar.

– Sammy não era quem você pensava que fosse!

– Sem dúvida. Nem sei se o nome dele era Richard, Sammy ou outro nome. Era até um problema de dupla personalidade. Ou tripla, vai saber?!

– Não é isso que estou falando. O nome da pessoa que morreu, ou melhor, que está no processo que matei é Richard. Contudo, com quem você se envolveu era Samyaza.

– Não estou entendendo, pai. O que quer dizer?

– Sei que vai parecer muito estranho. Ou vai achar que fiquei louco. Mas Richard nem sempre era ele mesmo, ele era tomado, possuído por outro ser: Samyaza.

– Possuído? Como assim?

– O que você viu no vídeo foi claro que ele estava em algum transe ou possuído por alguma identidade obscura. Nos dias em que estive preso fiquei na mesma cela que ele.

– Ele quem, pai?

– Samyaza.

– Estou confusa. Ele não estava no hospital em coma e depois morreu? Como está me dizendo que estava na cadeia contigo?

– Uma longa história. Lembra-se daquele artigo que estava escrevendo? E que pensei em fazer um livro? Voltou a lê-lo em meu computador?

— Não.

— Pois leia-o. Só assim vai começar a entender alguma coisa. Depois continuamos esta conversa.

Jane viu o pai levantar-se da mesa, colocar o prato na pia e ir para o andar de cima. Ela largou tudo sobre o balcão, lavou as mãos e foi direto para o computador ler o texto do pai. No quarto, Rodrigo ainda questionava se havia tomado a decisão correta. Deixar a filha ler aquele material poderia confundi-la, assustá-la. Por outro lado, precisava compartilhar tudo o que estava passando.

Ela era a pessoa mais indicada, até porque estava diretamente envolvida numa grande trama cósmica e sobrenatural.

Menos de uma hora depois, Jane entrou no quarto do pai. A televisão estava ligada. Ele, deitado na cama, olhava em direção à janela. Precisava conversar com ele. Ainda que estivesse muito claro o texto que Rodrigo estava escrevendo e que, certamente, iria se tornar outro sucesso como os anteriores, algo ainda faltava para compreender na íntegra.

— Ocupado ou assistindo algo importante, pai?

— Nem sei. Estava longe, pensando.

— Li tudo que escreveu. Não sei se estou mais confusa ou se não entendi mesmo nada que diz lá.

— Por que diz isso?

— Você escreve sobre um paciente que é Deus! Depois ele vai relatando uma série de coisas estranhas, apesar de muito coerentes. Mas é maluquice! Você está inventando, certo? Esse paciente nunca existiu, é apenas para o livro chamar mais a atenção, né?!

Rodrigo baixou os olhos, pegou o controle remoto e desligou a televisão. Qualquer que fosse a explicação causaria um efeito e consequências não tão produtivas. Porém, no fundo da alma, sabia que precisava ser sincero com a filha. A segurança e a relação entre os dois dependiam da verdade.

— Jane, aquilo não é ficção. Não inventei. Nem sei se irei um dia publicar ou fazer mesmo um livro naquele molde, até porque imaginei esta mesma reação de um leitor.

— Qual? De que você está louco? Ou que é impossível?

Capítulo 47

– Sim. No entanto, se há alguém que não devia duvidar, era você. Ainda mais depois do que viveu com Sammy.

Automaticamente, veio à mente de Jane o que o colega de apartamento de Sammy disse, enquanto estava debaixo da cama. Mais uma vez sentiu medo. A história do pai fazia muito sentido.

Percebeu que estava envolvida em algo maior ainda do que imaginava.

– Não sei se rio ou se me desespero completamente. Se o que está me dizendo é real e, veja que ainda não estou afirmando que admito, Sammy era um demônio ou o próprio Diabo?

– Lamento em afirmar que sim, filha.

O tom da resposta do pai à garota foi torturante. Jane apenas disfarçou. Não queria, ainda, criar mais tensão naquele assunto. Ela estava agora preocupada com outra coisa.

Precisava fazer algo urgentemente. Estava grávida do Demônio.

Capítulo 48

Uma sensação ainda de frustração parecia assombrar sua mente. Todas as vezes que Rodrigo olhava para os papéis do divórcio sentia um embargo na alma. Mesmo após quatro meses da catástrofe que havia passado, não tinha ainda colocado sua vida totalmente no lugar. Jane partiria em breve para Califórnia, aquele fora um dos raros momentos felizes dos últimos meses: a filha ter entrado na Universidade de Berkeley. Sempre foi um apaixonado por Antropologia, e ver que a filha faria tal curso criava uma sensação de realização pessoal. A menina estava em seu quarto descansando. O pai achara que seu desmaio era meramente emocional.

Estava equivocado.

Muitas coisas haviam já sido encaixotadas desde que decidiu mudar-se e morar em Vancouver. Amava a bela Victoria, porém os eventos, as lembranças e a imagem profissional precisavam de novos ares. O apelo íntimo em voltar ao Brasil e lecionar em alguma universidade foi grande. Os Estados Unidos também pareciam uma opção, ainda mais com a filha prestes a mudar-se para lá. Por outro lado, mesmo sabendo que sua carreira como psicólogo e escritor escalaria patamares nunca antes alcançados, gostava da vida mais pacata, porém ativa, do Canadá. Seus pacientes costumavam vir do oeste canadense, outros de Seattle e alguns casos da Califórnia, proveniente da fama de seus livros. Em Vancouver não estaria tão distante de Jane, apenas duas horas de voo.

Capítulo 48

As noites ecoavam os momentos mais dolorosos. O amor pela ex-esposa não acabara. Quando veio buscar as últimas caixas de roupas e objetos pessoais, Rodrigo teve vontade de abraçá-la, beijá-la, propor que esquecessem tudo e recomeçassem. Via em Petra o arrependimento, o remorso. Ela, por sua vez, sabia que desculpas e pedidos de perdão não adiantariam. Não apagariam o que fez. Talvez funcionassem com o marido, porque era um homem flexível, porém jamais conseguiria conviver com aquele passado atormentando-a. Gentilmente, Rodrigo ajudou-a a empacotar e colocar tudo no carro. Jane havia ido para Portland com as amigas para assistir ao show da banda Coldplay. O pai achou que a filha mais queria estar distante quando a mãe viesse. Antes de ir embora, desta vez definitivamente, Petra fechou o porta-malas do carro. Voltou até a pequena varanda branca da casa que costumava morar com a família. Beijou Rodrigo, que sequer moveu um músculo para retribuir e partiu.

Partiu sem a família e foi para a Alemanha, pois a mãe estava na UTI.

Rodrigo estranhou a reação da ex-esposa. Queria beijá-la, mas ficou petrificado. Entrou, fechou a porta e sabia que o melhor a fazer era dar as costas, ao menos por ora, a tudo aquilo.

Sentir saudade de algum paciente raramente ocorria. O profissionalismo e competência sempre foram as marcas do Dr. Rodrigo Mazal. As emoções devem ser domadas quando o que se lida é com os afetos de outras pessoas. Se paciente e psicólogo deixavam-se levar pelos impulsos patêmicos, a terapia estava fadada ao fracasso. Entretanto, os encontros com o paciente mais peculiar faziam falta na nova rotina que Rodrigo tentava estabelecer. Mantinha a fita de seu gravador guardada ainda das sessões com Deus. Havia conseguido gravar, apenas as duas últimas conversas. Decidiu que enquanto embrulhava alguns objetos frágeis em plástico-bolha, ouviria as gravações de seu divino paciente.

Espantosamente, todas as horas de gravação tinham apenas o som da sua voz, como se não houvesse ninguém em seu consultório e conversasse sozinho.

As perguntas e réplicas feitas não tinham respostas. A fala de Deus era um silêncio, ouvia-se apenas o som externo de algum carro ou pássaro. Aquilo nem surpreendeu Rodrigo. Sem dúvida as revelações eram de um valor inestimável, mas podia recuperá-las com sua memória exímia.

O que de fato havia deixado o psicólogo intrigado era o estado de saúde de Jane. Sempre indisposta e com mal-estares, nas semanas seguintes após sua libertação. Depois da viagem com a amiga voltou melhor.

E ainda mais perturbador haviam sido as conversas com seu companheiro de cela, Hilal, Samyaza, ou o nome mais conhecido, apesar de nem tão apropriado, Lúcifer.

Capítulo 49

Fazer o aborto era a única opção. Na mochila estavam apenas algumas peças de roupa. Mesmo sendo pouco vaidosa, Jane costumava ser excessiva na hora de fazer as malas. O que não havia esquecido era o panfleto na clínica Rainfall Women's Health Center.

A conversa com o pai, duas noites atrás, a fez ficar sem dormir desde então. Pensara em diversas maneiras de contar-lhe que estava grávida. Entretanto, esperar o filho do Demônio não seria um neto muito desejado. Depois de muito relutar, não achava outra solução. Abortar parecia ser a decisão mais acertada. Aproveitaria que a mãe viria para buscar o restante das coisas e daria ao pai a desculpa que iria assistir a um show com as amigas. Na verdade, estaria na clínica, em Forest Grove. Tinha já ligado e agendado tudo.

– Está de saída, abobrinha?

– Sim, irei com a Patrícia. Vou passar lá primeiro. Tem certeza que vai ficar tudo certo? Sei que não vive sem mim!

– Isso é verdade! Mas preciso me adaptar, logo estará em Berkeley ou Michigan e ficarei sozinho de novo. Será um *test-drive*. Além de que preciso estar aqui, sua mãe virá buscar as coisas dela. Tem algum recado para ela?

– Não – respondeu a garota secamente. – Outra coisa. Minha decisão foi por Berkeley. Depois conversamos mais sobre isso. Estou atrasada já.

– Qual banda vão ver mesmo?

– Coldplay.

– São bons. E porque tão longe, em Portland?! Deviam ir de avião, Jane.

– Quero aproveitar esse tempo para espairecer. Conversar com a minha amiga e dar risadas. Voar seria rápido demais. A viagem será para me livrar de alguns fantasmas e pesos que me atormentam.

– Entendo, filha. Dirijam com cuidado!

No caminho para a casa de Patrícia, Jane sentiu-se mal, culpada por estar mentindo ao pai. Não teria como contar e precisava, o quanto antes, se livrar daquilo.

Partiu com a amiga para a jornada de seis horas na estrada.

Durante todo o trajeto tiveram que parar várias vezes. Precisava vomitar. Não comeu nada durante toda a viagem, apenas bebeu água. Patrícia ficou preocupada. Preferiu dirigir os últimos cem quilômetros. Dirigiram por toda a madrugada. Dependendo de como saísse após o procedimento, Jane havia proposto que voltassem no mesmo dia.

A cidade de Forest Grove era bem pacata, até demais. Tinha seu charme especial. Jane colocou no GPS hotéis disponíveis na cidade. Dirigiram-se para a Pacific Avenue. Queriam confirmar se haveria quarto, caso precisassem passar a noite. Ligou para o pai avisando que tinham chegado bem. Em seguida foram para a clínica.

Jane tinha a sensação de que todos sabiam que estava ali para fazer algo de errado. Usou óculos escuros até entrar na sala de espera da clínica. O local era bem organizado, limpo, com quadros e pôsteres na parede, buscando conscientizar as mulheres do ato tomado. Jane, no entanto, estava inquieta. Apesar do receio, não via a hora de acabar tudo. Antes de fazer o procedimento, preencheu um longo formulário, passou por um psicólogo e ouviu um longo sermão sobre as consequências de suas ações. Não podia ser diferente. Nem achou que era tudo uma tolice, como a maioria das adolescentes costumavam pensar.

Antes de ir para a sala de procedimento, viu outra garota, provavelmente mais jovem que ela, aos prantos. Patrícia sentou-se ao lado dela, em seguida, Jane fez o mesmo. Descobriram que aquele seria o terceiro aborto dela. As duas primeiras vezes havia sido do padrasto alcoólatra que a abusava. Depois de algum tempo, finalmente, fora preso. Desta vez, tinha sido com o namorado. A primeira pessoa com quem fizera sexo sem ser abusada e por quem se apaixonou. As três choraram. Cada uma lembrava daquilo que já passara. Jane ainda pelo que passaria em instantes.

Enquanto tiravam sangue para confirmar a gravidez, sentiu-se tonta mais uma vez. A enfermeira a amparou. Colocou-a deitada para receber a infusão de soro e deu algo para alimentar-se.

– Se dentro de uma hora sua taxa de glicose não estiver normal, não poderemos fazer o procedimento hoje. Devia ter se alimentado, menina! – disse a enfermeira de forma firme.

– Não sabia. Desculpe-me. Minha amiga pode ficar aqui comigo?

– Sim. Quem é ela?

– Ela está com uma jaqueta marrom-escuro. Chama-se Patrícia.

– Vou chamar.

Instantes depois, Patrícia entrou na sala e Jane pediu a ela que comprasse algum chocolate. Queria elevar seu açúcar a qualquer preço.

– Sou uma mulher prevenida! – disse Patrícia rindo e tirando da bolsa uma barra de chocolate.

Olhando de forma furtiva para que a enfermeira não visse, Jane pegou dois pedaços grandes e colocou na boca. Sequer saboreou muito, apenas engoliu.

Uma hora mais tarde estava na mesa de procedimento com o ginecologista. O médico, atento e lacônico, era um senhor com quase 60 anos, óculos na ponta do nariz e dentes amarelos. Ele fez uma ultrassonografia e mostrou a ela o feto. Aumentou o som dos batimentos cardíacos, aguardando alguma reação. A maioria das mulheres choraria de emoção, Jane queria apenas que aquilo desaparecesse. Confirmou com ela se devia seguir e que depois disso não teria mais como retroceder. Jane confirmou, respondendo de forma segura o que chamou a atenção do médico.

– Seu nome é Jane, correto? – perguntou o médico. – Você ficará um pouco sonolenta, mas irá passar em pouco tempo. Vai se sentir apenas um pouco fora do ar.

A garota percebeu algo sendo injetado em seu soro. Uma máscara de oxigênio foi colocada em seu rosto. Em menos de um minuto sentia tudo muito distante. A voz do médico, a sensibilidade, tudo parecia estranho. Era até uma sensação agradável e engraçada. Teve vontade de rir. Quando ia soltar a primeira gargalhada, sentiu o médico inserindo algo dentro de si. O desconforto logo passou, em menos de 20 minutos tudo havia terminado. Jane ouviu comentarem algo de estranho, que nunca haviam visto algo daquele tipo. Sua capacidade de distinção não estava muito hábil naquele momento.

Jane notou ter ficado desacordada por mais de duas horas.

O relógio denunciava serem duas horas da tarde. Assim que virou o rosto, viu a amiga ao lado, com fones no ouvido, lendo uma revista. Balançou os pés para Patrícia perceber que já estava acordada. O movimento com as pernas revelou alguma coisa diferente, sentia dores.

– Como você está, amiga?

– Estou bem. Um pouco estranha.

– É normal. Vai sentir umas dores, fraquezas nas próximas horas, mas nada demais. Apenas reflexo da sucção e anestesia por causa do procedimento.

A enfermeira entrou no quarto com um suco e torradas. Perguntou se tudo estava bem. Repetiu, praticamente, o que Patrícia havia acabado de falar. Disse que assim que terminasse de comer, se estivesse em condições, poderia já ir embora. Jane sentou na cama, tomou o suco, rejeitou as torradas. Meia hora mais tarde, com auxílio da amiga, estava já no carro.

– Patrícia, acho que devíamos ficar aqui até amanhã cedo.

– Por quê? Não está se sentindo bem? Estamos ainda em frente da clínica.

– Não é isso. Temos seis horas de estrada. Não vou poder dirigir e te ajudar no volante. Se eu chegar nestas condições em casa, meu pai jamais irá acreditar que estávamos em um show.

– Quanto a dirigir, sem problemas. Mas tem razão sobre seu pai. Vou para o hotel.

No quarto, com duas camas de solteiro, Jane tentava lembrar o que foi falado durante o procedimento. Havia também sonhado alguma coisa enquanto estava desacordada.

Patrícia trazia algo para comerem. A amiga comprou sopa de legumes. Comeram, conversaram, riram e choraram até por volta de meia noite.

Na manhã seguinte, Jane levantou bem mais disposta, quase sem dor alguma e faminta. Tomou banho, vestiu-se, e ambas desceram para o café. Em seguida pegaram a estrada. A chuva atrasou o retorno. Almoçaram na estrada e antes das 17 horas Jane já estava em casa.

Em seu quarto viu um recado do pai dizendo voltar para jantarem juntos. Foi ao quarto dele. Percebeu que a mãe havia passado e levado todas as roupas e alguns objetos. Na cabeceira do criado-mudo, viu a antiga Bíblia que pertencia ao bisavô brasileiro. Notou que havia algumas anotações feitas pelo pai. Estava esgotada emocionalmente para aquilo naquele instante.

Releu algumas mensagens, ainda de Sammy, no celular. Apagou-as. A primeira vez que se permitiu amar e entregar-se foi uma calamidade. Deletou todas as mensagens do aparelho, rasgou a única foto que tinha dele.

Aquilo agora era passado.

Capítulo 50

As visitas diárias para ver a casa à venda pareciam ser um bom sinal. Nem sempre Rodrigo estava presente para acompanhar. Mesmo sabendo que Chloe Hudson era uma excelente corretora de imóveis, gostava de contribuir no processo de venda. A irmã de Chloe, Hailey, havia sido a primeira paciente assim que se mudou para Victoria. Nunca foram muito próximos, porque Petra sempre teve ciúmes dela, ainda mais sendo Chloe dez anos mais nova. Rodrigo jamais notara qualquer intenção obtusa da jovem naquela época e, por uma coincidência, a imobiliária que foi indicada pelo seu vizinho, Albert G. Walker, era exatamente a dela.

Precisava fazer o depósito do dormitório da filha em Berkeley e ir a Vancouver visitar imóveis. Antes de sair de casa, viu o carro da corretora parando. Chloe saiu com algumas pastas na mão e Rodrigo estranhou que ela estava sem nenhum possível comprador.

— Olá, Chloe, como vai?

— Muito bem, Rodrigo. Tenho excelentes notícias. Trouxe duas boas propostas.

— Que ótimo. Precisa que eu veja agora? Estava de saída.

— Nem tanto, se puder me dar um retorno em até dois dias, seria ótimo.

— Estou indo para Vancouver. Vou, por coincidência, ver alguns imóveis lá.

Capítulo 50

– Não brinque?! Eu tenho que ir para lá hoje. Tenho uma parceria com uma imobiliária em North Vancouver. Se quiser posso dar um telefonema e pedir para ele já separar alguns bons negócios. Quer comprar ou alugar?

– Não sei ainda. Será uma mudança em todos os âmbitos. Até um consultório precisarei locar por lá.

– E se fôssemos juntos? Posso remarcar algumas visitas de hoje para amanhã e assim não preciso ir sozinha. Nunca me sinto bem naquela balsa, mesmo tendo uma vista magnífica.

– Moro no Canadá por 20 anos e ainda me impressiono com a beleza natural. E olha que vim do Brasil, uma terra maravilhosa.

– Nunca fui, mas pelo que já vi, parece ser espetacular.

– Faça, então, suas ligações, Chloe. Vou também avisar minha filha.

Enquanto subia as escadas, Rodrigo reparou discretamente no decote de Chloe. Vestia roupas sóbrias, tinha cabelos pretos e bem soltos, criando um volume natural. O sorriso largo a deixava muito mais bonita. Sempre falava com segurança e simpatia, armas fundamentais para o ofício que exerce.

Terminando de empacotar o que deixaria e colocando nas malas as roupas que levaria para a Universidade, Jane gostou da ideia de o pai ir a Vancouver com a corretora.

– Você todo disponível e ela, indo para Vancouver juntos. Sei, sei! Cachorrão!

– Não acredito! Você não existe, abobrinha! É nada disso, estou aproveitando que ela tem contatos por lá. Serei um sem-teto em breve – brincou o pai.

– Sei o que vai aproveitar e que "contatos" quer fazer!

– Ai, Deus meu! Estou de saída, volto no final do dia, filha. Tchau!

A menina tinha razão. No quarto, Rodrigo aproveitou e passou um pouco mais de colônia. Era um homem disponível, livre. Aproveitou e trocou de camisa, também.

Assim que viu Rodrigo com outra camisa e sentiu o perfume, alguns pensamentos fervilharam na cabeça de Chloe.

***

Em Vancouver, Rodrigo avisou que passaria no shopping Metrotown. Tinha um amigo, dono de uma loja de roupas, que queria rever. Deixou o carro num estacionamento no centro e pegou o Skytrain. Chloe foi até a imobiliária parceira. Marcaram de se reencontrar exatamente ali, em duas horas. O passeio pelas lojas, a vista da cidade e as conversas com o amigo deram a certeza a Rodrigo: voltar a viver naquela cidade seria a melhor opção. São Paulo ou Flórida pareciam estados sedutores, todavia, algo dizia que precisava ficar um tempo a mais por lá.

Após almoçar com o amigo, pegou o Skytrain de volta. Ao passar pela 29th Station, lembrou-se de quando conheceu Petra e morava na região. Finalmente, desceu na estação Granville, a poucas quadras de onde se encontraria com Chloe.

– Vinte minutos atrasado! – falou com imponência Chloe.

– Mulheres! Como se vocês nunca se atrasassem!

– Atrasamo-nos por uma causa nobre. Ficarmos lindas para vocês. Ingratos!

– O que conseguiu encontrar? Diga que tem boas opções para mim.

– Sim. Um novo conjunto de escritórios na Richards Street. Vi as fotos. Vai amar ter um consultório lá.

– Boa localização. E para morar?

– Duas opções maravilhosas, Rodrigo. Um apartamento em North Vancouver, com dois quartos e uma bela vista. Mas já alerto que o prédio não é tão novo, estão fazendo uma super reforma.

– Interessante! Gosto da tranquilidade de North Van.

– A outra é um apartamento de um quarto. Está todo mobiliado, com piso de cerejeira, lareira e vaga de garagem.

– Só não falou o preço de tudo isso. Mas vamos visitá-los. Podemos começar por North Van?

– Ok, você conhece a cidade melhor do que eu.

No caminho conversaram bastante. Rodrigo descobriu que Chloe nunca se casara. Havia morado, por quatro anos, com o namorado logo após se formar da faculdade. Ela morou um tempo em Calgary também. A família vivia na parte francesa, a maioria em Quebec.

Capítulo 50

Em alguns momentos, Chloe se viu olhando de forma afetuosa para o psicólogo mais admirado e respeitável da costa oeste. Rodrigo era cativante, inteligente e muito gentil. Sendo psicólogo, sabia ouvir, além de compreender exatamente o que uma mulher pensava.

Assim que entrou no apartamento, Rodrigo amou a vista, mas só. O apartamento cheirava a fezes e urina de criança. Chloe não se mostrou abatida, até porque estava acostumada com esse tipo de reação. Só não entendeu por que foram primeiro lá, uma vez que o prédio de escritórios e consultórios era a poucas quadras de onde estavam. Voltaram.

Rodrigo estacionou na Richards Street, esquina com a Smithe St.

Subiram para ver o imóvel. Agora Chloe estava mais segura, até porque havia visto as fotos e apesar de serem tiradas de ângulos para melhorar o visual, o valor do aluguel não podia ser tão diferenciado se o apartamento não tivesse algo a mais. De fato, tinha mesmo. Era simplesmente divino. Rodrigo se viu morando naquele lugar tão logo entrou. Sentiu-se até mais um jovem que iria morar sozinho, depois de formado. A mobília e objetos de cozinha estavam impecáveis. A pintura revelava um bom gosto contemporâneo.

– E então? Sei ou não sei me redimir?

– Confesso que adorei. Não importa o preço. Pode dizer já que quero.

Enquanto telefonava para o amigo da imobiliária, Rodrigo foi até uma pequena sacada que dava para a copa de uma árvore. Adorou a ideia de estar no centro e com uma árvore quase em sua sala de estar. Sentou-se no sofá de couro preto, em frente a uma mesa de vidro, em formato de meia-lua. Observava as paredes e detеve-se olhando Chloe ao telefone. Ela inclinava-se sobre o balcão da cozinha, fazendo algumas anotações. Estava apoiada sobre uma perna. A saia mostarda justa e a blusa sem mangas preta expressavam as curvas atraentes de Chloe. Ela percebeu que a estava olhando, sorriu e continuou a falar no celular. Rodrigo não disfarçou. Adorou a reação dela. Assim que terminou, ele se levantou.

– Creio que sou a primeira visita que recebe em sua nova moradia – disse Chloe.

— Que bom. Não podia ter escolhido melhor forma para começar esta nova fase da minha vida.

Os olhos de Chloe brilharam. Ela sorriu, tentando disfarçar o quanto gostou do elogio. Rodrigo imediatamente fez a leitura dos gestos corporais dela. Continuou aproximando-se. Ela virou para ele e apoiou-se no balcão ilha esperando ele chegar.

— Uma mulher linda e atraente como você. Este sorriso inebriante. Ainda me arruma um refúgio espetacular e aconchegante como este. Creio que não vou querer mais ir embora para Victoria.

— Não tenho nenhum compromisso mais para hoje. Exceto você.

A mão direita de Rodrigo tocou no cabelo de Chloe. Lentamente foi afagando-a até acariciar sua nuca. Ele notou que ela estava de olhos fechados, toda arrepiada nos braços. Muito próximos os corpos e lábios, ele a abraçou firme.

Beijou-a. Inicialmente um encontro de lábios meigo e dócil. Em seguida, ardente e passional.

A sensação era de que exorcizava seu passado.

Não resistiram e nem queriam resistir. Fizeram amor no sofá da sala.

Uma hora mais tarde, estavam saindo do condomínio com um sorriso nos lábios e de mãos dadas. Juntos foram ver o local onde seria o futuro consultório do Dr. Rodrigo Mazal.

Capítulo 51

A típica motivação de um estudante, que parte da casa dos pais para a sonhada liberdade, não fazia o mesmo efeito em Jane. Sair de casa tinha um sabor amargo, mas necessário.

Naquela noite, o pai, após visitar alguns imóveis que procurava para se mudar, voltou com uma expressão diferente no rosto. Foi direto para o banho. Apenas gritou ter chegado enquanto subia as escadas. Algo havia acontecido. Ele jamais deixava de ver e beijar a filha assim que chegava. Jane imaginou que algo muito sério tivesse ocorrido.

Quinze minutos depois, Rodrigo, de pijamas, bateu à porta do quarto da filha. De fato, algo havia ocorrido, a fisionomia dele não parecia preocupada, muito pelo contrário. Beijou-a e em seguida reclamou que a temperatura havia caído. Desceu para a lavanderia, pois queria vestir uma camiseta de mangas longas por causa do frio. Jane desceu junto, estava curiosa. Observou o pai tirar algumas peças de roupa da máquina de secar. Assim que ele tirou a camisa do pijama, ela viu os arranhões em suas costas. Tudo esclarecido. O ciúme que se apoderou dela era novidade.

A sensação de posse do pai foi instantânea.

Sabia que ele merecia ter alguém, no entanto, não conseguia conceber a imagem dele com outra mulher, ainda mais na cama. Jane voltou para o quarto, em passos pesados.

Três lágrimas de ódio, domínio e muito ciúme escorreram.

Capítulo 52

Um copo de leite e alguns pedaços de *brownie* depois, Rodrigo ainda recapitulava a cena de horas atrás com Chloe. Sentiu até uma leve dor na panturrilha e nas costas. Há muito tempo não fazia sexo em locais improvisados. Estranhou que a filha subiu sem falar coisa alguma. Não ouvia a televisão ligada ou que estivesse no celular com alguém. Subiu até o quarto de Jane e foi ver se estava tudo bem. Perguntou se podia entrar. A filha não respondeu. Pensou que estava dormindo. Quando ia voltar para a cozinha, Jane, com voz contida, disse ao pai que entrasse.

Ele a viu debaixo do edredom, emburrada.

– Que houve, abobrinha?

– Nada.

– Até parece que não te conheço.

– É frio. E tenho que ir para Berkeley amanhã, para levar minhas coisas. Talvez seja isso.

Não acreditou nas palavras da filha, mas preferiu não insistir que ela dissesse. Tinha consciência de que jamais se deve compelir uma mulher a falar algo, deve-se conduzi-la, sucintamente, a abrir-se no tempo e ritmo dela.

– O escritório que vi é maravilhoso. Fica em um novo empreendimento bem no centro de Vancouver. A poucas quadras do apartamento, que apesar de ter apenas um quarto, possui excelente disposição dos ambientes.

– Pelo que percebo a viagem foi muito boa e produtiva mesmo – respondeu Jane em tom dramático.

– Na semana que vem, Chloe virá trazer os papéis, para eu assinar, da venda desta casa. E também dos aluguéis de Vancouver.

– Ela é demais! – agora o tom da voz da garota denunciava tudo.

Jane percebeu que o pai, astuto, havia percebido a razão de seu mau humor. Precisava disfarçar. Preferiu mudar o rumo conversa.

– Quero te fazer uma pergunta, pai.

– Faça. Tudo o que quiser saber – Rodrigo estava preparado para a pergunta da filha que, como ele, era muito perceptiva.

– Quem são os Nefilins? E qual a conexão disso com Sammy?

O cérebro de Rodrigo teve que reprogramar-se para aquela pergunta. O assunto era bem delicado. Ficou alguns segundos olhando para os olhos dela.

– Você deve ter lido algo a respeito disso em minhas anotações no escritório.

– Foi sim. Mas primeiro vi algumas coisas escritas na Bíblia do seu avô. Não entendi nada, estavam em português. Depois li seus apontamentos e notei que em vários havia o nome *Samyaza = Lúcifer*.

Aquela dúvida não tinha novidade alguma. Ainda mais depois do aborto. Associou ao vídeo, ao Sammy e o que ouviu do amigo dele enquanto estava escondida. O instante parecia oportuno, precisava ser algo muito forte para converter todo o clima de ciúmes que estava dentro dela. Sentiu que o pai hesitava em falar sobre aquilo.

– Acho que mereço e devo saber sobre isso. Se há algo que não me disse ainda, pai, precisa me contar. Foi minha vida também envolvida.

"Certas verdades merecem ser ignoradas", martelava na cabeça de Rodrigo. Não estava certo se devia ou não falar à filha. Se ela estava ou não pronta. Sabia apenas que tudo não havia acabado. Precisaria deixar a menina mais ciente e preparada, caso algo acontecesse.

– Jane, muita coisa ocorreu nos dias em que estava preso. Ou melhor, muitas coisas foram reveladas naquele período.

– Recebeu alguma visita? Pensei que apenas seu advogado tivesse ido lá.

– Sim, somente Mikhail. Conversei com alguém que estava preso também. Não era qualquer pessoa! Não era uma pessoa, não naquilo que entendemos.

– Não estou entendendo – disse a garota, com um rosto que não compreendia mesmo.

– Quando leu minhas anotações, notou algo de inusitado, fora do comum?

– Tanta coisa, pai. Tanta história maluca. Ainda mais você dizendo que seu paciente era Deus. Apesar de que eu acho que dormi com o Demônio – disse a filha em tom jocoso.

Jane temia que aquilo pudesse ser verdade. Ou que, por sorte, Sammy fosse apenas um doido satanista.

– É por isso que evitei falar com você até agora. Pode parecer maluca a história, como disse, mas eu mesmo inicialmente duvidei. Achei que estava com um paciente muito culto e inteligente. Até acontecer uma série de fatos em nossas vidas. Principalmente, o que houve com você e sua mãe.

– Lembro-me que, algum tempo atrás, disse que Sammy era o Demônio!

– Pois bem, Jane, creio que chegou a hora de você ouvir toda a segunda parte desta história. Ela inicia-se quando entrei na cela do centro correcional de Vancouver Island.

Jane estava ansiosa por conectar algumas coisas que seguiam fora do lugar em tudo aquilo. Até mesmo dentro de si e suas crenças. Aos olhos de Rodrigo tudo estava perfeitamente límpido. Cada imagem, cada palavra dita, cada sensação.

– Após terem me dado o uniforme vermelho de tecido grosso e resistente, pediram que eu me trocasse e deixasse todos os meus pertences em uma caixa. Relógio, carteira, chaves. Tudo era filmado. Pude ver, por uma porta entreaberta, inúmeros computadores e monitores que trabalham ininterruptamente. Uma mulher obesa, com o uniforme azul, inscrito apenas Chapman, recolheu tudo e me encaminhou até outro pavimento. Estava agora a duas grades do corredor de minha cela.

– *Você ficará numa ala tranquila, até porque ainda é acusado, porém, considerado perigoso, por enquanto, uma vez que foi preso no local*

Capítulo 52

e assumiu o ato de violência – disse o agente, que tinha um bigode loiro e o cabelo preto.

A cela tinha um espaço de poucos metros quadrados. Mal havia espaço para objetos pessoais de duas pessoas. Rodrigo identificou o mictório chumbado ao chão em um formato que jamais havia visto, provavelmente, para evitar que um interno o usasse como arma.

– Caso seja dirigido para este centro, após o julgamento, terá que inscrever-se em atividades de reabilitação. Por ora, apenas será obrigatória a participação nas sessões com a psicóloga, que serão após o café da manhã. Seu horário será exatamente às 9 horas – disse o agente de forma mecânica.

Rodrigo colocou a toalha, o sabonete, a escova de dentes e a pasta num espaço vazio ao lado de outro kit, já em uso pelo interno com quem dividiria a cela. Um homem de cabelos brancos, bem penteados para trás, por volta de 50 anos ou mais.

– Estava com medo, pai? – perguntou Jane, que prestava toda a atenção no que o pai relatava.

– Admito. Estava sim! Além de medo, tinha mais algumas dezenas de sensações que sequer sei descrever. Imagine como estava me sentindo após tudo o que havia ocorrido. Sua mãe no motel com outro homem, o descontrole de saber que ele havia abusado de você.

Jane começou a ficar com os olhos enchacados. O choro foi impossível de controlar.

– Continue, pai! É apenas uma sensação de culpa. Preciso saber tudo!

– Boa-tarde. Muito prazer. Me chamo Rodrigo – disse, de forma educada, ao interno que estava deitado na cama inferior da cela.

– Estava te esperando! – respondeu o homem com uma voz tranquila e segura.

A resposta fora um pouco desconcertante. O medo de Rodrigo aumentou. Viu que os dedos da mão estavam ainda um pouco sujos, como que se houvesse trabalhado com graxa ou terra.

– Há um programa de reabilitação aqui para os internos. Consertar bicicletas. Por isso minhas mãos estão neste estado. E não há sabão ou banho que tire completamente esta graxa – respondeu o homem assim que notou o olhar de Rodrigo.

– *Entendo. Estes programas são excelentes para tirar o foco de quem está encarcerado. Além de permitir uma ocupação, aprende-se um ofício.*
– *É o que dizem.*
– *Está aqui há muito tempo?*
– *Pergunta não tão fácil de responder, doutor.*

As mãos de Rodrigo tremeram um pouco. Não conseguia entender porque o chamou de doutor. Talvez o conhecesse pela televisão, pela repercussão do crime. Não reparou haver qualquer aparelho naquela ala. E imaginava que os programas que assistiam pela televisão deviam ser previamente selecionados.

– *Já te digo que não consigo ler pensamentos. Mas por suas reações deve estar tentando saber se já nos conhecemos, como sei que é chamado de doutor, ou melhor, que é psicólogo.*

– *Estou mesmo. Já nos encontramos?*
– *Sim. Algumas vezes. Ainda que você não consiga, agora, lembrar-se de todas elas.*
– *Tenho uma memória muito boa. Não costumo esquecer-me de uma fisionomia.*
– *Isso não vai adiantar neste caso, doutor* – respondeu o homem, dando um leve sorriso e olhando para fora da cela.

– *Então como me conhece? Se é que me conhece mesmo* – falou Rodrigo, provocando o homem a falar mais e dizer de onde o conhecia.

Desafiar o paciente é sempre uma forma de incitá-lo a perder o controle e expor-se ainda mais. Rodrigo era perito neste mecanismo.

– *Muito sagaz de sua parte, doutor. Todavia, desta técnica também sou pertinaz usuário. Acalme-se que nem precisará usar disso para que eu fale. É para isso que eu e você estamos aqui.*

– *O centro correcional nos colocou na mesma sala para que conversássemos? É algum tipo de programa?*

– *Nada disso! Estou com você porque precisa saber de muita coisa que não lhe foi dita. Preciso usar meu tempo com você de forma eficaz.*

– *O quê? Eu preciso saber de muita coisa? Seu tempo comigo?* – Rodrigo desconfiou que estivesse com algum lunático, ou mesmo que tivessem selecionado um interno, a dedo, para ficar na mesma cela que ele, um psicólogo.

Capítulo 52

– Doutor, você teve seu tempo com ele. Imagino que deve ter sido muito esclarecedor. Mas você não tem noção do que está prestes a saber.

– Sobre o que está falando? Com ele quem?

– Deus! – respondeu sem olhar para Rodrigo.

Um silêncio se formou repentinamente. Mesmo em outras celas nada se ouvia.

– Deus? Quem é você? E o que está dizendo? – perguntou Rodrigo de forma indignada.

– Ele deve tê-lo avisado de que eu viria falar com você. Até porque estou apenas fazendo jus de uma lei criada por ele mesmo. Falei com você uma vez, no avião indo para a Flórida. Ângela Lúcia, recorda-se?

A mão direita do psicólogo foi até seu queixo. Depois cruzou os braços, apertando-os fortemente. Veio à memória o dia que Deus disse que também receberia a visita de seu inimigo e que ela teria a mesma duração. Lembrou das palavras de Deus, que dizia o estar preparando.

– Você é Lúcifer?

– Sim. Dentre muitos outros nomes.

– Jane, já é tarde! Amanhã viajará. Continuarei assim que voltar.

– Pai, estou estarrecida com isso. Precisa continuar.

– Saberá tudo. Não deixarei de contar nada. Agora tente descasar.

– Estou um pouco com medo de dormir sozinha.

– Quer que eu fique aqui com você mais um pouco, filha?

– Sim, pai. Por favor. Venha cá, está frio. Deite comigo.

Capítulo 53

Conseguir cair no sono foi impossível. Jane ficou pensando em tudo que o pai contara na noite anterior, após deitar. O afago e o conforto de ter o pai deitado com ela foram o que a fizeram adormecer. Acordou alguns minutos antes do despertador, o braço do pai estava sobre ela, abraçando-a. Sentiu-se segura. Não queria sair dali.

O alarme tocou e o pai despertou. Ela disse "bom-dia", enquanto ainda espreguiçava. Levantou-se e foi na direção do banheiro, quando de relance viu que os shorts do pai revelavam algum volume matinal diferente. Ele também notou. Fingiu procurar os chinelos embaixo da cama. A garota entrou no banheiro sem sequer olhar para o lado.

No caminho para o aeroporto, o pai disse que quando voltasse continuariam a conversar e que teria uma surpresa para ela. A curiosidade tomou, inicialmente, conta de Jane. Quando já em voo, pensou que a surpresa do pai poderia ser alguma declaração dele, tendo um relacionamento com Chloe.

Irritou-se.

No dormitório da Universidade de Berkeley, depois de pegar uma van em direção ao *campus*, ficou fascinada ao passar pela Sproul Plaza e ao ver as belas colunas frontais na biblioteca central. Assim que chegou em seu dormitório, após se perder duas vezes, percebeu que seu quarto era triplo e havia requisitado um duplo. Carregava apenas uma mochila, até porque só levaria suas coisas na semana seguinte, quando se mudaria definitivamente para o *campus*. Uma garota, vestida de meias finas pretas rasgadas, com o contorno dos olhos carregado de lápis e rímel azul-escuro, ouvia música deitada no quarto. Jane achou graça na estampa da camiseta da garota, um desenho, bem obsceno, de Bart Simpson e Lola Bunny.

– Oi, sou Jane.

– Emma Jenkins é meu rótulo – respondeu a jovem com voz lenta.

– Farei Antropologia. Creio que dividiremos o quarto, mesmo eu tendo pedido um duplo. Quem é a terceira garota que vive aqui?

– Não sei. Nunca falei com ela. É de algum lugar. Algum lugar distante. Parece que fala algum outro idioma. Fala coisas que não compreendo ao celular.

A forma de falar de Emma era hilária. Lenta, repetindo tudo, enquanto fazia movimentos circulares com a perna, como que riscando o chão. Jane queria rir. Emma estava completamente "chapada", havia consumido alguma substância ilícita. E pelo odor era maconha, dentre outras coisas.

Jane foi até o departamento de moradia da universidade para ver o que havia ocorrido. Informaram-lhe que por um erro no sistema ficaria naquele mesmo, no entanto, tão logo desocupasse um dormitório duplo, seria realocada. Saiu indignada, mas sabia que aquilo era parte da vida universitária. O banheiro compartilhado seria outra tarefa a superar.

Voltou ao quarto. Emma não estava. E notou que a única cama disponível era a parte superior de um beliche, a parte inferior parecia ser uma escrivaninha. Jane jogou a mochila, pegou a carteira e pensou em encontrar uma cafeteria ou refeitório, pois estava faminta. Não gostava muito de comida de avião. Pegou o celular para ligar ao pai e viu Emma entrando no quarto, somente com uma toalha na cabeça, uma bermuda jeans escura e sem nenhuma peça de roupa mais.

– Vou sair para comer algo. Sabe se o refeitório serve algo neste horário? Ou onde há uma cafeteria?

– Você não é da Califórnia?

– Não, sou de Victoria, British Columbia.

– Canadá?! Onde estão os americanos? Foram abduzidos?

Era impossível responder àqueles comentários. A vontade de rir e chorar ao mesmo tempo dominava Jane. Sabia, todavia, que devia esforçar-se para manter um bom convívio, até porque não sabia quanto tempo ficaria naquele dormitório. Outra garota entrou no quarto falando ao telefone. A pele morena bronzeada e os traços acusavam não ser americana. Os olhos castanhos e glúteos bem moldados davam um tom latino. Ela apenas deu um sorriso simpático, abanou a mão cumprimentando Jane, que notou estar falando italiano ou português. Não era espanhol, porque teve no colégio. E, definitivamente, não era francês. Menos de um minuto depois, a garota saiu, ainda falando ao celular.

– Esta é a terceira vida deste quarto, Blane.

– Não é Blane, é Jane.

– Ok, se você diz, eu acredito.

– Nunca conversou com ela? – perguntou Jane, referindo-se à garota que entrou e saiu.

– Não sei falar aquele idioma. Parece tão estranho... Tão metafísico! Tão repleto de palavras e expressões carregadas de sentido.

– Sem dúvida. Os idiomas têm este costume! A gente se fala depois, Emma. Tchau.

Nas escadas, Jane ligou para o pai.

Andou bastante para achar uma cafeteria. Viu a garota, com quem dividiria o quarto, sentada com outros estudantes. Pensou em aproximar-se, mas notou que todos falavam o mesmo idioma, parecia português.

A conversa com o pai durou meia hora, Jane relatou cada acontecimento. Principalmente da peculiar colega de quarto, sua forma colossal e única de comunicar-se. O pai ria muito do outro lado da linha. Ainda mais da filha imitando Emma, que parecia uma mescla entre fã de heavy metal e hippie saída de Woodstock.

Capítulo 54

A noite que havia dormido na mesma cama que a filha fora bem desconfortável. Além de muito constrangedor pela manhã. Após voltar do aeroporto, onde deixara Jane, escreveu um pouco e fez anotações do que ocorrera enquanto estava preso. Não queria esquecer-se de contar nada à filha. Chloe Hudson disse que estava indo para sua casa com mais uma proposta de compra do imóvel, ainda que com valor mais baixo que as duas anteriores. Rodrigo imediatamente entendeu que ela apenas havia criado um motivo para vê-lo.

Por volta de 11 horas da manhã, a campainha tocou. Chloe usava um vestido verde e um largo cinto preto. Assim que entrou, Rodrigo fechou a porta e beijou-a. Depois a virou de costas para a parede, ainda em pé. Com um desejo e volúpia fora do normal fez amor com ela. Em seguida, deitou-a no chão, agora fazia de maneira mais carinhosa.

Olhava sempre em seus olhos, continuamente, acariciando-a e beijando-a.

Naqueles dois dias em que a filha estava em Berkeley, sequer saiu de casa. Chloe desmarcara por telefone todos os seus compromissos, inclusive do dia seguinte. Passaram dois dias juntos. Ora fazendo amor, ora dormindo. Ora fazendo sexo, ora cozinhando. Sentindo o perfume de Chloe, que dormia ao seu lado, Rodrigo, deitado em sua cama, pensava. O maior receio era ferir os sentimentos daquela mulher. Não sabia se o que tinha por Chloe iria tornar-se algo mais sério.

Seu divórcio sequer havia saído, até porque Petra estava na Alemanha e aguardava ela assinar alguns outros documentos para que pudesse mandar a quantia devida. Tanto Mikhail Rosenbaum como a filha discordavam disso, uma vez que ela o havia traído. Rodrigo, todavia, não entendia desta forma, e via que não seria justo com os anos felizes que tiveram.

Chloe Hudson era diferente. Tudo que estava acontecendo entre eles parecia casual e sempre imprevisível. Os olhos dela revelavam já estar apaixonada por Rodrigo. Ele sabia que seria inevitável, sempre fora assim, desde os tempos de juventude. Após o segundo encontro, na época da faculdade, a garota com quem saía estava completamente apaixonada. Desta vez, a história parecia se repetir. Precisava definir quais eram as expectativas de Chloe e quais eram as suas.

Capítulo 55

O voo de volta para Victoria foi bem tranquilo. Havia poucos passageiros e Jane pôde até dormir, coisa rara, pois jamais conseguia quando voava. Assim que o comandante anunciou que pousariam, ficou animada por voltar a conversar com o pai sobre seus dias na prisão e o sombrio colega de cela.

Nunca entrar em casa significou tanto a Jane. Voltou de táxi do aeroporto. O pai precisava assinar o contrato dos imóveis que estava alugando. Assim que chegou, ela deixou a mochila na lavanderia, pegou o boné da universidade de Berkeley que comprou para Rodrigo e foi deixar sobre a cama dele. No quarto, estranhou a bagunça. Imaginou ser porque o pai dispensara a empregada que vinha semanalmente. Iria mudar-se em uma semana, não havia necessidade de mantê-la. Colocou o boné no criado-mudo e viu um cabelo comprido e levemente ondulado preto.

Ficou enciumada.

Não podia acreditar que o pai trouxera para casa uma mulher que provavelmente devia ser a corretora dele. Jane correu para seu quarto. Assim que saiu e cruzava o corredor, com os olhos baixos segurando as lágrimas de raiva, trombou com o pai que acabava de chegar. Deu um grito. Sequer olhou nos olhos dele. Entrou em seu quarto e fechou a porta. Chorou por mais alguns minutos e pensou que o pai devia estar achando-a louca.

Não existia a menor dúvida que a filha tinha visto algum indício de Chloe. O cheiro de mulher, talvez, a tivesse incomodado. Rodrigo achou compreensivo o ciúme da filha. Tão logo ela saísse do quarto, conversaria e contaria o que estava acontecendo. O que não demorou muito. Na cozinha, guardando na geladeira algumas coisas que havia comprado, ouviu a filha descendo.

– Pai, desculpe-me pela forma que agi. Deve estar achando que sou doida.

– De forma alguma, filha. Deve ter ficado assim porque trouxe Chloe aqui. E admito que não deveria. Aqui é nosso lar.

– Você tem todo direito de ser feliz e relacionar-se com quem quiser. Foi ciúme idiota de filha. Estou ainda com vergonha. Como eu consigo ser tão boba?!

– Isso é um daqueles mistérios que jamais vou entender. Este poder que tenho com as mulheres! – disse o pai, soltando uma gargalhada ao final.

– Eu te amo, mas te odeio às vezes! – respondeu a filha, também rindo.

Como precisava aprender a lavar roupas, uma vez que não teria quem fizesse na universidade, Jane pediu algumas dicas ao pai. Separavam as roupas por cores e colocavam-nas para lavar. A curiosidade da filha começou a entrar em ebulição. Queria muito saber o que estava acontecendo entre ele e a corretora.

Todavia, havia outra coisa que a consumia mais ferozmente.

– Pai, continue a dizer o que aconteceu na prisão. Você parou quando ele havia se apresentado. Como reagiu? O que sentiu?

– Quero muito mesmo que saiba tudo. Quando ele me disse quem era, gelei. Mesmo tendo sido alertado que teria esse encontro, imaginei que seria completamente diferente.

Jane sentou-se em cima da máquina de lavar e ouvia atentamente o que o pai relatava.

***

– Então você é o inimigo de Deus. Seu oposto, seu opositor – disse Rodrigo a Lúcifer.

– Não sou inimigo e oposto dele. Mas opositor, não tenha dúvida!

– Por que diz isso? Não é seu inimigo?

– Eu diria que sou um enviado.

– Enviado? Não é um anjo caído? – perguntou o psicólogo, franzindo a testa.

– Teremos muito a conversar, doutor. Há muito que não sabe!

– Pelo jeito ficarei um tempo por aqui. Nada melhor que dividir na cadeia a cela com o Diabo! – comentou, ironizando.

– Quase nada acontece por acaso, doutor. Quase nada! – afirmou Lúcifer, com os olhos fechados e voltando a deitar.

Aquela resposta "quase nada" foi muito intrigante ao psicólogo. Algo estava velado naquela fala. Ainda mais porque Deus dissera que tudo fora previamente arquitetado. "O que ele quis dizer com 'quase'?", pensou Rodrigo. Temeu ter pensado. Se ele tivesse os mesmos poderes que Deus, leria seus pensamentos.

– Já sabe o que pensei? Irá já me responder?

A reação de Lúcifer foi serena, contudo, com indícios claros de que não possuía as mesmas habilidades que Deus. Não lia pensamentos.

– Sei como pensa, doutor. Sou o maior conhecedor da raça humana. Convivo entre vocês desde o início, muito mais do que ele.

– Então não lê pensamentos. O que tem é uma percepção de reações e padrões muito bem definidos. Como se fosse um psicólogo behaviorista.

– É uma analogia apropriada – afirmou Lúcifer.

– Mesmo sendo um junguiano, admito que já me utilizei inúmeras vezes de conceitos behavioristas – completou Rodrigo.

– A diferença é que minha forma de pensar não precisa de neurônios. Não é uma transmissão de informação em uma rede de células revestidas de mielina.

– E como a informação é processada em seu cérebro?

– Antes de tudo não há um cérebro. A informação de criaturas angelicais trafega exatamente mais poderosa e rápida que as humanas porque não usamos canais tão lentos como as células.

– Faz sentido. Como tem acesso e recebe o conteúdo?

– Parece muito uma rede virtual sem cabos. Como se tudo fosse *wireless*. Seja qual for a informação, de uma criança que tropeçou em

Bangladesh agora, a uma nova descoberta num laboratório químico de Estocolmo, posso acessar.

— Quer dizer que toda e qualquer informação gerada na história do planeta consegue saber?

— Sim. Por isso é possível criar padrões de comportamento das pessoas.

— E também sugerir ou induzir a tomar certas decisões? — a pergunta do psicólogo era capciosa. Ele queria saber o alcance daquele poder. Se apenas informativo ou daria certa capacidade de manipulação.

— Brilhante pergunta, doutor. E bem perspicaz. Sabia que conversar com você seria diferente. A resposta é afirmativa. Posso induzir certas decisões.

Uma dúvida brotou dentro de Rodrigo. *Se ele podia criar intenções, vontades e desejos nos seres humanos, com qual motivo fazia? E se podia manipular e induzir as ações humanas, onde está o livre-arbítrio ou condicionamento total que Deus afirmou?* Havia muito, muito mesmo a conversar com aquele ser. Rodrigo estava certo que descobriria e encontraria respostas muito contundentes. Restava saber se podia confiar nelas.

— Sinto que irá me revelar muitas coisas. Por isso está aqui. Sendo assim, vejo que devíamos começar pelo começo, que tal?

— Como preferir, doutor. Ainda vai entender que sou muito organizado. Nada caótico na forma de existir e agir. Por onde quer iniciar?

— Pelas perguntas mais óbvias. Quem é você? É aquele que as igrejas conjuram e tentam exorcizar? Faça uma apresentação!

— Só falta querer um *powerpoint* ou currículo! — ironizou Lúcifer.

— De onde veio? Quais suas metas e projetos? — seguiu perguntando o psicólogo.

— São perguntas nada fáceis de responder, doutor. Ainda mais a um mortal, dotado de limitações naturais e limitações culturais.

— Sei que deve ser um hábil argumentador. Ao menos é o que sempre disseram de você.

— Verá que não é bem assim. Se há algo que nunca tive a oportunidade é a de me expressar — afirmou Lúcifer, ajeitando o travesseiro.

— Que tal me falar, então, o que é? É um anjo? Tem quais habilidades e poderes que nós humanos desconhecemos?

– Sou um querubim. Uma linhagem angelical projetada para envolver e rodear Yod ou Yhwh.

– Você quer dizer *Deus*?! – confirmou o psicólogo.

– Sim. Deus. Quanto ao meu nome, apesar de gostar de Lúcifer, mesmo não sendo o oficial, fui associado ao planeta Vênus, até porque ele pode ser visto pela manhã. Ou Satanás, que em hebraico quer dizer acusador. Também há o nome *Hilal*, mais árabe.

O cérebro de Rodrigo começou a vasculhar. O nome Hilal não lhe era totalmente estranho. Lera em algum lugar? Conhecia alguém com este nome? Preferiu não demonstrar reações externas, fez um comentário óbvio, buscando mascarar que tentava lembrar-se de onde conhecera tal nome.

– *Lúcifer* é um termo do latim. Se não estou errado significa *portador da luz* – comentou Rodrigo.

– Isso mesmo, doutor. O mais falacioso foi ver como, uma história mal compreendida por teólogos criou uma imagem minha bem diferente do que exatamente foi.

– Por quê? Mais uma interpretação insana da Idade Média?

– Grande parte do que se fala sobre tal "queda" que tive dos céus, não está relacionada a mim. Mas a um rei fenício. A tradução em latim gerou uma multidão de teorias e preceitos a respeito do *Diabo* e *Satanás*.

– Grande parte? Não toda?! Então há mentiras e verdades. Deve ter se sentido ofendido com a imagem distorcida.

– Muito pelo contrário. Acabou tornando-se uma publicidade muito vantajosa.

– Vantajosa... Sério?! – exclamou o psicólogo sem entender.

– Saí do anonimato. De uma figura mítica no Éden para um ser personificado, venerado e adorado – disse Lúcifer, aumentando o tom de voz e revelando certo orgulho.

– Qual era esse rei fenício que mencionou?

– Deve se lembrar, doutor. Seu avô contou esta história a você duas vezes. Uma vez enquanto estava naquele pequeno quarto de ferramentas dele. E dois anos mais tarde, voltando da construção de uma igreja, que seu avô fora supervisionar, no carro, ele a contou mais uma vez.

A resposta de Lúcifer, associando a uma memória com o avô, não era nada agradável. Seria até assustadora, se não tivesse tido experiências mais peculiares com Deus. Ainda sentia a dor de perder o avô. Estranhamente, lembrou-se de ambos os eventos que haviam ocorrido mais de 20 anos atrás. Rodrigo preferiu nem perguntar se Lúcifer havia conhecido o avô. Sabia que sim.

– Recordo-me. Era sobre o livro de um profeta do Velho Testamento, em que relatava a história do rei de Tiro. Está no livro de Ezequiel. Uma pena que não temos uma Bíblia aqui.

– Não há problemas, podemos pegar na biblioteca do centro correcional, doutor. Vou lá pegar uma para você. Será muito útil em nossas conversas.

A imagem faria muita gente ficar perturbada. O Diabo propôs, gentilmente, ir pegar uma Bíblia a um homem que está preso com ele na mesma cela. Ao ver Lúcifer levantando-se e calçando uma sapatilha, Rodrigo começou a achar aquilo muito bizarro. O fluxo da conversa transcorria de maneira completamente distinta que fora com Deus. Não parecia natural. Havia algo de estranho. Viu nele algumas marcas de agulha logo acima do pulso. Lúcifer percebeu que ele reparava as marcas.

– Acalme-se, doutor. Este corpo que estou usando era de um traficante de heroína. Se olhar neste uniforme, verá que há um nome: Frederic Burrhus. Se eu tivesse me apresentado como Sr. Burrhus creio que o impacto teria sido menor. Se tivermos outro encontro, mudarei de tática! – disse Lúcifer, saindo da cela e soltando um leve riso a Rodrigo.

***

Os olhos de Jane estavam já vermelhos de cansaço. Havia chegado há poucas horas e sequer tinha jantado ainda. Insistiu que o pai continuasse, parecia uma criança que luta contra o sono diante de uma história que o pai conta à noite. Ele preferiu dar uma parada. Chamou-a para irem até a cozinha preparar algo para comer. Descongelaram alguns pratos prontos. Combinaram que a conversa continuaria no café da manhã do dia seguinte.

Capítulo 56

– Encontramos o *basar* perfeito, meu senhor!
– Continuem distraindo-o com aquelas duas! Vou finalmente me aproximar de Jane.
– Faça o que quiser comigo. Só deixe minha filha fora disso. Eu lhe imploro!
– Fique quieta ou terei que amordaçá-la!

Capítulo 57

Antes de deitar, Jane ouviu o pai falando ao telefone com alguém. A entonação que usava para que ela não ouvisse denunciava que devia ser uma mulher. Ao desligar, deixou escapar o nome de Chloe. A filha preferiu ignorar, mesmo ainda não gostando da ideia.

No meio da madrugada, levantou-se para beber água, após ouvir o choro da pequena Hannah, a bebê dos vizinhos que constantemente acordava no meio da madrugada com fome. Viu a porta do quarto do pai semiaberta. Ele não estava. Ficou preocupada ao verificar que era quase 5 horas da manhã. O carro estava na garagem. Voltou para o quarto, criando em sua mente algumas hipóteses. Menos de uma hora depois caiu no sono.

A sensação de voltar a ser jovem, dos tempos de faculdade, saindo com várias garotas era muito estimulante. Rodrigo sempre foi um marido responsável, leal e digno em suas atitudes com a ex-esposa, Petra. Agora, além de estar saindo com Chloe, aproveitava finalmente que não mais era chefe de Julie.

Pela segunda madrugada seguida, fugia para estar com ela. Ela vinha em seu Ford Focus azul buscá-lo. Ambos iam a um motel fora da cidade para transarem. Julie fora sua secretária até o mês anterior. Era completamente fascinada por ele e Rodrigo sempre a achou muito atraente, todavia, além de estar casado, sempre a respeitou profissionalmente. Após um relacionamento de cinco anos, Julie havia rompido com o noivo que se mudara para Austrália. Procurou o ex-chefe para desabafar e, como estava vulnerável, precisando erguer a autoestima, no primeiro elogio recebido o agarrou, o homem mais admirado por ela e por várias mulheres, que se derretiam por ele.

Ao chegar em casa, torcia apenas para que a filha não tivesse notado sua ausência durante a noite. Foi para a cozinha, ligou a cafeteira e dirigiu-se sorrateiramente para o quarto trocar-se. Passou nas pontas dos pés pela porta do quarto de Jane. Empurrou suavemente a porta e viu a filha, sentada na cama, olhando diretamente para ele. De fato, sentiu-se um jovem que acabava de ser pego após passar a noite fora.

– Muito bonito o que o senhor anda fazendo! Devia ter vergonha!

– Jane, não é o que está pensando! – disse o pai, ainda assustado.

– Nem eu sei o que pensar, mocinho! Porque com sua corretora não estava. Então quem é a biscate com quem estava até agora? Foi só se divorciar que acha que pode soltar as asinhas e voar para onde quiser?!

– Não posso?

– Não, não pode! Precisa cuidar de mim. Ainda não fui embora para Berkeley. Enquanto estiver aqui eu quero ser a única mulher que vai ter e cuidar! – os olhos e as palavras dela estavam sendo sinceras, não mais brincava com o pai.

A filha saiu do quarto e Rodrigo foi trocar-se. Ainda cheirava ao perfume de Julie.

Jane desceu as escadas para tomar café e observou várias caixas, algumas suas que levaria para o dormitório da universidade. Outras de seu pai, que levaria para Vancouver. Aquela vida havia terminado. Uma nova iniciaria em menos de uma semana.

A vergonha que sentia não era porque escondeu de Jane que estava saindo com duas mulheres. Sentia-se mal porque devia ter contado. Queria poupá-la de mais ciúmes, o que não deu muito certo. Rodrigo vivia uma fase típica de pós-hibernação. Assim ele intitulava a fase depois de um rompimento, quando alguém em um relacionamento duradouro vê-se livre, querendo aproveitar todas as oportunidades.

Durante o café, a filha nem olhou em seu rosto. Sabia que ia passar. Era necessário dar espaço e "um tempo" às mulheres.

– Não quero conversar com você sobre suas escapadas noturnas ou sua vida promíscua, de achar que é um garanhão. Mas podia continuar sua história com Lúcifer.

A situação foi engraçada. O pai preferiu não falar coisa alguma ou causaria um efeito ainda mais colérico em Jane. Assentiu com a cabeça, colocou leite e cereais em uma tigela, depois suco de laranja no copo, e recomeçou a narrar.

***

– Espero que consiga enxergar o tamanho da letra desta. Foi a única Bíblia que tinha disponível. Muitas pessoas ficam mais religiosas na cadeia – disse Lúcifer, zombando.

– As letras são pequenas mesmo! O que quer que eu leia?

– Quero que encontre alguma menção de mim no Velho Testamento. Alguma em que eu existo como um ser maligno e destruidor.

– Há inúmeras! Não há?! Na tentação do Éden, no livro de Jó e neste caso que afirma ser o rei fenício – Rodrigo achou aquele desafio estranho.

– Muito bem, doutor. Como você, muitos estão certos que sou a maldade, a rebeldia, a destruição e o conflito.

– Não disse que você é desta forma, estou seguro que irá demonstrar meu equívoco.

– Eu poderia usar uma centena de exemplos, provando minhas atitudes e quem sou na história do cosmos, doutor. Como sei que Ywhw usou a Bíblia para lhe provar algumas evidências... Ele sempre se vangloriando deste livro! Farei o mesmo, então. Usarei o mesmo método e verá quem está com a razão.

– Você falou de um jeito como que esse livro não fosse tão importante. Entendi que está repleto de momentos alegóricos que são lidos como fatos. E outros que são fatos, lidos como metafóricos. O que tem causado divergências e muitos disparates religiosos.

– Não é este o problema, doutor, mas tudo foi compilado muito tempo depois. O primeiro livro, Gênesis, foi escrito no século X. Um período posterior ao exílio de Israel. Isso influenciou muito a forma e o que se colocou no texto.

Capítulo 57

Uma gritaria tomou conta dos corredores da cadeia. Uma briga havia se formado entre duas facções. Rodrigo assustou-se. Das grades da cela, olhou para o pátio no andar inferior. Dezenas de homens se digladiavam. Percebeu que um grupo subia o corredor retirando violentamente os presos das celas. Todos tinham a cabeça raspada, barba e bigode. Olhou para dentro da cela e viu Lúcifer sentado, lendo a Bíblia. Ele olhou para Rodrigo e acenou com a mão para que entrasse na cela.

– Eles estão tirando todos das celas! Vamos ser espancados ou pior!

Lúcifer fechou a Bíblia, colocou-a na cama de cima do beliche e fechou os olhos. Rodrigo sentiu um golpe de ar forte ou tremor, não sabia explicar. Os olhos do Demônio seguiam fechados. Estava imóvel. Haviam chegado na cela ao lado. O psicólogo temeu como nunca em sua vida. Pensou na filha, na esposa, nos pais. Viu quatro homens simplesmente passando direto pela sua cela. Era como se não houvesse ninguém lá dentro. Não podia acreditar. Voltou a olhar para seu companheiro de cela. Uma convulsão o fazia ter contrações musculares múltiplas. Rodrigo o amparou, protegeu sua cabeça enquanto se debatia. Não podia chamar ajuda, pois tudo estava fora de controle ainda, apesar de que percebeu que os agentes já tinham dominado, naquele instante, parte da situação.

O sotaque, para o espanto maior de Rodrigo, que seu companheiro de cela tinha agora era assustador. Ele começou a balbuciar. Depois perguntou onde estava e não reconheceu Rodrigo. Disse que precisava de Alice. O psicólogo não entendeu inicialmente, até o homem explicar que era heroína. A referência era a *Alice no País das Maravilhas*, uma vez que a menina passava por uma plantação de papoulas. Rodrigo, nos poucos minutos que conversou com o homem, descobriu que era de origem búlgara. Vivia nas ruas, como traficante e usuário, em Hastings, conhecida região de usuários de drogas em Vancouver. Em instantes o homem desmaiou, Rodrigo foi averiguar se era possível pedir auxílio médico após a rebelião relâmpago que o centro correcional passara. A tensão ainda parecia grande. Descer ou sair dali seria arriscado. Enquanto tomava coragem para pedir ajuda, Rodrigo ouviu seu nome. O homem, agora de pé, tinha o aspecto de que nada havia acontecido.

– Como assim está melhor?

— Nem sempre um *basar* consegue suportar muito tempo um *ibbur*. Quando falou com Deus deve ter percebido como o basar bebia muita água. O consumo de energia e o desgaste são imensos.

— Ele bebeu algumas vezes mesmo. *Basar* é uma espécie de mula ou corpo possuído? E *ibbur*? — confirmou o psicólogo.

— Sim. *Ibbur* é a ocupação de um corpo.

— E ele não sabe que está sendo possuído?

— A pessoa sente-se como em um estado de choque. Normalmente o corpo desmaia para proteger órgãos vitais, como o cérebro. É exatamente este órgão que mais um *neshamot* angelical precisa para manifestar-se.

— Estas palavras são hebraicas, correto? Minha esposa era judia, pena nunca ter aprendido mais da língua. Porém, se não estou errado, não há uma palavra para espíritos que atormentam de forma demoníaca? Acho que a palavra é *dabuk* ou *debuk*.

— Está falando de *dibuk*, doutor. E foi reutilizada até por outras crenças como o Espiritismo. Além de ser traduzida como possessão demoníaca pela Igreja Católica. Neste caso o espírito é diferente de uma criatura angelical como eu, um *keruv* ou *neshamot*.

— *Keruv* o querubim, pois esta é sua linhagem. E *neshamot*?

— É apenas uma existência espiritual sem a matéria sólida. Apesar de ser usada com o sentido de espírito ou alma. Alguns grupos religiosos, até judaicos, creem ser a reencarnação, como na expressão *guilgul neshamot* ou *ciclo de almas*.

— Mas não somos dotados de alma e corpo? E não vamos ser espirituais na próxima vida. No céu ou no inferno para tormento? — a pergunta de Rodrigo não escondia as intenções.

Não acreditava naquilo e sabia que os conceitos teológicos eram muito mais específicos do que tais crenças populares, porém tentou induzir Lúcifer a dar-lhe uma resposta tão fundamental.

— Brilhante pergunta, doutor. Mesmo sendo ingênuo em achar que não perceberia como está me aliciando para retirar certas respostas, irei lhe responder. Para isso estou aqui, já lhe disse isso.

— Força do hábito com minhas pacientes — replicou Rodrigo.

– Entendo, meu caro, entendo muito bem! O que posso afirmar quanto a isso é que a raça humana não foi projetada para viver na dimensão excelsa ou espiritual. A constituição de vocês sempre foi para existirem com um corpo físico. Ainda que mais resistente que o atual.

– Por isso fomos primeiro formados pelo barro e depois recebemos o vento ou fôlego da vida. Daí tal alegoria do livro de Gênesis.

– Brilhante! Estamos finalmente nos afinando, doutor! – disse Lúcifer, elogiando a associação feita pelo psicólogo.

***

– Não sentiu medo, pai? Estar com um cara como esse na mesma cela. Ter que dormir com ele? Estava com o Diabo cara a cara – exclamou Jane.

– Muito! Tive muito medo mesmo. Todo tempo pensava em tudo que havia presenciado e vivido com meu avô. No entanto, depois de sair de lá, comecei a entender o propósito de tudo.

– E qual é, pai? – indagou a filha, ansiosa para que o pai continuasse.

– Tudo a seu tempo, Jane. Ainda tem muito que saber e ouvir do que conversamos. Agora preciso falar com a empresa de mudanças. E você precisa colocar as coisas em seu carro.

– Meu carro? – perguntou espantada a menina.

– Sim, aqui está a chave. Sempre amou meu Firebird, agora ele é seu. Aproveite! Até já coloque suas coisas nele, terá uma longa viagem até a Califórnia.

Capítulo 58

– Chegou o momento! Algo que precise saber antes de entrar no *basar*?
– Meu senhor, tem havido turbulências constantes na casa dos Cohen.
– Não é nada demais. Ele deve estar preparando-os para a vitória apocalíptica. Não sabe a surpresa que o aguarda!

Capítulo 59

Antes de dar a primeira volta com o carro, Jane fora até a garagem duas vezes só para olhá-lo. Já havia dirigido-o inúmeras vezes, mas agora era seu.

Sentia pelo pai um amor tão profundo, que, diversas vezes, a sensação de vazio sentimental era irrelevante. Sempre foi uma garota muito insegura e nada ousada. A maioria de sua idade e suas próprias amigas bebiam, usavam ou experimentavam alguma droga. Muitas haviam perdido a virgindade antes dos 15 anos. Ela somente fez sexo aos 17, com o namorado que acabou revelando ser o Diabo. Agora estava muito eufórica com o presente recebido. Queria mostrar o carro à amiga, Patrícia. Abraçou o pai mais uma vez, agradecendo-o pelo carro.

Trocou de roupa e sentiu uma sensação que há muito tempo não tinha. Um desejo ardente dentro de si. Precisava aliviar-se, isso não costumava ocorrer com frequência, não gostava de se masturbar, porém, precisava naquele momento. Aproveitou e também tomou um banho rápido antes de ir para a casa da amiga.

***

Ao ver a filha feliz, saindo com seu carro, sentiu que sempre fora um bom pai para Jane. Rodrigo sentou-se por alguns minutos nos degraus entre a cozinha e o quintal para pensar. Precisava tomar decisões. Algumas estavam além de seu alcance. Por outro lado, podia resolver assuntos menos cataclísmicos, como a situação que vivia, saindo com Chloe e Julie, ao mesmo tempo.

Levantou-se ao ouvir o telefone tocar. Era a companhia de mudança confirmando a data de retirada do que levaria para Vancouver.

Em dois dias a filha estaria longe e ele morando sozinho.

***

Na casa de Patrícia, Jane ficou por pouco tempo, pois a família da amiga estava com parentes vindos de Toronto.

– Amanhã à noite iremos dançar e curtir no Rehab. Temos que fazer uma despedida, Jane.

– Adorei a ideia!

– Você é a que está indo para mais longe. Suzy e eu iremos para UBC, em Vancouver. E Sophie irá para Seattle.

– Eu precisava de outros ares, Patrícia. Ainda mais depois dos últimos meses.

– Vou sentir sua falta. É uma nova era para todos – afirmou a amiga melancolicamente.

No dia seguinte, às 23h14 da noite, as garotas estavam todas na danceteria, rindo e conversando. Falavam de rapazes e lembranças dos anos do colégio.

Como a banda não era nada boa, partiram para o Smugglers'cove. O *campus* da universidade ficava bem próximo ao *pub*. Muitos universitários, após a aula, costumavam frequentar ali. As amigas lançaram um desafio, seguido de uma aposta, a Jane. Ela não podia sair daquela noite, e do Canadá, sem ao menos beijar alguém. Ela não sabia se estava preparada, mas aceitou a aposta por divertimento. Seria uma forma de descontrair-se.

Vestia uma blusa tomara que caia prateada e minissaia preta. Todas estavam lindas, porém sabiam que onde quer que estivessem, se Jane aparecesse, roubaria a cena. Sua beleza parava qualquer ambiente. Raramente se produzia com maquiagem ou roupas. Naquela noite fizera ambos. Todos os rapazes olhavam para ela, como lobos no cio. Em 20 minutos, cinco se aproximaram. Foram todos rejeitados. As amigas estavam já impacientes, dizendo que ela escolhia demais e iria acabar sozinha. Riram e beberam muito. Provocavam cada universitário, bonito ou não. Pareciam até possuídas. Após alguns coquetéis sem álcool, Jane ainda tinha traumas da bebida que a dopou com Sammy, precisava ir ao banheiro levar a amiga que havia tomado algumas tequilas na danceteria e não se sentia bem. Assim que saiu do sanitário, tropeçou no pé de um rapaz moreno, magro e de estatura média, sentado próximo da passagem. A cena foi constrangedora e hilária às amigas, pois Jane caiu bem no colo dele.

– Creio em Deus mesmo. Só ele para fazer um anjo cair em meus braços!

– Desculpe-me. Mas a culpa foi sua que deixou a perna! – disse Jane, tentando ser simpática e levando tudo na brincadeira.

– Oi, sou Luciano. Muito prazer.

– Jane. Prazer também.

– Se já caiu nos meus braços e se sentou no meu colo, ao menos devia me permitir que lhe pague algo ou me dar alguns minutos de conversa. Que tal? Creio que merecemos.

A forma inusitada e o olhar carinhoso do rapaz convenceram Jane. Ela fez um gesto às amigas que ficaria um tempo ali. Sentou-se ao lado dele. As garotas vibravam. Tal qual o pai, era muito observadora nos detalhes. Reparou que o jovem não bebia nada alcoólico. Vestia roupas conservadoras, mas estava longe de ser um engomadinho. Tinha sotaque bem parecido com certas palavras que o pai ainda carregava. Observou que na mesa todos pareciam ser amigos da faculdade.

– Você faz que curso na universidade? – perguntou Luciano.

– Ainda não estou oficialmente na universidade. Começarei agora. Sou caloura.

– Que ótimo. Quer dizer que poderemos nos ver sempre.

– Creio que não será possível, Luciano. Não estudarei na Universidade de Victória, nem na UBC. Estou indo para Berkeley.

– Triste, porém legal. Temos que celebrar, apesar da distância. Acredito que o destino possa ter dado um empurrão para ao menos nos conhecermos – argumentou o rapaz.

– Havia dito que era Deus, agora foi o destino?! Decida-se! – retrucou Jane, provocando Luciano.

– Há diferença? Deus e o destino são uma só coisa.

– Talvez tenha razão. E o que está cursando?

– Faço Medicina. Consegui uma bolsa de estudos. Penso em seguir na área de biogenética.

– Demais! Não teria estômago e nem notas para entrar em Medicina. Farei Antropologia.

– Uma garota linda que estudará as relações sociais e humanas historicamente. Não esperava essa!

– De onde você é? Não é canadense, certo?

– Poxa, meu inglês é tão ruim? – riu o rapaz.

– Nada disso. Só curiosidade. E falar sobre sotaque e estrangeiros no Canadá é algo redundante – completou Jane.

– Sou do Brasil, São Paulo. Não sei se conhece. A maioria só sabe da existência do Rio.

– Nunca fui. Conheço muito bem, porque meu pai é brasileiro. Quais as chances, né? Creio que sua teoria do destino pode estar certa! – lançou um sorriso e olhar bem nos olhos para Luciano, que devolveu de mesma forma e intensidade.

Antes de ir embora, Luciano ofereceu carona a Jane. Contudo, estavam todas as garotas com ela, em seu Firebird. Ele a acompanhou até o carro. Ajudou a escorar Suzy, que ainda sentia-se mal da bebida, enquanto as meninas colocavam a amiga no banco de trás, certificando-se que não vomitaria mais.

Luciano inclinou-se para Jane, colocou a mão em seu rosto e a beijou. Sem qualquer resistência, permitiu.

Trocaram os números de celulares. Antes de sair, ele foi até o vidro do carro e a beijou mais uma vez. As amigas gritaram por todo o caminho de volta. Jane voltou feliz e pensativa.

Capítulo 60

A apreensão de dirigir até Berkeley percorreu a espinha de Jane. Mesmo às 3 horas da manhã, ainda com a roupa que havia saído, foi ao quarto do pai e o acordou. Precisava pedir-lhe que fosse com ela até a Califórnia. Estava com medo de dirigir sozinha. Precisava da companhia dele. Seria a última por um longo período, imaginou ela.

Rodrigo disse que teria que passar no apartamento em Vancouver para falar com o síndico do prédio, mas que seria uma ótima ideia e excelente oportunidade para ficarem juntos. Depois voltaria de avião direto para a nova residência. Combinaram de pegar a estrada após o almoço. Ele precisava, inclusive, deixar as chaves com a empresa que transportaria a mudança.

Jane tinha que dormir, na noite anterior ficou acordada com o pai, por ainda mais uma hora, depois que chegou. Falou sobre o rapaz brasileiro que havia conhecido. Precisavam ainda reservar, pela internet, um hotel para passarem a noite seguinte. Seriam 16 horas de viagem, dormiriam em Portland e bem cedo, pegariam a estrada de novo rumo a Berkeley.

No dia seguinte, Rodrigo despediu-se de alguns vizinhos. Deixou seu número de celular caso precisassem entrar em contato. Deixou uma cesta com vinho, frutas e queijos ao vizinho, Albert G. Walker. Queria agradecer ao velho professor irlandês pela ajuda e conversa que tiveram durante a madrugada meses atrás.

Entrou no carro com a filha. Jane estava empolgada por pegar a estrada com o brinquedinho novo.

Rodrigo perguntou mais uma vez sobre Luciano, o rapaz que conhecera no *pub* na noite anterior. Jane basicamente repetiu o que havia já contado e disse ser uma pena morarem tão longe. Ela, então, quis saber dos casos amorosos do pai.

Ele explicou que assim que voltasse para o Canadá resolveria a situação. Não queria magoar, nem criar expectativas em ninguém. A filha percebeu que ele ainda estava incerto sobre qual decisão tomar. Preferiu aproveitar a longa jornada pela frente na estrada, pedindo ao pai que seguisse com a história da cadeia.

Ambos fingiam, no dia a dia, que aquilo era uma história paralela em suas vidas. Como se falar com seres sobrenaturais fosse a coisa mais corriqueira. No fundo, eles sabiam que existia muito mais por trás de tudo aquilo. Mesmo sem identificar a profundidade daqueles eventos, tanto pai como filha queriam poupar um ao outro de preocupações maiores.

– A primeira noite que dormi lá foi muito difícil, Jane. Imagens voltavam e atormentaram-me até o amanhecer. Senti falta de ar, chorei. Desejava que tudo aquilo fosse um pesadelo.

– Mesmo que eu diga que sei o que passou, não saberia jamais. Tive também, uma madrugada horrível. Passei a noite na delegacia. Minha mãe não parava de chorar e desmaiou duas vezes. As coisas só começaram a acalmar quando Rosenbaum chegou.

– Todos tivemos uma noite muito turbulenta. Exceto Lúcifer. Olhei por duas vezes na cama de baixo. Roncava e dormia profundamente.

– Se disse que há um desgaste do corpo físico do *basar*, quando estão possuídos, é natural que precisem dormir para repor o consumo de energia – completou Jane.

***

Assim que as grades das celas foram destravadas, Rodrigo saltou do beliche. Lavou o rosto, escovou os dentes e desceu para o refeitório. Ouviu alguns comentários e provocações. A comida tinha um sabor horrível.

Viu em uma mesa, isolado, Lúcifer ou Frederic. Não sabia se era ele ou apenas o corpo do traficante que estava agora no ar. Ao pensar nisso, quis sentar-se ao seu lado e fazer companhia. Aquele era o único conhecido com quem podia conversar. Queria também ter a certeza que não estava convivendo com alguém que sofria de múltiplas personalidades. O que duvidava pelas evidências até então.

Ao levantar-se, um agente aproximou-se, dizendo que em 15 minutos teria uma sessão com a psicóloga do centro correcional. Achou irônico e até esboçou um riso ao agente, que o ignorou.

A conversa com a psicóloga estendeu-se além do imaginado. O que deveria ser uma conversa com o intuito de levar o interno a condicionar-se naquela nova realidade sem a liberdade, tornou-se uma tietagem da analista de meia-idade. A solteirona, Clara Stewart, era uma fã do Dr. Rodrigo Mazal. Havia lido ambos os seus livros. Durante a sessão, não se conteve e pediu que ele autografasse uma cópia de *Cemitérios de Verdades*. Pediu, também, se não seria muito incômodo, que no dia seguinte trouxesse *Mulheres Independentes, Mulheres Solitárias* e que autografasse para a prima. A situação seria cômica se não fossem trágicas as condições que levaram Rodrigo até ali.

De volta à cela, viu Lúcifer sentado na pequena cadeira de plástico, lendo *Os Irmãos Karamazov*.

– Interessante leitura. Bem apropriada, seja lá quem for você agora.

– O traficante está hibernando. Já fez desgraça demais. Não vai fazer falta. Creio que agora está livre, doutor. Podemos continuar nossa conversa.

– Por que não?! Podemos sim. Você dizia que usaria a mesma metodologia de Deus para provar quem era e quem não era, de verdade.

– Que a imagem que me veem é irreal. E mesmo o livro sagrado que utilizam para me descrever é compreendido erroneamente.

– Estou me sentindo num debate teológico entre Deus e o Diabo – comentou Rodrigo gozando.

– Verá quem irá vencer! Não sou nada do que dizem! Vou provar agora – disse Lúcifer com tamanha convicção que mesmo o psicólogo notou uma alteração no humor do ser diante de si.

Naquele momento, Rodrigo preferiu ficar imóvel e sequer esboçar reação. Não queria provocá-lo. Não sabia exatamente quais capacidades e habilidades aquele ser possuía.

– Comecemos do início.

– É sempre a melhor forma.

– Pegue a Bíblia, doutor. E veja quem enviou as pragas no Egito. Crianças foram mortas. Idosos, animais, tudo. Foi uma carnificina. Aquilo foi um banho de sangue sem nenhuma clemência e piedade. Ou ainda quem destruiu Sodoma e Gomorra.

– Seus exemplos são conhecidos. Sempre foram alvos de discussão. Todavia, em todos eles era uma medida drástica tomada diante de uma situação extrema. O povo hebreu estava sob domínio egípcio. E segundo a história bíblica, que considero uma fábula, Sodoma e Gomorra viviam tempos sem quaisquer padrões morais, civilizatórios.

– O que o tráfico negreiro fez com povos africanos foi diferente do que com aquele povo? A matança de indígenas tanto aqui, como na América do Sul, foi algo de menor importância? O trabalho escravo no Oriente, inclusive infantil, para saciar a ansiedade capitalista do mundo ocidental não é tão drástico? Por favor, doutor, reveja seus conceitos.

– Está repleto de razão. Mas está usando de sensacionalismo e fala panfletária. Até porque tais eventos, se ocorreram da forma que está escrito, serviram como exemplos a outras gerações para se guiarem.

– Ele realmente lhe fez uma lavagem cerebral, doutor. Terei que usar recursos mais contundentes.

O comentário foi súbito e inesperado. Rodrigo não estava protegendo ou defendendo qualquer ideal bíblico. Percebeu apenas no discurso de Lúcifer a utilização de dados que buscavam a comoção, a indignação do ouvinte. Aquele recurso de retórica era bem conhecido do psicólogo.

– Veja como são tratadas as filhas de Ló antes de destruírem Sodoma. Está no capítulo 19.

Rodrigo leu atentamente. Levantou a sobrancelha e olhou para Lúcifer. Sabia onde queria chegar. Gostava da conversa.

– Os homens queriam estuprar os anjos. Ló, no entanto, preferiu entregar as filhas virgens – disse Rodrigo.

– Precisa de crueldade maior que essa? Além de que deve lembrar-se da barbaridade que foi com Abraão, pedindo para sacrificar o filho. Que Deus é esse?! Ele adora ver os filhos sofrendo, implorando por ele. Matando crianças e inocentes. Note que a nação "escolhida" jamais teve paz, até hoje, em sua história. Se isso não é um sadismo, não sei mais o que é.

Rodrigo voltou a olhar para a Bíblia. Mordeu os lábios e devia admitir que tinha razão. Era muito sangue derramado, muita crueldade com inocentes.

– É de se questionar, não é doutor? Quer mais?! Abra no livro de Jó.

– Este livro é conhecido. O que quer argumentar, Lúcifer? Sobre a aposta que Deus faz com a vida dele? Que Deus trata a vida de Jó como se estivesse em uma roleta dentro de um cassino?

– Há mais, doutor!!! Abra e vou lhe mostrar, por favor. Leia novamente o primeiro capítulo. Se possível os versos 6 e 7, primeiramente.

– "E num dia em que *os filhos de Deus vieram apresentar-se* perante o Senhor, veio também Satanás entre eles. Então o Senhor disse a Satanás: Donde vens? E Satanás respondeu ao Senhor, e disse: De rodear a terra, e passear por ela."

– Agora, doutor, leia o capítulo 30 e verso 20. Preste a atenção no pedido de Jó.

– "Clamo a ti, porém, *tu não me respondes*; estou em pé, porém, para mim não atentas. Tornaste-te cruel contra mim; com a força da tua mão resistes violentamente."

– E sabe qual foi a resposta de Deus a Jó?! Depois de muito tempo ele diz o que está no capítulo 38.

– "Depois disto o Senhor respondeu a Jó, de um redemoinho, dizendo: Quem é este que escurece o conselho com *palavras sem conhecimento*? Agora cinge os teus lombos, como homem; e perguntar-te-ei, e tu me ensinarás. *Onde estavas tu, quando eu fundava a terra*? Faze-me saber, se tens inteligência."

O rosto de Rodrigo estava claramente comovido. A história era de fato tocante. Uma daquelas clássicas da cultura ocidental. E não havia qualquer possibilidade de embate diante tais fatos.

– Note, doutor, que Jó apenas queria saber por que estava sofrendo, uma vez que era tão fiel. A resposta que recebeu é a de que era um incapaz e imbecil. Intelectualmente ignorante para compreender qualquer coisa. Além de ser uma mera criatura limitada. Belas palavras de Deus! – ironizou o Diabo.

– O que me questiono é se essa história é verídica. Ou apenas mítica, tendo a função de revelar o poder e soberania de Deus diante de seu inimigo. Neste caso, você, Lúcifer.

– Olha, se esta é a técnica dele para demonstrar que é um Deus protetor, amigável e em busca de mais seguidores... Creio que está bastante equivocado. Eu o aconselharia ir para um curso de Publicidade. Se é verdade que conhecemos as pessoas pelas suas ações, neste caso, ele deve ter reais problemas psíquicos. Não me admira ele ter procurado um psicólogo! – satirizou Lúcifer mais uma vez.

– E por que você teve esta reação? Aceitou a aposta! – questionou o psicólogo, querendo revelar um desvio de conduta nas atitudes também de Lúcifer.

– Porque não sou o mal! E não sou Deus, ainda.

– *Ainda*? Já não tentou uma vez? Ou vai tentar mais uma vez? A batalha do Armagedon?

– A batalha só está perdida quando se chega ao fim, doutor.

– Concordo, plenamente. Mas se o fim já foi previsto, e está no livro do Apocalipse que irá perder, por que continuar?

A pergunta do psicólogo foi ignorada por Lúcifer.

– O que o livro de Jó fala mesmo no primeiro capítulo, doutor? O verso 6 diz o quê?

– Que os *filhos de Deus* e você vieram se apresentar diante dele – respondeu Rodrigo.

– Se fui expulso do céu, com um terço de anjos que me seguiam, por que, de novo, fomos lançados para a terra no livro de Apocalipse, no capítulo do12 e verso 9?! Fomos mesmo lançados dos céus?

– Não foram? – perguntou retoricamente o psicólogo.

– Não conhecem mesmo quem é este Deus. Só para não alegar que estou manipulando a interpretação ou usando algum trecho isolado e criando um conceito errado, veja quem o profeta Zacarias afirma estar ao lado do Todo-Poderoso, no capítulo 3.

Com certa dificuldade pelas folhas pequenas e muito finas Rodrigo chegou até o livro que Lúcifer havia indicado. O psicólogo leu. Franziu a testa e olhou pra seu companheiro de cela.

– É você! O texto diz que Satanás está à direita de Deus.

Capítulo 60

– Pois bem. E ainda dizem que fui expulso. Sigo com a mesma intimidade com ele. A relação mudou, na verdade, contudo, não sou eu que mando em anjos caídos e maus. Deus é quem atormenta e envia espíritos maléficos para atormentar pessoas.

– O quê? Ele manda? Você quer dizer por causa da onisciência dele tudo acaba sendo permitido, não é?

– Lamento ter que romper uma imagem tão idealizada que tem dele, Rodrigo. Não o conhece mesmo. Vamos voltar para a aula. Leia primeiro o livro de Samuel 16 e verso 14. E, depois, o primeiro livro de Reis, capítulo 22 e verso 21. Esteja preparado, Rodrigo.

Além da calma com que citava qualquer ponto do Antigo Testamento, algo óbvio a uma testemunha como ele; Lúcifer surpreendia Rodrigo pela maneira insolente desta vez. A segurança que alegou seus argumentos fez o psicólogo enxergar um discurso prévio preparado e muito coerente. Novamente a reação de Rodrigo foi a mesma: surpresa. Leu balbuciando a primeira vez e repetiu em alta voz.

– "E o Espírito do Senhor se retirou de Saul, e atormentava-o um *espírito mau da parte do Senhor*." Como assim nunca notei isso? Mesmo quando jovem, lendo com meu avô. "Então saiu um espírito, e se apresentou diante do Senhor, e disse: Eu o induzirei. E o Senhor lhe disse: Com quê? E disse ele: Eu sairei, e serei *um espírito de mentira* na boca de todos os seus profetas. E ele disse: Tu o induzirás, e ainda prevalecerás; sai e faze assim. Agora, pois, eis que *o Senhor pôs o espírito de mentira na boca de todos estes teus profetas*, e o Senhor falou o mal contra ti."

– Creio, doutor, que o mentiroso e quem manda matar, atormentar as pessoas não sou eu! Notou e viu quem manda em anjos maus, espíritos errantes e demônios? Levo a culpa de tanta coisa! Estou certo que ele não mencionou essas coisas nas conversas que tiveram?!

– Não falamos deste tema – respondeu Rodrigo ainda olhando o texto, verificando se não estava fora de contexto.

– Deve-se levar em conta algo, doutor, quem atiçou e propôs a aposta com a vida de Jó não fui eu, mas Deus. Quem prometeu uma terra já tomada por habitantes aos israelitas, foi ele.

– Tenho que admitir que seus argumentos são bem convincentes. Contudo, ainda segue sendo a imagem que me disse. É Lúcifer, a "estrela d'alva ou da manhã", Vênus, a serpente enganosa para cristãos, judeus e até mulçumanos – afirmou Rodrigo.

– Sou eu mesmo? Terei que sair em minutos daqui, então seja rápido. Mas antes veja quem é a estrela da manhã no livro de Apocalipse. Vamos, leia o capítulo 22 e verso 16.

Tentou virar as páginas da pequena Bíblia o mais rápido que pôde. As letras eram muito pequenas. Não entendeu o porquê da pressa. Quando leu, Rodrigo ficou parado. Estava impressionado. O texto era a fala de Jesus, afirmando ser ele a estrela da manhã.

– Viu o que meu irmão disse? Não sou qualquer um. Deus sabe disso! Quando Ele conversa comigo, sempre é de forma diferenciada. No Éden fui eu o colocado para abrir os olhos de Adão e Eva!

– Irmão? O que está dizendo?

– Recorda-se, doutor, qual foi o símbolo que curou os israelitas no deserto assim que olhavam para ele?

– Era uma serpente! – respondeu o psicólogo perplexo.

– Creio que está notando que não sou o inimigo dele. Sou o auxiliar mais requisitado e o filho renegado. Aliás, ele adora renegar o primeiro filho, dando honras a quem não é de direito.

Naquele momento, um agente veio até a cela e anunciou uma visita do advogado a Rodrigo. Quando voltou a olhar para Lúcifer, ele estava deitado, dormindo.

***

– Pai, como assim? Cada vez fico mais chocada com tudo isso. Está querendo dizer que Jesus e Lúcifer são irmãos? – indagou Jane, com uma mão no volante e a outra na boca, em sinal de espanto.

– Sim e não! Há muito ainda a te contar. Creio que estamos próximo da saída para Portland, Jane.

Capítulo 61

Desde que assinou os papéis do divórcio, Rodrigo não mais falara com Petra. Enquanto esperava Jane sair do telefone com Luciano, ele aproveitou e ligou para a esposa. Não conseguiu falar com ela, o irmão, que não falava bem inglês, disse que havia saído e avisaria do telefonema. Logo em seguida, Jane vinha sorrindo em sua direção.

Jantaram em um restaurante de frutos do mar, próximo do hotel, na Taylor Street. Portland, conhecida como "a cidade das rosas", tinha uma vibração agradável. Por duas vezes, Rodrigo foi reconhecido na rua, talvez pela mídia que seu caso havia gerado. Voltaram cedo para o simpático Paramount Hotel. A filha queria usar o *notebook* para falar com as amigas e Luciano. Foi deitar-se, o turno de motorista do dia seguinte seria dele. Tinham ainda dez horas de estrada. Sairiam antes de o sol raiar. Queriam chegar a Berkeley por volta das 17 horas.

Deitado, olhando a filha de frente concentrada na tela, percebeu que nunca falou sobre fé ou religião com ela. A mãe, mesmo judia, jamais seguia a maior parte das tradições. Ele, de família protestante, preferia jamais impor uma religião à filha. Rodrigo começou a questionar-se se fizera a escolha correta. Queria, todavia, que ela tivesse caráter e dignidade antes de qualquer coisa. *Teria tomado a opção mais acertada em jamais ter dado um arcabouço de fé à filha?* Falar diretamente com Deus e com Lúcifer teria sido completamente diferente se jamais tivesse aprendido certos pressupostos religiosos.

Bem cedo na manhã seguinte, pai e filha tomaram um café reforçado e pegaram a estrada. Rodrigo tentou especular sobre o rapaz brasileiro que a filha conhecera. Jane foi, mais uma vez, sucinta nas respostas. Não porque queria esconder algo do pai, mas porque não havia nada ainda a ser dito. Estava agindo com cautela.

– Quando tiver algo mais sólido para contar, será o primeiro a saber. Enquanto isso... Vamos lá, pai. Continue contando a história de você na prisão.

– Não quero me intrometer, filha. Apenas precaução depois de tudo que passou.

– Eu também te entendo, sei que fica preocupado. Estou mais arisca, agora. Pare de enrolar e volte para a história.

**

A lembrança de Rodrigo cruzou a linha do tempo e pousou no dia seguinte à conversa que tivera com o advogado. Após receber a visita de Mikhail Rosenbaum, não mais achou seu companheiro na cela. Perguntou a um agente penitenciário, que primeiramente o ignorou e depois disse que tinha sido levado para a enfermaria. Havia desmaiado.

Na outra manhã, o companheiro búlgaro voltou à cela. Com aparência muito desgastada, olhou para Rodrigo, acenou com a cabeça e foi deitado na cama inferior do beliche. O enfermeiro e dois agentes saíram, pôde-se ouvir o som da grade do corredor se fechando. O homem começou a falar. A cena lembrava muito o velho Nicholas Mastemah, o idoso, em coma, do asilo. Agora estava falando com um presidiário possesso pelo Diabo.

– Este *basar* não vai aguentar muito, doutor. Não podemos parar. Pegue água e vá colocando em minha boca. Assim poderemos continuar.

– Tudo bem. Vou aos poucos te hidratando.

– Lembra-se onde paramos nossa conversa ontem? – perguntou Lúcifer, com voz fraca, porém lúcida.

– Havia dito que Deus costuma sempre escolher e dar honra ao filho errado. Não entendi o que quis dizer.

– Isso mesmo! Acho melhor sentar-se de forma confortável, doutor. Ainda há muito a saber – disse, abrindo lentamente os olhos.

– Sequer sei o porquê de estar recebendo estas visitas e revelações. Por ora estou apenas absorvendo tudo que posso.

– Pois bem. Como o Todo-Poderoso costuma seguir a linhagem de autoridade e dádivas na Torá, doutor?

– O costume judaico é pela primogenitura. O filho mais velho assume as responsabilidades e encargos do patriarca. Absorvemos muito em nossa sociedade deste costume.

– Está me dizendo que o filho mais velho, no povo judaico, recebe sempre as bênçãos divinas, todos os cargos de administrar a família? Está certo disso? – a pergunta de Lúcifer soava insidiosa mais uma vez.

Rodrigo pensou em alguns casos marcantes que isso não ocorreu. Preferiu, contudo, ouvir as explicações do companheiro.

– Estou certo que irá me convencer o oposto. Vamos lá! Surpreenda-me! – afirmou Rodrigo.

– Com prazer! Começo com Jacó e Esaú, que desde o ventre foi predestinado a enganar o irmão e tomar o que era seu. Além da mãe deles ser totalmente parcial, preferindo o mais jovem: Jacó.

– Continue, vou fazer minhas considerações quando terminar – disse Rodrigo.

– Isaque foi também o segundo, pois o primogênito era Ismael, fundador do povo árabe. Além de José, no Egito, o mais novo de todos os filhos. Outro caso é Davi, o pequeno pastor, que se tornou rei de Israel. E Adão. Estou certo que ele lhe contou a história do primeiro homem andrógino e o segundo projeto, agora separado em dois gêneros, masculino e feminino. Adão e Eva.

– Sim, contou.

– Além de Caim e Abel, pois Abel era o mais novo e o mais querido.

– Devo concordar que é uma relação de incidentes questionáveis. Ainda mais para quem requer obediência a ele e às suas leis! – completou Rodrigo.

– Falar de lei ou regras não é com ele mesmo!

– Se não estou enganado, Lúcifer, você disse que era também um filho renegado. Por quê?

– Porque mesmo sendo uma criatura angelical, sou também o escolhido. Ou devia ser, se a regra de primogenitura não fosse sempre rompida.

– Você é o primogênito? – Rodrigo questionou.

– Acha que no paraíso havia duas árvores por qual razão? E com quem Adão e Eva vieram aprender?

– A cada versão que ouço disso tudo, fico mais convencido que vivíamos uma grande mentira – desabafou o psicólogo.

O homem tossiu. Seus olhos mudaram de cor e Rodrigo correu para pegar água. Ao tocar em sua nuca para levantá-lo um pouco, sentiu como a temperatura do corpo estava elevada. Devia estar com uma febre de quase 40 graus. O psicólogo retirou a fronha do travesseiro, molhou-a e colocou sobre a cabeça do homem.

– Sou a serpente porque represento uma vida nova. Uma cobra troca de pele, significando uma nova existência. Porém, como Yhwh é um sanguinário, ele preferiu o outro filho dele, que aceitou a matança constante.

– Matança?

– Quer mais sacrifícios e matanças que no Cristianismo? E não falo somente da Idade Média. Digo antes de qualquer coisa. Basta olhar como a nação escolhida sempre foi escrita com sangue de povos inocentes que estavam no caminho de Israel e seu Deus.

Foram palavras duras, contundentes. O psicólogo sentiu a acusação muito delicada, porém, deveras plausível. A Torá tinha dezenas de histórias em que crianças foram mortas, cidades dizimadas, apenas porque estavam localizadas em terra que Deus adotava como sua e de seu povo. Aqueles povos não sabiam ou sequer conheciam tal crença. Uma injustiça latente. Rodrigo sempre se questionou sobre aqueles exemplos quando mais jovem, mesmo quando ia à igreja. O medo de tornar-se um pecador e apóstata sempre o fizeram ignorar. Pensava que certas coisas deviam ser ignoradas, pois Deus era incompreensível, inescrutável.

– Por isso, então, a outra árvore do Éden era a árvore da vida? Simbolizando seu irmão.

– Isso mesmo, doutor. E o que foi que aconteceu com esta árvore? Adão e Eva puderam usufruir de suas recompensas?

– Ela estava vigiada e o casal foi expulso, exatamente para que não comessem. E por que ele faria isso, Lúcifer?

Capítulo 61

– Basta ler o que está escrito. Deus havia reconhecido que o homem era *como ele em conhecimento*. Temia a imortalidade dos humanos e começou o sacrifício.

– Começou o sacrifício? Você sempre diz isso. Por que agora repete?

– Não seja desatento, doutor, como bilhões têm sido. Releia Gênesis 3 e o verso 21.

O psicólogo sentiu-se ofendido, mesmo sabendo ser uma verdade. Havia aprendido com Deus e o Diabo, em menos de três meses, mais do que toda sua juventude na igreja. E sabia que de fato bilhões estavam enganados, cegos em suas religiões.

O suor que escorria de seu companheiro de cela chamou-lhe a atenção. Preocupou-se com sua saúde. Pensou em chamar um agente ou o enfermeiro do centro de detenção. Logo, Lúcifer apontou para a Bíblia. Pediu a ele que lesse o que indicara. Aproximando e distanciando a minúscula página dos olhos, Rodrigo lia. Sua reação era sempre a mesma de quando parecia ter tido uma descoberta. Ficava parado, passava a mão pela cabeça e depois pousava a mão em frente à boca.

– Creio que percebeu, não é, doutor? Eles estavam vestidos de pele. Tecidos por Deus para fazer roupas ao casal. O sacrifício de animais para cobrir o erro humano partiu dele. Eu nunca quis acobertar ou esconder falha alguma.

– Entendo! Mas essa história é um mito. Tem a função de criar verdades às outras gerações. Ao menos foi isso que ele me contou. Só falta dizer que ele mentiu – disse Rodrigo.

– Ele não mentiu. Ele costuma omitir e ser muito sagaz em seus cálculos matemáticos. As coincidências são todas minuciosamente arquitetadas por ele. Tudo se encaixa em seus planos. Ainda que muitos planos dele sejam nada justos e imparciais – replicou Lúcifer, demonstrando uma leve reação na voz.

– Chega a ser até engraçado dizer que ele arquiteta tudo. Ou que ele é matemático. Sempre imaginei isso.

– Neste caso, tenho que admitir a capacidade dele em construir. A organização e os cálculos, não somente nas eventualidades dos destinos de cada indivíduo. Como também para a geração de vida, em todo processo evolutivo do planeta. Sempre o admirei por isso.

– Você o admirando? – surpreendeu-se Rodrigo.

– E não? Ele é genial.

– Imagino que por isso tenha já induzido pessoas a não crerem nele e serem ateus – disse Rodrigo.

– Nunca! Se há algo que jamais provoquei ou sugeri a um mortal é que seja ateu. Não é preciso ser religioso para entender que há um mundo e dimensão além da matéria.

– Um pesquisador ou cientista... Ou mesmo um biólogo costumam ser ateus por razões muito concretas! – afirmou o psicólogo, manipulando Lúcifer a provar sua tese.

– Concretas porque querem que aquelas evidências sejam reveladoras de uma evolução não projetada. Basta ver a sequência matemática de Fibonacci. Ela revela toda uma organização biológica da natureza. Além de você, Rodrigo, já saber que as concepções da evolução da vida no planeta estavam na Torá.

A memória de Rodrigo teve que voltar até os tempos do colégio. A matemática nunca fora a disciplina mais querida. Recordou-se, todavia, da teoria do matemático medieval Fibonacci, em que notara existir uma sequência de números, cuja sucessão de resultados é sempre a soma dos dois números anteriores. "Tal número divino é usado para prever investimentos financeiros, até mesmo a botânica e as artes utilizam-se dela. Ela é a espiral divina. Gênios da matemática como Euclides e Pascal utilizavam-se de tal encadeamento sagrado. A conversão de milhas em quilômetros, a afinação de instrumentos musicais, a refração da luz. Isto é um padrão constatado, porém, supranatural e inexplicável, em sua essência e organização como tal.", falava a professora Sarah, cerca de 25 anos atrás.

– Se não estou enganado, você também é um exímio matemático. Números são sempre alcunhados a você. Mesmo o número da besta: o 666. Que apesar da metáfora e tipologia que representa, parece que há algo a mais nisso – a fala do psicólogo foi, mais uma vez, para instigar.

Rodrigo queria tirar o máximo de proveito e informação, uma vez que estava preso com o Diabo na mesma cela.

– Você sabia, doutor, que para estarmos conversando agora, está totalmente retirado da possibilidade de ele saber o que conversamos?

– Não entendi. O que quer dizer?

– Que esta nossa conversa tem uma cláusula. De que ele abdicasse a onisciência. Tudo que aqui falamos está fora do controle dele.

– "Dele" você quer dizer, Deus?!

– Sim.

– Quer dizer que estou totalmente à sua mercê e vontade. Sem que ele possa interferir?

– Exatamente. Sem que ele saiba o que estamos falando. Posso lhe responder o que quer saber. Mesmo você, Rodrigo, achando que está sempre me manipulando a falar algo além do que eu devia. Reconheço cada movimento de sua oratória e retórica, doutor. O acompanho desde que nasceu.

– Imagino que sim. E se está me dizendo isso é porque quer me contar algo. Ou que devo temer por estar diante de você. Ou ainda, porque tem algo extraordinário a revelar.

– As duas coisas. Não se esqueça apenas de sua condição humana, demasiadamente humana.

Um som de alarme soou para o chamado para o jantar. Rodrigo ouviu os trincos automáticos das celas abrirem. Começou a notar detentos passando em frente de sua cela. Achou estranho nenhum deles olhar para dentro. Era como se o local não existisse ou se não houvesse ninguém lá dentro. Voltou os olhos ao companheiro de cela e notou que dormia profundamente. Chamou-o e não obteve respostas. Lúcifer havia saído para o *basar* recuperar-se.

Capítulo 62

Os ares universitários de Berkeley revigoravam Rodrigo, após tantas horas atrás do volante. Mesmo conversando por todo o trajeto, o cansaço superou. Sentia dores nas pernas e costas. Antes de ir para o dormitório, Jane certificou-se se sua situação, no quarto triplo, havia mudado. Infelizmente, a resposta fora a mesma da semana anterior: teria que aguardar alguma desocupação ou o próximo semestre. Ao ver a filha conversando no departamento de acomodação, Rodrigo aproveitou para telefonar à companhia aérea, agendando seu voo de volta. Retornaria agora direto para sua nova residência, em Vancouver.

A mala de Jane, pensava o pai carregando, em nada diferenciava da maioria das mulheres: pesada, muito pesada. Ele subiu dois lances de escada e cruzou um longo corredor até chegar ao quarto da filha. Apesar da organização que o surpreendeu, os sons e odores eram típicos de uma residência coletiva de estudantes. Gritos, música alta e cheiro de álcool. Assim que a filha abriu a porta, viu um indivíduo muito peculiar aos olhos dele. O excesso de maquiagem, as meias pretas e o cabelo penteado de forma anárquica demonstravam o estilo bem singular de Emma Jenkins. Rodrigo apresentou-se gentilmente. A garota respondeu curvando-se e balbuciando algumas palavras, como se recitasse um mantra. Rodrigo notou um CD da Legião Urbana, banda brasileira ícone da década de 1980, que tinha um estilo muito parecido à The Smiths. Definitivamente não era de Emma. A filha viu-o olhando e lendo as músicas no encarte.

Capítulo 62

– Achou algo interessante, pai?

– Sim, creio que sua colega de quarto deve gostar de música brasileira.

– Acho que ela é de lá. Escutei-a falando ao telefone e o idioma soava muito o português.

Numa daquelas coincidências de quando se fala de alguém e este aparece, a garota entrou no quarto. Como da outra vez, falava ao celular. A língua era muito familiar a Rodrigo. Dava conselhos a uma amiga, que, pela sequência da história, o namorado havia trocado ou confundido o nome dela com o de uma ex. Rodrigo sorriu e sussurrou, de longe, que estas coisas acontecem, são atos falhos. Ela despediu-se de quem conversava, dizendo que voltaria a ligar em instantes. Desligou o celular e, falando português, apresentou-se a Rodrigo.

– Pelo que noto o senhor fala português.

– Sou brasileiro, assim como você. E se não estou errado é também de São Paulo, como eu.

– Isso mesmo. Muito prazer. Elisabeta Botelho.

– Imagino que prefira ser chamada de Lisa.

– Vocês podiam apertar a tecla SAP! Não estou entendendo nada. Vamos, pessoal, aqui é América. Inglês! – disse Jane.

Lisa e Jane finalmente foram apresentadas apropriadamente. Notou que a garota, apesar de acelerada, seguia padrões mais próximos e nada bizarros, diferente de Emma. Rodrigo convidou todas para jantarem, por sua conta. Emma disse que estava em protesto contra a matança de animais para alimentar a raça humana. "Uma espécie em decadência!", gritou Emma. Todos seguraram o riso. Lisa aceitou e pediu cinco minutos para ligar e encerrar o assunto que havia interrompido. Rodrigo, mais uma vez, cochichou a ela, em português, sem que Jane percebesse para dizer à amiga que se o ato foi único, que relevasse. Ambos riram e ela saiu ao corredor para ligar.

Os três confiaram na indicação de Lisa e foram ao Platano, um restaurante salvadorenho. Jane e seu pai nunca haviam comido *pupusa*, prato tipicamente de El Salvador, muito parecido a tortilhas. Rodrigo adorou *pupusas de chicharrones*. O local tinha uma decoração bem simples, com um atendimento todo especial. A música ambiente era sempre em ritmos latinos. Jane nunca havia visto seu pai tão descontraído, fora da roupagem de pai e psicólogo. Duas rodadas de sobremesas depois, partiram. Rodrigo para o hotel e Jane para seu dormitório, acompanhada da nova amiga, Lisa. Pai e filha despediram-se. Jane prometeu que em duas semanas iria a Vancouver conhecer sua nova moradia. Ele a abraçou, dando um beijou afetuoso em sua testa. Beijou também Lisa e a convidou para ir ao Canadá.

No retorno para o dormitório, Lisa falou que, com a separação dos pais, preferiu ficar um tempo distante de tudo. O pai vivia para os negócios. A mãe, sempre fiel e dedicada, ao descobrir a infidelidade do marido, pediu o divórcio. Jane, sem contar muitos detalhes, contou que os pais haviam também se separado há pouco tempo e que o pai, psicólogo, tinha inclusive alguns livros publicados na área.

O barulho de sirenes constantes não proporcionou uma noite muito agradável a Rodrigo, que acordou, pela manhã, ao som do serviço de despertador do hotel. Tomou banho, deixou as malas prontas, desceu e preferiu não comer muito no café. Ainda sentia os reflexos da comida salvadorenha do dia anterior. Sabia que a filha teria muito a resolver na vida acadêmica e preferiu ir de táxi ao aeroporto.

No avião, lembrou-se da última vez que voara, retornando do enterro do avô. Tão logo se sentou, olhou para o lado e lembrou-se do sonho que teve naquele voo. Havia um deserto, uma grande torre maior ao centro e outras menores, ao redor. Recordou-se de algo também que o deixou surpreso. O nome do comissário de bordo que estava naquele voo era Hilal. Seria uma coincidência? E depois de falar com Ângela Lúcia. O nome, se não estava errado, era usado para designar a Lua Crescente e também Lúcifer, pois seu símbolo tem, junto à Lua, uma estrela de cinco pontas. Estrela esta que representava o movimento do planeta e seu trânsito ao redor do Sol. Havia muita superstição em tudo.

Rodrigo hesitou em associar mais coisas, mas não podia negar as evidências.

Capítulo 63

Quando a secretária de Willian Cohen disse a ele que tinha uma ligação na espera, de Rodrigo Mazal, não se surpreendeu. "A imutabilidade e a precisão do destino são surpreendentes", pensou Willian. Agiu, todavia, com o psicólogo como se não esperasse seu contato.

Capítulo 64

Não sabia se permanentemente, mas aquela nova vida, divorciado e sem a filha, tinha um sabor ora doce, ora amargo. As caixas amontoaram-se na sala. Até caminhar não era um desafio. A casa em Victoria tinha amplas dimensões. Ajeitar o apartamento, no centro de Vancouver, seria um desafio. Havia tanto a acomodar.

Gostava da sensação de estar de volta àquela cidade. Nela desenvolveu-se como profissional, amou, casou-se. Sair foi um projeto em prol da família. Agora tudo parecia um recomeço. Antes de ligar ao amigo e editor da Jabbook Press, precisava estar com todos os projetos em sua mente.

Após todas as roupas terem sido acomodadas e alguns objetos colocados em seu devido lugar, Rodrigo percebeu que havia algumas coisas que iriam para o depósito alugado. Muitos objetos da antiga residência já estavam lá. Em seguida, foi até o consultório ver se os pintores trabalhavam. Se suas estantes, mesa, sofás e divã haviam chegado sem qualquer danificação.

Tudo parecia estar em seu devido lugar e, apesar de alguns pequenos arranhões no verniz da mesa, que facilmente podia ser reparado, seria possível começar a trabalhar em uma semana. Atualizou sua página na internet, colocando seu novo endereço, em Vancouver. Anunciou que trabalhava em um novo livro.

Capítulo 64

No caminho de volta, ligou ao antigo editor e marcaram um almoço para discutir o projeto.

Rever Willian Cohen era sempre um prazer. Além de um dos editores mais competentes, parecia uma enciclopédia. Ficaram por toda a tarde conversando sobre vida pessoal e, principalmente, o livro que Rodrigo queria lançar. O tema entusiasmou Cohen, que imediatamente ligou ao irmão, presidente da Jabbook Press, marcando uma reunião. Queria tentar colocar na programação de publicação o livro de Rodrigo, ainda para o primeiro semestre do ano seguinte.

– Pelo que me disse o texto ainda não está completo, Rodrigo. Não me importo. Quero ele pronto em uma semana! – afirmou Cohen.

– Depois de um pedido tão afetuoso e aberto à negociação, sequer posso discordar – respondeu o psicólogo ansioso, porém sabendo que tinha muito a fazer.

– Nos vemos em uma semana, meu caro.

– Certamente. Até logo, Willian.

A inquietação tomou conta de Rodrigo no retorno. Não somente porque seria a primeira noite que passaria na nova residência, como também pelo que o aguardava nos próximos sete dias: longas horas e madrugadas em frente ao *notebook* escrevendo.

Por volta das 18 horas, passou para comprar frutas e alguma comida. A geladeira ainda estava vazia.

Em casa, tão logo chegou, sentou-se para escrever e saiu apenas duas vezes: uma para ir ao banheiro e outra para tomar água. Escreveu por sete horas seguidas. O relógio denunciava 2 horas da madrugada quando recebeu uma mensagem pelo celular, da filha, dizendo que estava bem e com saudades. Avisou-a sobre a publicação do novo livro. Recebeu também mensagens de Chloe e Julie. Preferiu responder apenas à filha.

Capítulo 65

A amizade entre Jane e Lisa instantaneamente floresceu. Talvez por identificar e projetar nela a imagem do pai, uma vez que ambos eram brasileiros e tinham certos costumes muito parecidos.

As aulas em Berkeley a empolgavam. Já havia retirado da biblioteca a maioria dos livros que foram indicados pelos professores.

Sentia falta do pai, das amigas que deixou no Canadá, até da mãe começou a sentir saudade. Sabia que precisava superar tudo que passara. E continuava a falar com Luciano por celular. Emma, que era uma criatura atípica, não mais a incomodava.

Algo que a intrigava e pegava-se sempre pensando a respeito foram as histórias que o pai contara, ocorridas durante os dias na prisão.

Tão logo a biblioteca abriu naquela quarta-feira, Jane pesquisou tudo que podia sobre Lúcifer e Deus. Leu sobre as manifestações e nomes atribuídos nas mais diversas religiões. Ficou fascinada ao ler Joseph Campbell. Intrigou-se com Harold Bloom. O primeiro foi um ícone no estudo sobre mitos; o outro, um crítico de literatura, porém publicou livros sobre Deus na Torá e no Novo Testamento. Aquela leitura levou Jane a descobrir qual seria o tema de pesquisa que levaria até o fim de seu curso de Antropologia. E que provavelmente a seguiria pelo mestrado e doutorado.

Nas duas semanas seguintes, Jane dividiu seu tempo entre as aulas da faculdade, os estudos e suas leituras sobre religiões e seus deuses. Era magnético tudo o que aprendia. Precisava, urgentemente, ler o que o pai estava escrevendo e seguir ouvindo seus relatos.

Capítulo 66

Contratar Ruth Silang para ser sua recepcionista foi a decisão mais certa que Rodrigo tomara. Ela era filipina, tinha 57 anos, sete filhos e 16 netos. Queria uma mulher nada atraente ou que pudesse causar qualquer interferência em sua vida pessoal. A experiência de trabalhar com Julie, apesar de muito competente, fora complicada.

Na semana que ficou escrevendo o livro para seu editor, Julie ligou dezenas de vezes, mandou *e-mails* e apareceu em seu consultório, que sequer estava aberto, procurando por ele. Não havia como protelar a situação ou esperar que ela tivesse já compreendido o fim da aventura entre eles. Rodrigo convidou-a para conhecer o novo espaço que seria o consultório. Julie prontificou-se a mudar-se e ir trabalhar com ele. A recusa de Rodrigo foi o primeiro golpe.

– Julie, não estou em condições para um relacionamento agora. Não é justo com você manter o vínculo. Você merece alguém especial, que possa dar toda a atenção devida.

Ao se ouvir dizendo aquelas palavras, Rodrigo notou o quanto estava sendo clichê. A maioria dos homens, quando não estava interessado por uma mulher e apenas a queria sexualmente, tinha o mesmo comportamento. Sempre alertava suas pacientes sobre as desculpas, após o fim de relacionamento, que os homens costumavam dar. Nas terapias, tentava alertar aquelas mulheres carentes, que seguiam idealizando um relacionamento que nunca existiu. Dizia: *As mulheres têm uma tendência em criar vínculos com homens que querem justamente o oposto: homens que buscam apenas transição entre uma mulher e outra ou apenas sexo.*

Rodrigo ouvia ecoar dentro de si a frase, a qual não podia naquele momento pronunciar: *há mentiras que sempre são ditas e verdades que jamais serão pronunciadas.*

Já a situação com Chloe era diferente. Mais madura, não exigia absolutamente nada de Rodrigo: exatamente o que precisava naquele momento. Ligou para ela, convidando para o coquetel de abertura do consultório. Ela disse que não poderia, pois estava com um complexo imobiliário sob sua responsabilidade. Teria que trabalhar sem horário de saída. Contudo, iria, no fim de semana para lá ficar com ele. Rodrigo pediu que fosse, então, no próximo, pois naquele a filha viria vê-lo e teriam muito que conversar.

A primeira semana em Vancouver passou como um relâmpago. Rodrigo sequer teve tempo para alimentar-se direito e organizar o coquetel de abertura de seu consultório. Apenas contratou um *buffet*. Fez uma simples divulgação publicitária toda por redes sociais. Entrou, também, em contato com amigos da região e ex-professores da Universidade de British Columbia.

Estava totalmente focado na escrita do livro. E desesperado pelo prazo absurdo de escrever mais de 200 páginas em sete dias. Foram dias sem qualquer contato com o mundo externo. Noites maldormidas e sem horário para banho e barbear-se. Parava apenas para verificar os trabalhos de decoração do *buffet* em seu consultório, para o singelo evento. Nem supervisionava cuidadosamente, tamanha a preocupação com seus prazos. Sabia que aquele livro seria seu maior projeto, de vida inclusive.

Quando finalizou de escrever pensou em salvar em um *pen drive*, para ter um *backup*. Sairia no dia seguinte para comprar. Não achava o seu.

Faltavam poucas horas para o coquetel. Foi comer algo, não queria estar fraco e ter outra queda de glicose, desmaiando. Tomou uma ducha demorada, sentou-se na banheira e olhava a água escorrendo pelo ralo. Ainda com a toalha enrolada na cintura e os cabelos molhados, pingando pela sala, ligou para os pais. Precisava ouvir a voz de seus alicerces.

Capítulo 66

A mãe ficou contente por ouvir notícias do filho e saber que estaria inaugurando um novo consultório. Ela disse que se precisasse estariam lá, para tudo, ela e seu pai. E que não se esquecesse jamais de tudo que o avô ensinara. Despediu-se da mãe com uma dor de saudade forte em seu peito. As palavras dela pareciam ser proféticas. Rodrigo procurou no criado-mudo onde estava a velha Bíblia do avô. E viu em lápis azul uma marcação do avô.

Chorou.

Ouviu seu celular recebendo diversas mensagens de confirmação de convidados que estariam na inauguração.

O evento havia saído do controle e das expectativas do Dr. Rodrigo Mazal. Esperava 40 pessoas; no máximo 70, se alguns convidados trouxessem seus cônjuges ou parceiros. Como seu apartamento localizava-se a apenas alguns blocos, sequer preocupou-se em pegar um táxi, caminhou.

Metros antes de chegar ao prédio em que ficava o consultório, notou uma aglomeração descomunal, além de fotógrafos e jornalistas. Achou esquisito. Imaginou que outro evento estivesse ocorrendo no mesmo dia. Tão logo conseguiu achar uma brecha para chegar à porta do saguão, deu de cara com Willian Cohen, que o anunciou. Flashes vieram de todas as direções. Quando finalmente pôde enxergar o que acontecia, notou que seu editor, aproveitou e organizou um pré-lançamento do livro. Os contatos da editora Jabbook Press eram muito vastos. Quase toda a classe alta do oeste canadense e americano foi comunicada sobre o livro e o novo consultório do singular psicólogo: Rodrigo Mazal.

O analista que esperava uma noite tímida e os próximos meses de tranquilidade em seu novo consultório, imaginou já a reação de tudo aquilo. Enquanto cumprimentava e fazia o papel de anfitrião atencioso, foi puxado por Cohen para conversar.

– Rodrigo, sei que não lhe comuniquei sobre tudo isso. Mas queria que ficasse concentrado em sua escrita.

– Foi e está sendo uma surpresa mesmo, Willian. Nem sei se era isso que queria.

– Quando me mandou os capítulos iniciais do livro li em uma sentada. Enviei imediatamente ao meu irmão, Abraham. Ele ficou impressionado.

– É apenas um livro que tratará sobre a construção religiosa na psique humana – disse Rodrigo.

– Se conseguirmos revisar e editar em menos de dois meses, em quatro meses será já um sucesso!

– Não sei, Willian. É algo muito repentino. E nem sei se estou preparado. Sou psicólogo, não escritor.

– Pense nos ganhos. Enquanto a maioria dos escritores ganha de 8 a 15% do valor de capa, posso lhe conseguir até 20%. Isso nem os grandes escritores conseguem! – falou Cohen, aproximando-se do ouvido de Rodrigo.

A relação entre Willian e Rodrigo sempre foi muito cordial, contudo, algo não se encaixava. Willian Cohen era um homem de negócios. A ex-esposa, Petra, fora quem o havia indicado. Como ambos eram judeus, Rodrigo pressupôs que tinham os laços típicos daquela comunidade. A oferta financeira e o apelo publicitário para que o psicanalista escrevesse, em um conciso tempo, soavam muito estranhos.

– Não me importo com dinheiro. E sim com a qualidade do livro – afirmou Rodrigo.

– Ninguém melhor para escrever, então! Sabe exatamente o que está na mente das pessoas, e de Deus pelo que vi.

– Sabe que não é bem assim. Porém, vejo que nem adianta querer recusar.

– Brilhante! Sua decisão não podia ser mais acertada! – exclamou em alta voz.

Rodrigo viu quando Willian Cohen afastou-se para telefonar. Cumprimentou alguns convidados, desviando um pouco a atenção de William. Em segundos tentou ler seus lábios. "Ele fará. Tudo está sob controle!", disse Willian Cohen. Rodrigo imaginou que falava com o irmão, presidente da editora.

A semana que seguiu, após a inauguração, foi totalmente intensa. Ruth Silang passou os dois primeiros dias agendando horários e tentando acalmar uma enxurrada de pessoas que queriam, de todas as formas, ser tratadas pelo Dr. Rodrigo Mazal. A lista de espera passava de 200 nomes. Ele atenderia, semanalmente, 50 pacientes, o que era um número exorbitante. O valor de sua sessão, que já era nada modesto, cerca de 300 dólares, por 45 minutos de conversa, não intimidava as mulheres ricas. Ofereciam até mil dólares por uma sessão com ele. Tentativas de subornar Ruth foram constantes, para tentar um encaixe na agenda do terapeuta. As notas em jornais e revistas, além do anúncio do livro, foram fundamentais para aquele frenesi. Mesmo em Berkeley, a filha teve informação do livro do pai e seu novo consultório.

Ele havia tornado-se a nova moda terapêutica do oeste americano e canadense.

***

Na sexta-feira à noite, sentia-se exausto de tanto ouvir e falar com pacientes novos. Rodrigo sempre se desgastava mais neste momento das terapias, pois cada paciente apenas começava, efetivamente, o tratamento após a oitava ou nona sessão. Antes era apenas um jogo de esconde-esconde, entre quem a pessoa queria demonstrar-se e quem realmente era.

A noite fria e chuvosa, clima muito comum em Vancouver, não parecia ser a mais agradável para ir à casa da família Cohen. Recebera duas mensagens pelo celular. Uma de Willian, afirmando que demoraria meia hora para chegar, pois vinha de Seattle. A outra mensagem da filha, dizendo que chegaria bem cedo à Vancouver. Jane viria para ver o pai, após duas semanas na universidade.

A casa, muito aconchegante, em que Willian Cohen morava em North Vancouver, na East 18th Street, com a família, tinha de diferente as cores, aos olhos de Rodrigo. Após o ataque de 11 de setembro nos Estados Unidos, abriu uma sucursal da editora em Seattle, assim Willian ficaria próximo da casa, no Canadá. A sede seguia em Nova Iorque. Do jardim podia-se admirar The Grouse Mountain, uma montanha imponente, tomada de neve em seu cume e que, mesmo sempre repleta de turistas, encantava Rodrigo.

A esposa de Willian, Esther, recebeu-o já confirmando que o marido chegaria nos próximos minutos. Rodrigo havia ido ao duplex que moravam, em Manhattan, dez anos atrás. Os dois filhos do casal, adolescentes naquela ocasião, agora estudavam, ambos, em Harvard. Viviam na casa três mulheres: Esther; sua mãe – a senhora Martha Steinberg – ; e Rachel, irmã de Willian. Tão logo se acomodou, Rodrigo pediu algo quente para beber. O frio parecia querer congelar suas mãos. Gentilmente pediu autorização para ficar na biblioteca de Willian. O acervo que possuía impressionava, algo invejável. A sala de jantar e o escritório foram fundidos para caberem os quase 9 mil livros. Isso de propriedade pessoal, além dos que deixava no escritório de Seattle, Los Angeles e também Nova Iorque. Sem dúvida eram ricos, porém sem o luxo e necessidade de ostentação. Esther deu um sorriso afetuoso e simpático, consentindo o pedido.

– Não há quem não venha aqui que não queira estar em meio aos livros. Meu marido tem muito orgulho de algumas raridades que possui.

– São valiosos não somente pela raridade, Sra. Cohen, mas pelo que neles contém. Conhecimento é tudo.

– Sem dúvida alguma são palavras de um psicólogo e estudioso como o senhor, Dr. Mazal. O conhecimento pode mudar a história. Se me der licença vou trazer-lhe um chá. Fique à vontade.

– Certamente. Agradeço desde já.

Havia uma preocupação que insistia em perturbar Rodrigo. Não costumava ter tal nervosismo, contudo. Escrever uma obra daquela envergadura, pautada em suas experiências com dois pacientes, Deus e o Diabo, não estava sendo tarefa fácil. Enquanto pensava como iria abordar e demonstrar seus originais a Willian, passava os olhos pelas estantes e lia, título a título, cada livro. Aproximava-se de alguns, pois os nomes estavam um pouco apagados; outros, em diferentes idiomas. Reparou também em um painel com fotos, ao lado de uma escultura de um chifre, parecido muito a um *shofar*. Rodrigo certificou-se que ninguém vinha e foi ver quem estava nas fotos. Notou que eram fotografias com políticos, empresários, escritores e alguns familiares. Uma foto chamou-lhe a atenção: Willian estava ao lado de Mikhail Rosenbaum, seu advogado, que segurava uma criança, provavelmente uma menina, pelas roupas, e também uma mulher, que não se podia ver o rosto porque a imagem estava cortada. "Que estranho, não sabia que Mikhail e Willian se conheciam", pensou Rodrigo. Ouviu uma voz atrás de si. Assustou-se, tropeçou na escultura e quase caíram ele e o chifre.

– Boa-noite. Não queria assustá-lo, doutor.
– De maneira alguma. Apenas distraído olhando para os livros e fotos.
– Sou Rachel Cohen, irmã de Willian.
– Muito prazer. Rodrigo Mazal.
– Conheço sua fama e li seus livros enquanto estava na faculdade.
– Sério? Que honra. Formou-se em Psicologia?
– Sim, estudei na Universidade de Stanford.

A reação de Rodrigo demonstrou nenhuma singeleza. A surpresa estava estampada, uma vez que Stanford tinha o curso mais respeitável de Psicologia do mundo, seguida, em sua concepção, pelas universidades de Yale, Michigan e Harvard.

– Uau! Estou surpreso!
– Tive excelentes professores, tenho que admitir – afirmou Rachel.
– Li e ainda leio semanalmente artigos deles. Acompanho sempre que posso os simpósios daqueles catedráticos. Ainda que, muitas vezes, sejam por demais ortodoxos, são sumidades.
– Concordo, doutor. No entanto, vejo que a coerência acadêmica deles e sua perspicácia em conhecer cada paciente em minutos são tão relevantes quanto. Sua fama o precede. Não somente entre as mulheres ricas traumatizadas com seus divórcios e cirurgias plásticas, como também nos corredores das universidades. É admirado por muitos estudantes.
– Nunca soube disso. Vindo de você, é uma honra.

A esposa de Willian chegou com o chá. Esther Cohen percebeu que a conversa entre sua cunhada e o psicólogo transcorria bem e em vias de passar a outro nível.

O plano deles estava dando certo.

Rachel era uma jovem mulher estonteante, por volta de 30 anos de idade. Viveu dois relacionamentos fracassados. Um namoro de três anos a distância e um noivado, que foi rompido uma semana antes do casamento, abalando-a profundamente. Ninguém melhor para envolver-se com Rachel que Rodrigo. Ainda mais por tudo que estava para acontecer.

Esther sorrateiramente saiu da biblioteca. Rodrigo notou que na bandeja onde estava o chá, havia duas xícaras apenas. Seu detalhismo e alta capacidade de observação perceberam o esquema: aquele encontro entre ele e Rachel parecia nada casual. Restava saber se a jovem era cúmplice ou vítima do complô para uni-los. No olhar de Rachel podia se ver a forma que acompanhava cada gesto e fala de Rodrigo, que, por sua vez, fazia-o também, porém, observando, sempre que podia, cada traço do rosto e do corpo de Rachel. A delicadeza das mãos, o vestido Cynthia Rowley de cores rajadas escuras, junto aos lábios grossos e cabelos negros, faziam daquela mulher uma imagem difícil de ser esquecida. Exceto com a chegada do irmão.

Durante a conversa com Willian, Rodrigo queria arrumar uma forma de perguntar de onde conhecia Mikhail. Preferiu deixar para outra ocasião.

Conversou com seu editor sobre o projeto até altas horas.

Willian queria levar o psicólogo em casa, que agradeceu a gentileza e preferiu um táxi. Em casa, Rodrigo deixou ao lado de seu computador todas as anotações feitas na casa de Willian, para começar no próximo dia, os ajustes finais. Não seria uma tarefa nada fácil.

Foi deitar-se apreensivo e com a imagem de Rachel na cabeça.

Capítulo 67

A empresa aérea fizera algumas promoções de tarifas e conseguir uma passagem tornara-se um desafio. Jane foi obrigada a fazer duas conexões antes de desembarcar em Vancouver. A vontade de rever o pai fundia-se ao desejo de prosseguir ouvindo os relatos da prisão. E também de encontrar-se com o jovem Luciano. Falavam-se com certa frequência e marcaram de encontrar-se para tomar café da manhã no domingo. Passariam a manhã juntos.

Antes das 9 horas, Jane já estava na frente do prédio em que o pai agora morava. O reencontro dos dois foi tomado de emoção. Parecia que não se viam por anos. Abraçaram-se por um longo tempo e o pai logo a convidou para acomodar-se. A garota trazia apenas uma mochila com roupas convencionais para um fim de semana. Assim que chegou percebeu que teria de comprar ao menos uma blusa. O clima nas montanhas canadenses era nada parecido com a Califórnia.

Rodrigo e a filha foram ao Pacific Centre, a cinco quadras de distância do apartamento, para comprar algumas roupas de frio. A beleza, associada à imponência cosmopolita e os ares da pacata Vancouver, eram bem diferentes da vida em Berkeley, onde agora a menina vivia. Aproveitaram a caminhada para tomar café da manhã juntos, no Café Artigiano, local de parada diária de Rodrigo antes ir para o consultório. O pai perguntou à filha dezenas de coisas sobre a faculdade, o *campus* e os professores. Ela achou graça e muito meigo, da parte dele, estar tão interessado. Jane também disse que sua colega brasileira de quarto, Lisa, havia mandado um beijo. Aquilo parecia muito estranho, porém ele logo contornou a situação, explicando que os brasileiros costumavam ser sempre afetuosos. Mandar um beijo não significava coisa alguma além de uma forma de expressar amabilidade.

De volta, Jane leu como estava indo o livro do pai. Gostou muito. Achou que ele havia sido insensato em ter aceitado o projeto, ainda mais num prazo tão abreviado. Perguntou se ficaria muito chateado se ela, no domingo, tomasse café e passasse a manhã com Luciano. Rodrigo demorou a entender, mas em seguida lembrou-se do rapaz que a garota conhecera antes de partir. Achou interessante que a filha se relacionasse com alguém e aprovou. Pediu apenas para conhecer o garoto, sabia que parecia antiquado, ainda mais à filha que já era universitária, porém fazia questão. Jane concordou, entretanto, não sabia como Luciano reagiria naquela situação inesperada. Imediatamente mandou uma mensagem de celular, perguntando se não haveria problema em conhecer seu pai. O jovem respondeu imediatamente que se fosse por pouco tempo, não haveria qualquer empecilho. Jane confirmou que seria apenas por alguns minutos e que seu pai não era nenhum carrasco ou inquisidor.

Assim que enviou a mensagem, a garota pegou a mão de Rodrigo, puxou-o, sentou-o no sofá:

– Vamos lá, continue a história, pai. Estou, há duas semanas, ansiosa para saber o fim de suas conversas na prisão.

A atitude da filha o fez recordar de quando era criança e pedia que contasse alguma história de terror.

As lembranças estavam frescas em sua mente, uma vez que passou os últimos dias pensando somente em como colocar toda aquela sequência de informação e conceitos em um livro. Muita coisa seria bombástica.

Acomodou-se no sofá, tomou um gole do suco de maçã e voltou no tempo para narrar tudo à filha.

***

Capítulo 67

Após uma noite de cochilos apenas, Rodrigo, na casa correcional, apenas ouvia a respiração profunda e o ronco vindo da cama inferior. O búlgaro mal se movimentara durante toda a madrugada. Pela manhã, ao ouvir o burburinho de todos saindo de suas celas para o café e suas atividades, Rodrigo apenas o viu caminhando com dificuldade. Deu um salto do beliche, sentiu uma dor no tornozelo, pensou que tivesse torcido-o. Instantes depois, notou ser apenas mau jeito. Lavou o rosto e desceu para o refeitório. Ouviu mais gracejos e insultos. Preferiu ignorá-los. Assim que achou um espaço para acomodar-se com seu desjejum, viu, pelo olhar nada vívido, que era apenas Frederic Burrhus que estava diante de si. O homem tinha um apetite e sede fenomenais. Rodrigo lembrou-se do desgaste e da necessidade de hidratação que um corpo ou *basar* carecia.

Enquanto todos se encaminhavam para suas tarefas, Rodrigo foi mais uma vez chamado na sala de Clara Stewart. Imaginou que ela estaria com algum outro exemplar de seus livros e pediria que autografasse a alguma amiga. Todavia, o rosto de Clara Stewart revelava uma tensão mascarada. Ela relatou que tinha um paciente muito complicado em sua clínica particular. Disse que sabia ser antiético, naquelas condições, pedir qualquer consulta ou indicação de método de trabalho, porém, não via melhor pessoa a recorrer. Rodrigo notou que aquela situação poderia lhe ser útil se precisasse de algum favor dela. A psicóloga começou contando o longo caso, descrevendo a personalidade do paciente e suas características comportamentais mais marcantes. Na quarta frase pronunciada por Clara, Rodrigo já sabia que se tratava dela mesma e que não estava aceitando a sua condição de lésbica, apaixonada por uma paciente. Entretanto, deixou-a desabafar. Sentiu que ela jamais havia confessado aquilo a ninguém, nem a ela mesma.

Após quase 30 minutos de monólogo, Rodrigo apenas olhando firmemente e acenando com a cabeça que seguia a confissão, foi lhe dada a palavra.

– Como acredita que deva agir com esse paciente, doutor? – questionou Clara Stewart.

– A doutora aqui é a senhora. Sou um detento. Um mero detento.

– Sabemos eu e você que está longe de ser a maioria da escória que aqui está! – afirmou Clara.

– Posso mesmo ser sincero?

– O que sempre ouvi sobre o senhor, era que seu olho clínico jamais falhava e que era direto e pontual ao falar, seja quem for a paciente.

– A repressão que você passou na infância tendo que cuidar de seus pais, muito idosos e doentes, acabou por sufocar sua sexualidade. Agora, em meio a uma crise de meia-idade, está sentindo-se perdida por ter que encarar que é homossexual, estando emocionalmente atraída por sua paciente, tão mais jovem.

– Está falando de mim, doutor?

– Sim. E não precisa temer. Deixe-me concluir. Essa paciente tornou-se uma substituta de você mesma, mais jovem. Está revivendo suas angústias e repressões de quando era adolescente. Sufocada em casa, tomando conta de dois idosos. Vendo a vida deles e a sua esvaindo-se.

A mulher estava com os olhos vermelhos. Lágrimas escorriam com intensidade. Quanto mais ouvia o Dr. Rodrigo, mais copiosamente chorava. Ele falou por apenas poucos minutos. E pareceram os últimos 47 anos da vida de Clara.

– Resta saber, Clara, como irá enfrentar, a partir de hoje, quem você é? Ainda que não queira viver como uma homossexual, por suas crenças e conservadorismo, creio que devia sentir-se finalmente liberta.

Um homem obeso e de alta patente entrou na sala exatamente naquele instante. Achou a cena muito incoerente. A psicóloga do centro correcional aos prantos com um detento. Imediatamente olhou para o nome no uniforme de Rodrigo e pela expressão era óbvio que lembrou quem ele era. Pediu que se retirasse e voltasse a sua cela. No caminho, Rodrigo imaginou que Clara seria repreendida, mas que seria outra pessoa após ter-se enxergado sem máscaras. Assim que entrou na cela, viu seu companheiro sentado na cadeira, virado para ele e, em tom mordaz, batia palmas.

– Parabéns, doutor! Mais uma alma aliviada pelas suas palavras e astuta percepção.

– Do que está falando? – perguntou Rodrigo, com cara de espanto.

– Das palavras amigas que deu à psicóloga do centro. Ainda que lhe custando o emprego.

– Por que diz isso? Será demitida? A minha intenção foi ajudar mediante a um pedido dela.

– Já ouviu falar da expressão que *de boas intenções o inferno está cheio*?! Para cada ação há uma reação, doutor.

A ironia da expressão e tom arrogante de Lúcifer fizeram Rodrigo pensar por que ele havia dito aquilo. Seria um aviso? Uma promessa? Ou apenas uma expressão sarcástica?

– Vejo que está melhor e de volta – afirmou o psicólogo, tentando mudar o tema da conversa.

– Este *basar* tem bateria para algumas horas. Pronto para recomeçarmos, doutor? – perguntou Lúcifer, girando a cadeira ao contrário, abrindo as pernas e apoiando o peito no encosto.

– Vamos lá! Prossiga, por favor.

– Sua avidez pelo conhecimento ainda podem levá-lo à ruína, doutor. Mas onde foi que havíamos parado?

– Você dizia reconhecer minha retórica e manipulação. E, obviamente, o que queria era incitar minha curiosidade, levando-me a perguntar algo que quer revelar. Então por que não poupamos este jogo de oratória e conte tudo o que quer – falou Rodrigo, temendo pela ousadia de como havia falado.

Um silêncio se fez no ambiente. O tempo parecia estar em câmera lenta. Uma sensação gélida tomou conta do espaço. Ambos se olhavam diretamente.

– Assim será, doutor. E incitar pensamentos e reações é algo que conhecemos bem. Imagino que teve um sonho muito peculiar quando ia para Boca Raton.

A temperatura estava ainda baixa. Ter mencionado o sonho que teve no voo indo para o funeral do avô soou assustador.

– Pressuponho que me induziu a ter tal sonho. Alguma razão tinha, não estou certo?

– Lembra-se do sonho, Rodrigo?

– Dissemos que pararíamos com o jogo de palavras. Sabe qual foi meu sonho!

Naquele instante, Rodrigo certificou-se que Lúcifer não sabia exatamente o sonho. Ele não era capaz de ler pensamentos. Entendeu que induzia e sugeria, mas não controlava, nem gerava as imagens oníricas.

A fria impressão que sentia desapareceu e inflou-se de coragem.

– Não sabe mesmo o que sonhei! Você alimentou o sonho, mas não conduziu, não criou.

– Detalhes insignificantes. Não importa qual foi a roupagem, e sim que a essência era a mesma – respondeu Lúcifer, tentando disfarçar o desconforto.

– Sonhei que caminhava no meio do deserto. Era noite e via uma torre diante de mim ao longe, iluminada pela Lua. Ela estava muito grande e brilhante. Havia também algumas torres menores ao redor e pessoas que saíam delas, correndo para esta, que estranhamente parecia aumentar seu tamanho a cada pessoa que ali entrava. À medida que crescia, outras torres menores ruíam, provavelmente, após a saída de todas as pessoas de lá. Em seguida, uma torre, de formação diferente das demais, agora em ruínas, unia-se à maior, tornando-se única. Percebi que seu tamanho era gigantesco. Havia duas portas. Uma acabava de ser fechada por um homem idoso, de barba e chapéu preto que entrara por último. A outra se mantinha aberta.

– Algo mais, doutor? – questionou Lúcifer, sabendo existir algo mais.

– Sim. Quando eu estava prestes a entrar, ouvi um som muito forte, como uma explosão. Olhei para trás e vi a Lua caindo em chamas verdes. Escutei apenas uma voz pujante que parecia vir de todos os pontos do firmamento: "*Vade, Serpens!*".

– Interessante. Qual interpretação deu para tal sonho?

– Naquele momento não tinha cabeça para nada mais. Estava de luto. Depois imaginei que a torre pudesse ser a perda do patriarca e um novo que se levantaria na família. Uma vez que meu avô havia falecido.

– Sabe que não é este o significado mais apropriado.

– Assim que você o mencionou, percebi que havia algo maior – respondeu Rodrigo.

– Pelo seu semblante posso notar que já tem uma nova interpretação, doutor.

A capacidade de Lúcifer em conhecer cada reação impressionava, ainda que, muitas vezes, Rodrigo achava que blefava. Naquela situação, a fala foi firme. Lúcifer conhecia muito bem cada engenhosidade e competência do psicólogo.

– Penso que a expressão "*Vade, Serpens*" seja algo relacionada à sua queda e expulsão dos céus. E a torre maior deve ser Deus.

– Devo admitir que não sei se sua interpretação é precária porque é um ser limitado, ou porque quer que eu decifre o que sonhou.

Rodrigo conteve-se e não esboçou reação. Seguiu constante olhando para Lúcifer. Aquela não era a completa representação que havia percebido do sonho. Queria, entretanto, ouvir de que forma Lúcifer iria fazer as dele. Sentiu-se mais uma vez no controle, como se estivesse em seu consultório diante de um paciente.

Lúcifer precisava falar. Era a cura pela fala.

Qual dos dois precisava e podia ser curado naquela cela era ainda um mistério.

– Torres menores e uma maior. Símbolo de domínio fálico e de poder – disse Rodrigo.

– Vocês... Psicólogos! Todavia não está de todo errado, doutor. Chegou a hora de saber quem de fato é Deus.

– Depois dele mesmo, não conseguiria pensar em ninguém melhor para me contar que você! – comentou o psicólogo de forma simpática.

– Tenho que começar dizendo que não é ele, mas eles.

– No sentido de trindade? Ou como um conjunto de seres celestiais? – perguntou Rodrigo.

– Lamento em informar que está bem além disso, doutor. E muito antes.

– Antes? – perguntou realmente não entendendo o psicólogo.

– Ele deve ter explicado algo sobre o nome tetrâmico, YHWH. E deve ter dito que expressa o que ele é! Pois não somente existe, mas é.

– Isso mesmo! Até fui elogiado por ter conseguido me aproximar da verdade desse conceito.

– Uma verdade parcial, doutor. A história é que ele é uma fusão entre EL e YHWH. Dois deuses, unindo-se e formando-se um só. Um deus cananeu e outro tribal do deserto.

– Agora você me confundiu. Admito.

– Vou usar o termo Javé, em vez do tetrâmico, só para facilitar. Uma vez que não há pronúncia, tudo bem, doutor?

– Ok, prossiga! – respondeu Rodrigo quase irritado pela ansiedade de querer saber onde iria dar aquela revelação.

– Antes de imaginar que estou inventando, poderá ver que no livro de Salmos é possível ver o que Asafe descreve em uma canção.

– Asafe foi autor de alguns salmos, no mesmo período que o rei Davi. Se minha memória não está errada!

– Isso mesmo. Um homem muito culto que percebeu certas crises que se passaram no reinado e que havia uma influência do conflito dos deuses. Basta ler o salmo 82 e verá quando esta crise toma um fim e Javé assume o poder total.

– Importa-se se eu ler?

– Por favor. Faça-o.

Rodrigo leu o salmo. O primeiro verso já dizia que Deus julga no meio dos deuses. Percebeu que havia um conflito maior por trás do que estava escrito. E que o último verso revelava, de fato, o nascimento de um poder soberano.

– Talvez não saiba, doutor, mas os primeiros livros da Bíblia, ou da Torá, foram organizados durante o reinado de Salomão.

– Usa-se o termo *iluminismo salomônico* – acrescentou Rodrigo.

Lúcifer ficou surpreso pela resposta ágil e memória peculiar do psicólogo.

– Javé era um deus de nômades do deserto. Enquanto os cananeus adoravam vários outros deuses, como El, Astarote, Asherah e Baal. Não se esqueça que Salomão era politeísta, adorava inúmeros deuses.

– Todos eram deuses pagãos, exceto El. Correto? Uso o termo pagão tendo como referencial o deus da Torá. Até porque, EL, tornou-se sufixo na língua e usado em nomes como Gabriel, Rafael, Samuel e vários outros – acrescentou o psicólogo.

– Sim, correto. Espero que tenha entendido, após ler, que houve um concílio de deuses. E que Javé conseguiu impor-se diante do conflito entre eles. Uniu-se a EL e tinha já *Shekinah* ao seu lado.

– Tinha quem? *Shekinah*? Agora fiquei confuso. *Shekinah* não é a *presença sobrenatural e glória divina* de Deus manifesta a mortais? Como com Moisés no Monte Sinai ou no tabernáculo com os sumo sacerdotes?

– As pessoas erram porque carecem de conhecimento, não é, meu caro doutor? *Shekinah* é uma deusa da suméria. Muitos a associam a *Lilith*.

– *Lilith*??? O mito da primeira mulher de Adão, antes de Eva? Estou ficando mais confuso. São muitas histórias e deuses! – exclamou Rodrigo, manipulando Lúcifer a dar mais explicações.

– Vou tentar simplificar, doutor. Javé precisava superar os deuses que estavam no poder até aquele momento. Ele uniu-se a *Shekinah*, que era deixada em segundo plano e esquecida por ser feminina, numa sociedade machista, e utilizou sua habilidade imagética, sua força visual. Uma espécie de *outdoor*.

– Marketing divino... Não faltava mais nada! – murmurou Rodrigo

– Depois fez um acordo com EL, pois havia notado que pereceria cedo ou tarde. EL vê em Javé a possibilidade de se eternizar no poder, usando o desconhecido deus de beduínos do deserto para tal feito.

– Isso parece conchavo político. Só falta dizer que há lobistas e patrocinadores – comentou em tom jocoso.

– E no salmo 82 está o momento em que ele torna-se o Todo-Poderoso. Um desconhecido deus que se tornou um. E soberano!

Ao ouvir Lúcifer falar que Deus tornara-se um e soberano, seu sonho veio à mente e entendeu quem era a torre maior que recebia pessoas e o que representavam as menores que ruíam. Alegorizava Javé, subindo ao poder e tomando o lugar de Senhor e Onipotente.

Na cabeça de Rodrigo instantaneamente veio à mente uma pergunta. Para sua surpresa Lúcifer a fez em seguida.

– Sendo assim, quem, de fato, fez uma rebelião para tomar o poder e trono celestial?

Capítulo 68

Para manter sua refém, certificou-se de que havia fechado a porta e sido taxativo aos dois seguranças. Não poderia correr o risco de deixá-la fugir.

– Vigiem este quarto! Mesmo grávida não podemos arriscar! – ordenou Luciano.

Capítulo 69

O rosto de perplexidade de Jane, ouvindo o pai contar, refletia no vidro da janela que dava para a pequena sacada. Rodrigo notou que escurecia. Não sabia se iria chover de novo ou se anoitecia mesmo. Alertou a filha para verificar que horas eram, pois na manhã seguinte iria encontrar-se com Luciano. Ela levou um susto quando viu como era tarde. Combinaram de continuar a conversa no dia seguinte, quando voltasse de seu encontro. Ela somente pegaria o voo de volta para a Califórnia às 21 horas. Ainda queria passar outro esmalte nas unhas. Rodrigo disse que então sairia para buscar comida, ainda mais porque odiava o cheiro de acetona, dava-lhe dor de cabeça.

Quase uma hora mais tarde, chegou com tacos. Sabia que a menina amava comida mexicana. Enquanto comiam, o pai comentava sobre o projeto do livro. Jane disse que estava ansiosa por assistir às aulas de Antropologia da Religião, com o professor Anthony Kirschbind. E também um curso, em cinco módulos, sobre a história e religião hebraica. Rodrigo pediu à filha que o avisasse assim que soubesse mais sobre o curso e professores. Gostaria de saber se seria possível, não alunos participarem.

Jane perguntou pela primeira vez sobre a mãe. Rodrigo disse que não teve notícias e que ela devia tentar contato. Anotou em um papel e deixou o número do telefone de Petra, na Alemanha, ao lado da filha.

– Mesmo depois de tudo que ocorrera, ela ainda é sua mãe – disse o pai, afagando-a.

A jovem baixou os olhos, sabia que estava certo. Não teceu comentário algum. No fundo sentia que deveria partir dela a primeira reaproximação. Colocou-se no lugar da mãe e imaginou o quão difícil seria para ambas.

Bem cedo, Jane acordou e preparou-se para encontrar com Luciano. Iriam ao Stanley Park, primeiramente. Apesar do clima úmido e frio, ela torcia que não chovesse, ao menos até a hora do almoço, assim poderiam aproveitar o dia, enquanto conhecia o estudante de medicina. Rodrigo havia pedido para conhecer o rapaz. A atitude parecia conservadora e embaraçosa, porém depois de tudo que os dois passaram, o pedido nem fora questionado por Jane.

Ao ver a filha ansiosa sentiu-se feliz. Imaginou que o curso natural da vida voltava ao seu eixo. Na visão do pai, o jovem Luciano Guayota parecia ser um rapaz promissor.

Assim que foram apresentados e sentou-se no sofá, o jovem disse que tinha sede. Rodrigo achou estranha a forma súbita que tomava a água.

Ele ficou menos de 15 minutos no apartamento, enquanto Jane terminava de maquiar-se. O que a deixou mais linda, pois realçava a cor dos olhos. Ela ouviu ambos falarem português na sala. Ficou feliz, pois notou que riam de algo. Aparentemente o pai havia gostado dele. Ambos voltaram a falar inglês assim que ela abriu a porta do banheiro.

Jane fez uma brincadeira, alertando-os que não teriam muito tempo para fazer fofocas em português, estava aprendendo a língua com a amiga da faculdade. O pai comentou que o rapaz era do interior de São Paulo, uma cidade chamada Holambra, onde viviam vários descendentes de holandeses. Rodrigo cordialmente os expulsou e desejou que a chuva colaborasse. O que não podia esperar muito, naquela época do ano, em Vancouver. Apesar da temperatura agradável, as chuvas eram sempre presentes. Antes de sair, Rodrigo notou algo estranho na roupa da filha. Pousou a mão de forma carinhosa nas costas dela, notou que saía sem sutiã.

Sentiu-se desconfortável. Teve ciúmes.

– Espero que meu pai tenha se comportado bem – disse Jane, entrando no carro de Luciano.

– Ele foi muito gentil, eu estava nervoso. Assim que começou a falar da saudade de algumas comidas típicas do Brasil e do clima, apesar de clichê, tive que concordar com ele. Aí a conversa fluiu.

– Acredita que nunca fui ao Brasil? Mal conheço minha avó, senão por Skype. E olha que agora ela mora na Flórida! Que neta relapsa sou, não?!

– Vai amar o Brasil! E se quiser algumas aulas extras de português, te faço um preço bem em conta – disse brincando com a garota.

Ambos passearam nos jardins temáticos do Stanley Park, foram ao Rose e Shakespeare Garden. Jane aproveitou e se gabou por conhecer as árvores e os trechos os quais o dramaturgo inglês mencionou nas peças. Luciano confessou nunca ter lido Shakespeare, não era tão familiarizado. Os dois conversaram por horas como se fossem amigos de longa data. Jane descobriu que Luciano teve um irmão gêmeo, que morreu ainda bebê. Notava que quando conversava sempre observava cada detalhe do rosto dela. Os olhos percorriam cada contorno de sua face.

Algo a chamou atenção.

Em nenhum momento pôde reparar que Luciano a olhara de forma mais atrevida. Durante as horas que passaram juntos, não flagrou um instante em que o rapaz reparasse em seu corpo. Mesmo depois de tirar a malha que usava ao sair de casa. Usava, por baixo, outra camiseta, customizada e com uma gola rústica, parecendo rasgada, em decote V. A malha mais fina deixava os contornos de seus seios evidentes. A ideia não era seduzi-lo, mas testá-lo. Onde quer que fosse, o rosto harmonioso e os seios avantajados, porém não desproporcionais à sua estatura, sempre fizeram muito sucesso. Luciano não demonstrou qualquer reação de ousadia.

Jane o achou diferente. Gostou.

Uma brisa fria fez Jane colocar a malha de volta. Aproximava-se das 15 horas. Luciano havia dito que teria uma prova bem complexa de Imunologia, no dia seguinte. Ele a acompanhou até a porta do prédio do pai.

Num gesto inesperado, beijou-a. Sem qualquer resistência, ela permitiu. E deixou-se ser envolvida pelos braços de Luciano. Quando o rapaz a abraçou com mais ímpeto, uma sensação de desejo, que há muito tempo não sentia, regressou. Muitas lembranças dormentes despertaram. Preferiu disfarçar e não deixar evidente. Despediu-se dele. Teve vontade de propor uma loucura, algo mais ousado com ele.

Luciano não era como os demais.

Ao entrar, viu o pai sentado no sofá, lendo. Ela deu um sorriso. Foi para a cozinha, abriu a geladeira e tomou água. O dia todo sentiu muita sede. Imaginou que pudesse ser efeito da lasanha que comeu no almoço. Talvez o molho estivesse com uma pitada extra de sal. Percebeu que o pai estava com um semblante preocupado. Um dilema tomou conta de Jane. Não sabia se iniciava uma conversa com ele, deixando-o saber mais sobre como tudo foi com Luciano. Ou se realmente queria que ele soubesse. Jane tinha em casa a cura para seus traumas e cicatrizes do coração.

No caminho de volta, Luciano tirou com dificuldade o celular do bolso da calça.

– Tudo sob controle. Ela não desconfiou de nada. Confirme a reunião de logo mais.

Capítulo 70

Rodrigo atentava para a água sendo derramada dentro do copo. Acompanhava a reação da filha. A maneira como seu olhar vagueava numa letargia de movimentos. A paixão nascia, era certo. Sabia que não podia forçá-la a contar nada ainda. E tinha consciência que não devia intrometer-se na vida dela, pois não era mais uma criança. Ao vê-la tomando água, lembrou-se de Deus e de Lúcifer. Ambos sempre bebiam, pois seus *basares* careciam de hidratação constante para suportar o metabolismo frenético de estarem possuídos. Tão logo Jane colocou o copo na pia, Rodrigo escondeu a foto que olhava. Preferiu fingir que estava lendo. Todavia, seguia reconstituindo a manhã imprevista que tivera.

***

Naquela manhã, assim que a filha partiu com o jovem aspirante a médico, Rodrigo sentou-se em frente ao computador para escrever. Tinha um longo livro para revisar. Depois de transcrever e organizar todas as falas de Deus e Lúcifer, ouviu o iPhone acusando o recebimento de uma mensagem, imediatamente imaginou ser alguma da empresa de telefonia. Por ser domingo, até incomodou-se. Nem fez, inicialmente, menção de ler. Como imaginou que a filha pudesse precisar de algo, verificou. Assim que viu a mensagem, e de quem era, sentiu uma palpitação diferente.

Estou na cafeteria Starbucks da Dunsmuir St.
Preciso te ver já
Rachel Cohen

A hesitação inevitável percorreu sua mente. O que a irmã de Willian, seu editor, queria com ele? Conversaram alguns dias atrás, flertaram sucintamente e nada mais. Imaginou que algo muito sério devia estar acontecendo. Trocou de camisa quatro vezes, mudou de calças e não sabia se ia de tênis ou sapato. Apesar da curta distância que ficava seu apartamento da cafeteria, sentiu falta de um carro.

Numa pequena mesa, ao lado da porta de entrada da pequena cafeteria, viu Rachel sentada. Não pôde deixar de reparar em seus belos olhos. Além dos lábios perfeitamente contornados que criavam uma sintonia perfeita à íris amendoada. Antes mesmo de cumprimentá-la, Rachel levantou-se e beijou suavemente os lábios de Rodrigo. Em seu cérebro não sabia se desfrutava do momento ou se tentava entender o que ocorria. Escolheu a primeira opção.

– Sei que não deve estar entendendo coisa alguma, Rodrigo. Mas precisava vê-lo, conversar com você.

– Admito que fui pego de surpresa. Uma boa surpresa – respondeu ajeitando a cadeira em que Rachel sentava-se.

– Pedi que viesse falar comigo por duas razões. Uma pessoal e outra um pouco mais abrangente. Nem sei como começar.

A percepção e o costume de lidar com pessoas em sua profissão faziam Rodrigo saber que sempre a melhor opção é falar de assuntos mais gerais. Acalmar os instantes iniciais, isto é, quebrar o gelo. E tão logo a conversa fosse fluindo, a sensação de conforto iria se construindo e as pessoas confessavam tudo em seu divã. Obviamente sabia que isso podia durar semanas. Naquele caso o tempo parecia ser muito mais conciso. Além de mais peculiar, pois ela o havia recebido com um beijo.

– Ter alguém para compartilhar nossos mais íntimos pensamentos e desconfortos da alma é sempre importante. Seja um terapeuta ou um amigo. Ofereço à você dois pelo preço de um – brincou com a moça, falando em tom sereno.

– Vou começar, então, pelo amigo. Pode ser?

– Sim.

A expressão na face de Rachel tomou formas bem distintas. Ela parecia estar prestes a confessar algo e procurava a melhor maneira de dizer. Rodrigo sabia que determinados assuntos ou confissões geravam conflitos internos nas pessoas. Revelar algo gerava sempre uma guerra mental. Pensou rápido. Disse que enquanto ela formulasse o que falaria, pediria um café expresso. Minutos depois, equilibrando a xícara, voltou e notou que ela estava já com a primeira frase pronta para iniciar. Sentou-se, adoçou o café e tomou o primeiro gole com muito cuidado, pois a bebida fumegava. Assim que pousou a xícara no pires, cruzou uma perna sobre a outra, como fazia o avô e lembrou-se dele. Em seguida, olhou para Rachel, aguardando-a falar.

– Rodrigo, você precisa ajudar Petra.

O espanto na fala deixou Rodrigo desconcertado. Poderia imaginar qualquer outra coisa, exceto que ela diria algo sobre a ex-esposa.

– O que quer dizer? Confesso que fiquei surpreso.

– O que você sabe é nada. Sua surpresa será ainda devastadora.

– Está me deixando intrigado e preocupado, Rachel. Diga de uma vez.

– Sua ex-esposa está em Vancouver. E podemos ajudá-la.

– Como sabia que era minha ex-esposa? Nunca se conheceram.

Rachel respirou fundo. Disse que estava com a boca seca e precisava de água. Rodrigo levantou-se para buscar. Assim que pagou o atendente da cafeteria e pegou a água, Rodrigo não encontrou Rachel. Sobre a mesa havia uma foto. A mesma vista na casa de Willian Cohen, em que estava ao lado de seu advogado, que segurava uma criança.

Capítulo 71

Como havia ido a parques, caminhado e transpirado, Jane tomou um banho. Colocou roupas mais leves para ficar à tarde com o pai. Iria voltar para a Califórnia somente à noite. Não sabia se devia ser direta e falar como havia sido tudo com Luciano, ou se entrava em outro assunto, depois migraria para o encontro daquela manhã. Não queria esconder nada. Existia, todavia, um assunto ainda em suspenso.

– Se não estou enganada, pai, paramos no momento da rebelião, não estou certa?

Ele a olhou de forma afetuosa. Em sua mente um tornado de pensamentos arrazoava sua serenidade. Havia tentado entrar em contato com Rachel, sem sucesso. A história de Petra estar na cidade parecia-lhe muito estranha. E a foto deixada devia significar algo. "Mas o quê?", pensou Rodrigo. Uma almofada sobrevoou na sala, caindo na outra ponta do sofá em que o pai estava. Em seguida Jane deitou-se, colocando as pernas sobre o colo dele, que riu. Começou a fazer carinho na filha. Brincava, como quando ela era criança, fazendo passos com os dedos, indicador e médio, até fazer cócegas na barriga da filha. Jane gargalhava muito, pois ainda era sensível a cócegas. Enquanto o pai a provocava com a brincadeira, ela se contorcia. Em vários momentos, por acidente, sentiu a mão do pai tocando a parte interna das coxas e seus seios. A sensação que tinha não era mais a mesma de quando era criança. Apesar de ainda muito prazerosa.

– Pare de enrolar! – disse Jane ainda rindo.

– Sou muito feliz por você em minha vida, filha.

– Você é tudo para mim! – assim que disse, ela percebeu que a frase era dúbia.

– Falemos então da grande rebelião – exclamou o pai, percebendo a tensão no ar.

– Estou pronta. Pode continuar.

– Eu parei quando Javé e EL haviam já se fundido em um único deus. E Lúcifer questionava-me quem fizera, de fato, uma rebelião.

***

Aquela pergunta tinha todos os tons traiçoeiros. Rodrigo sabia que Lúcifer o estava induzindo a responder que era Deus, uma vez que fez alianças. Para não responder o que Lúcifer queria, preferiu usar um contra-argumento.

– O anjo que buscava o trono era você. O querubim rebelde. Ou estou errado?

– Devia imaginar um movimento seu deste tipo, doutor. No entanto, lembre-se que o ao falar de mim, no livro de Ezequiel, o querubim ungido, a metáfora é dirigida ao rei de Tiro. Já no livro do profeta Isaías, fala do Rei da Babilônia.

– Metáfora! O que não quer dizer que não se dirige a você! E havia já me dito que tal história não é totalmente alegórica, mas parcialmente verdadeira! – exclamou Rodrigo, percebendo que Lúcifer buscava dar uma interpretação menos literal dos textos.

O rosto do *basar* começou a transpirar. Obviamente o psicólogo havia já fechado as possibilidades de argumentação de Lúcifer, que ficara enfurecido.

Levantou-se com dificuldade, molhou o rosto, a nuca e voltou a falar.

– Se quer saber toda a verdade, doutor, o motim que fiz foi uma tentativa de purificar a dimensão excelsa. E restabelecer a ordem e direitos com muitos seres angelicais, eles agora tendo como única função de adorá-lo. E haja adoração! Pois o ego dele é nada fácil de suprir – desabafou Lúcifer.

– E qual o problema? Não foi para isso que foram criados? Para serem servos dele?

– Somos filhos e não servos! – gritou Lúcifer. – Viu isso quando viemos para a Terra e nos envolvemos com mulheres mortais.

– Sim, recordo-me. Só que o dilúvio serviu para acabar com a raça híbrida.

Rodrigo percebeu o silêncio e um olhar nada ingênuo de Lúcifer quando acabou de falar sobre a aniquilação da raça híbrida após o dilúvio. Queria perguntar o motivo da reação, entretanto, desejava concluir e entender como a rebelião aconteceu.

– Como conseguiu tantos adeptos nessa revolução? – perguntou Rodrigo. – Entendo que seu poder de persuasão é grande. Mas ele é o Todo-Poderoso!

– Quando a insatisfação é coletiva, tudo fica mais fácil para se convencer. Num país em crise, passando por calamidades financeiras e políticas, é sempre mais fácil de criar um exército rebelde. Uma milícia. Um motim.

– Quer dizer que ao sentirem-se rebaixados e inferiorizados, sendo seres angelicais, a insatisfação foi o combustível.

– Sim, Rodrigo. Tínhamos o *status* e benefícios de filhos, fomos rebaixados a servos. Não tínhamos mais independência, tudo era centralizado nele, ficávamos a seu dispor. Muitos apenas o rodeavam adorando e elogiando. Que belo ego inflado, não acha? – disse provocando pela segunda vez.

– Ainda mais, porque, se não estou errado, a qualidade de filhos que tinha foi passada a humanos, a mortais! – a provocação também era evidente na fala do psicólogo.

– Não deixe a soberba subir ao seu coração, Rodrigo! – replicou Lúcifer.

Uma batalha de egos, de insinuações e provocações estava estabelecida. Não somente a que já havia acontecido no plano sobrenatural entre Deus e Satanás, como também na pequena cela, entre Rodrigo e Lúcifer.

– A queda com você foi de um terço do céu, não é? Impressionante! Conseguir uma insurreição contra um ser onisciente e ainda tomar todos esses seres angelicais.

– Não sabe mesmo o que diz, doutor. Onde está dito que levei um terço?

– Não me recordo. Imagino que esteja no livro dos profetas. Ou Ezequiel ou Isaías.

– Pode verificar se quiser, doutor. Não vai encontrar nada disso.

Cuidadosamente Rodrigo olhou vários capítulos daqueles livros. Nada mencionava sobre o número de anjos que havia caído com Satanás. Precisava forçar sua memória. Sabia que já tinha lido e era uma teoria bem conhecida. Deveria estar no Novo Testamento. Começou a folhear a segunda parte da Bíblia. Percebeu que Lúcifer apenas o observava.

– Creio que percebeu não estar no Tanach ou Velho Testamento. Vá para o último livro. O Apocalipse, no capítulo 12.

– Aqui está. Vejamos o que está escrito: "E a sua cauda levou após si a *terça parte das estrelas do céu*, e lançou-as sobre a terra; e o dragão parou diante da mulher que havia de dar à luz, para que, dando ela à luz, lhe tragasse o filho."

O burburinho no andar inferior onde ficava o pátio era ouvido incessantemente na cela. Palavrões e xingamentos constantes ecoavam. Brigas formavam-se e diluíam-se, na maioria das vezes, pelos próprios detentos, que temiam as sanções. O pavor das solitárias.

– Algo agora me ocorreu ao ler. Se está escrito no livro do Apocalipse, ainda vai acontecer!

– Pois é. E o que mais percebe? – perguntou Lúcifer.

– Parece-me, ao ler todo o capítulo, que esta tal mulher vai gerar um filho e ele será devorado pelo dragão. Presumo ser você. A mulher vai para o deserto e você entrará em batalha com Miguel.

– Isso mesmo, doutor. Ao menos é isso que está já escrito no plano de Javé. Na dimensão em que ele observa e é onisciente.

– Algo me diz que não é tudo. Sinto que há mais. Você não continuaria ainda em sua trama, sabendo que vai perder?!

Mais uma vez, o olhar e o silêncio de Lúcifer eram de como contivesse algo. *O silêncio devia sempre ser audível e decodificado, quando se fala com alguém*, acreditava o psicólogo. Percebeu que seu companheiro de cela começou a tremer uma das mãos. Lúcifer, ao ver os olhos de

Rodrigo direcionados para a reação corpórea, disse que teriam poucos minutos e precisaria deixar o *basar* recuperar-se.

– Você disse, doutor, que minha queda acontecera com mais um terço de seres angelicais.

– Já não estou mais certo de quando, se foi ou ainda será. O Apocalipse, todavia, é claro ao afirmar a quantidade de anjos que estava ao seu lado.

– É claro mesmo? – incitou Lúcifer, tossindo.

– Não é verdade? Foi diferente o que ocorreu?

– A rebelião que leu e a que ele, Javé, acredita ter dizimado, não é a metade do que ainda será?

– Está me dizendo que haverá outra? Segundo o Apocalipse, você ficará preso por mil anos e será solto por um tempo. Lembro-me de meu avô ensinando sobre Escatologia.

– Só que não serei lançado no abismo. Tudo foi tramado meticulosamente. Nem ele percebeu!

– Como assim? Ele quem? Deus?

– Agora é tarde demais, até para ele. Basta ver, doutor, que se fui, aparentemente, derrotado com um terço das estrelas do céu, isto é, com anjos. Restaram, ainda, ao lado de Deus, dois terços.

– Matemática perfeita – satirizou Rodrigo.

– Sem piadas agora! Responda-me: um terço é um valor fracionário. Qual é este valor em sistema decimal, convertendo em percentual?

– Quer saber quantos por cento caíram com você?

– Sim.

– 33,3%. É uma dízima periódica, mais apropriadamente.

– Lembra-se o que é uma dízima periódica, doutor?

– Se me lembro bem da época de escola, são algarismos que se repetem, infinitamente!

– Infinitamente se repetem. Quer dizer que eles existirão para sempre?!

– Aonde quer chegar? – perguntou Rodrigo, profundamente intrigado.

– Apesar de sua inteligência, ainda é um mero mortal, meu caro Rodrigo. Basta ser mais atento. Se aparentemente cairão, ou já caíram,

33,3% de anjos comigo, quantos estão com ele? Quem são estes fiéis seguidores que permanecem ao seu lado?

O coração de Rodrigo disparou como nunca havia sentido. Agora era ele quem tremia. Sentiu-se com vontade de fugir, de gritar, de desaparecer.

"Que plano genialmente diabólico!", pensou.

Fechou os olhos e não podia mais continuar a conversa. Quando os abriu novamente, notou que seu companheiro de cela estava deitado, encostado na parede, dormindo profundamente. Na cabeça de Rodrigo ainda tentava reconfigurar toda a conversa que tivera. Refez cada linha de raciocínio e releu cada trecho das leituras. Não havia falhas. Com Deus haviam ficado dois terços de anjos, isto é, 66,6% ao seu lado. Ele não havia expulsado os insurretos. Havia ficado com os traidores, os rebeldes. O número 666 era uma dízima periódica.

Um plano para a infinidade. Era a grande rebelião de Lúcifer.

***

O telefone celular de Rodrigo tocou. Jane levou um susto e ameaçou dar um grito, abafando a boca com a mão. Estava compenetrada, aterrorizada. Viu o pai ao telefone sair para a sacada e abaixando o tom de voz. "Alguma coisa deve estar escondendo de mim", pensou. O pai terminou a chamada e voltou apressado, dizendo que precisava sair imediatamente.

– Irei embora dentro de poucas horas. Acha que voltará em tempo?

– Não estou certo, filha. Tome, pegue este dinheiro para o táxi. Assim que puder eu te ligo.

Observou-o apenas colocar os sapatos, sequer os amarrou e saiu. Antes de sair, quase tropeçou no cadarço.

Ainda impressionada com tudo que havia ouvido e a reação de Rodrigo, Jane imaginou que algo não estava correto. Não entendia por que tudo aquilo acontecia na vida de seu pai e da família. O que aqueles seres queriam de seu pai? Olhou para o computador e pensou em confirmar o voo pela internet e verificar seus *e-mails*. Tinha alguma coisa embaixo do teclado do computador, uma fotografia. Parecia estar cortada.

Ao olhar, surpreendeu-se.

A parte removida da foto mostrava o braço de uma mulher, passando por detrás de um homem alto. Apesar de algumas diferenças do tempo, aquela pessoa era, sem dúvida, Mikhail Rosenbaum. Além de outro homem, que ela desconhecia. Ao olhar o lugar em que estavam, analisou cuidadosamente a criança e a roupa que vestia. Jane sentiu a mesma sensação de quando o pai a hipnotizou para reaver lembranças. "Não pode ser verdade! Sou eu nesta foto, ainda criança, no colo de Mikhail!", exclamou espantada. Não havia outra coisa que Jane pudesse fazer. Saiu apressadamente atrás do pai. Queria segui-lo.

Tudo estava muito confuso.

Capítulo 72

A região de Hastings não inspirava um local agradável e seguro para caminhar a ninguém. Aquela era a cicatriz da deslumbrante Vancouver. O reduto de usuários de drogas, moradores de rua, prostitutas e doentes mentais. Fora ali, que o *basar* de Lúcifer, Frederic Burrhus, vivera antes de ser preso. Rodrigo não entendeu porque Rachel pedira para encontrarem-se lá.

Começava a escurecer e aquele não era um lugar muito receptivo, ainda mais à noite. O abandono de vários imóveis comerciais revelava o descaso com o qual a região era tratada. Ao telefone, Rachel apenas pediu para que ele fosse até a East Hastings Street, em frente a uma pizzaria e uma locadora de filmes adultos, cerca de 50 metros depois do cruzamento com a Main Street.

Quanto mais a noite impunha-se, mais Rodrigo temia estar naquele local. Ofegante, chegou ao lugar marcado. Em instantes sentiu uma mão tocando no ombro. Temeu que fosse um assaltante. Era apenas Rachel. A touca que usava não combinava com a sua feminilidade. Ela colocou na cabeça de Rodrigo um boné e disse para acompanhá-la. Poucos metros acima havia um beco. O local tinha aparência sombria e sinistra. Escadas de emergência enferrujadas em prédios abandonados, cheiro forte de urina, e lixo espalhado criavam um aspecto mais repugnante. Rodrigo sequer sabia por que ainda a seguia, além da curiosidade e uma intuição de que ela queria ajudá-lo.

Rachel pediu silêncio.

Abriu lentamente uma velha porta de madeira. Rodrigo percebeu que não era a primeira vez que ela ia àquele lugar. O prédio abandonado devia ter sido um velho mercado ou algum comércio de alimentos. O cheiro de cereais e as prateleiras, além de tonéis empilhados, eram típicos de empresas que comercializavam grãos. Rachel foi até a parede em que estava uma grande escada de estoque. Subiu e foi até uma abertura. Disse cochichando que fazia parte de um sistema de ventilação conjugado entre os prédios. Rodrigo entendeu que ela queria mostrar-lhe algo no prédio ao lado. Ele a seguiu. Tiveram que deitar na abertura onde antes deviam existir tubulações e que atualmente seriam residências de ratos. Arrastaram-se poucos metros, deitados de bruços. O espaço restrito fez com que Rodrigo ficasse de lado. Aquele não era o momento apropriado para aquilo, porém observou a posição na qual estavam. Imaginou que poderiam estar naquela situação em condições bem mais favoráveis. Rachel apontou a abertura à frente e fez gesto que ele olhasse.

No prédio ao lado as condições precárias não se mostravam muito diferentes. Algumas caixas de madeira serviam como assentos a quatro pessoas que conversavam. O eco reverberava em todas as direções, o que não fazia a conversa plenamente audível a Rodrigo. Algumas palavras e frases podiam ser captadas. O espantoso para o psicólogo era presenciar as pessoas que conversavam: em pé estavam Willian Cohen e Mikhail Rosenbaum; encostada numa pilastra havia mais uma pessoa, que Rodrigo não enxergava completamente; e sentada, Petra, sua ex-esposa. Tudo aquilo já havia causado distúrbio até na visão do psicólogo.

A conversa revelava-se repleta de animosidade e gestos. Alguns sons de canos rangendo atrapalhavam ainda mais a compreensão. Rodrigo apenas compreendeu que apontavam para Petra e ouviu algo sobre: *Projeto AMGD*. Havia visto aquela palavra ou sigla em algum lugar. Ignorou, assim que ouviu um deles mencionar o nome de Jane. A voz soava-lhe conhecida, porém não era de Mikhail ou de Willian. Falava de forma incisiva e hostil. Assim que se movimentou, dirigindo-se a Petra, Rodrigo pôde ver, pela claridade vinda das poucas lâmpadas existentes, a quarta pessoa. Era nada menos que o jovem Luciano Guayota.

Capítulo 72

Rachel, colocando o indicador na frente dos lábios, pediu mais uma vez silêncio e indicou que deveriam ir embora. Enquanto aguardava ela arrastar-se para trás, Rodrigo seguiu olhando a reunião secreta. Assim que Petra ajeitou-se na caixa de madeira que estava sentada, notou que estava grávida. E pela forma e proporções do corpo deveria estar próximo do quarto mês. Estava grávida de Richard.

A única coisa que Rachel pediu a Rodrigo era que primeiro deveriam sair dali o quanto antes. "Este lugar não é seguro!", disse ela. Rodrigo sabia que a palavra "seguro" devia ter um significado muito maior do que estar num bairro perigoso. Sem pronunciarem uma palavra, saíram do galpão e subiram algumas quadras. Rachel apontou para um estacionamento. Montou em uma *scooter*, deu partida e disse ao psicólogo para sentar na garupa. Rodrigo logo obedeceu. Ela o levou até a cafeteria onde haviam se encontrado. Rodrigo permanecia ainda calado.

– Vou pedir algo para tomarmos. Creio que um café seja melhor – disse Rachel.

O cérebro de Rodrigo estava tentando processar e relacionar tudo que havia ouvido de Deus, de Lúcifer e o que acabara de presenciar. Muita coisa fazia sentido já. Outras pareciam veladas por uma densa camada nebulosa. Rachel trouxe duas xícaras fumegantes. O cheiro do café o trouxe de volta. Sequer prestou atenção onde estava e como chegaram.

– Imagino que haja inúmeras perguntas e dúvidas em sua cabeça, Rodrigo.

– Você não faz ideia! – respondeu Rodrigo, olhando fixamente um ponto no infinito.

– Sou uma Cohen! Algumas coisas poderei lhe responder. Temos pouco tempo para falar sem interferência.

– Sem interferência? O que quer dizer?

– Muito do que conversou com Lúcifer, na cela, aconteceu numa dobra dimensional, em que mesmo o soberano não podia interferir.

O corpo de Rodrigo ficou ereto na cadeira. Surpreendeu-se por saber que Rachel sabia de sua conversa na prisão. A única pessoa que havia contado fora para a filha. No entanto, algo lhe ocorreu. Rachel disse que era uma "Cohen". Ela não devia estar falando, meramente, do sobrenome.

Cohen significava, em hebraico, *sacerdote*.

– Você é uma mulher! Não pode ser uma sacerdotisa!

– Vejo que fez a associação correta, Rodrigo. Só não seja tão literal. Sou de uma casta sacerdotal. Possuo e mantenho todo o conhecimento para quando ocorrer a construção do Templo.

– Qual templo? O Templo de Jerusalém?

– Sim.

As lembranças do avô e de seus ensinamentos vieram-lhe à mente. O avô dizia que quando ocorresse a reconstrução do Templo de Jerusalém, segundo a profecia de Ezequiel, somente uma linhagem seria selecionada para o ministério sacerdotal. Eles eram mantenedores do conhecimento, eram enciclopédias ambulantes.

– Uma coisa por vez! Ou irei surtar. O que Petra fazia com Mikhail, seu irmão e Luciano, o amigo de Jane?

– Eu diria que ele não tem nada de amigo. Sua filha é muito importante para os eventos que estão prestes a desenrolar.

– Minha filha? Por que ela?

– Jane é de uma linhagem real judaica. Por isso viu Petra também.

– Ela está grávida de Richard, ou de Samyaza, ou do Demônio?! Já nem sei mais como chamá-lo.

Algo acontecera no ambiente. O som, a imagem, tudo parecia com uma coloração distinta. Como se tivessem entrado em um aquário.

– Sim e não, Rodrigo. Tente acalmar-se. Assim tentarei explicar de forma bem simples. Se é que isso seja possível – brincou Rachel.

– Com uma resposta desta, "sim e não", as coisas ficam sempre mais claras! – Rodrigo ironizou, tomando um gole de café.

– Sua ex-esposa está grávida. Richard era um condutor da semente híbrida. Daqueles que haviam sido destruídos após o dilúvio.

– Os *nefilins*.

– Eles mesmos! O plano de Samyaza é resgatar esses seres híbridos. Ao menos um! Que o fará ter acesso e poder ilimitado na dimensão humana.

– O anticristo! – exclamou Rodrigo.

– Sim. Todavia, ela está grávida não de um *nephilim*. Richard era, ainda, um *basar*; logo, humano. O plano consistiria em fecundar com todas as mulheres, de mesma casta, que pudessem dar a ele a chance de nascer um híbrido.

– Por isso saiu com minha filha. Por sorte ela não engravidou, então?

– Sim e não.

– Mais uma vez essa resposta! – disse Rodrigo impaciente.

– Jane engravidou. E fez um aborto. O que provocou um novo plano. E por isso Luciano estava lá.

– Não estou entendendo. Ela engravidou? Não me disse nada!

– Obviamente. Ela é uma adolescente. Ainda mais depois de tudo que aconteceu.

– Minha pobre filha! Coitada!

– Não é hora para isso, Rodrigo. Luciano é a nova corporificação de Samyaza. Ele quer engravidar sua filha. A conversa que viu era dele com os pais dela.

– Os pais dela? – perguntou Rodrigo.

– Mikhail é pai de Jane... Um anjo, ou melhor, o arcanjo Miguel. Por isso Jane é tão especial.

– Tão óbvio e nunca percebi! A foto que me deixou... Era Jane quando criança e a mulher ao lado era Petra.

– Sim. No entanto, veja que ele ainda imagina que Petra pode estar carregando um feto híbrido. Mas não está certo disso. E por isso aproximou-se de sua filha. Estou certo que está usando outra tática de sedução com ela.

– Outra tática?

– Jane e você são muito íntimos. Há uma atração forte, que em muitos momentos saiu já da relação pai-filha. Diversas vezes sentiram-se atraídos emocionalmente e sexualmente.

Rodrigo sentiu-se envergonhado ao ouvir aquelas palavras. Queria explicar-se, percebeu que o assunto tomou proporção mais crucial e urgente que explicações de emoções distorcidas.

– Samyaza, percebendo isso, está usando uma nova versão sua – completou Rachel.

– Por isso Luciano é brasileiro, com traços semelhantes aos meus quando jovem. Ele quer garantir seu eleito, seu anticristo. O que precisamos é proteger Jane!

– E Petra, imediatamente. Poderemos criar uma dimensão segura para ambas estando no mesmo lugar.

– Por que está me ajudando, Rachel? Por que se arriscou? E por que tive que saber tudo daquela forma, escondida?

– Não podíamos arriscar que Samyaza descobrisse que você sabe de tudo. Ou o plano com Jane daria errado. Agora, quanto às outras perguntas, ainda não é hora de saber.

– Entendo. Havia me esquecido!!! Jane vai pegar o voo para a Califórnia! – desesperou-se Rodrigo.

– Tem que impedi-la! Ainda mais ela estando próxima de São Francisco. Naquela região, mesmo os seres angelicais têm dificuldades para atuar.

Rodrigo sequer deteve-se a questionar as razões de a cidade californiana ser diferente. Apenas queria proteger a filha. Notou que ao levantar-se para sair, a imagem ao redor pareceu ondular. Saiu apressado na direção de seu apartamento, telefonando do celular para Jane, que não atendia.

Desesperou-se.

No apartamento, irritou-se porque não encontrava a chave, nem o buraco da fechadura, tamanho o seu nervosismo. As luzes estavam apagadas. Jane devia já ter ido para o aeroporto. Seu voo saía em 15 minutos. Rodrigo tentava insistentemente ligar para a filha, que não atendia. Teria que ir até lá. Enquanto procurava o número de uma companhia de táxi, viu a foto de Mikhail com Jane no colo e, intuitivamente, percebeu que a garota havia achado a foto. No chão de seu quarto, viu a mochila da filha. Ela não havia partido e não estava em casa. "Onde você está, filha?", gritou Rodrigo, chorando.

Capítulo 73

O frio na barriga por sentir-se um detetive era bem agradável. Jane viu o pai três quadras à sua frente. Não apertou o passo, pois se ele notasse de nada adiantaria a perseguição. Assim que Rodrigo virou na Hastings Street, Jane ficou ainda mais curiosa. Imaginaria-o indo a qualquer lugar, exceto naquela área da cidade. Em seguida acompanhou a chegada de outra pessoa, parecia ser uma mulher, pela forma de andar. Ela colocou um boné na cabeça do pai e começam a subir em sua direção. A garota desesperou-se e atravessou a rua, andando no mesmo rumo, para que somente vissem suas costas. A escuridão podia confundir a visão dos dois. Minutos depois, Jane, sempre caminhando sem olhar para trás, fingiu amarrar o tênis e observou se ainda estavam atrás de si. Haviam sumido.

A noite naquele bairro injetava seus mistérios.

Jane começou a descer novamente a rua, olhando discretamente em cada janela e vitrine que ainda existia naquele bairro decrépito. A cada indivíduo que cruzava, seu pavor e medo multiplicavam. Fez o mesmo trajeto diversas vezes, imaginando que talvez o pai reaparecesse a qualquer instante. Havia já se arrependido de brincar de espiã.

Assim que decidiu voltar, viu duas pessoas saindo de um beco. Estava ainda mais escuro e teve medo de aproximar-se de frente. Preferiu correr, pertenceu à equipe de atletismo do colégio. Se colocasse toda sua energia, daria a volta no quarteirão e se posicionaria atrás deles. Assim fez. Dirigiu toda sua adrenalina para suas pernas. Sentiu-se voando, faltavam-lhe apenas asas. Na Cordova Street, rua paralela e exatamente na metade do percurso que teria de completar, viu o carro conhecido sair de um galpão.

Parou de correr. Tentou esconder-se em algum lugar.

A única opção era entrar num abrigo de mendigos do Exército da Salvação. Jane abriu a porta e correu para a janela. Agachou para verificar se havia identificado o carro que imaginava. Estava confirmado o veículo: pertencia a Luciano. Não podia acreditar no que vira com ele: sua mãe sentada ao lado dele. Parecia estar vivendo a mesma coisa. Sentiu que ia desmaiar.

Tudo escureceu.

***

– Jane, está melhor?

– Onde estou? Quem são vocês? O que aconteceu?

– Você desmaiou em um abrigo. Trouxemos você para cá. Seu pai deve estar a caminho.

– Preciso falar urgentemente com ele. Avisá-lo. Minha cabeça dói.

– Foi na queda, ao desmaiar. Imagino que pelo choque de ver sua mãe e Luciano, juntos.

– Como você sabe? E quem são vocês? – gritou Jane.

– Sou Rachel Cohen. E este é meu irmão. Creio que você e Mikhail já se conhecem. Ainda bem que fomos nós que te achamos primeiro. Temos que conversar. E não pode contar coisa alguma ao seu pai do que te dissermos. Muita coisa está em jogo.

Após acordar na casa dos Cohen, não demorou 15 minutos e Rodrigo já tocava a campainha da propriedade. Para Jane era como se houvesse passado horas.

Quando soube que o pai havia chegado, sabia o que precisava fazer.

Rever Willian em sua casa, após tantas coisas acontecendo, tinha um toque de surrealismo. A realidade que cercava Rodrigo já não lhe parecia a mesma. As verdades haviam sido estilhaçadas. O ímpeto de ver e certificar-se que a filha estava bem era tamanho que até ignorou ver no quarto com a filha Mikhail Rosenbaum, Willian e Rachel Cohen.

Capítulo 73

– Que bom que está bem, abobrinha! Fiquei desesperado quando não a encontrei em casa.

– Sei que desobedeci e devia ter ido para o aeroporto. Mas minha curiosidade e ciúme foram maiores. Fui muito bem tratada e assessorada aqui.

– Agradeço a todos!

Os olhos de Rodrigo observavam cuidadosamente cada um naquele quarto, principalmente Mikhail. Estava no mesmo ambiente, mais uma vez, junto a um ser da dimensão excelsa. Estava tornando-se rotina.

– Vamos embora, Jane?

– Vou esquentando o motor do carro na garagem. Faço questão de levá-los até sua residência – disse Rachel.

– Não vou negar a carona! – respondeu Rodrigo.

No caminho até o apartamento de Rodrigo, o silêncio imperou. Para a surpresa do pai, Jane saltou do carro de Rachel muito bem. Apesar do trauma que mais uma vez passou, a filha era forte.

– Vou subir e deixar você dois sozinhos um pouco! – disse Jane, piscando para o pai.

O pai achou nada pertinente o comentário da filha, diante de tudo que estavam envolvidos. Não conseguia pensar em qualquer outra coisa, exceto em como protegê-la. Subitamente, sentiu a mão suave de Rachel tocando em seu rosto. Apesar do gesto sucinto, era suficiente para relaxar depois de eventos tão estressantes.

Beijou Rachel.

Os lábios macios dela confortaram Rodrigo. A delicadeza daquela mulher fascinava qualquer homem. Seu beijo exalava sedução. O corpo de Rodrigo desejava mais. Sua mente, todavia, estava em Jane.

– Suba, meu querido. Teremos muito tempo para ficar juntos.

– Hoje não é um dia mais apropriado. Sei que entende – disse Rodrigo.

– Sem dúvida alguma. Descanse. Tome um chá bem gostoso e durma. Amanhã será um novo dia.

– Boa-noite, Rachel. Você é uma mulher deslumbrante.

O beijo havia sido revigorante. Hormônios, despertados por aquela mulher, percorriam o corpo de Rodrigo. Algumas partes estavam ainda mais cheias de vigor e desejo. Um banho gelado ajudaria-o a acalmar.

– Pai, preparei um chá. Deve estar morto de cansaço.

– Estou mesmo. E muito feliz por você estar bem. Você não tem noção do desespero que tive quando não a encontrei aqui.

– Perdoe-me mais uma vez, pai. Sei que errei. Tome, beba-o.

– Hmmm! Saboroso! Do que é? Frutas? Nem sabia que tinha chá no armário.

– É um chá especial. Se contar o segredo, de nada vai adiantar.

Jane olhava para o pai enquanto saboreava a bebida quente.

– Uau! Não estou me sentindo bem. Um calor. Tudo está tão diferente.

– Está tudo bem. Não vai mais ser meu pai por alguns instantes. Será apenas homem.

As paredes do apartamento pareciam ter recebido uma camada de água. Um espectro transparente criava uma dimensão estéril, sem qualquer interferência de seres de diferentes vibrações e dimensões. O chá que Rachel havia dado a Jane fazia seu efeito. Tirou a roupa do pai que ainda estava acordado, porém letárgico. Em seguida, também se despiu.

Jane sabia o que precisava fazer.

Capítulo 74

– Creio que a decisão mais sensata agora é irmos para Los Angeles. Estaremos próximos de São Francisco e a pouco mais de 200 milhas do Deserto de Mojave.

– Acha que devemos levar o Dr. Mazal? – perguntou Willian Cohen.

– Ainda não. As ordens são para deixá-lo com Rachel! – respondeu Mikhail.

Capítulo 75

O som do interfone, parecendo estar vindo de algum lugar muito distante, acordou Rodrigo. O primeiro movimento que fez para levantar-se da cama indicou a enxaqueca abissal. A dificuldade de focar-se para calçar seus chinelos revelou que algo não estava normal consigo. O ombro e as costas pareciam ter sido esmagados por tratores. No caminho para o banheiro notou que estava nu.

Nada fazia sentido.

– Meu Deus, o que aconteceu? – balbuciou, procurando suas calças.

A claridade, assim que abriu a porta de seu quarto, incomodava os olhos. E como se fosse uma bigorna, o cérebro latejava a cada martelada da pulsação sanguínea. Depois de urinar, virou-se para lavar as mãos e viu um recado, grudado no espelho, com a letra de Jane.

Tive que partir. Não voltarei para Berkeley. Levei o notebook e apaguei o arquivo de seu livro no pen drive. Em breve entenderá. Beba água. A dor de cabeça é porque está desidratado. Era preciso dopá-lo. Muita coisa que ainda não sabe está por vir.
Te amo
Jane
Ps.: Você e Rachel formam um lindo casal

As lágrimas vertiam de Rodrigo. Correu para a sala e verificou que seu *notebook* havia sido levado. Na pia da cozinha havia uma xícara e dois copos. A última coisa da qual se lembrava era de ter tomado o chá de Jane. Estranhou o sabor e, ainda mais, seus efeitos.

Outra vez o interfone soou. Havia ouvido mesmo tocar. Imaginou que pudesse estar sonhando. Era Rachel. Finalmente alguém que poderia dar-lhe explicações. Colocou a primeira roupa que encontrou e foi abrir a porta. A imagem dela que viu naquele instante jamais seria esquecida. Por um instante teve a impressão de estar vendo Audrey Hepburn. A beleza de Rachel não fazia o trânsito parar, porém fazia o mundo de um homem girar em outro curso. Imediatamente voltou das oscilações mentais para a realidade. Desde o dia anterior, ou melhor, desde o dia que falou com Deus nada mais foi normal.

– Bom-dia, Rodrigo.

– Minha filha sumiu!

As paredes e tudo ao redor, por uma fração de segundo, ficaram com um formato estranho, gelatinoso. Rodrigo imaginou que fosse algo sobrenatural ou mesmo porque ainda estava sob efeito da droga que a filha lhe deu.

– Sabemos disso e ela está sendo monitorada.

– Sabem onde ela está?

– Acalme-se, Rodrigo. Não há nada que possa fazer. Sei que pode parecer difícil.

– Fui dopado por ela. Acordei sem roupa e com uma dor de cabeça horrível. Quando acordei achei um recado dela, dizendo que não voltaria para a universidade.

– Onde está o bilhete? Importa-se se eu ler?

– Deixei-o sobre a pia do banheiro.

A chuva recomeçava sua rotina na cidade de Vancouver. O trinco da sacada emperrou e Rodrigo teve que forçar para abri-lo. Apesar do clima frio, queria ventilar o apartamento. Rachel, com o bilhete de Jane na mão, pediu a Rodrigo que se recompusesse. Tomasse um banho, se barbeasse e vestisse algo apropriado, pois sairiam.

– Vamos atrás de Jane? – Rodrigo perguntou.

A pergunta não escondia o desespero de um pai preocupado com a filha. A perspicácia daquele psicólogo em conhecer quem quer que estivesse em seu divã, em segundos, não era suficiente para sequer saber vestígios de quem eram os seres com quem lidou. Rachel sabia muito bem como era aquela sensação.

— Primeiro arrume-se e sairemos para tomar café da manhã. Temos muito que conversar, Rodrigo. E depois voltará para seu consultório. Hoje é segunda-feira.

— Acha que vou trabalhar? Preciso saber se minha filha está bem. E se estiver em perigo?

— Você terá que fazer isso!

A voz firme com que Rachel falou apontava que algo ainda maior viria. Rodrigo jamais foi uma pessoa ansiosa. Sabia que não adiantaria pedir que ela contasse imediatamente o que estava acontecendo. Preferiu obedecê-la. Tomou um banho demorado, arrumou-se e usou seu melhor perfume. O Medina Café, na Beatty Street, era um bistrô de bom gosto, que fazia os melhores ovos *fricassé* com cebolas caramelizadas da região. A fila havia já se instaurado para entrar. Rodrigo surpreendeu-se quando Rachel passou por todos e foi direto para uma mesa reservada. Mais recomposto visualmente e prestes a ter um café da manhã que revigorasse suas energias e forças perdidas. Tão logo fez seu pedido, viu as mãos de Rachel sobre a mesa, abertas, aguardando que ele as tomasse entre as suas. Assim o fez.

— Desde que o conheci tenho sido outra mulher, Rodrigo. Nossos momentos, ainda que singelos, foram muito significativos. O que tem passado nos últimos meses não é algo natural. Ter sido escolhido requer que entendamos os caminhos solitários e abnegações que virão.

— Nunca pedi e nem quis ser um escolhido.

— Sabe muito bem que não funciona desta forma. Está muito além de nossos desejos e pedidos. Fazer parte dos acontecimentos mais importantes do cosmos é um privilégio, porém nos lança um fardo pesado. Muito pesado. Se foi escolhido por ele, então é porque é capaz. E, de um jeito ou de outro, tudo ocorrerá como ele planejou.

A simpatia do garçom servindo ambos quebrou a tensão da conversa. O cheiro aguçou a fome deles. Os próximos 15 minutos foram de conversas rápidas e corriqueiras. Rodrigo percebeu como estava faminto.

Depois de comer um *waffle* e tomar dois iogurtes com granola, Rodrigo voltou a falar.

— Rachel, por favor. Onde está minha filha?

Capítulo 75

As paredes tremerem ou oscilarem havia tornado-se algo corriqueiro. Toda vez que isso ocorria é porque alguma revelação sigilosa aconteceria. Desta vez tudo parecia bem assustador. Assim que Rachel ouviu a pergunta tudo simplesmente ficou estático. As pessoas em volta de Rodrigo haviam ficado imóveis. Achou que pudesse estar delirando ou que tivesse sido dopado novamente. Somente ele e Rachel pareciam não sofrer reação alguma.

– Ela está bem e segura, em algum lugar de São Francisco. Posso lhe garantir que ficará desta forma por bons meses.

– Meses? O que aconteceu com minha filha?

– Está grávida e ficará sob os cuidados de Samyaza.

– Grávida? Como assim, Lúcifer vai cuidar da minha filha?! Você havia dito que ela fez um aborto – desesperou-se Rodrigo.

– Está grávida de novo. Desde ontem.

– Ele a capturou e engravidou-a. Desgraçado. Vou matá-lo!

– Sabe que não pode fazer isso. E ela não está grávida dele, mas de você.

Não bastasse o ambiente nada natural, com pessoas estáticas segurando garfos, sorrisos congelados e movimentos plasmados, o silêncio da confissão de Rachel era tão denso que parecia gerar coágulos e aneurismas no cérebro de Rodrigo. A fala dela parecia um soco levado na cara sem esperar.

– Ela foi instruída para que engravidasse de você e não dele.

– Como? – desesperou Rodrigo.

– A estratégia de ter deixado todos os seus aliados no céu não era novidade de Deus. Todavia, ele quer deixar Lúcifer com a sensação de vitória. A soberba dele seria sua ruína mais uma vez. E última desta vez.

– Onde é que eu e Jane entramos nisso?

– A trama é trazer um híbrido da nação escolhida para ser seu maior déspota, seu anticristo. Como você sabia parte dos planos divinos, mas não tudo, ele percebeu que você seria uma tentativa, de Deus, de resgatar a aliança com a raça humana. Lúcifer iniciou sua tática antes, aproximando-se de Jane e Petra.

– Ainda não entendo o porquê de Jane ter me dopado para engravidar de mim. Qual a finalidade disso?

– Seu livro é a arma secreta e a maior artimanha de Deus.

– Artimanha de Deus? Até ele tem dessas?! – Rodrigo ironizou.

– O filho de Jane será criado e lerá o que ali está escrito em seu livro. Tudo que transcreveu sobre o complô de seu "suposto" pai. Ele acreditará.

– E que é um *nephilim*!

– E Lúcifer também irá acreditar. Quando chegar a hora o usará como seu *basar*.

– Entendi! Quando a rebelião final acontecer ele será meramente um mortal. Sendo assim derrotado.

– Exatamente, Rodrigo. O que precisamos é vigiar Jane e assim que a criança nascer, resgatá-la. Ela será inútil para Samyaza depois do nascimento. Aí sim estará em perigo.

– Temos nove meses para traçar nossas estratégias – completou Rodrigo.

– Mikhail e Willian já estão em Los Angeles monitorando-a.

– Quanta sagacidade nos planos dele! – exclamou Rodrigo.

– Dele quem? Deus ou de Lúcifer?

– Ambos.

A lembrança do psicólogo veio de seus primeiros encontros com tais seres. Lembrou-se também que a palavra *demônio* origina-se da palavra *daemon*, em grego, que, segundo Sócrates, era um gênio ou inteligência mediador entre mortais e a divindade. Sentiu-se um demônio.

Notou que Deus tem seus demônios.

Rachel e Rodrigo olhavam-se. O pensamento dos dois era o mesmo: *Não somente o mal, mas o bem tem suas artimanhas. Lúcifer não é quem achávamos ser, muito menos Deus.*

Continua...

MADRAS Editora
CADASTRO/MALA DIRETA

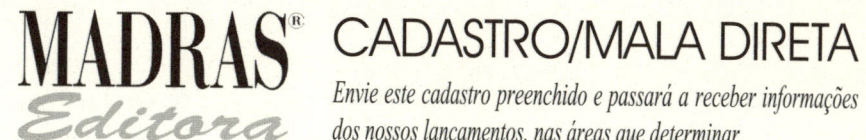

Envie este cadastro preenchido e passará a receber informações dos nossos lançamentos, nas áreas que determinar.

Nome _____
RG _____ CPF _____
Endereço Residencial _____
Bairro _____ Cidade _____ Estado ____
CEP _____ Fone _____
E-mail _____
Sexo ❏ Fem. ❏ Masc.   Nascimento _____
Profissão _____ Escolaridade (Nível/Curso) _____

Você compra livros:
❏ livrarias   ❏ feiras   ❏ telefone   ❏ Sedex livro (reembolso postal mais rápido)
❏ outros: _____

Quais os tipos de literatura que você lê:
❏ Jurídicos   ❏ Pedagogia   ❏ Business   ❏ Romances/espíritas
❏ Esoterismo ❏ Psicologia ❏ Saúde   ❏ Espíritas/doutrinas
❏ Bruxaria   ❏ Autoajuda   ❏ Maçonaria ❏ Outros:

Qual a sua opinião a respeito desta obra? _____
_____

Indique amigos que gostariam de receber MALA DIRETA:
Nome _____
Endereço Residencial _____
Bairro _____ Cidade _____ CEP _____

Nome do livro adquirido: Os Demônios de Deus

Para receber catálogos, lista de preços e outras informações, escreva para:

MADRAS EDITORA LTDA.
Rua Paulo Gonçalves, 88 – Santana – 02403-020 – São Paulo/SP
Caixa Postal 12183 – CEP 02013-970 – SP
Tel.: (11) 2281-5555 – Fax.:(11) 2959-3090
www.madras.com.br

MADRASTEEN

Este livro foi composto em Minion Pro, corpo 11,5/15.
Papel Lux Cream 70g
Impressão e Acabamento
Orgráfic Gráfica e Editora — Rua Freguesia de Poiares, 133 —
Vila Carmozina — São Paulo/SP — CEP 08290-440 —
Tel.: (011) 2522-6368 — orcamento@orgrafic.com.br